HEYNE <

JULIA HAUSBURG

Dark Elite

Revenge

Roman

Band 1 der *Dark-Elite*-Reihe

WILHELM HEYNE VERLAG
MÜNCHEN

Liebe Leser:innen,
dieses Buch enthält potenziell triggernde Inhalte.
Deshalb findet sich auf S. 415 eine Triggerwarnung.
Achtung: Diese enthält Spoiler für das gesamte Buch.
Wir wünschen allen das bestmögliche Leseerlebnis.
Julia Hausburg und der Heyne Verlag

MIX
Papier | Fördert gute Waldnutzung
FSC® C083411

Penguin Random House Verlagsgruppe FSC® N001967

Originalausgabe 10/2023

in der Penguin Random House Verlagsgruppe GmbH,
Neumarkter Straße 28, 81673 München
Redaktion: Nina Bellem
Printed in the EU
Umschlaggestaltung: www.buerosued.de
Satz: Schaber Datentechnik, Austria
Druck und Bindung: CPI books GmbH, Leck

ISBN: 978-3-453-42860-7

www.heyne.de

»Kurz bevor die Sonne aufgeht,
ist die Nacht am dunkelsten.«

Selma Lagerlöf

Kapitel 1

Gabriel

Ich habe mir nie Gedanken über den Tod gemacht. Wieso auch? Wenn man neunzehn Jahre alt ist, fängt das Leben gerade erst an. Wundgetanzte Füße nach langen Partynächten und Muskelkater in den Armen nach gewonnenen – oder auch mal verlorenen – Ruderregatten: Das machte bis vor Kurzem noch mein Leben aus, und ich genoss jeden Tag in vollen Zügen. Inzwischen weiß ich, wie dumm ich war. Wie naiv. Und wie fest ich meine Augen vor der Wirklichkeit verschlossen habe. Es ist vollkommen gleichgültig, wie alt ein Mensch ist. Der Tod ereilt uns alle, oft, wenn wir es am wenigsten erwarten.

Regentropfen trommeln rhythmisch auf den Sarg, der langsam in die Erde hinabgelassen wird. Mit jedem Zentimeter bricht mein Herz ein kleines bisschen mehr. Am liebsten würde ich nach vorne laufen und die Beerdigung stoppen. Den Sarg öffnen, damit mir meine Zwillingsschwester in die Arme springen und laut »Reingefallen!« rufen kann. Annabelle hat ein Faible für schlechte Scherze. Hatte, korrigiere ich mich.

Obwohl es jetzt, da sie fort ist, nichts Kostbareres mehr gibt als meine Erinnerungen an sie – an uns, wünschte ich, ich könnte sie löschen. Jede Einzelne von ihnen, bis alles, was wir zusammen erlebt haben, und alles, worauf ich mich gefreut habe, mit dem Schmerz verschwindet. Unser gemeinsamer Uni-Abschluss, die ersten Kinder. Füreinander da zu sein, wenn unsere Eltern alt werden. Einfach füreinander da zu sein. Immer.

Tränen rinnen mir über die Wangen und vermischen sich mit dem Regen. Mein schwarzer Anzug klebt mir nass und kalt am Körper, aber ich nehme ihn kaum wahr. Alles, woran ich denken kann, ist, dass Annabelle nie wieder den Regen auf ihrer Haut spüren wird.

Mit einem dumpfen, endgültigen Geräusch wird der Sarg auf dem Boden des ausgehobenen Lochs abgesetzt. Die Wassertropfen perlen von dem dunklen Holz ab und verschwinden in der Erde. *Genau wie sie.* Der Gedanke trifft mich wie ein Schlag in die Magengrube.

Meine Eltern treten vor und werfen orangefarbene Dahlien auf den Sarg. Annabelles Lieblingsblumen. Mein Vater schlingt seine Arme um die bebenden Schultern meiner Mutter und hält sie fest, während sie schluchzt.

Mir wird übel. Jetzt bin ich an der Reihe.

Als ich an das Grab herantrete, sind meine Fingerspitzen taub. Soll ich etwas sagen? Mich entschuldigen? Annabelle liegt meinetwegen da unten. Weil ich nicht da war, als sie mich gebraucht hat. Weil ich nicht besser auf sie aufgepasst habe. Weil ich erst gemerkt habe, dass sie in Gefahr schwebt, als es längst zu spät war.

Zwischen uns gab es schon immer dieses unsichtbare Band. Ich konnte fühlen, was sie fühlte, auch wenn wir Hunderte

Kilometer voneinander entfernt waren. Aber an jenem Abend funktionierte unsere Verbindung nicht. Ausgerechnet in Annabelles letzten Augenblicken auf dieser Welt versagte sie.

Das Band ist immer noch da, ich schleppe es wie eine Last mit mir herum. Es hängt schlaff herab, das andere Ende wird von niemandem mehr gehalten. Bei jedem Atemzug spüre ich, dass sie fehlt. Ich bin unvollständig. Und werde es für den Rest meines Lebens sein.

Wir haben alles zusammen gemacht, uns jede Sorge anvertraut. Wie soll ich ohne sie weiterleben? Wer bin ich überhaupt, jetzt, da ein Teil von mir fehlt? Annabelle war der Tag, ich war die Nacht. Jetzt ist mein Licht weg. Übrig ist nichts als Dunkelheit.

»Ich vermisse dich«, murmle ich und werfe meine Dahlie in das Grab. Sie landet neben denen meiner Eltern. Drei armselige Farbkleckse in einem scheinbar endlosen Meer aus Braun.

In Gedanken gebe ich meiner Schwester ein Versprechen, während der Pfarrer ein paar abschließende Worte sagt. Ich schwöre ihr, die Schuldigen für ihren Tod zur Rechenschaft zu ziehen. Die Lüge, Annabelle wäre bei einem tragischen Unglück umgekommen, werde ich entlarven und die Wahrheit herausfinden. Ich werde nicht eher ruhen, bis die Täter ihre gerechte Strafe bekommen haben.

Sie werden büßen, Annabelle.

Zum Abschied schüttelt uns der Pfarrer die Hände. Er sagt etwas zu mir, doch ich verstehe ihn nicht. Das Rauschen in meinen Ohren ist zu laut. Wie auf Autopilot stolpere ich meinen Eltern hinterher. Wir verlassen den Friedhof und kehren zum Parkplatz zurück. Vor knapp einer Stunde fing die Beerdigung an. Jetzt ist nichts mehr, wie es einmal war.

Meine Brust zieht sich zusammen, und ich muss mich am Autodach abstützen, weil meine Knie nachzugeben drohen. Erst jetzt wird mir so richtig bewusst, dass Annabelle wirklich fort ist.

Wer bin ich ohne sie? Wer bin ich? Wer bin ich?

Ich presse mir eine Hand gegen die Brust, weil es so verdammt wehtut. Wie kann mein dämliches Herz immer noch schlagen, obwohl Annabelle tot ist?

Plötzlich spüre ich eine Berührung auf meiner Schulter. Ich blinzle gegen den Regen an … oder sind es Tränen? Meine Sicht ist verschleiert, doch mir steigt das blumige Parfum meiner Mutter in die Nase. Sie zieht mich an sich, und wir weinen gemeinsam.

Ich verliere jegliches Zeitgefühl. Irgendwann löst sich meine Mutter aus der Umarmung und streicht mir eine nasse Haarsträhne aus der Stirn. Eine vertraute Geste aus meiner Kindheit, die sie zu beruhigen scheint, daher lasse ich sie gewähren.

»Möchtest du wirklich nicht mit uns nach Hause kommen?«

»Nein«, sage ich mit überraschend fester Stimme. »Ich werde zurück zur Uni gehen.«

»Bist du sicher, dass du … dorthin zurückwillst? Wir finden eine andere Universität für dich.«

Dorthin. Zurück an den Ort, an dem meine Schwester gestorben ist. Zu dem See, in dem sie ertrunken ist. Meine Mutter ahnt nicht, warum ich die Uni nicht wechseln will, nicht wechseln kann. Dass die Schuldigen für Annabelles Tod noch immer dort sind. Aber das ist auch gut so. Meine Eltern haben schon genug durchzustehen.

»Mach dir keine Sorgen, ich komme klar.«

Mein Vater legt mir eine Hand auf die Schulter. »Pass auf dich auf, Gabriel.«

»Das werde ich, versprochen.«

Erneut schließt meine Mutter mich in ihre Arme. Sie klammert sich an mir fest, als hätte sie Angst, mich auch noch zu verlieren. Kurz ringe ich mit mir, doch bei meinen Eltern zu bleiben. Aber die Universität ist mein Zuhause. Das war sie auch für Annabelle, die jahrelang hart dafür gekämpft hat, dort angenommen zu werden. Ich bin es ihr schuldig zurückzukehren. Ich spüre, dass sie das so gewollt hätte. Außerdem werde ich den Erinnerungen ohnehin nie entkommen können. Egal, wie weit ich laufe. Egal, wo ich wohne und was ich tue. Warum dann überhaupt fortgehen? Nein, ich werde mein Astronomiestudium fortsetzen und mit der Suche nach der Wahrheit beginnen. Entschlossen straffe ich die Schultern und atme tief durch, froh, ein Ziel vor Augen zu haben, auf das ich mich konzentrieren kann.

Ich verabschiede mich von meinen Eltern, und wir steigen in unsere Autos. Ich in einen grauen BMW, der mehr PS hat, als vernünftig ist, den ich aber abgöttisch liebe. Meine Eltern in eine Audilimousine, die mein Vater heute zur Abwechslung selbst fährt. Er hat darauf bestanden, dass nur wir drei zur Beerdigung gehen. Keine entfernten Verwandten, kein Personal. Nur wir – weil Annabelle es sich so gewünscht hätte.

Ich sehe dem Auto meiner Eltern nach, bis es hinter der nächsten Ecke verschwunden ist. Dann atme ich tief durch, starte den Motor und fahre los. Ich schalte die Sitzheizung ein, weil ich anfange, in meinen nassen Klamotten zu zittern. Zum Glück dauert die Fahrt nur eine gute Stunde.

Ich lasse meine Heimatstadt Küsnacht hinter mir und fahre auf die Autobahn, am Zürichsee vorbei geht es in Richtung Süden. Je näher ich meinem Ziel komme, desto stärker wird das Gefühl, mich jeden Augenblick übergeben zu müssen. Meine Gedanken kreisen, finden keinen Fixpunkt, womöglich sollte ich in diesem Zustand gar nicht Auto fahren. Aber wenn ich jetzt anhalte, werde ich niemals die Kraft aufbringen, an die Universität zurückzukehren, dessen bin ich mir sicher.

Nach einer Dreiviertelstunde entdecke ich den Walensee am Horizont. Eingebettet zwischen zerklüfteten Bergen, liegt er im Schatten und fast bedrohlich vor mir. Ich umklammere das Lenkrad fester, bis meine Fingerknöchel weiß hervortreten. *Es ist alles okay. Ich schaffe das.* Jetzt ist es nicht mehr weit. Nur noch ein paar Kilometer über die Serpentinenstraße, bis ich das Universitätsgelände erreiche. Wo sich die alten Gebäude aus grauem Stein mit Türmchen und Zinnen an den See schmiegen, die Studierenden in der gigantischen Bibliothek über zerlesenen Büchern brüten oder die nächste Party planen.

Der Ort, von dem meine Zwillingsschwester stets geträumt hat. Und der letztendlich zu ihrem Albtraum wurde.

Corvina Castle.

Kapitel 2

Zwei Jahre später

Elora

Als ich das Esszimmer betrete, glitzert hinter der breiten Fensterfront der Genfer See in der Sonne. Das türkisblaue Wasser hat heute nur wenig Seegang, daher schaukelt das Boot meines Stiefvaters an unserem hauseigenen Steg sachte hin und her. Im Hintergrund recken sich die Alpen in den Himmel. Von hier aus erscheinen sie mir winzig. Sie erinnern mich jeden Tag aufs Neue daran, dass ich mich genau so fühle, seit ich in diese luxuriöse Villa eingezogen bin. Klein. Und nicht wie ich selbst. Genau deswegen muss ich hier so bald wie möglich weg.

»Guten Morgen«, flötet meine Mutter, die mit meinem Stiefvater Ludovico am Esstisch sitzt. Sie reicht mir einen Umschlag. »Der ist für dich mit der Post gekommen.«

Sobald ich den Absender lese, schlägt mein Herz so heftig, als wolle es mir aus der Brust springen. Die Pestalozzi-Stiftung. Endlich! Auf diesen Brief warte ich seit Wochen.

An Ort und Stelle reiße ich den Umschlag auf und ziehe

ein einzelnes Blatt mit ein paar maschinengeschriebenen Zeilen heraus.

Sehr geehrte Elora Farraro,

nach hinreichender Prüfung Ihrer Unterlagen müssen wir Ihnen heute leider mitteilen, dass wir Ihnen kein Stipendium durch unsere Stiftung gewähren können. Wir bedanken uns für Ihr …

Ich lese nicht weiter, sondern stopfe das Papier frustriert zurück in den Umschlag. Meine Augen brennen, aber hastig blinzle ich die Tränen weg. Ich werde auf keinen Fall anfangen zu weinen. Nicht vor Ludovico und meiner Mutter.

»Und?«, fragt sie aufgeregt und streicht sich eine honigblond gefärbte Haarsträhne aus der Stirn. Früher war ihr Haar genauso dunkelbraun wie meins. Auch das hat sich geändert, nachdem Ludovico in unser Leben getreten ist.

Ich schüttle nur den Kopf, weil ich nicht fähig bin zu sprechen. Das war meine letzte Chance auf ein Stipendium. Alle anderen Stiftungen haben mir schon vor Wochen abgesagt. Enttäuscht setze ich mich an den Tisch und lege den Brief beiseite.

Ludovico räuspert sich. »Du weißt, dass deine Chancen auf ein Stipendium schlecht standen.«

»Ja, dank dir.«

Mein Stiefvater ist der Inhaber einer milliardenschweren Firma. Als mir meine Mutter vor ungefähr drei Jahren von ihrem neuen Freund erzählte, der ein wohlhabender Unternehmer aus Genf ist, hielt ich das zunächst für einen Scherz. Aber dann ging alles Schlag auf Schlag. Ludovico machte ihr einen Heiratsantrag, sie sagte Ja, und plötzlich zog ich von einem kleinen Dorf in Deutschland in die reichste Stadt der Schweiz. Von einem öffentlichen Gymnasium wechselte ich auf eine teure Privatschule, und statt mit dem Bus zu fahren, wurde ich mit einer Limousine herumkutschiert.

Was ich wollte, spielte keine Rolle. Ich war sechzehn Jahre alt und musste mich fügen. Dass meine gesamte Welt auf den Kopf gestellt wurde und ich alles verlor, was mir etwas bedeutete, spielte keine Rolle. Ich ließ mein Zuhause zurück, genauso wie meine Freunde, die meine Mutter und mich Goldgräberinnen nannten, und schließlich gar nicht mehr mit mir sprachen. Dadurch, dass ich mitten im Schuljahr auf eine neue Schule wechselte, fand ich auch dort keinen Anschluss. Weder im Unterricht noch bei meinen neuen Mitschülern. Nur eine Sache blieb mir. Eine Sache, die sich nie verändert hat: mein Traum, Medizin zu studieren.

Und genau der droht nun zu platzen.

»Du könntest einfach mein Angebot annehmen«, sagt Ludovico und deutet auf den Brief. »Das war deine letzte Bewerbung um ein Stipendium, oder?«

Zögerlich nicke ich und nehme mir von dem Rührei, das Ludovicos Haushälterin besser macht als jedes Restaurant. »Ich weiß, du meinst es nur gut, aber das will ich aus eigener Kraft schaffen.«

»Und wie?«

Ja, wie, verdammt? Wenn ich das wüsste, säße ich schon längst nicht mehr hier. Dann hätte ich mir bereits irgendwo eine eigene Wohnung gesucht, weit weg von Genf und dem mit allerlei Pflichten verbundenen Reichtum meines Stiefvaters. Leider ist ein Medizinstudium nicht so leicht zu stemmen. Wenn ich nebenbei noch arbeiten muss, werde ich das Lernpensum nicht schaffen, das ist mir vollkommen klar.

Ich bin niemand, dem das Lernen leichtfällt. Schon immer musste ich für gute Noten hart arbeiten.

Ich hasse es, wie zufrieden Ludovico aussieht, weil er genau weiß, dass mir nach der Absage keine andere Wahl bleibt, als sein Angebot anzunehmen. Aber dann wäre ich exakt das, was meine früheren Freundinnen mir vorgeworfen haben: eine Goldgräberin, die sich von ihrem Stiefvater aushalten lässt. Dabei könnte die Realität nicht weiter davon entfernt sein. Ich möchte eigenständig sein. Der ganze Reichtum ist mir egal. Er ist die Eintrittskarte zu einer oberflächlichen Welt, in der jeder jedem ein Messer in den Rücken sticht, sobald etwas für ihn oder sie dabei herausspringt.

Vor meinem inneren Auge sehe ich nichts als Dunkelheit, dann blaue, flackernde Lichter. Ich höre einen lauten Knall und spüre Angst, die meinen Brustkorb wie ein Schraubstock zerquetscht. Hastig blinzle ich, um Erinnerungen an die Nacht, in der ich hautnah miterleben musste, wie falsch die oberen Zehntausend sein können, zu vertreiben. Ich brauche keine schicken Kleider und teuren Autos. Alles, was ich will, alles, was ich jemals wollte, ist, Ärztin zu werden, um Menschen zu helfen.

Menschen wie meinem Vater.

Sofort verdränge ich die schmerzhaften Gedanken an ihn. Ich stehe auch so schon kurz davor, in Tränen auszubrechen. Mich an den Tod meines Vaters zu erinnern, würde das Fass zum Überlaufen bringen.

»Du solltest noch einmal in Ruhe darüber nachdenken«, holt Ludovico mich aus meinen düsteren Gedanken zurück. »Bevor es zu spät ist, dich für das kommende Semester einzuschreiben.«

Mir ist klar, im Grunde hat er recht. Ist meine Sturheit es wirklich wert, meinen Traum aufs Spiel zu setzen? Warum kann ich es mir nicht leicht machen und sein Angebot annehmen? Zwei Buchstaben trennen mich von einer sorglosen Studienzeit. Doch ich bekomme sie partout nicht über die Lippen.

Ich schiebe mir einen weiteren Bissen Rührei in den Mund, aber der Appetit ist mir längst vergangen.

»Dir würde es auf Corvina Castle sicher gut gefallen«, fügt er hinzu. Natürlich lässt er nicht locker. Er ist es gewohnt zu bekommen, was er will. »Viele berühmte Ärzte und Ärztinnen der Schweiz haben dort studiert. Die Universität ist international anerkannt für ihre erstklassige Ausbildung, insbesondere der Studiengang Medizin gilt als einer der besten überhaupt.«

Ludovico klingt, als würde er aus einer Informationsbroschüre vorlesen. In meiner Magengegend kribbelt es verräterisch. Ein untrügliches Zeichen dafür, dass mich eine Begeisterung packt, die ich nur zu gern verdrängen würde. Mit seiner Bedingung, dass ich an der Eliteuniversität Corvina Castle studieren muss, damit er mir mein Studium finanziert, will er mich manipulieren. Dennoch habe ich mir online Bilder der Uni angeguckt. Ich konnte einfach nicht anders, meine Neugier war zu groß. Corvina Castle liegt eine Stunde von Zürich entfernt am Walensee. Eine traumhafte ruhige Lage, in der ich mich ganz auf mein Studium konzentrieren könnte. Mit einer riesigen Bibliothek und renommierten Dozenten.

Und dennoch … »Ich glaube nicht, dass Corvina Castle der richtige Ort für mich ist.« In den letzten drei Jahren war ich durchgängig von reichen Schnöseln umgeben, das reicht mir für ein ganzes Leben. Selbst wenn es hier um meinen großen Traum geht.

»Warum nicht?«, fragt meine Mutter, die mal wieder gar nichts versteht. Sie begreift nicht, wie wenig ich der Welt, in der wir inzwischen leben, abgewinnen kann. Dass ich viel lieber in unserem kleinen Dorf im Allgäu geblieben wäre, als mich von einem Chauffeur und mit einem prickelnden Glas Champagner in der Hand zum Shoppen durch Genf kutschieren zu lassen.

»Es gibt viele Stipendiaten an der Universität, außerdem würdest du endlich Lucia kennenlernen«, führt Ludovico an. Als er seine Tochter erwähnt, wird seine Stimme weicher. Ich höre eine Spur Kummer darin.

Bisher habe ich Lucia nicht einmal gesehen, obwohl meine Mutter und ich seit fast zwei Jahren in der Villa Salvari wohnen. Ihr Vater und sie haben sich kurz vor der Hochzeit heftig zerstritten, und seitdem war Lucia nicht zu Hause. Worum es bei dem Streit genau ging, hat Ludovico mir nie verraten, doch anhand von ein paar aufgeschnappten Gesprächsfetzen vermute ich, dass Lucias Studienwahl eine entscheidende Rolle dabei gespielt hat.

Sie scheint mutig zu sein, wenn sie es geschafft hat, sich gegen Ludovico durchzusetzen. Ich kann nicht verhindern, dass mich die Neugier packt. Wer ist meine Stiefschwester? Würden wir uns gut verstehen? Könnten wir gemeinsam diesem Wahnsinn trotzen, dem ich mich seit zwei Jahren allein stellen muss? Ich habe mir immer eine Schwester gewünscht.

»Wie gesagt, denk noch einmal in Ruhe darüber nach«, bittet Ludovico.

Ich schiebe die Reste des Rühreis auf meinem Teller hin und her. Soll ich die Chance, die sich mir bietet, nutzen? Studiere ich an der besten Universität der Schweiz und lerne auch noch meine Stiefschwester kennen? Oder probiere ich es weiter allein und riskiere, dass mein Traum nicht in Erfüllung geht?

»In Ordnung«, sage ich schließlich. »Ich denke darüber nach.«

Seufzend lehne ich den Kopf gegen das kühle Fensterglas und schaue nach draußen. Laubbäume, deren Blätter wirken, als hätte ein Künstler sie in orange und gelbe Farbeimer getaucht, reihen sich an die vom Regen nasse Straße. Sie führt in Serpentinen einen Berg hinauf. Ab und an blitzt hinter den Bäumen ein See auf. Im Sommer kann man sich bestimmt gut darin abkühlen, vorausgesetzt man schwimmt gerne. Was ich von mir nicht behaupten kann. Seit ich denken kann, hege ich eine unerklärliche Abscheu gegen Wasser. Zu mehr als dem Seepferdchen hatten meine Eltern mich nie überreden können.

Ich lasse die Trennwand herunter, die mich vom Chauffeur isoliert. »Wie lange fahren wir noch?« Ich habe bereits versucht, in einer Navigationsapp nachzuschauen, aber das mobile Internet ist hier so schlecht, die Karte lädt nicht einmal.

»Noch eine Viertelstunde, allerhöchstens.«

Das ist gut. Langsam habe ich nämlich das Gefühl, dass mir von den vielen Kurven flau im Magen wird.

Ich wünschte, ich hätte eine andere Wahl gehabt. Ich schnaube verächtlich, als ich daran denke, dass ich nun wirklich und wahrhaftig in der Welt meines Stiefvaters angekommen bin. Alles ist käuflich, alles hat seinen Preis. Auch ich und mein größter Traum.

Da die Trennwand noch immer unten ist, entdecke ich durch die Windschutzscheibe plötzlich ein Auto am Straßenrand. Es ist vom Weg abgekommen und gegen einen Baum geknallt.

»Stopp!«, schreie ich im selben Moment, in dem der Chauffeur auf die Bremse tritt. Die Reifen quietschen, das Auto schlingert, und noch bevor es ganz zum Stehen kommt, reiße ich die Tür auf und stürze nach draußen.

»Warten Sie!«, ruft der Chauffeur, doch ich ignoriere ihn.

Ich renne zur Unfallstelle und hoffe, ich komme nicht zu spät. Hinter mir schlägt eine Autotür zu, als der Fahrer ebenfalls aussteigt. Wieder ruft er nach mir, aber ich habe nur Augen für das Auto vor mir. Die Motorhaube wurde zusammengedrückt wie ein Akkordeon, Rauch steigt auf, und ich weiß, ich muss mich beeilen.

Durch die Fensterscheibe entdecke ich eine junge Frau. Sie lehnt regungslos im Fahrersitz. Aus einer Wunde an ihrer Stirn sickert Blut, das sicher von dem Aufprall mit dem Airbag stammt, der nun schlaff um das Lenkrad hängt.

Meine Hände schließen sich um den Griff der Tür.

»Was machen Sie denn da? Weg vom Auto!«

Der Chauffeur klingt panisch, und ich schreie: »Rufen Sie den Notarzt!«

Dann reiße ich die Tür auf und ziehe die Frau vorsichtig heraus. Erst ein paar Meter hinter dem Auto lege ich sie ab. Ein beißender Geruch steigt mir in die Nase, doch ich versuche, mich voll und ganz auf sie zu konzentrieren. Ich streiche ihr die Haare aus dem Gesicht und realisiere, dass sie ungefähr in meinem Alter ist. Sie ist hübsch, daran kann auch das Blut nichts ändern, das ihr über die Schläfe rinnt. Gleichzeitig wirkt sie unendlich zerbrechlich.

Für einen winzigen Augenblick bleibt mir die Luft weg, und dann … fange ich an zu kämpfen.

Die Umgebung verschwimmt, während ich ihre Atmung überprüfe. Nichts, nicht einmal der kleinste Hauch strömt zwischen ihren Lippen hervor. Daher lege ich meine Hände auf ihre Brust und beginne mit den Reanimationsmaßnahmen. Ich konzentriere mich ganz auf meine Aufgabe, keine Straße, keine Bäume, kein panischer Chauffeur sind noch von Bedeutung.

Als würde sie meine Bemühungen, meine wachsende Verzweiflung spüren, schlägt die Frau plötzlich die Augen auf. Sie sieht mich direkt an, ich erkenne Angst in ihrem verschleierten Blick.

Sie hustet, und Blut läuft über ihre Lippen. Verdammt, ich weiß, was das bedeutet: innere Blutungen. Kein Arzt dieser Welt könnte sie jetzt noch retten, erst recht nicht ich. Ich greife nach ihrer Hand und drücke ihre eiskalten Finger, um ihr Trost zu spenden. Auf einmal realisiere ich, was der Schleier in ihren Augen bedeutet. Es ist der Tod.

Wieder hustet sie einen Schwall Blut. Ihre Lippen bewegen sich, aber kein Laut kommt hervor.

»Es ist alles gut«, versuche ich sie zu beruhigen und streiche ihr eine dunkle Haarsträhne aus der Stirn.

»Fortuna aeterna«, krächzt sie so leise, dass ich sie beinahe nicht verstanden hätte.

Und dann macht sie ihren letzten Atemzug.

Ich sitze da wie versteinert, während ich ihre zarten Finger weiter umklammert halte. *Nein.* In meinem Kopf ertönt dieses Wort wie in einer Dauerschleife. Tränen treten mir in die Augen, und mein Atem geht schwerer.

Plötzlich dringt ein Schrei an meine Ohren. »Feuer!«

Ich schrecke aus meiner Trance auf. Im selben Moment kann ich ihn riechen, den beißenden Qualm. Endlich lasse ich die Frau los und komme auf die Füße. Meine Hände, mein Pullover, sogar meine Leggings sind blutverschmiert. Aber das ist mir egal. Ich drehe mich um und renne los. Von dem Unfallauto weg, in die Richtung, aus der der Chauffeur schreit.

Sobald ich ihn erreiche, höre ich auch die Sirenen. *Zu spät,* will ich schreien. *Ihr kommt zu spät!* Aber ich kann nicht, meine Kehle fühlt sich eng an, wie zugeschnürt. Ich habe kein Problem mit dem Tod. Das wäre als angehende Ärztin auch schwierig. Menschen leben, und irgendwann müssen sie diese Welt verlassen. Die meisten sind dann alt und grau, aber diese Frau? Sie war so jung. Und das lässt mich keineswegs kalt.

»Sind Sie von allen guten Geistern verlassen, sich so dicht an ein qualmendes Auto zu wagen? Wissen Sie, was hätte passieren können, wenn es explodiert wäre? Dann wären Sie jetzt tot, und ich würde verklagt werden!«

Ehrlich? Darüber macht sich der Mann mit den grauen Haaren und dem maßgeschneiderten Anzug in diesem Augenblick Sorgen? Wütend funkle ich ihn an. »Erstens: Ein Auto kann nicht explodieren, so etwas passiert nur in Actionfilmen. Und zweitens: Sie arbeiten für mich. Also sollten Sie lieber aufpassen, wie Sie mit mir reden.«

Gott, ich hasse es, diese Karte auszuspielen, aber sie funktioniert, denn der Chauffeur stammelt sofort eine Entschuldigung.

Knackend schießt eine Stichflamme aus der Motorhaube des verunglückten Wagens empor. Das Geräusch geht beinahe im Sirenengeheul des Rettungswagens unter. Er hält an, und ein Sanitäter springt heraus.

Die nächsten Minuten ziehen an mir vorbei, aber ich bin nicht wirklich anwesend. Der Arzt stellt den Tod der Frau fest und wendet sich anschließend an mich, um mich zu befragen. Kurz darauf rückt eine Feuerwehreinheit an, um den Brand zu löschen.

Der Chauffeur ist unterdessen wieder ins Auto eingestiegen. Dahinter bildet sich eine Schlange weiterer Fahrzeuge. Wir befinden uns auf der einzigen Straße, die zur Universität führt. Vermutlich war die junge Frau im Unfallwagen eine Studentin aus Corvina Castle.

Ich blicke an mir hinunter. Das Blut ist mittlerweile getrocknet. Bei dem Anblick schluchze ich auf. Ich konnte ihr nicht helfen. Ich weiß, dass ich alles in meiner Macht Stehende getan habe, trotzdem kann ich den Gedanken nicht abschütteln, versagt zu haben.

Am Kofferraum säubere ich meine Hände mit einer Flasche Wasser. Ganz bekomme ich das Blut nicht weg. Für den Rest muss später eine gute Seife herhalten.

Wir warten, bis die Einsatzkräfte ihre Arbeit verrichtet haben. Erst dann wird die Straße wieder freigegeben, und der Chauffeur fährt die letzten Kilometer bis zur Universität. Je näher wir dem Gelände kommen, desto besser wird das Internet. Ich öffne die Suchmaschine und tippe die beiden Worte ein, die die Frau kurz vor ihrem Tod gesagt hat. Sie scheinen ihr wichtig gewesen zu sein. Wie ich schon vermutet habe, handelt es sich um Latein. Für mein Studium werde ich die Sprache benötigen, daher habe ich bereits im Vorfeld versucht, mir ein paar Vokabeln beizubringen. Doch in der Situation eben war eine Übersetzung undenkbar.

Im nächsten Augenblick lässt mir die Bedeutung der Worte einen Schauer den Rücken hinunterlaufen.

Erfolg währt ewig.

Kapitel 3

Gabriel

»Hey, kommst du mit Volleyball spielen?«, ruft mein Mitbewohner Aidan durch die geschlossene Zimmertür.

»Keine Zeit, sorry!«

Diese Antwort habe ich ihm in den letzten zwei Jahren schon mindestens ein Dutzend Mal gegeben. Meistens eine lahme Ausrede, um ihn loszuwerden, heute ist es jedoch die Wahrheit.

Ich seufze. Warum habe ich mich noch mal freiwillig für das Mentorenprogramm gemeldet? An diesem herrlichen Spätsommertag könnte ich mir wirklich Schöneres vorstellen, als einen Erstsemester durch Corvina Castle zu führen. Aber jetzt ist es leider zu spät, um noch einen Rückzieher zu machen.

Nur dieses eine Jahr, sage ich mir. Damit Professor Belkova mich für den Zusatzkurs *Himmelsmechanik und Raumfahrt*, für den er nur eine Handvoll Studierende zulässt, auswählt. Schrecklich, dass dieser alte Mistkerl derart beeinflussbar ist.

Es klopft an der Tür. *Mann, ist Aidan heute nervig!*

»Was?«, knurre ich.

Die Tür öffnet sich, doch es ist nicht mein Mitbewohner, der seinen Kopf hereinstreckt, sondern meine beste Freundin Lucia. »Wow, du freust dich aber, mich zu sehen.«

»Ich dachte, du wärst Aidan. Was willst du?«

Lucia kommt herein, unter ihrem Arm einen Laptop sowie eine Tüte Chips. Wie selbstverständlich wirft sie sich auf mein Bett und macht es sich gemütlich. »Da gibt es diese neue BBC-Dokumentation über die Royal Family, die ich mir ansehen will.«

»Hast du kein eigenes Zimmer?«

Sie seufzt und bindet ihre langen blonden Haare zu einem Messy Bun, der mich an ein Vogelnest erinnert. »Sara dreht schon wieder durch.«

»Immer dieses Drama. Ich habe da gerade echt keinen Nerv für.«

»Glaubst du, mir gefällt das? Sie ist schon seit ein paar Tagen so merkwürdig drauf. Keine Ahnung, wir reden ja nie miteinander über Privates, und eigentlich geht es mich auch nichts an. Aber … gerade eben hat sie geheult, als wäre die Queen erneut gestorben! Das pack ich heute echt nicht. Hoffentlich hat sie sich nachher beruhigt. Kann ich so lange hierbleiben?«

»Meinetwegen«, murre ich und greife nach der Mappe. »Aber ich muss jetzt leider los.«

»Was? Wohin? Ich dachte, wir schauen uns die Doku zusammen an.«

Knisternd öffnet Lucia die Chipstüte. Der Geruch allein verrät mir, dass es diese grausige Sorte ist, die sie so abgöttisch liebt: Kichererbsen mit Sour-Cream-Geschmack.

»Ich habe mich als Mentor gemeldet, schon vergessen?«

Lucia stopft sich eine Handvoll Chips in den Mund. »Ach. Stimmt ja«, nuschelt sie. »Viel Spaß bei dem langweiligsten Job auf dem gesamten Campus!«

Auf dem Weg zur Tür werfe ich einen Kugelschreiber nach ihr, dem sie geschickt ausweicht, sodass er gegen die Wand prallt und hinter meinem Bett verschwindet. Ihr Lachen begleitet mich bis auf den Flur.

Die Unterkünfte auf Corvina Castle sind halb in den Stein gebaut, sodass jeweils nur von einer Seite der langen Korridore Zimmer abgehen. Jedes davon bietet Blick auf den Walensee. Was für die meisten Studierenden purer Luxus ist, bedeutet für mich eine tägliche Erinnerung an den schlimmsten Tag meines Lebens. Gleichzeitig ist es aber auch eine Ermahnung daran, meine Mission nicht aus den Augen zu verlieren. Leider habe ich in den letzten zwei Jahren kaum Fortschritte erzielt. Egal, wie hartnäckig ich es versuche, die Schuldigen lassen mich nicht an sich heran. Aber ich werde nicht aufgeben.

Fünf Minuten später öffne ich die schwere Tür, die nach draußen führt. Vor dem Unterkunftsgebäude stehen Bänke, auf denen unzählige Studierende sitzen und sich in der Sonne aalen. Heute Morgen hat es noch geregnet, kein Wunder, dass jetzt so viele hier draußen sind, um sich ihre tägliche Portion Vitamin D abzuholen. So kurz vor dem Start des neuen Semesters haben die meisten noch genug Freizeit, um die Sonne zu genießen. Nächste Woche werden die Sonnenbrillen und Klatschmagazine von Kaffeebechern und Fachbüchern abgelöst werden.

Ich überquere eine steinerne Brücke, die sich über den Bachlauf spannt und die Unterkünfte mit den Hauptgebäuden der Universität verbindet. Wasser kommt plätschernd aus den Bergen hinunter, fließt über moosbedeckte Steine und mündet im See. Auf dem Brückengeländer sitzt eine Eidechse, die sich auf den warmen Steinen sonnt. Als ich vorbeigehe, huscht sie davon. Auf der gegenüberliegenden Uferseite erkenne ich einige Gebäude und die Autobahn A3. Der Lärm der Fahrzeuge dringt nicht bis zu uns herüber. Hier ist es immer ruhig, weil unsere Seeseite bis auf die Universität nicht bebaut ist. Dadurch bietet sie den idealen Ort zum Lernen. Keine Ablenkung durch Stadtlärm, keine Boutiquen oder Nachtclubs in der Nähe. Gleichzeitig bedeutet das Abgeschiedenheit. Corvina Castle ist eine kleine Welt für sich. Gerade mag vielleicht die Sonne scheinen, aber ich weiß es besser. Ich weiß, welche Monster hinter dem alten Gemäuer lauern.

Obwohl ich spät dran bin, ist noch kein Ersti zu sehen, als ich am Treffpunkt vor dem Hauptgebäude ankomme. Nur die anderen Mentoren, die ich bei einer Infoveranstaltung kennengelernt habe, stehen in einem lockeren Kreis zusammen und unterhalten sich. Die Kiesstraße, die zum Eingangstor und hinaus in die Berge führt, ist verlassen. *Merkwürdig.*

»Hi«, begrüße ich die Gruppe. »Ist noch niemand angekommen?«

Ein großer Kerl mit grau gefärbten Haaren antwortet mir: »Nein. Professor Belkovas wissenschaftlicher Mitarbeiter war gerade hier. Es hat wohl einen Unfall gegeben, und die Zufahrtsstraße wurde gesperrt. Sollte aber nicht mehr lange dauern, bis sie wieder freigegeben wird. Laut seinen Informationen sind die Räumungsarbeiten fast erledigt.«

Ein Unfall? Na super. »Okay, danke.«

Hätte ich gewusst, dass ich mir hier nur die Füße in den Bauch stehe, hätte ich mich nicht so hetzen müssen. Erneut bereue ich es, mich für diesen Job gemeldet zu haben. Aber Hauptsache, ich komme in den Kurs über Raumfahrt. Für mein Physikstudium mit Schwerpunkt Astronomie wäre der eine echte Bereicherung. Die Vorstellung, dass auf anderen Planeten intelligentes Leben existiert oder Bewohnbarkeit möglich ist, hat mich schon immer fasziniert. Der Wunsch, irgendwann selbst solches Leben zu entdecken, war einer der Gründe, warum ich mich entschieden habe, nicht in die Fußstapfen meines Vaters zu treten und Bankier zu werden.

Da ich keine Lust habe, mich mit den anderen Mentoren zu unterhalten, stelle ich mich nicht zu ihnen, sondern setze mich abseits auf den Bürgersteig. Dann nutze ich die Wartezeit, um meine Mappe noch einmal durchzugehen. Bei der Infoveranstaltung haben wir den Namen und das Studienfach unseres jeweiligen Schützlings genannt bekommen. Mir wurde Elora Farraro anvertraut, eine Medizinstudentin. Ausgerechnet der Studiengang meiner Schwester. Ich habe versucht, jemand anderen zugeteilt zu bekommen, aber jegliche Diskussion mit Professor Belkova war zwecklos. Es gibt dieses Jahr keinen anderen Mentor aus dem Fachbereich Medizin. Da sich immerhin einige meiner Physikkurse mit diesem Studiengang überschneiden, bin ich – zumindest laut Professor Belkova – die beste Wahl für Elora.

Zehn Minuten später fährt ein schwarzer Audi durch das Tor und hält auf dem runden Vorplatz. Die hintere Tür öffnet sich, und eine junge Frau steigt aus. Ihr Haar hat die Farbe von Rosinen. Sie ist klein und zierlich, hat jedoch an genau den richtigen Stellen Kurven, die von den Leggings, die sie trägt, betont werden. Alle Aufmerksamkeit gilt ihr, als sie um das Auto herum und zum Kofferraum läuft. Gelassen wuchtet sie ihren Koffer heraus, statt sich von dem Chauffeur helfen zu lassen.

Immer mehr Autos fahren auf den mit Schotter ausgelegten Platz, und schon bald herrscht emsiges Gewusel. Wie soll ich in diesem Chaos meinen Schützling finden?

Mein Blick huscht zurück zu der Brünetten. Ich kann mir nicht einmal erklären, warum. Eigentlich ist sie recht unscheinbar. Hübsch, aber äußerlich sticht nichts an ihr heraus. Doch die Art, wie sie ihren Chauffeur behandelt, fasziniert mich. Ich habe das Gefühl, sie ist kein reiches Töchterchen. Vielleicht eine Stipendiatin? Aber warum dann das schicke Auto?

Wie auch immer, ich habe einen Job zu erledigen. Ich klappe die Mappe zu und erhebe mich vom Bürgersteig. Am besten fange ich beim ersten Auto an und frage mich nach hinten durch.

»Elora Farraro?«, spreche ich die junge Frau an.

Sofort hält sie inne. »Ja?«

Na sieh mal einer an. Das ging schnell. »Willkommen auf Corvina Castle. Ich bin Gabriel, dein Mentor.«

»Mein … Was?«

»Dein Mentor?«

Sie lacht. »Sorry, aber ich habe keine Ahnung, was das sein soll.«

Verarscht sie mich? »Als dein Mentor ist es meine Aufgabe, dich über den Campus zu führen und dir zu zeigen, wo deine Kurse stattfinden.«

»Oh, nicht nötig. Ich komme allein zurecht.«

Fassungslos starre ich sie an und umklammere die Mappe fester. »Wie bitte? Warum hast du dich dann für das Programm angemeldet?«

»Ganz sicher habe ich mich nicht … Oh.« Ein Schatten huscht über ihr Gesicht. »Dieser Mistkerl!« Sie schnaubt wütend und kramt in ihrer Handtasche nach ihrem Handy, als würde sie den Mistkerl – wer auch immer er ist – direkt anrufen wollen. Mir fällt auf, dass ihre Hände von dunklen Flecken übersät sind. Ist das … Blut?

Elora folgt meinem Blick und hält schlagartig inne. »Wenn du mich unbedingt herumführen willst, dann starte doch bitte bei einem Waschraum.«

Ich nicke nur, weil meine Kehle sich auf einmal staubtrocken anfühlt. Was ist auf dieser Straße passiert? War sie in den Unfall verwickelt?

Ein aufgedunsener Körper, blaue Lippen, mein aussichtsloser Versuch, das erstarrte Herz wieder zum Schlagen zu bringen. Die Erinnerungen prasseln mit voller Wucht auf mich ein und rauben mir für einen Augenblick den Atem.

»Was ist, kannst du kein Blut sehen?« Ohne eine Antwort abzuwarten, dreht Elora sich um und verabschiedet sich von ihrem Chauffeur. Das Gesicht des armen Kerls sieht aus, als wäre er gerade einen Marathon gelaufen. Hastig steigt er ein und startet den Motor.

Elora wendet sich wieder an mich. »Also? Was ist jetzt?«

»Geht schon wieder.«

»Ich meinte, mit dem Waschraum.«

Ihr unschuldiges, süßes Äußere täuscht, sie ist ein unerträgliches Biest. Ich beiße die Zähne zusammen und konzentriere mich auf meine Aufgabe. Der Kurs ist es wert, Elora für ein paar Stunden zu ertragen.

»Folge mir bitte«, sage ich betont emotionslos und lotse sie zum Hauptgebäude. Die helle Fassade ist von dichtem Efeu bewachsen, der aber weit zurückgeschnitten ist, damit man die Verzierungen über den Türen und Fenstern erkennen kann. Das Gebäude wirkt wie aus einem anderen Jahrhundert entsprungen, die Zinnen ragen wie Dolche in den Himmel. »Hier befinden sich das Audimax, die Bibliothek sowie jegliche Verwaltungseinrichtungen und das Büro des Universitätspräsidenten Prof. Dr. Morelli.«

Elora wirft einen Blick über ihre Schulter und schaut zu den Bergen hinauf. Sie wirken wie ein natürlicher Zaun, der das Gelände umschließt, nur durchbrochen von dem Tor, das auf die Straße hinausführt. »Wird das Tor nachts geschlossen?«

»Ja, aber in dem kleinen Häuschen daneben sitzt rund um die Uhr ein Sicherheitsangestellter, der dich nach Vorlage deines Studentenausweises rein- oder rauslässt.«

Sie lacht auf. Kein fröhlicher Laut, sondern einer, der bitter klingt. »Wie in einem Gefängnis.«

»Du hättest ja nicht herkommen brauchen«, entgegne ich wütend. Diese Uni bedeutet mir alles, nicht zuletzt, weil Annabelle sie so geliebt hat. Sie hat jeden einzelnen Tag hier genossen, und es regt mich auf, dass diese Schnepfe kein Auge für die Schönheit des Geländes hat. Ich hätte alles dafür gegeben, um meiner Schwester noch einen letzten Blick auf die Berge zu ermöglichen, aber Elora nimmt das alles missmutig auf.

Daraufhin schweigt sie, was wahrscheinlich auch besser ist. Unsere Führung hat noch nicht einmal richtig begonnen, und ich habe jetzt schon das Bedürfnis, irgendwas Zerbrechliches gegen die Wand zu pfeffern.

Meine guten Manieren habe ich dennoch nicht vergessen. Ich halte ihr die Eingangstür auf, und wir treten ein. Zwischen den Büros hängen Urkunden und Auszeichnungen, die Studierende im Laufe der Jahre errungen haben. Gleich rechts hinter dem Eingang befinden sich die Toiletten.

Elora stellt wortlos ihren Koffer neben mir ab und verschwindet hinter der Tür. Ich atme einmal tief durch. Das wird ein langer Tag.

Kapitel 4

Elora

Das Blut lässt sich abwaschen, dennoch fühle ich mich, als würde der Tod an jedem Millimeter meines Körpers haften. Wer war diese Frau? War sie glücklich? Welche Pläne hatte sie für ihre Zukunft? Hatte sie einen Partner oder eine Partnerin? Ich lasse die Schultern sinken und wische mir über die Augen. Es ist nicht meine Schuld, dass sie gestorben ist. Ich habe alles versucht, um sie zu retten. Am liebsten würde ich mich für den restlichen Tag mit einem Sachbuch in meinem Bett verkrümeln. Meinen Kopf mit Wissen zu füllen hat schon immer geholfen, mich auf andere Gedanken zu bringen. Oder eine Partie Schach. Aber stattdessen …

Ich seufze und wappne mich dafür, diesem arroganten Gabriel wieder gegenübertreten zu müssen. Seit er mich angesprochen hat, zieht er ein Gesicht wie drei Tage Regenwetter. Und was fällt ihm eigentlich ein, mich derart von oben herab zu behandeln? Er ist genau so, wie ich mir die Studierenden an dieser Universität vorgestellt habe. Alles verwöhnte Arschlöcher, die sich für etwas Besseres halten, nur weil ihre Eltern Geld haben.

Was hat Ludovico sich nur dabei gedacht, mich ohne mein Wissen für dieses Mentorenprogramm anzumelden? Ich brauche niemanden, der mich herumführt wie einen Hund an der Leine, ich komme auch allein zurecht.

Mit gestrafften Schultern verlasse ich die Toilette. Gabriel lehnt lässig an der gegenüberliegenden Wand, die Arme vor der Brust verschränkt. Eine seiner dunklen Haarsträhnen fällt ihm widerspenstig in die Stirn. Er spitzt die Lippen und pustet sie weg, ohne mich dabei aus den Augen zu lassen. Mir wird heiß, und ich schlucke schwer. Was …? Nein, ich muss mich konzentrieren! Ohne dass ich es will, mustere ich ihn weiter, seine sehnigen Unterarme, diese eng sitzenden Jeans und seine himmelblauen Augen. Wie attraktiv er ist, fällt mir erst in diesem Moment auf. Ausstehen kann ich ihn trotzdem nicht.

In sicherer Entfernung zu ihm bleibe ich stehen. »Zeigst du mir bitte, wie ich zu meinem Zimmer komme? Den Rest finde ich dann schon allein.«

Er stößt sich von der Wand ab und kommt langsam auf mich zu. Mein Herzschlag beschleunigt sich. Verdammt, was ist nur los mit mir? Seit wann lasse ich mich vom guten Aussehen eines Typen blenden?

»Sorry, das geht nicht. Ich mache das hier nicht ohne Grund, und ich habe keine Lust, Ärger zu bekommen«, sagt er. »Aber wir können die Führung gerne kurz halten. Es ist auch in meinem Sinne, so wenig Zeit wie möglich damit zu verschwenden.«

Warum ist er überhaupt Mentor, wenn er mit dieser Tätigkeit doch nur seine Zeit *verschwendet*? Obwohl ich ihm viel lieber geigen würde, was ich von ihm halte, gebe ich mich geschlagen. Je schneller wir diese Führung hinter uns bringen, desto eher bin ich auf meinem Zimmer. Allein.

Ich will nach meinem Koffer greifen, doch das goldene Ungetüm, das mir meine Mutter vor der Abreise gekauft hat, ist verschwunden. »Wo ist mein Gepäck?«

»Deinen Koffer habe ich weggebracht. Keine Sorge, da kommt niemand dran. Nur wir Mentoren haben einen Schlüssel für den Raum.«

»Nimmst du ständig anderer Leute Dinge, ohne zu fragen?«

»Ich wollte nur helfen, damit wir keine Zeit verlieren.«

»Indem du …«

»Lass es gut sein, okay?«, schnauzt er mich an.

Arschloch. Ich funkle ihn wütend an. Für wen hält er sich? Für den König dieser Universität, der sich alles erlauben kann?

Ich öffne gerade den Mund, um etwas zu erwidern, als Gabriel seufzt. »Hör zu, es tut mir leid«, sagt er. Überrascht blinzle ich ihn an. Ich hätte nicht gedacht, dass in diesem Kerl genug Anstand für eine Entschuldigung steckt. »Das hier ist wichtig für mich, aber ich hätte dich nicht so anblaffen dürfen.«

Er fährt sich mit der rechten Hand durch sein Haar. Ein schmales Lederband in der Farbe von Vollmilchschokolade hängt daran. Darin eingeflochten ist eine silberne Plakette, auf der etwas eingraviert ist, aber ich kann nicht erkennen, was. Vielleicht der Name seiner Freundin? Ich spüre, wie meine Wangen rot werden. Er lässt die Hand wieder sinken. Sein Haar ist jetzt vollkommen durcheinander, die braunen Strähnen stehen in alle Richtungen ab, doch es scheint ihn nicht zu kümmern.

Ich balle die Hände zu Fäusten, weil mich der Drang überkommt, sein Haar wieder in Ordnung zu bringen. Es ist, als würde mich ein unsichtbares Gewicht zu ihm ziehen. *Reiß dich zusammen, Elora!* Ich kenne Gabriel kaum, ich kann ihn ja nicht mal leiden! Dennoch fasziniert er mich. Da ist diese leise Stimme in mir, die mir einflüstert, dass in ihm noch mehr steckt als sein ruppiges Auftreten und diese kurze Entschuldigung. Und dass mich hinter dieser kalten Fassade weitere Überraschungen erwarten. Ich war schon immer ein neugieriger Mensch. Mein Vater pflegte stets zu sagen, dass mich diese Eigenschaft irgendwann in Schwierigkeiten bringen wird.

Gabriel räuspert sich. »Wir sollten jetzt anfangen.«

»Sehr gerne«, gebe ich bissiger als nötig zurück, um diese merkwürdige Anziehung zu unterbinden. »Schließlich wollen wir ja *keine Zeit verlieren*.«

Gabriel zeigt mir das Büro des Präsidenten, das des Dekans meiner Fakultät und die Studienberatung. Er führt mich in das Untergeschoss, und wir werfen einen kurzen Blick in das Audimax. Unter dem modernen Namen habe ich mir definitiv etwas anderes vorgestellt. Der bestuhlte Versammlungsraum, in dem fakultätsübergreifende Vorlesungen und Vorträge stattfinden, befindet sich komplett unter der Erde und hat keine Fenster. Mit den hohen Decken und den antiken Kerzenhaltern an den Wänden würde er für mich eher in das Kellergewölbe einer Kirche passen, in der heimliche Rituale abgehalten werden. Ich schaudere. Zum Glück halten wir uns nur kurz darin auf, bevor Gabriel die Führung in der medizinischen Fakultät fortsetzt. Er erklärt mir ausführlich, wie die Räume nummeriert sind, damit ich ohne Probleme zu meinen Kursen finde.

Anschließend schauen wir uns die Bibliothek an, die mich gegen meinen Willen beeindruckt. Studiertische aus dunklem Holz stehen zwischen deckenhohen Bücherregalen, die ich am liebsten sofort auf der Suche nach Büchern über Medizin durchstreifen würde. Ich kann beinahe die Buchrücken unter meinen Fingerspitzen fühlen, den Duft alter Ledereinbände habe ich bereits in der Nase. Genüsslich atme ich ein. In den kommenden Jahren bleibt mir noch genug Gelegenheit, die Bibliothek zu nutzen, und langsam freue ich mich auf das Medizinstudium hier.

Was Lucia wohl studiert? Und wo sie gerade ist? Ich wünschte, Ludovico hätte mir ein bisschen mehr über sie erzählt.

Auf einmal flitzt eine schwarze Katze an meinen Beinen entlang und schlüpft durch die offene Tür aus der Bibliothek. Irritiert blicke ich ihr nach.

»Hast du die Katze gesehen?«, frage ich Gabriel.

»Ja, das ist Calma, die Universitätskatze. Meistens hält sie sich in der Bibliothek auf oder liegt auf einem der großen Steine am See in der Sonne. Manchmal kommt sie aber auch mit in die Vorlesungen. Nur streicheln solltest du sie nicht, sie kann ziemlich biestig werden. Obwohl …« Er wirft mir einen kurzen Seitenblick zu und hebt die Brauen. »Vielleicht kommt ihr beiden ganz gut miteinander aus.«

Ich schnaube. »Na, vielen Dank auch. Jetzt weiß ich immerhin, auf wen ich sie zuerst ansetzen werde.«

Seine Mundwinkel zucken. Nur ganz kurz, aber ich bemerke es trotzdem, und mein Herz macht einen albernen kleinen Satz. Er sieht wie ein anderer Mensch aus, wenn er lächelt. Fast lächelt, korrigiere ich mich und betrachte ihn noch einen Moment länger.

Wir verlassen die Bibliothek und anschließend das Hauptgebäude über den Hinterausgang. Schmale Stufen führen zu einem gepflasterten Weg hinunter, an den sich der Uferbereich des Walensees schmiegt. Bänke stehen auf der breiten Wiese, und an einem Steg schaukeln Ruderboote, die bei jeder Bewegung ächzen.

»Rudern gehört zum Universitätssport. Corvina Castle hat eine eigene Mannschaft, die recht erfolgreich ist«, erklärt Gabriel. »Es gibt außerdem eine Schwimmhalle, eine Turnhalle sowie einen Fitnessbereich. Den sehen wir uns gleich noch an. Aber erst einmal kommen wir zu dem kleinen Supermarkt und der Kantine.«

Der gesamte Komplex von Corvina Castle erinnert mich mit den vielen spitzen Türmen, den Zinnen und den Mauern aus grobem Stein an eine Mischung aus einer normannischen Villa und einer Burg. Unwillkürlich schleicht sich ein Lächeln auf meine Lippen.

Die Kantine ist im Obergeschoss eines modernen Gebäudes untergebracht, darunter befindet sich der Supermarkt. Direkt daneben schließt sich ein länglicher Anbau mit Flachdach an. In geschwungenen Lettern steht über dem Eingang des Anbaus *Seaside*. Das Lokal ist eine Mischung aus Restaurant und Café, mit einer riesigen Glasfront und einer vorgesetzten Terrasse, die auf den Walensee hinauszeigt.

»Das *Seaside* ist ein beliebter Treffpunkt zum Lernen«, erklärt Gabriel und deutet auf die Terrasse, deren Tische fast alle besetzt sind. »Es hat keinen Ruhetag, was wirklich praktisch ist. Außerdem gibt es einen separaten Barbereich. Samstags finden dort Themenpartys statt. Die Betreiber überlegen sich jede Woche ein anderes Motto. Falls du interessiert bist, solltest du ihrem Insta-Account folgen. Dort werden die Mottos und zusätzliche Partys, wie zum Beispiel die an Halloween, bekannt gegeben. Man kann die Bar übrigens auch mieten. Für Geburtstagsfeiern oder so was.«

Corvina Castle hat wirklich alles, was das Studentenherz begehrt. Es gibt praktisch keinen Grund, das Gelände zu verlassen. Da ich Ludovicos Angebot, mir ein Auto zu kaufen, abgelehnt habe, ist das wahrscheinlich auch besser so. Ich bezweifle, dass die abgelegene Universität über eine Bushaltestelle verfügt.

»Klingt nett«, sage ich nur und habe nicht vor, dem Insta-Account zu folgen. Nicht nur, weil ich neben meinem Studium ohnehin kaum Zeit für Partys haben werde, sondern auch, weil ich nicht unbedingt scharf darauf bin, mich mit meinen überprivilegierten Kommilitonen zu betrinken.

Hinter dem *Seaside* ragt ein Felsen auf. Gabriel hält zielstrebig darauf zu, bis ich den schmalen Weg bemerke, der seitlich daran vorbeiführt. Eine Art metallener Steg, der von Stelzen ein paar Meter über dem Wasser gehalten wird und mit einem Geländer gesichert ist. Er schmiegt sich an den Stein, verengt sich an einer Stelle, sodass wir kurz hintereinandergehen müssen, und offenbart anschließend den Eingang zu einem weiteren Gebäudekomplex.

Bei jedem Schritt über das Wasser ist mir mulmig zumute. Gabriel hat sein Tempo ebenfalls angezogen, vielleicht bilde ich mir das aber auch nur ein. Der Steg führt uns auf eine große Freifläche, auf der eine Tartanbahn, eine Sporthalle und eine Schwimmhalle untergebracht sind. Nahe dem Wasser steht ein kleiner Schuppen. Gabriel sagt, dort werden im Winter die Ruderboote gelagert.

»Dieser Bereich der Universität sowie das *Seaside* wurden erst im letzten Jahrhundert angefügt. Die Unterkünfte und das Hauptgebäude sind schon wesentlich älter. Sie wurden bereits 1486 gebaut, kurz bevor Corvina Castle gegründet wurde. Der Name ist übrigens inspiriert von der Weinsorte *Corvina*, die früher an den Uferhängen angebaut wurde.«

»Interessant«, sage ich. »Hast du das extra für deinen Job als Mentor auswendig gelernt, oder bist du einfach ein wandelndes Geschichtsbuch?«

Mein Scherz verfehlt offenbar seine Wirkung, denn Gabriel runzelt skeptisch die Stirn. »Eine Freundin von mir studiert Geschichte, sie nervt mich ständig mit historischen Fakten.«

Ein unangenehmes Schweigen entsteht, und ich bin froh, dass Gabriel im nächsten Moment vorschlägt, den Rückweg anzutreten. Hoffentlich geht es jetzt endlich auf mein Zimmer.

Wir passieren gerade erneut das Hauptgebäude, als Gabriel schlagartig stehen bleibt. Seine Aufmerksamkeit gilt einer jungen Frau, die ihm panisch entgegenläuft. Sie kommt mir irgendwie bekannt vor. Kurz bevor sie uns erreicht, sehe ich, dass ihr Gesicht tränenüberströmt ist.

»Gabriel«, schluchzt sie und wirft sich in seine Arme. »Es gab einen schrecklichen Unfall. Sara … Sara ist tot.«

Mein Mentor zuckt zusammen. »Was?! Du meinst, deine Mitbewohnerin Sara?«

Die Frau nickt. Ob sie seine Freundin ist? Womöglich steht ihr Name auf seinem Armband? Ich komme mir total fehl am Platz vor. Bei dieser intimen Szene sollte ich nicht anwesend sein und dennoch … Die Rädchen in meinem Kopf beginnen sich zu drehen und rasten ruckartig ein.

Ich blicke auf meine Hände hinab, als könnte ich das Blut noch daran kleben sehen.

Sara. So hieß die Frau, die ich nicht retten konnte. Die Frau, die in meinen Armen gestorben ist. *Fortuna Aeterna.* Warum hat sie das gesagt? Was haben die Worte zu bedeuten? Vielleicht wissen Gabriel und seine Freundin mehr darüber, aber jetzt ist wohl kaum der richtige Zeitpunkt, um sie danach zu fragen.

»Sht«, macht Gabriel. »Es wird alles gut, Lucia.«

Moment … Was hat er gesagt? Auf einmal verstehe ich, warum sie mir so bekannt vorkommt. Die spitze Nase, der strenge Zug um die Lippen. Haare in der Farbe von Sonnenstrahlen und hellblaue Mandelaugen mit dichten Wimpern. Sie sieht aus wie ihr Vater. Noch dazu spricht sie Hochdeutsch, kein Schweizerdeutsch, was verrät, dass sie in einem anderssprachigen Teil der Schweiz aufgewachsen ist.

Die Frau in Gabriels Armen ist meine Stiefschwester.

Kapitel 5

Gabriel

Sara ist tot. Tot. Tot. Tot. Das Wort rauscht in einer Endlosschleife durch meinen Kopf und hält mich fest in seinen eiskalten Klauen gefangen. Wir befinden uns direkt neben dem See, was es mir umso schwerer macht, mich gegen die Panik zu behaupten, die mich bei diesem Wort überkommt. Ich bin wie erstarrt, und mein Herz schlägt so schnell, als würde es mir aus der Brust springen wollen.

Ich bin nicht mehr hier, sondern am Seeufer, zu einer anderen Zeit. Damals habe ich die Panik das erste Mal gespürt. Ich hielt meine leblose Zwillingsschwester in den Armen und konnte nichts tun, um ihr zu helfen. Weinend wartete ich auf die Rettungskräfte, obwohl ich längst wusste, sie würden zu spät kommen.

Lucia vergräbt ihr Gesicht an meinem Schlüsselbein, ihre Tränen benetzen mein Shirt. Sie so aufgelöst zu sehen, legt einen Schalter in meinem Inneren um. Sie braucht mich jetzt, und dieses Wissen verschafft mir genug Kraft, um die Vergangenheit von mir zu stoßen. Ich reibe ihr in gleichmäßigen Kreisen über den Rücken und versuche, sie zu beruhigen, indem ich ihr sage, dass alles gut werden wird. Auch wenn ich mich sofort mies dafür fühle, bin ich insgeheim froh, dass Lucia ihrer Mitbewohnerin nicht allzu nahestand.

Elora habe ich fast vergessen, bis sie fragt: »Lucia?«

Meine beste Freundin löst sich aus meinen Armen und wirbelt herum. »Was?«

»Bist du Lucia Salvari?« Eloras Stimme wird etwas höher. Sie klingt aufgeregt.

O nein, das gibt Ärger, denke ich, bin aber klug genug, die Klappe zu halten und meine beste Freundin ihre Probleme selbst lösen zu lassen. Sie wird nicht zum ersten Mal angesprochen, weil irgendwer ihren Vater kennt, aber es ist immer wieder unangenehm. Als Erbin eines Milliardenimperiums ist Lucia eine wertvolle Connection. Es gibt viele Studierende, die bei jeder sich bietenden Gelegenheit versuchen, ihr in den Arsch zu kriechen.

Auch wenn es total bescheuert ist, bin ich enttäuscht. Ich hätte mehr von Elora erwartet. Es hat mich beeindruckt, wie bissig und schlagfertig sie ist. Als würde sie auf nichts und niemanden außer sich selbst etwas geben.

Lucia strafft die Schultern und reckt das Kinn. »Ja, die bin ich«, sagt sie mit fester Stimme. Jede Träne um Sara, all ihre Gefühle sind mit einem Schlag fort. Sie hat sich diese kalte Hülle übergestülpt, die immer dann zum Vorschein kommt, wenn sie sich angegriffen fühlt. »Aber bevor du mich jetzt bittest, meinem Vater irgendwas Banales auszurichten oder dir einen Praktikumsplatz bei ihm klarzumachen, lass es lieber bleiben. Ich habe keine Lust auf dieses scheinheilige Getue.«

Elora wirkt aus dem Konzept gebracht. Sie beißt sich auf die Unterlippe, und mein Blick bleibt etwas zu lange an ihrem Mund hängen.

Im nächsten Moment zieht sie ihr Handy aus der Tasche und hält es hoch. »Wenn ich deinem Vater etwas mitteilen will, rufe ich ihn einfach an«, sagt sie mit zuckersüßer Stimme. »Wenn du in den letzten beiden Jahren mal zu Hause gewesen wärst, wüsstest du, dass Ludovico mein Stiefvater ist. Und ich bin deine Stiefschwester.«

Lucia zuckt so heftig zurück, als hätte Elora sie geschlagen. »Wie bitte?«

»Ich bin deine …«

»Was fällt dir ein?!«, schreit Lucia, sodass sich einige der Studierenden, die auf der Wiese am Seeufer in der Sonne liegen, zu uns umdrehen. »Ich weiß nicht, was sich mein Vater davon erhofft. Oder du. Aber halt dich von mir fern, verstanden? Ich will nichts mit dir zu tun haben!«

Tränenspuren glänzen auf ihren Wangen. Ich kann mir nicht einmal ausmalen, wie sie sich gerade fühlen muss. Erst die erschütternde Nachricht über ihre Mitbewohnerin, und jetzt hetzt ihr verrückter Vater ihr auch noch ihre Stiefschwester auf den Hals? Hat er sie nicht schon genug unter Druck gesetzt?

Lucia schnaubt. »Zu versuchen, über meinen besten Freund an mich heranzukommen. Das ist echt armselig! Sogar für meinen Vater. Hat er, *habt ihr*, wirklich gedacht, das würde funktionieren?«

Ich stutze, daran habe ich im ersten Moment gar nicht gedacht. Hat Ludovico es womöglich so eingefädelt, dass mir Elora zugeteilt wird? Ich weiß, Professor Belkova ist beeinflussbar. Aber so sehr? Elora hat behauptet, sie hätte sich nicht freiwillig für das Programm angemeldet, sondern … Natürlich! *Der Mistkerl.* Damit muss sie Ludovico gemeint haben. Nach allem, was Lucia mir über ihren Vater erzählt hat, ist mir klar, er würde sehr weit gehen, um den Kontakt zu ihr wiederherzustellen.

»Ich wusste nichts davon«, behauptet Elora. »Bis vor einer Stunde wusste ich nicht einmal etwas von dem Mentorenprogramm!«

Lucia schnaubt. »Na sicher, wer's glaubt.«

»Das ist die Wahrheit. Er hat mir nie etwas über dich erzählt, egal, wie oft ich ihn gefragt habe. Nichts darüber, warum du nicht mehr nach Hause kommst, und nicht einmal, was du studierst.«

Sagt sie die Wahrheit? Hat sie wirklich nichts von Ludovicos Intrigen gewusst? Ich fixiere Elora, suche in ihrem Gesicht nach Anzeichen, die sie verraten. Aber da ist nichts außer Schock und Traurigkeit.

»Das ist mir so was von egal. Halt dich einfach von mir fern«, zischt Lucia, bevor sie sich an mich wendet. »Ich kann jetzt nicht auf mein Zimmer zurück. Nicht, wenn Sara …«

»Schon okay«, unterbreche ich sie hastig. »Du kannst bei mir warten.«

»Danke.«

Lucia wirft ihrer Stiefschwester einen letzten giftigen Blick zu, bevor sie davonrauscht. Elora schaut ihr lange nach, und ich kann das Mitleid nicht abschütteln, das mich dabei überkommt. Wer ist diese Frau? Eine Figur in Ludovicos Spiel? Oder zieht sie selbst die Fäden? Und warum, verdammt noch mal, interessiert mich das überhaupt? Das ergibt keinen Sinn. Ich konzentriere mich immer auf mich selbst, auf mein Studium und meinen Plan. Allein Lucia hat es mit ihrer unkomplizierten ruhigen Art geschafft, einen Platz in meinem Leben zu ergattern. Aber auch sie kennt nur die Oberfläche. All den Kummer und Schmerz, all die Gefühle, die darunter verborgen liegen, lasse ich niemals jemanden sehen. Das ist meine oberste Regel, denn Schwäche zu zeigen, macht angreifbar. Etwas, das ich mir nicht erlauben kann. Ich muss stark und auf der Hut sein, jederzeit.

Entschlossen schüttle ich das Mitleid ab und wende mich mit kühler Stimme an Elora. »Lass uns jetzt deinen Koffer holen. Danach bringe ich dich auf dein Zimmer.«

Fast erwarte ich, dass sie mir wieder irgendeine spitzzüngige Bemerkung an den Kopf wirft. Stattdessen nickt sie nur stumm und folgt mir ins Hauptgebäude.

Kapitel 6

Elora

»Es gibt vier Wohngebäude. Creek Hall, Lily Hall, Ash Hall und Ivy Hall«, erklärt Gabriel.

Wie Pilze sprießen sie aus den Felsen hervor. Jedes von ihnen besitzt ein kleines Türmchen, das über die Stockwerke hinausragt und mich an einen Bergfried erinnert.

»In den Türmen befindet sich das Treppenhaus.« Gabriel deutet auf das grüne Spitzdach des Turms. Eine Möwe hockt auf den ausgeblichenen Ziegeln. Sie hat ihre Flügel aufgestellt, sodass Wind durch die Federn bläst. »Ganz oben, direkt unter dem Dach, ist ein Gemeinschaftsraum untergebracht, in dem man miteinander quatschen, lernen oder lesen kann. Dabei muss stets Zimmerlautstärke eingehalten werden, Partys sind dort verboten.«

Mit leisem Klacken rollt mein Koffer über den Mosaikboden. Verbunden sind die Gebäude durch Arkaden, die von massiven Säulen aus dunklem Sandstein gehalten werden. Kniehohe Metallgeländer mit Ornamenten trennen die Wege vom See. Dazwischen liegen begrünte Innenhöfe mit Bänken und merkwürdigen Skulpturen in der Mitte. Ich meine so etwas wie einen brüllenden Wolf auszumachen. Schaudernd wende ich den Blick ab.

Vor dem dritten Gebäude, Ash Hall, bleibt Gabriel stehen. Im Innenhof spendet eine Esche mit dichtem Blätterdach Schatten, die dem Wohngebäude sicher seinen Namen verliehen hat. Die tropfenförmigen Blätter rascheln im Wind und sind bereits gelb verfärbt.

Gabriel klappt die anthrazitfarbene Ledermappe auf, die er schon die ganze Zeit mit sich herumschleppt. Er holt einen Umschlag heraus und reicht ihn mir. »Hier sind dein Zimmerschlüssel sowie dein Token. Damit kommst du in die Unterkünfte und den Druckerraum. Das Hauptgebäude mit der Bibliothek ist immer offen.«

»Okay, danke«, erwidere ich.

»Dein Zimmer hat die Nummer 24 und ist im zweiten Stockwerk. Findest du allein hinauf?«

»Ja, natürlich.«

»Gut, dann ...« Er zögert und mustert mich. Meine Leggings mit dem Loch am Bein, meinen Schlabberpullover und mein nachlässig zu einem Pferdeschwanz gebundenes Haar, aus dem sich seit dem Unfall einige Strähnen gelöst haben. Nach der Szene mit Lucia hält er mich wahrscheinlich für eine Hochstaplerin. Eigentlich sollte mir das egal sein, ist es aber seltsamerweise nicht. Ich komme mir dumm vor, weil ich nicht erkannt habe, wie sehr Ludovico mich für seine Zwecke benutzt. Mein Magen krampft sich zusammen, und ich würde Gabriels Blick am liebsten ausweichen, doch seine tiefblauen Augen halten mich gefangen. Wie kann jemand derart blaue Augen haben?

»Willkommen auf Corvina Castle, Elora.« Gabriel spricht meinen Namen wie einen Sturm aus. Mit sanftem Anfang und rauem Ende. Ein Schauer jagt mir den Rücken hinunter, und ich wünschte, er würde ihn wiederholen. Immer und immer wieder.

Ich schlucke schwer und unterbreche endlich diesen verdammten Blickkontakt, bevor er mich noch vollkommen um den Verstand bringt.

»Danke«, murmle ich.

Aber als ich aufschaue, ist Gabriel verschwunden.

Schwer atmend stelle ich meinen Koffer vor Zimmer 24 ab. Ihn zwei Stockwerke hoch durch das enge Wendeltreppenhaus zu hieven, sollte als Sporteinheit für die nächste Woche reichen.

Neben der Tür ist ein quadratisches Schild angebracht, auf dem *Simona von Wylbach* steht. Mein Herz setzt einen Schlag aus. *O Gott, schlimmer geht's nicht!* Ich muss mir mein Zimmer mit einer Adligen teilen? Der heutige Tag scheint es darauf angelegt zu haben, als der schrecklichste aller Zeiten in die Geschichte einzugehen.

Ich seufze und umschließe den Umschlag fest mit meiner Faust, bis ich den Zimmerschlüssel darin spüren kann. *Du schaffst das,* spreche ich mir Mut zu.

Plötzlich wird die Tür aufgerissen, und ich zucke erschrocken zusammen. Vor mir steht eine Frau, die ungefähr in meinem Alter ist. Mir leuchten sofort ihre türkisblauen Locken entgegen – ein starker Kontrast zu ihrer sonnengebräunten Haut. Sie trägt einen schwarzen Lederblazer, darunter ein weißes, bauchfreies Schlauchtop und helle Jeans.

»Hi«, sage ich. »Ich bin Elora, und äh … Ich glaube, das ist mein Zimmer.«

»Oh, dann bist du meine neue Mitbewohnerin!« Die Frau lächelt, und um ihre großen, runden Augen, die nichts von einem scheuen Rehblick haben, sondern draufgängerisch funkeln, bilden sich Fältchen. »Schön, dich kennenzulernen. Ich bin Simona. Komm doch rein.« Sie öffnet die Tür ein Stück weiter und deutet auf meinen Koffer. »Soll ich dir was abnehmen?«

Überrascht von diesem Angebot schüttle ich den Kopf. »Nein, das geht schon, danke.«

Ich ziehe meinen Koffer über die Schwelle und schaue mich um. Wir stehen in einem kleinen offenen Wohnbereich mit Küche und einem Esstisch mit zwei Stühlen. Direkt neben mir hängt eine ausgefallene Garderobe an der Wand, die aus einer alten Holzleiter, Ästen und etwas, das mich an schwarze Drahtkörbe erinnert, gebaut wurde.

»Diesen Bereich teilen wir uns«, erklärt Simona. »Links ist mein Zimmer, rechts deins. Jedes Zimmer hat ein eigenes Bad mit Dusche.«

Vor der Garderobe streife ich mir die Schuhe von den Füßen und laufe Simona auf Socken nach. Mein Zimmer ist geräumiger als erwartet. Von den kahlen Wänden aus grauem Stein hallt jedes Geräusch wider. Sie strahlen eine Kühle aus, die mich trotz meines Pullovers frösteln lässt. Die Möbel sind aus dunklem Holz, genau wie der Rahmen des halbrunden Sprossenfensters. Es ist klein und reicht gerade einmal aus, um genug Tageslicht auf den Schreibtisch daneben durchzulassen.

Ich trete an das Fenster heran und betrachte den Walensee. Das Wasser schlägt in seichten Wellen ein paar Meter unter mir gegen den Felsen, auf den Ash Hall gebaut wurde. Ob die Gischt bei stürmischem Wetter bis an die Fensterscheiben spritzt?

Wieder fröstle ich und wende mich schnell vom Fenster ab.

»Die Wohnbereiche gehören zu den ältesten Gebäuden der Universität und hätten dringend mal eine Sanierung nötig«, sagt Simona, als müsse sie sich höchstpersönlich für den Zustand des Zimmers entschuldigen. »Manchmal zickt die Heizung, und es kommt nur kaltes Wasser aus der Leitung. Aber keine Sorge, unser Hausmeister ist sehr zuverlässig und regelt jedes Problem schnell.«

»Wahrscheinlich muss ich mich erst mal an alles gewöhnen«, sage ich leise.

»Das ist verständlich. Vor zwei Jahren habe ich mich genauso gefühlt. Aber heute kann ich mir keinen schöneren Ort zum Studieren vorstellen. Wenn du irgendetwas brauchst, sag Bescheid.«

Ich bin immer noch leicht perplex von ihrer Gelassenheit und Hilfsbereitschaft. Unter dem Namen an der Tür habe ich mir eine verwöhnte Möchtegern-Prinzessin vorgestellt. Vielleicht sollte ich meine Vorurteile mal überdenken. »Mache ich.«

»Schön.« Sie lächelt mir aufmunternd zu. »Ich muss jetzt leider zu einer außerordentlichen Versammlung, aber heute Abend können wir zusammen essen, wenn du möchtest. Ich wollte Pasta machen, hast du Lust?«

Ich zögere. Simona ist selbstbewusst, kommunikativ und freundlich. Im Vergleich zu ihr komme ich mir schäbig vor, wie ein Fremdkörper, der nicht in diese Umgebung passt. Trotzdem sollte ich ihr – und mir – eine Chance geben. Schließlich wohnen wir in den nächsten Jahren zusammen. Daher sage ich zu, worüber sie sich ehrlich zu freuen scheint.

»Bis später«, ruft Simona und schließt die Tür hinter sich. Stille senkt sich über den Raum, ich bin endlich allein.

Tränen brennen in meinen Augenwinkeln, aber ich blinzle sie hastig fort. Der Tag heute war einfach ein bisschen viel. Erst der Unfall, dann das Fiasko mit Lucia. Ich dachte, wenn ich schon auf Corvina Castle studieren muss, hätte ich wenigstens meine Stiefschwester an meiner Seite. Stattdessen war sie kalt und abweisend. Sie hasst mich, obwohl ich ihr nichts getan habe. Wahrscheinlich glaubt sie mir nicht, dass ich nur eine Marionette in Ludovicos Plänen war.

Ich beschließe, mir erst mal nicht länger den Kopf darüber zu zerbrechen, und widme mich meinem Koffer. Neben dem Bett steht ein Kleiderschrank mit integrierter Kommode, deren Fächer beim Öffnen quietschen. Im untersten hastet eine Spinne in die Dunkelheit zurück, sodass ich es schnell wieder schließe und meine Habseligkeiten nur im obersten Fach und auf den Kleiderbügeln verstaue. Auf dem Bett liegen Bettwäsche und Handtücher bereit, ich komme mir vor wie in einem Hotel. Müssen die Studierenden hier überhaupt irgendetwas selbst machen? Wahrscheinlich kommt auch noch regelmäßig ein Reinigungstrupp vorbei, um hinter uns aufzuräumen.

Ich beziehe mein Bett und hänge einige Fotos und Lichterketten auf, die ich mitgebracht habe. Trotzdem kommt mir der Raum immer noch seelenlos vor. Als könnte selbst ein bisschen Deko die alten Schatten nicht vertreiben, die in dem Gemäuer hausen. Ich seufze tief. *Durchhalten, Elora! Erste Tage sind immer schwierig,* versuche ich mich selbst zu trösten.

Nach einer heißen Dusche lege ich mich mit einem Buch über Anatomie auf mein Bett. Dort verbringe ich die nächsten Stunden, bis es an der Tür klopft.

»Ich bin's«, ruft Simona. »Ich würde jetzt anfangen zu kochen.«

»Ich komme gleich«, rufe ich zurück und lese noch die Seite zu Ende.

In der Küche füllt Simona gerade Wasser in einen großen Topf. Der Raum bietet genug Platz für einen Kühlschrank, eine Spüle und einen Herd mit Backofen. Die Einrichtung ist spartanisch, für zwei Personen aber vollkommen ausreichend. Meine Mitbewohnerin dreht sich zu mir um, sie sieht anders aus als vorhin. Hat sie etwa geweint?

»Alles okay?«

»Ja, natürlich.« Simona lächelt strahlend. Ich muss mich getäuscht haben. Jetzt sehe ich schon Gespenster!

»Ich bin Vegetarierin, deswegen gibt es Gemüsesoße. Ist das in Ordnung für dich?«, fragt sie.

»Na klar«, antworte ich.

»Kannst du das Gemüse schneiden?« Simona deutet auf die Arbeitsfläche. Dort hat sie bereits Paprika, Zucchini und Tomaten aufgereiht. »Geschirr ist ganz oben im Schrank.«

Ich suche mir alles zusammen, was ich brauche, und wasche mir die Hände. Dann beginne ich, die Tomaten in Würfel zu schneiden.

»Kochst du immer selbst?«, frage ich sie.

»Manchmal gehe ich ins *Seaside*, die haben da eine tolle vegetarische Auswahl. Aber meistens koche ich selbst, vor allem nach den Versammlungen, da bin ich immer platt und möchte nur noch meine Ruhe.«

»Was sind das für Versammlungen?«

»Ich bin Mitglied bei *Fortuna*«, sagt Simona.

Neugierig halte ich im Schneiden inne. *Fortuna aeterna.* »Was ist *Fortuna*?«

»Die Studentenverbindung der Universität. Noch nie davon gehört?«

»Nein, nie.«

War die tote Studentin auch ein Verbindungsmitglied?

»Du solltest dir *Fortuna* unbedingt mal genauer ansehen. Gerade ist ein Platz frei geworden.« Ein Schatten huscht über ihr Gesicht. Liege ich mit meiner Vermutung richtig? Doch er ist genauso schnell fort, wie er gekommen ist, und sie lächelt wieder. »Ich kann dir ein paar Leute vorstellen, wenn du möchtest. Wie wäre es mit nächstem Samstag? Da findet in der Bar des *Seaside* die traditionelle Erstsemesterparty statt. Gehen wir zusammen hin?«

»Ich weiß nicht.« Meine erste und einzige Party mit der Schweizer Elite endete mit Sirenengeheul auf dem Polizeirevier.

»Komm schon, das wird lustig. Man ist nur einmal Ersti!«

»Dir ist bewusst, dass dieses Argument hinfällig ist, wenn die Party auch von fortgeschrittenen Studierenden besucht wird?«

Sie lacht auf. »Stimmt. Aber trotzdem, das wird lustig. Und du lernst gleich ein paar Leute kennen. Was studierst du? Medizin, nicht wahr?«

»Ja, genau.«

»Siehst du! In meiner Verbindung gibt es ein paar Mediziner. Ich stell sie dir vor, dann kannst du dich mit ihnen über das Studium austauschen.«

»Na gut«, gebe ich mich geschlagen. Wenn mir die Party zu blöd ist, kann ich jederzeit wieder gehen, aber einen Versuch könnte es wert sein. Ob Gabriel auch da sein wird?

O Gott, was hat dieser Idiot jetzt in meinen Gedanken zu suchen? Schnell konzentriere ich mich wieder auf das Kochen.

Wir schieben das geschnittene Gemüse in den Ofen und geben es anschließend in einen Mixer. Wenig später sitzen wir uns mit zwei dampfenden Tellern am Esstisch gegenüber. Mir läuft das Wasser im Mund zusammen.

»Wow, das riecht wirklich gut«, sage ich und greife nach dem Besteck.

Simona grinst. »Lass es dir schmecken.«

Ich probiere von der Soße und bin sofort begeistert. Die Gemüsepasta ist ein Gericht, das ich mir definitiv merken werde.

»Was studierst du?«, frage ich nach einer weiteren Gabel voll Pasta.

»Innenarchitektur, meine große Leidenschaft. Ich liebe es, die Eigenarten von Räumen zu entdecken, sie schöner und zweckmäßiger zu gestalten.«

»Ah, das erklärt dann wohl die ausgefallene Garderobe. Hast du die selbst gebaut?«

»Ja, das war ein praktisches Projekt für einen Kurs. Gefällt sie dir nicht? Meine letzte Mitbewohnerin hatte kein Problem damit, aber ich kann sie von der Wand nehmen, wenn du möchtest.«

»O Gott, nein!«, sage ich schnell. »Auf gar keinen Fall. Ich mag sie.«

»Mich fasziniert es, aus alten oder auch aus ganz alltäglichen Dingen etwas Neues zu erschaffen. Es ist schwer zu erklären, ich arbeite gerne intuitiv.«

»Warum klingst du, als wäre das etwas Schlechtes?«

»In manchen Aspekten ist diese Uni ein bisschen antiquiert. Neue und ausgefallene Arbeitsweisen werden oft nicht gerne gesehen. Aber«, sie deutet mit ihrer Gabel auf mich, »Veränderungen brauchen Zeit. Man muss sich nur oft genug für seine Ansichten einsetzen, damit sie präsent bleiben. Wenn alle schweigen, kann sich nichts ändern.«

Ich nicke abwesend. Hätte ich mich etwas mehr für einen anderen Studienort einsetzen sollen? Hätte ich Ludovicos Meinung ändern können, wenn ich stur geblieben wäre? Nein, es ist leichter, eine Wand umzustimmen als meinen Stiefvater. Jetzt muss ich das Beste aus meiner Zeit auf Corvina Castle machen und mich auf die positiven Seiten der Universität konzentrieren. Hier Medizin zu studieren, wird mir so einige Türen öffnen. Hoffentlich auch die der Klinik Hirslanden, deren Onkologie die beste der ganzen Schweiz sein soll.

Nachdem wir aufgegessen haben, räumen wir gemeinsam ab. Simona erklärt mir, dass tatsächlich einmal wöchentlich eine Reinigungskraft vorbeikommt. Ich finde das befremdlich, aber für sie scheint es normal zu sein. Wieder einmal wird mir bewusst, wie unterschiedlich wir aufgewachsen sein müssen. Simona hingegen ist das offenbar gleichgültig, sie hat ihre adelige Herkunft bisher mit keinem Wort erwähnt. Ich will sie gerade danach fragen, aber sie kommt mir zuvor.

»Findest du morgen allein zu deinen Einführungsveranstaltungen?«, fragt Simona. »Meine Kurse beginnen erst nächste Woche, darum bin ich leider schon zum Shoppen verabredet und kann dich nicht hinbringen.«

Sie öffnet die Spülmaschine und räumt das dreckige Geschirr ein. Ein Luxus, den ich früher oft vermisst habe, wenn meine Mutter mich zum Abwaschen verdonnert hat. Meistens hat mir mein Vater heimlich geholfen, und es endete darin, dass wir Schaumblasen durch die Luft pusteten oder uns mit Trockentüchern jagten. Hastig vertreibe ich die Erinnerungen. Auch die glücklichen Momente mit meinem Vater stimmen mich jedes Mal traurig.

»Das ist wirklich nett von dir, aber mein Mentor hat mir vorhin alles gezeigt. Ich denke, ich komme zurecht.«

»Okay, dann wünsche ich dir viel Spaß morgen.«

Ich lächle. »Danke!«

Sie winkt mir zu und verschwindet in ihrem Zimmer. Ich schalte das Licht in der Küche aus und kehre in mein eigenes zurück.

Mein Handy zeigt einen verpassten Anruf meiner Mutter an. Sicher will sie hören, wie mein erster Tag auf Corvina Castle lief. Da ich keine Lust habe, sie zurückzurufen, schicke ich ihr nur eine kurze Nachricht, dass ich gut angekommen bin. Der Tag war aufwühlend genug, ich muss ihn nicht noch mal mit meiner Mutter durchkauen, versuche ich die kleine Lüge vor mir selbst zu rechtfertigen. Und Ludovico braucht nichts von meiner Begegnung mit Lucia zu erfahren.

Dass ich an diese Universität gehe, ist das Ergebnis einer langen Abfolge von Ludovicos und Mamas Entscheidungen, denen ich mich unterordnen musste. Damit ist jetzt endlich Schluss. Ich möchte wieder selbstbestimmt handeln, und selbst wenn es mein Stiefvater ist, der das Studium bezahlt, gibt es hier niemanden, der mir die Richtung diktiert.

Ab morgen beginnen die Einführungsveranstaltungen, und ich freue mich darauf, meine Professoren kennenzulernen und einen Eindruck davon zu erhalten, was in den nächsten Jahren auf mich zukommen wird. Morgen mache ich den ersten Schritt in Richtung meines großen Traumes.

Als ich ein paar Stunden später im Bett liege, die Decke bis zum Kinn hochgezogen, höre ich draußen die Wellen gegen das Gemäuer schwappen. Es antwortet mit einem Ächzen, das mich erzittern lässt.

Bald darauf falle ich trotz der neuen Umgebung in einen tiefen Schlaf.

Kapitel 7

Eine Woche später

Gabriel

Die Nacht ist frisch und sternenklar. Ich wünschte, ich hätte auf meinem Zimmer bleiben und den Himmel mit meinem Teleskop beobachten können. Stattdessen bin ich auf dem Weg zum *Seaside*, in dem heute die alljährliche Erstsemesterparty stattfindet.

Ich höre die Musik schon von Weitem, es läuft irgendein langweiliger Radiosong, dessen Titel ich vergessen habe. Dröhnende Bässe und flackernde Lichter dringen aus der Bar und erhellen die Wiese davor. Sie ist von Personen übersät, die lachen, sich unterhalten und einander mit ihren Gläsern zuprosten.

Unschlüssig bleibe ich stehen und atme tief durch. Der See liegt im Dunkeln, worüber ich froh bin. Meistens kann ich ausblenden, dass er es war, der mir das Wichtigste auf der Welt genommen hat. Doch manchmal, vor allem in Kombination mit *Fortuna*, ertrage ich es kaum, in der Nähe des Wassers zu sein. Am liebsten würde ich wieder umdrehen, aber ich kann nicht. Ich habe Annabelle und mir selbst ein

Versprechen gegeben. Kein Abend wäre besser geeignet als dieser, um einen ersten Schritt zu machen. Denn heute ist *Fortuna*, deren Mitglieder von den meisten anderen Studierenden nur als die *Dark Elite* bezeichnet werden, auf Mitgliedssuche. Sie schauen sich die neuen Studierenden an, finden heraus, wer zu ihnen passen könnte, und führen Gespräche, um ihre Kandidaten kennenzulernen. Das ist meine Chance, sie endlich auf mich aufmerksam zu machen.

Meine Hände ballen sich zu Fäusten. Ich muss unbedingt jemanden kennenlernen, der mich in diese verdammte Verbindung bringt.

»Gabriel, hi«, ertönt auf einmal Aidans Stimme neben mir, und ich zucke zusammen. »Ich wusste gar nicht, dass du auch kommst. Wo hast du denn deine Freundin gelassen?«

Ich hege schon seit Längerem die Vermutung, dass Aidan ein Auge auf Lucia geworfen hat. Ob ich ihm sagen soll, dass er sich keine Hoffnungen zu machen braucht? Er ist ein Casanova und Partylöwe, also definitiv nicht Lucias Typ. Außerdem hängt sie insgeheim an jemand anderem. Irgendwer von früher, mit dem sie aufs Gymnasium gegangen ist. So genau habe ich nie nachgefragt, aber sie hat immer diesen sehnsüchtigen Ausdruck in den Augen, wenn sie über ihre Schulzeit spricht.

»Lucia kommt nicht. Partys sind nicht so ihr Ding«, erkläre ich.

»Echt schade! Trinken wir ein Bier zusammen?«

Mein Mitbewohner deutet zum Eingang der Bar. Daneben steht nicht nur ein Champagnerbrunnen, sondern auch ein Fass, aus dem Bier gezapft wird. Ich muss mir ein Schnauben verkneifen. Wahrscheinlich ist beides von *Fortuna* gesponsert.

»Vielleicht später«, sage ich. Wenn ich Eindruck bei der Verbindung hinterlassen will, sollte ich lieber nüchtern bleiben.

»Cool.« Aidan klopft mir auf die Schulter und stürmt davon, um ein paar Kerle zu begrüßen, die gerade aus der Bar kommen. Sie grölen wie Urzeitmenschen, und ich verdrehe die Augen. *Was für hirnlose Idioten.*

Ich konzentriere mich wieder auf mein Vorhaben und schaue mich um. Die laute, überfüllte Bar dient als Tanzfläche, während Gespräche vor allem hier draußen stattfinden. Im Kopf gehe ich die Liste derer durch, von denen ich sicher weiß, dass sie zu *Fortuna* gehören. Es ist nicht leicht, an sie heranzukommen. Sie bleiben fast immer unter sich, haben ihre eigenen Partys, Veranstaltungen und dämlichen Rituale, deren Sinn ich noch nie verstanden habe. Und wer weiß, was sie sonst noch so machen. Annabelle und ich standen uns stets sehr nah, aber *Fortuna* war die eine Sache, über die wir ständig in Streit geraten sind. Ich habe nie kapiert, warum sie unbedingt zu ihnen gehören wollte. In meinen Augen halten sich die meisten Mitglieder für etwas Besseres und glauben, sie können sich alles herausnehmen.

Aber sie täuschen sich. Mit dem Tod meiner Schwester werden sie nicht so leicht davonkommen. Dafür werde ich sorgen.

Ich drehe eine Runde über die Wiese, auf der in einem Halbkreis Bänke angeordnet sind. Solarlaternen, die überall verteilt sind, spenden warmgelbes Licht. Vereinzelt grüße ich Personen, die ich aus meinen Kursen kenne. Aber nirgendwo entdecke ich ein Mitglied von *Fortuna*. Wo sind die denn alle?

Ich passiere eine Gruppe Frauen, die sich lachend zu einem Popsong bewegen. Eine von ihnen reißt die Arme über den

Kopf, wirbelt ihr Haar durch die Luft und dreht sich im Kreis. Beinahe bekomme ich einen Schwall Flüssigkeit aus ihrem Glas ab.

Knurrend schlage ich einen Bogen um die Gruppe. Ich kann verstehen, warum Lucia Partys nicht ausstehen kann. Zum Glück hat sie sich nicht dazu überreden lassen, mich zu begleiten. In den letzten Tagen ging es ihr nicht gut, sie hat sich noch mehr zurückgezogen als sonst. Obwohl sie ihrer Mitbewohnerin nicht nahestand, hat ihr Tod sie erschüttert. Kurz vor der Nachricht von Saras Tod hat sie schlecht über sie geredet, was ihr besonders zu schaffen macht. Direkt nach dem Unfall hat Prof. Dr. Morelli eine Trauerphase angeordnet, jegliche Feiern wurden verboten und Veranstaltungen abgesagt. Die geisteswissenschaftliche Fakultät, der Sara angehörte, wurde ins Audimax zu einer Schweigeminute einberufen.

Aber jetzt, nur knapp eine Woche später, ist alles gefühlt wieder beim Alten. Ich seufze und finde es erschreckend, wie schnell ein so tragisches Ereignis in Vergessenheit geraten kann.

Auf einmal entdecke ich neben einer der Bänke jemanden, der mir bekannt vorkommt. Elora. Ich erwische mich dabei, dass ich den Blick nicht von ihr lösen möchte. Erst nach ein paar weiteren Augenblicken bemerke ich, mit wem sie zusammensteht.

Mir wird heiß und kalt zugleich. Das sind nicht nur irgendwelche Studierenden. Es sind *Fortuna*-Mitglieder.

Was, zur Hölle, soll das?

Elora ist gerade mal zwei Wochen auf Corvina Castle und hat schon Kontakt mit den Verbindungsmitgliedern? Das darf doch wohl nicht wahr sein! Ich versuche seit Jahren erfolglos, an irgendwen aus *Fortuna* heranzukommen! Meine bisher größte Chance war Sara. Aber auch sie hat mich stets abblitzen lassen, obwohl meine beste Freundin ihre Mitbewohnerin war. Jetzt ist Sara tot, und ich muss von Neuem anfangen, aber Elora fliegen die Kontakte einfach zu?

Jemand rempelt mich an, und ich strauchele.

»Hey, was soll das?«, rufe ich und wirble herum.

Aidan steht mir mit erhobenen Händen gegenüber und grinst schief. »Sorry, Mann«, lallt er. »Hast du Bock auf Bierpong?«

»Ne, gerade nicht.«

»Sicher? Die *Dark Elite* fordert jeden heraus, der sich traut.«

Mein Blick huscht für den Bruchteil einer Sekunde zu Elora, die über etwas lacht, das ein großer, hagerer Kerl zu ihr gesagt hat. Aus einem mir unerklärlichen Grund werde ich wütend. Egal, ich werde mir meine eigenen Kontakte suchen. Warum nicht beim Bierpong?

»Na gut«, sage ich. »Lass uns spielen.«

Aidan jubelt und führt mich zu einem Klapptisch, der nahe dem Eingang zur Bar aufgebaut wurde. Dahinter stehen zwei stämmige Kerle und befüllen Pappbecher mit Bier. Der eine hat einen Anchor-Bart, der andere leuchtend rotes Haar, und beide grinsen so selbstgefällig, dass ich ihnen am liebsten ins Gesicht schlagen würde.

»Ihr wollt gegen uns antreten?«, fragt der Rothaarige und mustert uns abfällig. *Arschloch.*

»Gegen euch antreten? Nein. Euch fertigmachen? Ja«, antworte ich und verschränke die Arme vor der Brust.

Die Verbindungsmitglieder tauschen einen kurzen Blick, bevor sie prustend loslachen. *Das wird euch bald vergehen,* schwöre ich.

Der Rothaarige tritt vor und reicht mir einen Tischtennisball. »Große Worte. Dann wollen wir doch mal sehen, ob ihr was auf dem Kasten habt.«

Ich drehe den Ball zwischen meinen Fingern und stelle mich hinter dem Tisch auf. Wenn ich Eindruck schinden will, muss ich gewinnen. Hoffentlich ist mein Party liebender Mitbewohner endlich mal zu etwas nutze.

»Yeah«, grölt Aidan. »Lasst uns Spaß haben.«

Als er sich neben mich stellt, stößt er gegen den Tisch, sodass die gefüllten Becher ordentlich wackeln. Aidan gluckst nur. Scheiße, der Typ ist total besoffen. Worauf habe ich mich nur eingelassen?

Einige Minuten später wird mir klar: Auf eine haushohe Niederlage habe ich mich eingelassen. Dank meines unfähigen Mitbewohners, der schon so viel Bier intus hat, dass er den Ball nicht mal mehr geradeaus werfen kann.

Mein Gehirn fühlt sich an wie in Watte gepackt, während ich wenig später mit einer Flasche irgendeines hochprozentigen Gebräus von der Bar zum See torkle. Wo ist Aidan abgeblieben? Keine Ahnung. Wahrscheinlich kotzt er sich hinter der Bar die Seele aus dem Leib. Würde ihm jedenfalls recht geschehen.

Es tut mir leid, Annabelle. Ich bin ein totaler Versager!

Ich schlucke gegen den Kloß in meinem Hals an. Mein Inneres fühlt sich taub an, aber nicht taub genug, um den Schmerz, der mich jedes Mal heimsucht, wenn ich an meine Schwester denke, zu vertreiben.

Mein Fuß bleibt an etwas hängen. Ich stolpere und knicke um. »Au!« Diese verdammten Lampen, die hier überall rumstehen!

Stöhnend lasse ich mich auf eine Bank fallen. Mir ist plötzlich alles egal. Der stechende Schmerz in meinem Knöchel und vor allem diese dämliche Party. Immer wieder setze ich die Flasche an meine Lippen und spüre der brennenden Flüssigkeit in meiner Kehle nach. Später werde ich mich dafür verfluchen, aber ich kann nicht aufhören. Denn je mehr ich trinke, desto verwaschener wird mein Kopf. Alle Sorgen, alle Gefühle, alle Gedanken an Annabelle verschwinden mit dem Alkohol.

Deswegen trinke ich weiter. Weil ich endlich nichts mehr fühlen will. Nur für diesen einen Abend.

Sobald die Flasche leer ist, lehne ich mich auf der Bank zurück, lasse den Kopf in den Nacken sinken und blinzle in den Himmel hinauf. Über mir schweben Abertausende Sterne. Eine unendliche Weite, in der wir Menschen vollkommen bedeutungslos sind. Das Universum ist eine eigene Welt, eine, die mich schon immer fasziniert und geerdet hat. Normalerweise kann ich die meisten der Himmelskörper und Sternbilder über mir benennen, aber jetzt verschwimmen die einzelnen Punkte vor meinen Augen zu einer einzigen leuchtenden Masse.

Ich blinzle und blinzle, und dann … ist endlich alles dunkel.

Kapitel 8

Elora

Sanfte Wellen rollen auf den schmalen Streifen Sand zu meinen Füßen. Das plätschernde Geräusch des Wassers geht fast im Partylärm unter. Ich lasse kalten Sand durch meine Finger rieseln. Simona sitzt neben mir und hat den Kopf auf ihre angezogenen Knie gebettet.

Sie gähnt. »Ich bin müde und werde jetzt zurückgehen. Kommst du mit, oder bleibst du noch?«

»Was, du willst schon zurück?«

»Schon? Es ist drei Uhr!«

Überrascht ziehe ich mein Handy aus der Tasche meines Pullovers. Simona hat recht. »Ich habe vollkommen die Zeit vergessen.«

Als wir auf die Party gekommen sind, hat mir meine Mitbewohnerin sofort Leute aus ihrer Verbindung vorgestellt. Darunter auch Jasper, einen Medizinstudenten im fünften Semester. Er war mir auf Anhieb sympathisch und hat mir viele Tipps zu Kursen und Professoren gegeben.

»Bestimmt, weil Jasper dir schöne Augen gemacht hat.« Sie wackelt mit den Brauen, und ich boxe sie spielerisch gegen die Schulter.

»Hey! Wir haben uns nur über Medizin unterhalten.«

»Ja, ja. *Nur über Medizin.* So fängt das immer an, und Schwupps, plötzlich geht Jasper bei uns ein und aus.«

Ich verdrehe die Augen und setze gerade zu einer Antwort an, als sich meine Fantasie verselbstständigt. Doch statt Jasper betritt in meiner Vorstellung ein anderer Mann unseren Wohnbereich. Seine braunen Haare und die tiefblauen Augen erkenne ich sofort. *Oh, verdammt.* Was hat Gabriel in meinen Gedanken zu suchen? Seit dem Mentorentag kann ich ihn einfach nicht vergessen, und ich beschließe, lieber das Thema zu wechseln. »Na los, lass uns gehen.«

Wir stehen auf und klopfen uns den Sand von den Hosen. Mit einem großen Schritt steigen wir auf die Uferkante hinauf und lassen das Wasser hinter uns. Die Wiese vor dem *Seaside* ist mittlerweile fast leer. In der Bar selbst ist es noch immer voll, vor dem Eingang drängen sich Studierende, die rauchen und sich unterhalten.

Wir gehen an der äußersten Bank vorbei und betreten den gepflasterten Weg dahinter, als ich stutze. Moment, was war das?

»Warte mal«, sage ich zu Simona. »Ich glaube, auf der Bank liegt jemand.«

»Ja und?« Sie kichert. »Ist sicher eine Schnapsleiche.«

»Lass mich nur kurz nachsehen, ob alles in Ordnung ist.« Vielleicht ist die Person bewusstlos und braucht Hilfe?

»Na gut, aber …«

»Simona!«, ruft eine Frauenstimme, und wir drehen uns zeitgleich um. Mit wenigen Schritten hat die blonde Frau in dem kurzen roten Kleid zu uns aufgeschlossen. Ist ihr nicht kalt? Ich fröstle schon in meinem Kapuzenpullover und der schwarzen Jeans.

»Geht ihr nach Hause?« Die Blondine lallt und fällt Simona in die Arme. »Ich finde Nico nicht mehr. Aber ich bin so müde, und mir ist schlecht.«

Meine Mitbewohnerin wirft mir einen fragenden Blick zu.

»Geht ruhig«, meine ich. »Ich schaue kurz bei der Bank vorbei und komme dann nach.«

Simona stützt die Frau, während ich mich umdrehe und zur Bank zurücklaufe. Eine umgekippte Solarlaterne liegt daneben. Ich hebe sie auf und drücke den Einschaltknopf, aber offenbar ist der Akku leer. Daher ziehe ich mein Handy aus der Tasche und schalte die Taschenlampe ein.

Ein Mann liegt zusammengekrümmt auf der Sitzfläche, das braune Haar verdeckt sein Gesicht. Die Hände hat er in die Taschen seines Blousons geschoben.

Er regt sich nicht.

Mein Herz zieht sich zusammen. Was, wenn er bewusstlos ist? Oder schläft er nur?

Mit vorsichtigen Schritten nähere ich mich dem Mann, bis ich direkt neben der Bank stehe und von oben auf ihn heruntersehen kann. Ein Windhauch fährt über das Ufer und streicht ihm das Haar aus der Stirn.

Erneut macht mein Herz einen Satz. Diesmal, weil ich ihn erkenne.

Es ist Gabriel.

Ich zucke zurück. Scheiß drauf, das Richtige zu tun. Soll Gabriel doch hier liegen bleiben, ich verschwinde.

Gerade, als ich mich umdrehen will, regt er sich. Er stöhnt und schlägt die Augen auf.

Sein Blick trifft direkt auf meinen.

Er schreit auf und fällt von der Bank. Mit einem dumpfen Aufprall geht er zu Boden und bleibt reglos liegen.

Alles in mir drängt zur Flucht. Aber Gabriel liegt noch immer wie versteinert im Gras. Was, wenn er sich verletzt hat?

Zögernd trete ich neben ihn und stupse ihn mit meiner Schuhspitze an.

»Gabriel?«, frage ich. Er grunzt und dreht sich auf den Rücken. »Alles okay?«

Gabriel murmelt etwas. Ich beuge mich vor, um zu hören, was es ist. Es ist nur ein Wort, aber er sagt es immer wieder. »Elora.«

Mir wird heiß, und ich rücke noch näher an ihn heran. *Anscheinend foltere ich mich gerne selbst, großartig.* Aber wie könnte ich widerstehen? Der Klang seiner Stimme hat mich in den vergangenen Tagen mehrfach bis in meine Träume verfolgt.

»Elora«, wiederholt er schwerfällig, sobald er mich über sich entdeckt. »Du bist ja immer noch da.«

Offenbar ist er sturzbetrunken. Ich rufe mich zur Vernunft und weiche zurück.

»Geht es dir gut?«, frage ich. »Brauchst du Hilfe?«

»Lass mich schlafen.«

Ich stupse ihn erneut mit der Fußspitze an. Diesmal fester. »Steh auf.«

»Au! Das tat weh! Warum machst du das?« Gabriel betastet mit schmerzverzerrtem Gesicht seinen Knöchel. Im Schein der Taschenlampe kann ich sehen, dass das Fußgelenk geschwollen ist.

Ja, warum gehe ich nicht einfach? Lasse Gabriel hier liegen? Manchmal hasse ich mein Helferinnensyndrom. Aber ich kann nicht anders. Ich könnte mir niemals verzeihen, wenn ihm etwas zustößt, obwohl ich ihm hätte helfen können. Ganz egal, wie er und Lucia mich behandelt haben. Gabriel gehört dringend ins Bett.

Ich trete an ihn heran, stecke mein Handy weg und greife nach seinen Armen. »Na komm, ich helfe dir auf.«

Er klammert sich an mich, während ich ihn in eine aufrechte Position hieve. Eigentlich habe ich erwartet, dass er mich loslässt, sobald er sitzt, doch stattdessen gehen seine Finger auf Wanderschaft. Sie fahren meinen Arm hinauf über meine Schultern bis zu meiner Wange. Sanfter, als ich es bei ihm erwartet hätte, streichelt er darüber. Das Kribbeln, das sich bei seiner Berührung in meiner Magengrube ausbreitet, bringt mich wieder auf den Boden der Tatsachen.

Ich zucke zurück. Gabriel ist betrunken. Das hat nichts zu bedeuten.

Er zeigt keinerlei Reaktion, sondern sieht sich verwirrt um. »Wo sind denn alle?«

»Schon weg. Es ist drei Uhr morgens.«

Er stöhnt wieder, und der Laut geht mir durch Mark und Bein, bis er auf Höhe meines Unterleibs innehält und sich wie ein Parasit einnistet.

Ich greife ihm unter die Arme und ziehe ihn hoch. *Verdammt, ist der Kerl schwer!* Durch den Stoff seines Blousons spüre ich seine festen Oberarmmuskeln. *Nicht ablenken lassen, Elora!*

Sobald Gabriel steht, lastet zum Glück nicht mehr sein gesamtes Gewicht auf mir. Er humpelt neben mir über den Weg, aber wir kommen nur langsam voran.

»Tut es sehr weh?«, frage ich.

Er beißt die Zähne zusammen. »Geht.«

»Wie ist das überhaupt passiert?«

»Keine Ahnung. Ich weiß es nicht mehr.«

Im nächsten Augenblick stolpert Gabriel über einen losen Stein. Ich reagiere instinktiv, ziehe ihn an mich und halte ihn fest, bevor er stürzen kann.

Seine Brust drückt gegen meine, ich spüre seine schweren Atemzüge auf meinem Kopf. Ich sehe auf, direkt in seine blauen Augen. Im verwaschenen Licht der Lampen sehen sie noch dunkler aus. Geheimnisvoll. Keiner von uns wendet seinen Blick ab, es ist, als gäbe es eine unsichtbare Verbindung zwischen uns. Auf einmal fühle ich mich ganz leicht. Als hätte ich einen Ballon in meinem Bauch, der mich jeden Moment vom Boden abheben lassen könnte. Unsere Gesichter sind nur wenige Zentimeter voneinander entfernt. Wenn ich mich nur ein wenig vorbeuge, könnte ich …

Hastig schiebe ich ihn von mir, bis nur noch unsere Arme ineinander verhakt sind. Ich hoffe, dass wir den Weg bis zum Wohngebäude irgendwie schaffen. Wie viel hat er heute Abend getrunken?

Schweigend setzen wir uns wieder in Bewegung. Ich spüre Gabriels Anwesenheit neben mir überdeutlich, all meine Sinne sind nur auf ihn fixiert. Wir sind uns so nah, dass mir sein Duft in die Nase steigt. Er ist verschleiert vom Alkohol, aber den angenehmen Hauch von Harz kann ich darunter dennoch wahrnehmen.

»Warum tust du das?«, fragt Gabriel.

»Vielleicht, weil ich keinen Stress mit meiner Stiefschwester möchte?«

»Lucia bist du doch vollkommen egal. Daran ändert auch diese kleine Aktion nichts.«

Seine Worte treffen mich mitten ins Herz.

»Sorry, das hätte ich nicht sagen sollen«, murmelt er.

»Schon okay«, lüge ich.

Wir sind fast bei den Unterkunftsgebäuden angekommen. Nur noch über die Brücke, dann erreichen wir die Arkaden und …

Gabriel bleibt stehen und windet sich aus meinem Griff.

»Was ist los?«, frage ich alarmiert. »Musst du kotzen?«

»Ich …« Er atmet tief ein und aus. Sein ganzer Körper zittert. »Nein, alles gut.«

Er wirkt jedoch kein bisschen, als wäre alles gut, eher, als würde er jeden Augenblick umkippen. »In welchem Gebäude wohnst du? Du gehörst dringend ins Bett.«

»Was?« In seinem Blick erkenne ich eine Verletzlichkeit, die mir nur allzu vertraut ist. Sie verleitet mich dazu, ihm eine Hand auf den Unterarm zu legen.

»Hey, es ist alles in Ordnung. Das braucht dir nicht unangenehm sein. Ich habe viele Jahre als ehrenamtliche Rettungssanitäterin ausgeholfen und weiß, was zu tun ist, vertrau mir.«

Er löst sich abrupt von mir, und ich stolpere einige Schritte zurück. Was ist denn jetzt los? »Spinnst du?«

»Lass mich einfach in Ruhe!«, ruft Gabriel.

»Ich wollte dir nur helfen.«

»Ich brauche deine Hilfe aber nicht. Und jetzt verschwinde.«

Undankbarer Mistkerl! Obwohl er sich kaum aufrecht halten kann, drehe ich mich um und stapfe über die Brücke davon. Wenn er meine Hilfe nicht will, bitte. Soll er selbst sehen, wie er auf sein Zimmer kommt.

Mit jedem Schritt, den ich mich von ihm entferne, wird mein Herz ein bisschen schwerer. Was war das gerade eben? Bis ich von meiner Tätigkeit als Rettungssanitäterin gesprochen habe, war er geradezu umgänglich. Er hat meine Hilfe bereitwillig angenommen und sich sogar bei mir entschuldigt. Wir hatten diesen Moment … Aber dann, von einer Sekunde auf die nächste, war er völlig verändert.

Wieder überkommt mich das Gefühl, dass mehr hinter seiner Fassade steckt. Doch je näher ich Ash Hall komme, das mir immer noch fremd und ungewohnt erscheint, desto stärker werden meine Abwehrmechanismen. Langsam kehrt mein Verstand zurück, und nachdem ich mich endlich erschöpft auf mein Bett fallen lasse, atme ich tief durch. Ich muss mich auf mein Studium konzentrieren und sollte Gabriel vergessen. Mit allem, was zu ihm gehört. Die Art, wie er meinen Namen ausspricht, seine blauen Augen und der Duft nach Harz. Denn eines weiß ich nach diesem Abend mit ziemlicher Gewissheit: Gabriel ist die Sorte Mann, die mich ernsthaft in Schwierigkeiten bringen könnte.

Kapitel 9

Gabriel

Mein Kopf sticht, als würde mir jemand unablässig Nadeln durch die Schläfen rammen. Ächzend drehe ich mich im Bett auf die andere Seite, bis mir auf einmal der Geruch von Kaffee in die Nase steigt. Moment, Kaffee?

Ich schlage die Augen auf und blinzle gegen einen hellen Sonnenstrahl an, der durch das Fenster fällt. Daher nehme ich die Gestalt, die direkt neben mir hockt, erst eine Sekunde später wahr. Erschrocken zucke ich zusammen.

Lucia grinst. »Na, Schlafmütze?« Sie hält mir eine dampfende Tasse entgegen, die für den betörenden Duft in meinem Zimmer verantwortlich sein muss.

Ich reibe mir die Schläfen und setze mich im Bett auf, bevor ich nach der Tasse greife. »Heilige Scheiße, hast du mich erschreckt! Was machst du hier? Und wie bist du reingekommen?«

»Äh … durch die Tür?«

Ich verdrehe die Augen. »Dein Glück, dass du Kaffee dabeihast. Schon mal was von Privatsphäre gehört?«

»Beruhig dich. Ich habe mehrmals geklopft, aber du hast nicht reagiert. Da du gestern Abend auf der Party warst, wollte ich lieber mal nachsehen, ob du noch lebst.«

Sofort prasseln Bilder der Ersti-Party auf mich ein. Elora, die diesen Lackaffen anlacht. Das verlorene Bierpongspiel mit den Verbindungsmitgliedern. Wieder Elora, wie sie meinen Arm umklammert, um mich zu stützen. Warum taucht ausgerechnet sie ständig in meinen Gedanken auf? Während sie mir geholfen hat, sind wir einander immer wieder nah gekommen. Gefährlich nah. Es war, als würde sie mich anziehen wie ein Magnet. Und das schon von jenem Augenblick an, in dem ich sie vor dem Hauptgebäude das erste Mal gesehen habe. Etwas an ihr fasziniert mich, auch wenn ich nicht sagen kann, was es ist. Die meisten Erinnerungen an die Party sind verwaschen, aber Elora nicht.

Schlagartig wird mir heiß, und ich strample mir die Decke von den Beinen. Dabei fährt mir ein schmerzhafter Stich durch den Knöchel. *Na klasse.* Den habe ich mir offenbar verstaucht.

»Wie war es denn gestern?« Lucia setzt sich auf die Bettkante und nippt an ihrer Kaffeetasse. »Hattest du Erfolg bei der *Dark Elite*?«

Bei dem Gedanken an das dank Aidan verpatzte Spiel werde ich wütend. »Nein, hatte ich nicht.«

Sie schluckt und weicht hastig meinem Blick aus.

»Was ist?«, hake ich nach. »Dir brennt doch irgendwas auf der Seele.«

»Na ja … ich wollte es dir eigentlich nicht sagen, weil ich finde, du solltest dich von *Fortuna* fernhalten. Du weißt, wie skrupellos sie sind, Gabriel.«

Mein Herzschlag beschleunigt sich. »Aber?«

Lucia seufzt und wendet sich mir wieder zu. »Sie versuchen seit zwei Jahren, mich dazu zu überreden, der Verbindung beizutreten. Offenbar haben sie immer noch nicht kapiert, wie sinnlos das ist. Erst heute Morgen hat mich wieder ein Mitglied angesprochen.«

»Warum das? Was wollen sie von dir?«

»Mir mitteilen, dass ab morgen Bewerbungen eingereicht werden können, um am Auswahlverfahren für Saras ...« Sie stockt und muss tief durchatmen, bevor sie weitersprechen kann. »Um für den frei gewordenen Verbindungsplatz in Betracht gezogen zu werden.«

Mein Herzschlag beschleunigt sich. »Wie lange kann man sich bewerben?«

»Bis Samstag. Aber Gabriel, du solltest ...«

»Ja, ich weiß«, sage ich. »Das ist eine blöde Idee, und ich sollte nicht teilnehmen. Aber ich habe keine andere Wahl! Das ist eine einmalige Chance.«

»Sei vernünftig. Willst du wie deine Schwester enden?«

Ihre Worte treffen mich mit voller Wucht, und für den Bruchteil einer Sekunde kann ich nicht atmen. Annabelles lebloser Körper erscheint vor meinem inneren Auge, und ich bin wie gelähmt. Ich habe es ihr versprochen. Seit zwei Jahren warte ich auf diese Chance.

»Ich muss es tun«, sage ich leise.

Lucia nickt traurig. »Das habe ich mir bereits gedacht. Aber versprich mir wenigstens eins, ja?«

»Was denn?«

»Dass du vorsichtig sein wirst. Du darfst die Verbindung nicht unterschätzen.«

»Ich verspreche es«, lüge ich, weil ich insgeheim weiß, dass ich es sowieso nicht halten kann. Nichts auf der Welt ist mir wichtiger als meine Zwillingsschwester. Wenn ich für Annabelle und die Wahrheit alles riskieren muss, werde ich nicht zögern.

»Dann ist gut.« Die Erleichterung auf Lucias Gesicht löst Gewissensbisse in mir aus. Aber ich zwinge mich zu einem Lächeln, damit meine beste Freundin nichts merkt.

Ich nippe an meinem Kaffee, der mittlerweile abgekühlt ist. Nach einer Dusche werde ich mich sofort an den Schreibtisch setzen und an der Bewerbung für *Fortuna* feilen. Ich kann mich noch gut daran erinnern, was meine Schwester vor zwei Jahren geschrieben hat, und weiß genau, was die Verbindung hören möchte. Angewidert spucke ich den letzten Schluck Kaffee wieder in die Tasse. Sie werden mich als Kandidaten in Betracht ziehen müssen.

Und dann werde ich endlich dafür sorgen, dass die Wahrheit ans Licht kommt.

Mein erster Kurs am Montag ist Nuklearmedizin. Ein Wahlfach, das ich belegt habe, um herauszufinden, ob ich mit meinem Studium wirklich in Richtung Astronomie gehen möchte oder doch lieber in die medizinische Forschung. Meinen Eltern wäre Letzteres lieber. Sie halten die Vorstellung, es könnte irgendwo außerhalb der Erde intelligentes Leben existieren, für Schwachsinn. Mit Sternen, Planeten und dem Universum können sie nichts anfangen. Zu viele unbekannte Variablen, zu wenige Fakten. Die medizinische Physik hingegen würde in Richtung von Annabelles Traum, Ärztin zu werden, gehen. Ich würde nicht nur einen Beitrag für die Gesellschaft leisten, sondern – und das ist meinen Eltern sehr wichtig – einen angesehenen Job ausführen. Einen, mit dem sie vor ihren noblen Freunden prahlen können.

Schnell vertreibe ich die Gedanken an meine Eltern und schnappe mir meine fertige Bewerbung für *Fortuna*. Der Kurs beginnt in einer halben Stunde, das sollte reichen, um den Umschlag abzugeben. Ich verlasse Ash Hall und mache mich mit schweißnassen Händen auf den Weg zum Verbindungshaus, das sich etwas abseits hinter der langen Reihe aus Wohngebäuden befindet. Ein schmaler Pfad führt an einem Felsen vorbei, bevor die normannische Villa auftaucht. Sie erinnert mich an ein altes Geisterschloss.

Fröstelnd schiebe ich den albernen Gedanken beiseite und konzentriere mich auf den gelben Baukran dahinter. Bei der konservativen Verbindung ist endlich angekommen, dass Frauen denkende Wesen sind, und seit ein paar Jahren dürfen sie auch Mitglieder werden. Aber seitdem herrscht Platzmangel. Und da weiterhin nur die männlichen Mitglieder in der Villa untergebracht sind, wird aktuell ein neues Haus angebaut. Ich schlucke schwer, weil mir der Gedanke kommt, wie sehr Annabelle sich gefreut hätte, dort einzuziehen. Noch wohnen die Frauen der Verbindung, wie Sara früher, mit den restlichen Studierenden zusammen.

Je näher ich dem Verbindungshaus komme, desto nervöser werde ich. Zwei Jahre habe ich erfolglos versucht, bei *Fortuna* einen Fuß in die Tür zu bekommen. Jetzt, wo endlich ein Platz frei geworden ist und ein neues Mitglied gesucht wird, scheint meine Eintrittskarte zum Greifen nah zu sein. Aber was, wenn sie mich nicht auswählen?

Nein, so darf ich nicht denken. Sie werden in mir denselben Benefit erkennen wie in Annabelle, darauf muss ich einfach vertrauen. Meine Schwester war für das gesellige Verbindungsleben wie geschaffen. Außerdem war sie ambitioniert, kommunikativ und durchsetzungsfähig. Ihre Noten waren überdurchschnittlich gut, und unser Vater ist der Geschäftsführer einer Schweizer Bank. Deswegen habe ich all diese Punkte ebenfalls in meinem Anschreiben aufgenommen. Obwohl mich definitiv niemand, der mich halbwegs kennt, als gesellig bezeichnen würde. Aber was ist schon ein bisschen Schauspielerei im Tausch gegen die Wahrheit?

Das Haus ist von einer niedrigen Steinmauer umzäunt. Das schwarze Eisentor steht leicht offen, sodass ich mühelos hindurchgehen kann. Der gepflasterte Weg zur Eingangstür wird von einer gestutzten Wiese begrenzt, auf der zapfenförmige Buchsbäume wachsen. Zwischen dem Haus und dem Seeufer breitet eine große Weide ihre Äste aus. Wann immer Annabelle und ich als Kinder eine Weide entdeckten, haben wir versucht, ihre längsten Äste zusammenzubinden, um daraus eine Schaukel zu bauen. Einmal hat sich der Knoten gelöst, woraufhin Annabelle in hohem Bogen auf die Wiese gesegelt ist und sich das Handgelenk gebrochen hat. Danach haben unsere Eltern uns das Weidenschaukeln verboten. Schon damals habe ich nicht auf meine Schwester aufpassen können. Ich spüre einen Stich in der Brust und löse meinen Blick schnell von dem ausladenden Baum.

Zielstrebig halte ich auf die Eingangstür zu, auf der Suche nach einem Briefkasten, in den ich meine Unterlagen werfen kann. Aber ich entdecke lediglich einen Klingelknopf. Ich befreie die Rolex aus meinem Jackenärmel. Mittlerweile besitze ich die Modelle dieser Marke in allen möglichen Größen und Farben, weil meinen Eltern offenbar nichts anderes einfällt, was sie mir zum Geburtstag oder zu Weihnachten schenken können.

Ich seufze. Mir bleibt nur noch eine Viertelstunde, bis die Vorlesung beginnt. Bis zum Hauptkomplex brauche ich locker zehn Minuten. Ich drehe mich zum Zaun um, recke den Hals, aber von einem Briefkasten fehlt jede Spur. *Klasse.* Und jetzt?

Plötzlich wird die Tür aufgerissen, und ich stolpere einen Schritt zurück. Ein blonder Kerl steht vor mir, dessen Schmalzlocke ich überall wiedererkennen würde. Mit ihm hat Elora sich auf der Ersti-Party unterhalten!

»Hi, kann ich dir helfen?«, fragt er.

Mein Puls schießt in die Höhe. Gleichzeitig überkommt mich das dringende Bedürfnis, ihm ins Gesicht zu schlagen. So kenne ich mich selbst nicht. Wenn ich meinen Plan durchziehen will, muss ich die Wut in meinem Inneren einschließen. Ich stelle mir ein Marmeladenglas vor. Deckel drauf und lächeln. Niemand darf merken, wie ich wirklich über die Verbindung denke.

Ich halte meinen Umschlag hoch. »Ich würde das hier gerne abgeben, um mich für das Auswahlverfahren zu bewerben. Aber ich habe euren Briefkasten nicht gefunden.«

»Ah, eine Bewerbung, cool! Aber es wäre nicht nötig gewesen, extra herzukommen. Du hättest sie einfach einem Mitglied geben können.«

»Oh, sorry, das wusste ich nicht.« Sie einfach einem Mitglied in die Hand drücken? Gibt es tatsächlich Menschen, die so viel Vertrauen in Fremde haben?

Er nimmt mir die Bewerbung ab. »Ich kümmere mich darum.«

»Okay, äh … danke.«

»Kein Ding. Man sieht sich!«

Dann schlägt er mir die Tür vor der Nase zu. *Sehr freundlich.* Aber alles andere hätte mich bei der *Dark Elite* auch gewundert.

Ich lasse das Verbindungshaus hinter mir. Ein weiterer Blick auf die Uhr zeigt mir, dass ich nicht mehr pünktlich zur Vorlesung kommen werde. Da mein verstauchter Knöchel bei jeder Bewegung schmerzt, kann ich unmöglich rennen. *Mist, diese verdammte Verletzung!* Ich beiße die Zähne zusammen und versuche, meine Schritte dennoch zu beschleunigen, damit ich wenigstens nur die ersten Minuten verpasse.

Atemlos betrete ich den Hauptkomplex, der verlassen vor mir liegt. Meine Schritte hallen auf den Natursteinfliesen wider, und ich überspringe automatisch die herausstehende Fuge direkt vor der Fakultät für Physik. Das rächt sich sofort, ein brennender Schmerz durchfährt meinen Knöchel. Hinter einer Brandschutztür grenzen links und rechts Vorlesungssäle an, aus denen leise die Stimmen der Dozenten auf den leeren Flur dringen. Am richtigen Saal angekommen, checke ich noch einmal die Raumnummer in der Universitätsapp auf meinem Handy, bevor ich leise hineinhusche.

Die Dozentin bedenkt mich mit einem flüchtigen Blick, ohne ihren Vortrag zu unterbrechen. Ich schaue an ihr vorbei und die Stuhlreihen hinauf, die sich treppenförmig hinter dem Dozentenpult anordnen. Mit Entsetzen stelle ich fest, dass der Saal bis auf einen einzigen Platz besetzt ist. Warum sind so viele in diesem Wahlkurs?

So unauffällig wie möglich humple ich zu dem freien Platz, der sich am Rand einer Reihe auf mittlerer Höhe befindet. Die Person daneben hebt den Kopf, und mein Herz macht einen Satz.

Elora.

Sofort setzt mein Fluchtinstinkt ein, denn so peinlich, wie ich mich am Samstag benommen habe, habe ich gehofft, sie erst einmal nicht wiederzusehen. Oder ihr höchstens flüchtig zu begegnen.

Unschlüssig stehe ich vor ihr und starre sie an. Ihre braunen Haare sind offen und fallen ihr glatt über die Schultern. Nur die vordersten Strähnen hat sie geflochten und nach hinten gesteckt.

Die Dozentin räuspert sich und reißt mich aus meiner Starre. »Wenn Sie schon zu spät kommen, würden Sie sich dann bitte zumindest beim Hinsetzen beeilen?«

»Natürlich, entschuldigen Sie bitte.« Ich ziehe den Rucksack von meinen Schultern und lasse mich auf den Platz neben Elora fallen. Ein intensiver Duft nach Vanille steigt mir in die Nase, und ich würde mich am liebsten näher zu ihr lehnen, um ihn tiefer einzuatmen.

Verdammt, was ist los mit mir? Eine Frau passt nicht in meine Pläne. Seit zwei Jahren habe ich mich von keiner mehr von meiner Mission ablenken lassen, und Elora wird auf keinen Fall die Erste sein, der es gelingt.

Plötzlich beugt sie sich zu mir herüber. Eine ihrer Haarspitzen kitzelt meinen Hals, und sie flüstert mir zu: »Wie geht es deinem Knöchel?«

Ihr Atem schlägt heiß gegen meine Haut und sorgt für eine Gänsehaut auf meinen Unterarmen. Zum Glück trage ich einen langärmligen Kapuzenpullover von *Balmain*. Dennoch weiche ich vorsichtshalber ein Stück vor ihr zurück. Sie soll auf keinen Fall bemerken, wie sehr sie mich durcheinanderbringt.

»Alles bestens«, sage ich kühl.

Wenn sie sich von mir fernhalten soll, muss ich abweisend sein. So wie Samstagnacht. Sie stehen zu lassen, nachdem sie mich zurückgeschleppt hat, hat sie wütend gemacht. Dass sie überhaupt noch mit mir spricht, ist ein Wunder.

»Echt? Als du reingekommen bist, hast du gehumpelt.«

Ich schweige eisern und versuche mich auf die Dozentin zu konzentrieren. Doch ich habe Elora unterschätzt, sie lässt nicht locker.

»Also?«, hakt sie nach.

Ich werde wütend. »Warum lässt du mich nicht einfach in Ruhe?«

Und dann mache ich einen Fehler. Ich löse meine Aufmerksamkeit von der Dozentin und wende mich Elora zu. Ihre braunen Augen finden meine, und mein Magen macht einen Satz. Ich will wegschauen, aber ich kann nicht. Es ist, als würde mein Körper sich meiner Kontrolle entziehen. Ich kann kaum atmen und realisiere, warum ich den Blick nicht abwenden kann. Weil ich mich in der Art, wie sie mich ansieht, wiedererkenne, in dem Schmerz in ihren Augen, der mir seit zwei Jahren so vertraut ist.

Seit Annabelles Tod haben die meisten einen Bogen um mich gemacht. Die wenigen, die auf mich zukamen, habe ich nach und nach abserviert. Ich brauche kein Mitleid. Ich bin zu einem Einzelgänger geworden, dem man besser aus dem Weg geht. Aber Elora schaut mich an, als könnte sie all meine Mauern einreißen und das freilegen, was ich seit zwei Jahren eisern vor der Welt verberge.

Und plötzlich erwacht diese Vorahnung in mir. Erst ist sie nicht mehr als ein Flüstern. Doch sie wird immer lauter, je länger unser Blickkontakt anhält. Was, wenn ich nicht der Einzige bin? Wenn sie ebenfalls etwas in ihrem Inneren hütet?

Unvermittelt zuckt Elora zusammen und wendet sich von mir ab. Endlich kann ich wieder atmen und klar denken. So klar, dass ich Elora für den Rest der Vorlesung wie Luft behandle. weil ich denselben Fehler auf keinen Fall ein zweites Mal machen werde.

Kapitel 10

Elora

Sobald der Kurs vorbei ist, springt Gabriel auf und schleppt sich mit seinem verletzten Fuß als Erster aus dem Saal. Verwirrt bleibe ich zurück und frage mich, was gerade passiert ist. Wieso verhält er sich immer so widersprüchlich? Erst schnauzt er mich an, dann betrachtet er mich so intensiv, dass die Spannung zwischen uns kaum auszuhalten ist, und der Blick seiner Eisaugen schmilzt, bis ich das Gefühl habe, wirklich *ihn* zu sehen, nicht nur einen ignoranten Idioten. Und im nächsten Moment behandelt er mich wie Luft.

Seufzend verstaue ich meinen Collegeblock und den Kugelschreiber in meiner Handtasche und reihe mich in die Traube Studierender ein, die den Raum verlassen wollen. Ich hätte nicht gedacht, überhaupt einen gemeinsamen Kurs mit Gabriel zu haben. Nuklearmedizin habe ich nur belegt, um meine Punkte vollzukriegen. Im Laufe der Vorlesung ist mir klar geworden, dass in diesem Fach Physiker und Mediziner eng zusammenarbeiten. Tatsächlich studieren sogar knapp die Hälfte der Anwesenden Physik. Das bedeutet wohl, ich werde Gabriel jetzt jede Woche sehen.

Mein Herz schlägt bei diesem Gedanken unwillkürlich schneller. *Dummes Herz. Dumm, dumm, dumm.* Egal, wie lange ich darüber nachdenke, es gibt keine logische Erklärung, warum ich mich in seiner Nähe so lebendig fühle. Beinahe wie miteinander verbunden. Was versteckt er hinter seiner kühlen Fassade? Sind wir uns vielleicht gar nicht so unähnlich, wie ich anfangs dachte? Wie auch immer, ich hätte ihn besser in Ruhe lassen und ignorieren sollen. Doch sein Humpeln beim Hereinkommen …

Nein, ich muss ihn mir ein für alle Mal aus dem Kopf schlagen. Ich konnte mich wegen ihm heute kaum auf den Vortrag der Dozentin konzentrieren, und mein Studium ist mir wichtiger als irgendein Kerl. Insbesondere einer, der sich für etwas Besseres hält.

Ich verlasse das Hauptgebäude und ziehe mir eine Strickjacke über. Die Sonne glitzert auf dem türkisblauen Seewasser. Da wir Ende September haben, hat sie längst nicht mehr genug Kraft, um richtig zu wärmen. Die Bäume und Büsche, die am Ufer wachsen, haben sich bunt gefärbt. Bald wird der gepflasterte Weg von Laub bedeckt sein. Ich freue mich schon auf das Rascheln und die herabfallenden Kastanien, aus denen ich früher jeden Herbst mit meinem Vater Figuren gebastelt habe.

Ich wende mich nach links in Richtung *Seaside*. Dort bin ich mit Simona zum Mittagessen verabredet. Auf der Terrasse des Lokals sind kaum noch Tische frei, aber meine Mitbewohnerin kann ich nicht unter den Gästen entdecken. Wo bleibt sie denn? Durch die Begegnung mit Gabriel habe ich nach der Vorlesung getrödelt, obwohl Simona mir extra eingebläut hat, dass wir uns mittags beeilen müssen, um einen Platz auf der Terrasse zu ergattern. Sie sollte eigentlich längst hier sein.

Mein Handy vibriert, und ich krame es aus meiner Handtasche hervor.

> SIMONA: Es tut mir so leid, aber ich werde es nicht pünktlich schaffen. Ich muss noch eine Hausarbeit mit meinem Dozenten besprechen. Verschieben wir das Essen? Oder suchst du dir allein einen Platz, und ich komme dann auf ein Getränk nach?

Enttäuscht lasse ich die Schultern sinken. Aber da ich schon mal hier bin und mein Magen knurrt, werde ich eben allein essen. Ich stecke mein Handy weg und schaue auf.

Jasper kommt winkend auf mich zu. »Hey, Elora.«

Sofort röten sich meine Wangen, weil ich daran denken muss, wie Simona mich wegen ihm aufgezogen hat. »Äh, hi.«

»Was ist los? Du siehst irgendwie frustriert aus.«

Ich mochte Samstag schon, wie aufmerksam er ist. Aber dann kam Gabriel, und ich habe Jasper vollkommen aus meinen Gedanken verdrängt. Warum eigentlich? Er ist freundlich und interessiert. Gabriel ist nichts davon. Trotzdem kann ich nicht aufhören, an ihn zu denken.

»Ich war mit Simona zum Mittagessen verabredet«, antworte ich. »Aber sie schafft es nicht rechtzeitig.«

»Oh«, macht Jasper und lächelt dann. »Ich wollte mir gerade einen Platz suchen. Möchtest du mitkommen?«

Ich denke kurz darüber nach. Simonas tanzende Augenbrauen, wenn sie davon erfährt, kann ich mir jetzt schon vorstellen. Aber eigentlich … warum nicht? Vielleicht bekomme ich dadurch auch endlich die merkwürdige Begegnung mit Gabriel aus meinem Kopf.

»Klar, gerne.«

Nebeneinander steigen wir die drei schmalen Treppenstufen zur Terrasse hinauf und schauen uns zwischen den voll besetzten Tischen um.

»Da hinten ist noch einer frei«, sagt Jasper und deutet auf die gegenüberliegende Seite. Sofort läuft er los, und ich folge ihm.

Kurz bevor wir den freien Tisch erreichen, entdecke ich zwei bekannte Gesichter. Lucia und Gabriel, die jeweils vor einem Teller mit Pasta sitzen. Hat er sich deswegen so beeilt, aus dem Hörsaal zu kommen? Weil er mit meiner Stiefschwester verabredet war?

Ich überlege noch, ob ich sie grüßen soll, da bleibt Jasper plötzlich neben Gabriel stehen. »Hi, gut, dass ich dich noch mal sehe. Ich wollte dir nur kurz Bescheid geben, der Vorstand hat deine Bewerbung erhalten.«

Überrascht blicke ich von einem zum anderen.

Gabriels Gesicht bleibt vollkommen ausdruckslos. »Super, danke.«

»Welche Bewerbung?«, platzt es aus mir heraus, obwohl ich weiß, dass mich das nichts angeht. Aber meine Neugier ist stärker.

»Für das Auswahlverfahren von *Fortuna*«, sagt Jasper.

Gabriel will zu *Fortuna*? Mein Kopf schnellt zu ihm, aber er starrt eisern auf seine Pasta. Er verhält sich, als würde er mich gar nicht kennen. Wut durchzuckt mich und bekräftigt mich in meiner Entscheidung, mit Jasper zu essen. Selbst wenn es kein Date ist. Er hat wenigstens den Anstand, mir vernünftig zu antworten und mich dabei anzusehen.

»*Fortuna* hält ein Auswahlverfahren ab?«, frage ich und bemerke aus den Augenwinkeln, wie Lucia die Stirn runzelt. Auf einmal fühle ich mich unwohl in ihrer Gegenwart und lege Jasper schnell eine Hand auf den Oberarm, um ihn weiterzuziehen.

»Hat Simona dir das nicht erzählt?«

»Nein.«

Wir erreichen den freien Tisch, und ich setze mich mit dem Rücken zu Lucia und Gabriel.

»Das hatte sie bestimmt noch vor«, sagt Jasper und greift nach der Karte, die in einem durchsichtigen Ständer auf dem Tisch steckt. Er reicht sie mir, ohne einen Blick hineinzuwerfen. »Hier. Ich weiß, was ich nehme.«

»Warst du schon so oft hier, dass du die Karte auswendig kennst?«

»So ungefähr.« Er lacht. »Außerdem nehme ich sowieso immer dasselbe.«

Ich stecke die Karte zurück. »Gut, dann schließe ich mich dir an.«

»Echt? Du weißt doch gar nicht, was es ist.«

»Ich vertraue auf deinen guten Geschmack.« Ich klinge flirtender als beabsichtigt, und Jasper schluckt.

Dann beugt er sich über den Tisch, grinst und raunt mir zu: »O ja, den habe ich.«

Meine Kehle fühlt sich staubtrocken an, ich räuspere mich. Zum Glück kommt im nächsten Moment eine Kellnerin an den Tisch, um unsere Bestellungen aufzunehmen. So bleibt es mir erspart, eine passende Antwort zu suchen.

»Zweimal die Chicken Avocado Salad Rolls, bitte. Für mich außerdem eine Cola light«, sagt Jasper.

»Und für mich eine Apfelschorle.«

Die Kellnerin macht sich eine Notiz und eilt zu einem anderen Tisch.

»Also, das Auswahlverfahren«, nimmt Jasper unseren Gesprächsfaden wieder auf. »Vor Kurzem ist bei *Fortuna* ein Platz frei geworden, und wir sind jetzt auf der Suche nach einem neuen Mitglied. Wir wollen jemanden finden, der wirklich zu uns passt, deswegen organisieren wir ein Auswahlverfahren. Dabei stellen wir den Bewerbern verschiedene Aufgaben, in denen sie zeigen sollen, ob sie Teamgeist besitzen, loyal und durchsetzungsfähig sind. Natürlich soll der Wettbewerb auch Spaß machen, wir sind schließlich eine fröhliche Truppe.«

»Darf ich fragen, warum du dich dafür entschieden hast, der Verbindung beizutreten?«

Die Gründe von Simona kenne ich bereits. Ihre gesamte Familie war während ihrer Zeit auf Corvina Castle bei *Fortuna*. Klar, dass sie die Tradition fortsetzen wollte.

»Geld, Erfolg und Ehre.« Jasper grinst mich breit an. »Spaß beiseite. Weil ich nicht, wie so viele hier, aus einem reichen Elternhaus stamme und nur durch ein Stipendium auf Corvina Castle gelandet bin, war der finanzielle Aspekt für mich der Hauptgrund. Ich habe dann aber schnell festgestellt, wie nützlich das Netzwerk der Verbindung ist. Durch die Zusatzkurse, die Förderungen und die Zusammenkünfte mit Talentscouts erhöhe ich jetzt schon meine Chancen fürs Berufsleben. Was will man mehr?«

Ich nehme nur am Rande die Kellnerin wahr, die unsere Getränke auf den Tisch stellt. *Fortuna* übernimmt die Studienkosten für ihre Mitglieder? Sofort überschlagen sich meine Gedanken. Eine Mitgliedschaft würde bedeuten, auf eigenen Beinen stehen zu können. Ich wäre endlich finanziell unabhängig von Ludovico!

»Wie meinst du das mit dem Netzwerk?«, hake ich nach.

»Corvina Castle hat viele einflussreiche Alumni hervorgebracht. In nahezu jedem Berufsfeld gibt es Personen, die während ihres Studiums bei *Fortuna* waren. Durch die Connections ist es leichter, einen Fuß in die Tür zu bekommen. Vor allem im Medizinstudium, wenn es um das Praxisjahr geht. In den normalen Krankenhäusern hat man meistens gute Chancen, aber wenn du in einen besonderen Bereich willst, schaffst du das nur über Connections. Und falls *Fortuna* sie nicht selbst haben sollte, kennt die Verbindung zumindest jemanden, der sie hat.«

»Das klingt toll«, sage ich. Könnte *Fortuna* mir dabei helfen, einen Job oder ein Praktikum in der Klinik Hirslanden zu ergattern? In der Krebsforschung Fuß zu fassen, ist schwer, die Stellen sind hart umkämpft, aber wenn ich mein Praxisjahr in Hirslanden machen würde, stünden meine Chancen um ein Vielfaches besser. Ich spüre, wie mich Aufregung erfasst. »Wo ist der Haken?«

»Es gibt keinen Haken.« Jasper trinkt einen Schluck von seiner Cola. »Na ja, außer vielleicht, dass das Verbindungsleben sehr gesellig ist. Es gibt gewisse Verpflichtungen, und man kann sich nicht einfach raushalten. Das ist nicht jedermanns Sache. Bei besonderen Anlässen tragen wir traditionelle Gewänder. Außerdem organisieren wir Bälle und Partys, auf denen alle Mitglieder anwesend sein müssen. Das sind pro Monat zwei bis drei Veranstaltungen. Der alljährliche Winterball im Dezember wird übrigens auch von uns geplant.« Er lächelt stolz, und ich kann nicht anders, als die Geste zu erwidern. »Wenn du nach deinem Studium die Universität verlässt, kommst du natürlich in die Pflicht, den neuen Mitgliedern Praktikumsplätze zu organisieren oder sie anderweitig im Berufseinstieg zu unterstützen. Du gibst praktisch zurück, wovon du selbst profitiert hast.«

»Oh, das …« Ich weiß nicht, was ich sagen soll. Die vielen Informationen erschlagen mich. Kein Wunder, dass *Fortuna* ein Auswahlverfahren hat. Bei den ganzen Vorteilen muss sich eine Menge Studierende auf den freien Platz bewerben.

»Das ist sicher viel auf einmal. Überleg es dir einfach. Die Herkunft spielt übrigens bei der Auswahl der Neumitglieder keine Rolle. Jeder hat dieselbe Chance, bei *Fortuna* aufgenommen zu werden. Bis Samstag kannst du dich noch bewerben.«

»Was muss da rein?«

»Was muss wo rein?«, flötet auf einmal eine Stimme direkt hinter mir. Ich zucke zusammen, dann lässt sich Simona auf den freien Stuhl zu meiner rechten fallen. »Hi, Jasper. Was machst du denn hier?«

»Deinen Job übernehmen. Wir sprechen gerade über das Auswahlverfahren, von dem Elora bisher nichts wusste.«

Irgendetwas irritiert mich an seinen Worten, sie klingen beinahe vorwurfsvoll, als wäre es Simonas *Pflicht* gewesen, mir von dem Verfahren zu erzählen.

»Meinen …? Oh«, macht Simona und sieht dann zu mir. »Davon wollte ich dir heute Abend in Ruhe berichten. Das ist eine wahnsinnig tolle Chance, über die du definitiv nachdenken solltest.«

Beide schauen mich erwartungsvoll an, und ich muss lachen. »Hey, jetzt seht mich nicht so an. Erklärt mir lieber, was ich in diese Bewerbung schreiben soll.«

Das lassen sich die beiden nicht zweimal sagen. Sie übertrumpfen sich geradezu gegenseitig mit Tipps. Mich beschleicht ein ungutes Gefühl, aber ich schüttle es ab. Das ist albern. Die beiden sind von *Fortuna* begeistert. Warum auch nicht? Es würde mich vielmehr wundern, wenn sie es bei all den Vorteilen nicht wären.

Kapitel 11

Gabriel

Ich liege in meinem Bett und wälze mich unruhig hin und her. Draußen heult der Wind um Ash Hall. Regen prasselt gegen die Scheibe, als würde er sie zertrümmern wollen. Ich hasse diese Nächte am See, in denen die Unwetter über Corvina Castle hereinbrechen und mir den Schlaf rauben. Wie soll ich ein Auge zubekommen, wenn der Sturm mit aller Macht versucht, die Mauern einzureißen und den wütenden See bis fast hinauf zu meinem Fenster peitscht?

Und dann ist da noch die Begegnung mit Elora vor zwei Tagen, die mir nicht mehr aus dem Kopf geht. Wieso war sie mit diesem *Fortuna*-Mitglied zum Essen verabredet? Läuft da was zwischen den beiden? Und wenn schon, das kann mir egal sein. Was mir jedoch nicht egal sein sollte, ist, ob sie sich für das Auswahlverfahren bewirbt. Lucia ist beim Mittagessen fast ausgerastet, weil Elora ihre Freizeit mit den Verbindungsmitgliedern verbringt. Sie ist sich sicher, die *Dark Elite* hat es jetzt auf Elora abgesehen, nachdem sie bei ihr keinen Erfolg hatten. Immerhin ist Elora als Stieftochter von Ludovico Salvari für die Verbindung eine gute Partie.

Ich presse die Lider fest zusammen und versuche, das Unwetter auszublenden. Es hört sich so an, als würde ich direkt neben einem Flugplatz liegen. Nach wenigen Minuten ist mir klar, dass ich bei dieser Geräuschkulisse unmöglich wieder einschlafen werde.

Seufzend schlage ich die Decke zurück und richte mich auf. Meine Zehen vergrabe ich in dem weichen Teppich vor meinem Bett, bevor ich aufstehe. Fröstelnd schnappe ich mir ein T-Shirt und ziehe es über. Eine Hose kann ich auf die Schnelle nicht finden. Es ist kurz nach Mitternacht, wahrscheinlich wird mir niemand begegnen, dennoch fühle ich mich nicht wohl dabei, lediglich in Unterhose bekleidet über den Flur zu laufen. Doch ich muss raus.

Ich verlasse mein Zimmer, gehe zur Tür und ziehe sie leise auf. Meine Beine tragen mich automatisch den Gang hinunter und ins Treppenhaus. Was ich brauche, um müde zu werden, ist nicht Bewegung, sondern Konzentration. Eine Partie Soloschach hat mir in schlaflosen Nächten schon oft geholfen. Daher steige ich die knarzenden Stufen hinauf, bis sie vor einer zweiflügeligen Tür enden. Kurz bleibe ich stehen, um den Wölfen, die mich von beiden Seiten aus anfletschen, ein müdes Grinsen entgegenzusetzen. Wen auch immer diese Holzschnitzereien beeindrucken sollen, ich finde dieses in der gesamten Universität wiederkehrende Wolfsmotiv eher albern.

Leise trete ich ein und bemerke überrascht, dass das Licht brennt. Mein Blick schweift durch den Raum mit dem ockerfarbenen, mit kleinen orangenen Quadraten gemusterten Teppich und bleibt an einer der Sitzgruppen hängen.

Wer sitzt dort mitten in der Nacht auf *meinem* Sessel? In dem Moment dreht sich die Frau, von der ich bisher nur den Rücken sehen konnte, ruckartig um. Mein Herz macht einen Satz.

»Elora?«, frage ich fassungslos. Das Schicksal muss mir einen fiesen Streich spielen. Wieso nur treffen wir immer wieder aufeinander?

»Gabriel?«, gibt sie im selben Tonfall zurück. »Wohnst du etwa auch hier?«

Ich nicke. »Ja.«

»Und Lucia?«

»Die nicht.«

Einige Herzschläge lang starren wir einander an. Eloras Haare sind zerzaust, was ihr etwas Wildes verleiht. Sie trägt einen bordeauxroten Morgenmantel, wodurch mir wieder bewusst wird, dass ich in Unterhosen vor ihr stehe. *Scheiße.* Aber was solls.

»Ich konnte nicht schlafen«, sagt Elora schließlich. Sie klappt das Buch zu, in dem sie gerade gelesen hat. *Grundwissen Medizin* steht in weißen Blocklettern auf dem Einband.

»Geht mir genauso«, gestehe ich. Dann gebe ich mir einen Ruck, setze mich in Bewegung und lasse mich ihr gegenüber in den Sessel fallen.

»Kannst du oft nicht schlafen?«, fragt Elora leise. Ihr Tonfall sagt mir, dass sie nicht glaubt, eine ehrliche Antwort zu bekommen. Ich kann es ihr nicht verübeln, denn bis ich den Mund öffne, liegt mir eine sarkastische Antwort auf der Zunge. Doch ich spreche sie nicht aus. Elora schafft es nicht nur, durch meine unsichtbaren Barrieren hindurchzusehen, sondern sie auch mühelos einzureißen. Ich habe keine Ahnung, wie sie das macht.

»Nur bei Sturm«, sage ich wahrheitsgemäß.

Ihr Blick gleitet zur Wand des Gemeinschaftsraums. Zu dem kleinen Halbbogenfenster, hinter dem unaufhörlich das Unwetter wütet. »Ich weiß genau, was du meinst.«

Ob sie aus demselben Grund hier ist? Ich würde sie gerne fragen, aber ich traue mich nicht. Es ist leichter, mich von ihr fernzuhalten, je weniger ich von ihr weiß, je weniger Gemeinsamkeiten ich zwischen uns entdecke. Schlimm genug, dass wir uns ständig über den Weg laufen.

»Eigentlich wollte ich Schach spielen«, murmle ich mehr zu mir selbst als zu ihr.

»Allein?«

»Das nennt man Soloschach, ist eine …«

Sie unterbricht mich mit einem Schnauben. »Ich bitte dich, vor dir sitzt die Königin des Schachs höchstpersönlich. Spar dir deine Erklärungen.«

»Die Königin des Schachs, soso«, sage ich gedehnt und muss grinsen. »Dann hast du doch bestimmt kein Problem damit, gegen mich zu spielen.« Ich habe keine Ahnung, warum ich sie herausfordere. Vielleicht sind es ihre großspurigen Worte, die mich dazu verleiten. Oder der Wunsch, mich von dem Tosen draußen abzulenken. Was auch immer es ist, Elora wird ihre Aussage noch bereuen, denn ich weiß, ich bin ein guter Schachspieler. Ich habe gemeinsam mit Annabelle unzählige Stunden damit verbracht, Profizüge zu erlernen und an Taktiken zu tüfteln.

»Na gut, meinetwegen. Aber mach dich darauf gefasst zu verlieren!«

Ich hole das Schachspiel aus dem Regal neben der Tür, und gemeinsam ordnen wir die Figuren an. Wie selbstverständlich dreht Elora das Spielfeld so, dass die schwarzen

Schachfiguren auf meiner Seite stehen und die weißen auf ihrer.

»Ladies first«, sage ich.

»Wie ehrenwert.« Sie zieht zwei Felder mit einem weißen Bauern.

»Ich kann mich nicht entsinnen, jemals *ehrenwert* genannt worden zu sein.«

»Nein? Das wundert mich nicht.«

Nacheinander machen wir unsere Züge. Elora sitzt entspannt im Sessel, nur ihre zuckenden Finger verraten ihre Anspannung.

»Stimmt es, was du zu Lucia gesagt hast? Du hattest keine Ahnung von Ludovicos Plänen?«, frage ich, sobald ich meinen Turm gezogen habe. Ich kann mir nicht erklären, warum ich nicht einfach schweigend spiele.

Ihr Gesicht verdüstert sich kaum merklich. Als sie antwortet, schaut sie nicht einmal zu mir auf. »Ja, natürlich stimmt das. Warum sollte ich lügen?«

»Keine Ahnung. Wer lügt nicht?«

Jetzt habe ich ihre Aufmerksamkeit. Am liebsten würde ich die Worte sofort zurücknehmen, denn Elora sieht mich düster an. »Ich hatte kurz vergessen, dass ich mich an einer Universität mit lauter verwöhnten Kids befinde.« Elora schlägt einen meiner Bauern. »Hier ist sich doch jeder selbst der Nächste. Lügen und sich Vorteile zu verschaffen, gehört zum Erfolgsprogramm, oder nicht?«

Ich schmunzle. Sie hat ein fabelhaft schlechtes Bild von dieser Universität. Und irgendwie ist das erfrischend. Ich bin gerne wohlhabend aufgewachsen. Auf die damit verbundenen Annehmlichkeiten würde ich unter keinen Umständen verzichten wollen. Dennoch geht es mir oft auf den

Sack, dass vieles in dieser Welt nur schöner Schein ist und fast jeder ein Arschkriecher. Elora scheut sich nicht davor, das offen auszusprechen.

Sie zieht mit einem Springer. »Findest du das etwa lustig?«

»Nein, ich finde deine Einstellung ziemlich sympathisch«, sage ich und beiße mir auf die Zunge. Genau das, was ich eigentlich nicht wollte. Schnell mache ich meinen nächsten Zug und fege ihren Springer vom Spielfeld.

Frustriert zieht sie die Brauen zusammen. Es freut mich, ihre Taktik durchkreuzt zu haben. Jetzt muss sie einen Augenblick nachdenken und sich eine neue zurechtlegen.

»Was sollte das heute in Nuklearmedizin?«

Mein Herzschlag beschleunigt sich. »Was meinst du?« Spielt sie auf diesen merkwürdigen Blickkontakt an, auf diese fast greifbare Spannung zwischen uns?

Sie schnaubt. »Das weißt du genau.« Sie starrt mich an, aber ich schüttle verständnislos den Kopf. »Na, wie patzig du reagiert hast, als ich mich nach deinem Knöchel erkundigt habe.«

Erleichtert sacke ich ein Stück in mich zusammen.

»Was dachtest du denn?«, fragt sie sofort. Offenbar hat sie eine hervorragende Beobachtungsgabe.

Ich ignoriere ihre Frage und sage stattdessen: »Ich war sowieso schon zu spät und hatte keine Lust, dass die Dozentin mich auf dem Kieker hat. Deswegen wollte ich nicht mit dir reden.«

»Okay.«

Sie klingt nicht überzeugt. Dann heben sich ihre Mundwinkel plötzlich zu einem Lächeln. Offenbar hat sie eine neue Taktik. Sie zieht und nimmt mir ein Pferd.

»Mit meinem Knöchel ist so weit alles in Ordnung«, sage ich. »Nur verstaucht, aber es wird langsam besser.«

»Schön, freut mich.«

Eine Weile schweigen wir, machen unsere Züge und konzentrieren uns auf das Spiel. Mein Fokus liegt darauf, Elora zu besiegen. Sie ist wirklich gut, das muss ich ihr lassen. Was meinen Willen, sie zu besiegen, nur noch weiter anfacht, wie ein Feuer, in das Öl gegossen wird.

»Du hast dich für das *Fortuna*-Auswahlverfahren beworben?«, fragt sie irgendwann.

»Ich wüsste nicht, was dich das angeht.«

»Nein? Und was, wenn ich dir verrate, dass ich auch teilnehme?«

Ich stocke, bevor ich ihren zweiten Springer schlage. Lucia wird ausrasten, wenn sie davon erfährt. Sie hasst die Verbindung fast so sehr wie ich. Schnell versuche ich, mir nichts anmerken zu lassen, und zucke beiläufig mit den Schultern. »Dann werde ich dich nicht nur im Schach, sondern auch im wahren Leben besiegen.«

»Oder es ist genau andersrum«, sagt sie, und dann …

Nimmt sie mir meine Dame.

Scheiße, sie hat mich ausgetrickst!

Ich knurre. »Das wirst du bereuen.«

»Am Ende zählt nur, wer Sieger ist, nicht der Weg dorthin.«

»Gesprochen wie Ludovicos Tochter.«

Die Aussage trifft sie. Sie schließt ihre Faust um meine Dame und starrt mir ins Gesicht. In ihren Augen lodert ein Feuer, und als würde es auf mich überspringen, spüre ich es in meiner Brust brennen.

»Ich weiß nicht, was Lucia dir über mich erzählt hat. Aber ich werde niemals meine Werte aufgeben, um in dieser Liga mitzuspielen.«

»Und darauf bist du stolz?«

»Ja, es ist das, was mich ausmacht«, entgegnet sie wütend.

»Lucia hat mir gar nichts über dich erzählt. Wie ich Samstag schon gesagt habe, bist du ihr vollkommen egal.«

Ich befürchte, gleich wirft sie mir die Dame gegen den Kopf. Doch dann stellt sie sie langsam neben dem Spielfeld ab und lässt mich dabei keine Sekunde aus den Augen.

»Ja, das weiß ich, Gabriel. Glaub mir, die Botschaft ist angekommen.«

Elora wirkt verletzt und irgendwie erschöpft. Ich will sie nicht so mies behandeln, wollte ihr auch am Samstag nicht wehtun. Aber das, was sie in mir auslöst, kann ich kaum ertragen. Und ich darf nicht zulassen, dass sie mich ablenkt. Ich brauche all meine Kraft, um die Wahrheit über Annabelle herauszufinden.

»Na, dann ist ja alles gut.«

Wir fixieren einander wie die Wölfe auf der Tür. Unwillkürlich huscht mein Blick zu ihren Lippen. Sie wirkt verzweifelt, und ich verstehe das, denn ich fühle mich in dieser Sekunde genauso. Wir sind einander ähnlich, ich erkenne mich viel zu oft in ihr wieder. Ist das der Grund, warum ich sie nicht ignorieren kann? Warum unsere Wege sich immer wieder aufs Neue kreuzen, warum sie all diese … Gefühle in mir auslöst? Dieses Vibrieren in meiner Brust, diese Spannung in der Luft. Ich hasse alles daran. Denn … Es. Darf. Nicht. Sein. Verdammt. Wann kapiert mein Körper das endlich?

»Lass uns einfach zu Ende spielen«, sage ich.

»Liebend gerne.«

Sie schlägt die Beine übereinander und denkt über ihren nächsten Zug nach. Dabei rutscht der Saum ihres Morgenmantels ein Stück höher. Mein Blick klebt an ihren Oberschenkeln, bis sie sich nach vorne beugt und beide Arme darauf ablegt.

»Weißt du, was mich wirklich nervt?«, fragt sie. »Dass du dich andauernd abweisend verhältst, aber mich gleichzeitig ständig so anschaust!«

»Was? Ich schaue dich überhaupt nicht *so* an. Was auch immer das bedeuten soll«, füge ich schnell hinzu.

»Ach nein?« Sie grinst böse. Und dann schiebt sie quälend langsam ihren Morgenmantel weiter nach oben. Millimeter für Millimeter kommt darunter nackte Haut zum Vorschein.

In meiner Lendengegend zieht sich alles zusammen. Ehrlich? Sie will mich provozieren? Das kann sie vergessen. Schnell reiße ich den Blick von ihren Beinen los. »Lass das!«

»Warum? Mache ich dich nervös?«

»Nervös? Ganz sicher nicht«, lüge ich.

Nur noch wenige Figuren stehen auf dem Spielfeld, und ich mache meinen nächsten Zug.

»Du kennst mich nicht, Elora. Und das wird sich nie ändern. Du brauchst dir keine Hoffnungen zu machen.«

»Hoffnungen? Du glaubst, ich mache mir Hoffnungen? So wie du mich ständig behandelst? Du hast doch keine Ahnung.«

Sie zieht ihren Morgenmantel wieder herunter, ihr Blick huscht zurück zum Spielfeld.

»Nein!«, ruft sie plötzlich aus. »Das kann nicht wahr sein.«

Ich sehe ebenfalls auf das Brett. Durch meinen letzten Zug habe ich Elora ins Patt gebracht. Was bedeutet, diese Partie endet in einem Remis. Unentschieden.

Verdammt. Meine Hand saust wütend auf den Tisch, und die übrigen Figuren springen vom Brett.

Ich spüre ihren Blick auf mir. »Ich wusste, ich würde nicht verlieren.«

»Aber gewonnen hast du auch nicht.«

Sie grinst. »Du ebenfalls nicht. Was das wohl über das kommende Auswahlverfahren aussagt?«

Ich sehe rot und spüre, wie Panik mich erfasst. Eloras Gesicht verschwimmt vor meinem Blick und wird zu Annabelles. Ihre grauen Augen, ihre schmale Nase, die bleiche Haut. Tränen, Schreie, Blut.

Hastig vertreibe ich die Erinnerungen an die schlimmste Nacht in meinem Leben, um mich wieder unter Kontrolle zu bekommen. Vor Elora darf und werde ich keine Schwäche zeigen. »Du glaubst doch wohl nicht ernsthaft, dass ausgerechnet *du* zu *Fortuna* passt?«

Ich bekomme keine Antwort. Sie sieht mich einfach nur an, mit ihren wilden Haaren und dem Feuer in den Augen, und ich kann nichts gegen den Gedanken ausrichten, der mir durch den Kopf schießt. Es ist eine Gewissheit, etwas, das eigentlich lächerlich sein sollte. Ich habe mich mit der Falschen angelegt. Denn irgendetwas verbindet Elora und mich. Und weil sie mir nicht egal ist, weil ich sie im Wettbewerb unbedingt besiegen muss … wird diese Verbindung immer wieder auf die eine oder andere Weise getestet werden, dessen bin ich mir sicher.

Sie starrt mich weiterhin aus ihren großen Augen an, und ich habe das unbändige Bedürfnis, zu ihr rüberzugehen und … Was zu tun? Ich habe keine Ahnung. Alles, woran ich denken kann, ist, diesen Abstand zwischen uns zu verringern.

Eisern kämpfe ich dagegen an. Ich muss. Für Annabelle. Für das Auswahlverfahren. Und für mich selbst. Weil ich es nicht ertragen könnte, jemals wieder so verletzt zu werden wie vor zwei Jahren.

Elora öffnet die Lippen, und ich höre sie einatmen, fast erwarte ich, sie wird noch etwas sagen. Doch dann dreht sie sich um und verlässt ohne ein weiteres Wort den Raum.

Als die Tür hinter ihr ins Schloss fällt, fühle ich mich, als wäre ich einen Marathon gerannt. Meine Müdigkeit kehrt auf einen Schlag zurück. Gleichzeitig realisiere ich, dass der Sturm, den ich in den letzten Minuten mit Elora vollkommen ausblenden konnte, immer noch wütet. Das Brennen in meiner Brust wird stärker. Es fühlt sich so an, als hätte ich etwas falsch gemacht. Aber das habe ich nicht, ganz im Gegenteil. Wenn Elora mich bis gerade eben noch irgendwie leiden konnte, dann wird sie es nach heute Nacht definitiv nicht mehr tun.

Und das ist gut so. Egal, wie verkehrt es sich jetzt auch anfühlen mag.

Kapitel 12

Elora

Was habe ich mir nur dabei gedacht, mich auf das Spiel mit Gabriel einzulassen?

Draußen heult der Wind um das Gemäuer. Regentropfen peitschen rhythmisch gegen die Scheibe, als würde jemand auf dem Fensterbrett hocken und anklopfen. Die Vorstellung jagt mir Angstschauer über den Rücken. Ich ziehe mir die Bettdecke bis zum Kinn und komme mir im selben Moment albern vor. Draußen ist niemand. Das sind nur die ungewohnten Geräusche, die mir einen Streich spielen.

Ich wälze mich im Bett herum und bekomme kein Auge zu. Das Schachspiel will mir partout nicht aus dem Kopf gehen. Warum bin ich nicht einfach aufgestanden und gegangen, nachdem Gabriel hereinkam? Stattdessen musste ich unbedingt mit meinen Schachfähigkeiten prahlen. Weil ich in diesem Moment nur an meinen Vater denken konnte. Wie er mir beigebracht hat, Schach zu spielen, wir uns regelmäßig Gesellschaftsspiele aus der Bibliothek ausgeliehen und damit unzählige Abende vor dem Kamin verbracht haben. Und als Gabriel mich dann herausgefordert hat … einer Herausforderung zum Wettkampf konnte ich noch nie widerstehen, weil ich unglaublich gerne spiele und noch lieber gewinne. Aber es war nicht notwendig, Gabriel so zu provozieren und ihm unter die Nase zu reiben, dass ich am Auswahlverfahren teilnehme. Falls wir beide als potenzielle Kandidaten ausgewählt werden, werden wir uns schon bald als Konkurrenten gegenüberstehen. Selbst wenn er ständig abweisend zu mir ist, die Wirkung, die ich auf ihn habe, war kaum zu übersehen, als ich meinen Morgenmantel nach oben geschoben habe. Bei dem Gedanken an Gabriels dunkle Augen, die jede meiner Bewegungen verfolgt haben, wird mein Mund trocken. Ich spüre wieder das Gefühl von Macht in mir aufsteigen und den Drang, herauszufinden, welche Reaktionen ich ihm noch entlocken kann.

Was wäre wohl passiert, wenn ich der Spannung zwischen uns noch weiter nachgegeben hätte? Ich schließe die Augen, sehe Gabriels blaue Augen, sein markantes Kinn, seine wirren Haare vor mir. Ich fahre ihm mit den Fingern hindurch, in meiner Vorstellung fühlen sie sich weich wie Watte an. Ein wilder, entschlossener Blick liegt in seinen Augen, und ich setze mich auf seinen Schoß. Meine Hand wandert langsam an meinem Bauch hinab, und ich stelle mir vor, es wäre seine. Keuchend rutsche ich ein Stück tiefer, schiebe meinen Slip nach unten und tauche einen Finger in mich ein.

Ich stelle mir vor, wie Gabriel mich berührt. Zunächst sanft, mit streichelnden Bewegungen fährt er über meine Wange, meinen Hals hinab und an meinem Schlüsselbein entlang. Dann zupft er leicht an meinen Brustwarzen, wandert weiter meinen Körper hinunter zwischen meine Schenkel. Mein Finger in mir wird zu seinem, die Stöße werden schneller, Schauer jagen in Wellen durch meinen Körper hindurch. Ich habe Gabriels raue Stimme im Ohr, während sein Finger wieder und wieder in mich stößt. Die Welle türmt sich immer höher, und ich atme schwerer. In meiner Vorstellung streifen Gabriels Lippen mein Ohrläppchen, seine Zähne spielen sanft mit der empfindlichen Haut. Ich zittere leicht. *Elora,* raunt Gabriel mit seiner Sturmstimme an meinem Hals, und die Welle bricht. Mit seinem Namen auf den Lippen schlägt sie über mir zusammen und bringt süße Erlösung.

Außer Atem öffne ich die Augen wieder. Ich blicke in dem dunklen Raum umher und höre, wie der Sturm langsam nachlässt.

Beim Gedanken an Gabriel röten sich meine Wangen. Doch dass ich ihn begehre, ändert nichts. Meine Entscheidung steht fest. Ich werde um diesen Platz kämpfen, die Verbindung wird mir ein Türöffner sein, um meine Ziele zu erreichen.

Wieder wandern meine Gedanken zu Gabriel, und der Blick, mit dem er mich bei unserer Schachpartie angesehen hat, verfolgt mich bis in meine Träume.

Am nächsten Morgen sitze ich wie gerädert beim Frühstück. Zum Glück ist Simona mit ihrem Handy beschäftigt, sodass ich mich in Ruhe meinem Porridge widmen kann. Immer wieder werden meine Kaubewegungen unterbrochen, weil ich gähnen muss. Wie soll ich nur den Tag überstehen? Bis zum späten Nachmittag ist er vollgepackt mit Vorlesungen.

Simona sieht von ihrem Handy auf. »Sag mal, was ich dich die ganze Zeit schon fragen wollte: Hast du schon von dem Volleyball-Charity-Turnier gehört?«

»Nein, was ist das?«

»Es findet jährlich im Oktober statt. Jedes Team sucht sich eine Organisation aus, an die es sein Startgeld spenden möchte. Das Gewinnerteam bekommt zusätzlich von der Universität eine Prämie.« Sie strahlt mich an. »Möchtest du mit mir zusammen ein Team bilden?«

»Ich weiß nicht. Ich bin eine ziemliche Niete in Volleyball.«

»Das ist egal, es geht um den Spaß und vor allem um den guten Zweck.«

Ich denke kurz darüber nach, weil ich mir vorstellen kann, wie hoch das Startgeld für das Event ist. Normalerweise gebe ich Ludovicos Geld nicht gerne aus. Aber für eine Spende? Das kommt mir nur gut und richtig vor, daher gebe ich mir einen Ruck und überwinde meinen inneren Schweinehund. »Na gut, ich mache mit.«

Sie stößt einen Jubelschrei aus. »Super, ich freue mich und suche später direkt mal nach einer Organisation, an die wir spenden können. Irgendwelche Wünsche?«

Ich schüttle den Kopf und gähne wieder herzhaft.

»Was ist eigentlich los mit dir? Hast du die Nacht durchgemacht?«

»Kann schon sein«, sage ich und rühre in meiner Schüssel herum. Der Löffel stößt klackend gegen das helle Porzellan. Soll ich Simona von Gabriel erzählen? Ich bin mir unsicher, obwohl wir über Jasper total locker sprechen konnten. Als würden wir uns nicht erst seit ein paar Wochen kennen, sondern schon wesentlich länger. Deswegen gebe ich mir erneut einen Ruck. »Ich konnte gestern Nacht nicht schlafen. Wegen des Sturms. Daher bin ich in den Gemeinschaftsraum gegangen, um etwas zu lesen.«

»Und dann hast du die Zeit vergessen?«

»Nein, es kam jemand.«

Sofort leuchten ihre Augen auf, und sie legt ihr Handy beiseite. »Wer?«, fragt sie neugierig.

»Der beste Freund meiner Stiefschwester, er …«

»Lucia Salvari?«, unterbricht sie mich.

»Du kennst sie?«

»Klar! Die Familie Salvari kennt man.«

Ich runzle die Stirn. »Wie meinst du das?«

»Die *Salvari Group* steht auf der Liste der Top-Ten-Logistik-Unternehmen, und der Inhaber Ludovico ist einer der reichsten Männer der Schweiz. Deinen Stiefvater kennt jeder, Elora. Genau wie Lucia. Und dich.«

»Oh, okay.« Ich kann nicht erklären, was es ist, aber irgendetwas an ihren Worten macht mich misstrauisch.

Simona lächelt. »Entschuldige bitte, ich wollte dich nicht unterbrechen. Also, der beste Freund deiner Stiefschwester?«

Das ungute Gefühl verschwindet, und ich erzähle ihr von Gabriel. Sie hört mir aufmerksam zu und nickt an den entsprechenden Stellen.

»Wir begegnen uns ständig. Ich habe das Gefühl, da ist etwas zwischen uns, und das nervt mich, weil ich mich auf mein Studium und *Fortuna* konzentrieren möchte. Es ist nicht mal so, dass Gabriel besonderes Interesse zeigen würde. Also warum zerbreche ich mir überhaupt den Kopf über ihn?«

Simona schweigt kurz, bevor sie in eindringlichem Ton sagt: »Darf ich dir einen Rat geben?«

»Natürlich!«

»Versprich mir, dass es unter uns bleibt!«

Ich kreuze zwei Finger in der Luft. »Ich verspreche es.«

»Gut, denn ich sollte dir das eigentlich nicht verraten, aber … Na ja, für dich mache ich eine Ausnahme.« Sie zwinkert mir zu und trinkt einen großen Schluck aus ihrer Kaffeetasse. Klirrend stellt sie sie wieder ab und knibbelt an einem blauen Punkt darauf herum. »Ich würde dir raten, dich von Gabriel Zürcher fernzuhalten, Elora. Du und er, ihr werdet euch definitiv ab nächster Woche im Auswahlverfahren gegenüberstehen. Aber es gibt nur einen Platz in der Verbindung. Was meinst du, wie lange wird es dauern, bis er anfängt, schmutzig zu kämpfen?«

Mein Herzschlag beschleunigt sich. Ich werde tatsächlich am Auswahlverfahren teilnehmen? Genau wie Gabriel? »Das habe ich bereits befürchtet.«

»Ich will dir damit keine Angst machen. Du solltest dich auf das konzentrieren, was zählt. Sei dir bewusst, dass manche Teilnehmende nicht fair kämpfen werden. Sie werden vielleicht sogar über Leichen gehen, um ihr Ziel zu erreichen, wenn du verstehst, was ich meine …«

Sie ahnt nicht, dass ich damit bereits Erfahrungen machen musste. Aber ich schweige. Simona soll nicht von meiner Zeit auf der Privatschule erfahren. Dies ist ein Kapitel, das ich am liebsten aus dem Buch meines Lebens heraustrennen würde.

Sie streckt ihre Hand über den Tisch und greift nach meiner. Ihr goldenes Armband mit diamantbesetzten Anhängern klimpert. »Ich darf dir nicht helfen oder dir Hinweise geben. Aber ich würde dich wirklich gerne am Ende des Auswahlverfahrens als meine neue Verbindungsschwester begrüßen, deswegen mein Rat.«

Ich denke kurz darüber nach, bevor ich nicke. »Ja, ich verstehe, was du meinst. Danke. Ich möchte unbedingt diesen Platz ergattern. Herauszufinden, was da zwischen Gabriel und mir ist – wenn da überhaupt etwas ist –, ist es nicht wert, meine Zukunft zu riskieren.«

Simona lächelt zufrieden. »Gute Einstellung. Nicht umsonst ist *Fortuna* auf dich aufmerksam geworden.«

Bevor ich nachfragen kann, was genau sie damit meint, klopft es an unsere Tür.

»Erwartest du Besuch?«, frage ich.

»Nein, eigentlich nicht.« Simona springt auf und läuft zur Tür, um zu öffnen.

Kurz herrscht Stille, bevor ich eine schrille Frauenstimme höre. »Was machst du hier?«

Ich recke den Kopf, um einen Blick auf den Flur zu erhaschen, aber Simona verstellt mir die Sicht.

»Ich wohne hier«, antwortet Simona.

»Mit … ihr?«

»Wenn du damit Elora meinst, ja.«

»Ich möchte mit ihr reden.«

Simona öffnet die Tür weiter. »Natürlich, komm doch rein.«

Mit der Frau, die daraufhin unseren Flur betritt, hätte ich niemals gerechnet. Sie trägt einen grauen Strickpullover mit Perlenbesatz, dazu einen schwarzen Rock und Overkneestiefel. Ihr blondes Haar ist zu einem hohen Pferdeschwanz gebunden, den sie mit einem breiten Haarreif mit Hahnentrittmuster aufgepeppt hat.

»Lucia?« Überrascht fällt mir der Löffel aus der Hand und landet klirrend in der Schüssel.

»Ich muss mit dir reden, Elora. Allein.« Lucia wirft meiner Mitbewohnerin einen düsteren Blick zu, die sich davon jedoch nicht aus der Ruhe bringen lässt.

Simona hebt die Hände und greift nach ihrem *Fendi*-Shopper, der fertig gepackt an unserer Garderobe lehnt. »Ich wollte sowieso los. Bis später, Elora.«

»Bis dann«, rufe ich.

Simona schließt die Tür hinter sich, und Stille senkt sich über den Wohnbereich. Was hat Lucia hier zu suchen? Sie hat mehr als deutlich gemacht, dass ich sie in Ruhe lassen soll.

»Was willst du?«, frage ich sie nach einigen Sekunden des Schweigens.

Lucia kommt zu mir in die Küche, setzt sich aber nicht auf den freien Stuhl. Sie bleibt neben dem Tisch stehen und schaut sich um. »Simona von Wylbach ist deine Mitbewohnerin?«

»Äh, ja?«

»Sie ist bei *Fortuna*.«

»Das weiß ich.«

»Hat sie dir von der Verbindung erzählt?«

Ich werde wütend. »Du kreuzt hier auf, nachdem du mich angeschrien hast, ich soll dich in Ruhe lassen, und fragst mich über Simona und *Fortuna* aus?! Was soll das?«

Lucia wirkt unbeeindruckt, und in ihrer gesamten Körperhaltung erkenne ich ihren Vater. »Gabriel hat mir erzählt, dass du dich für das Auswahlverfahren beworben hast.«

Ich runzle dir Stirn. »Ja, und?«

»Mach es nicht. Es ist noch nicht zu spät, deine Bewerbung zurückzuziehen. Lass dich nicht auf *Fortuna* ein.«

Irritiert bemerke ich einen fast flehenden Unterton in ihrer Stimme.

»Warum sollte ich das tun?«

»Du würdest dir nur die Finger verbrennen. Lass es einfach sein.« Sie klingt ernst und eindringlich.

»Aber dass Gabriel teilnimmt, findest du okay?«

»Nein, natürlich nicht. Aber Gabriel ist nicht Teil meiner Familie.«

Ich lache auf. »Vor zwei Wochen hast du mir noch gesagt, dass ich für dich niemals zur Familie gehören werde.«

»Das war falsch von mir. Ich war geschockt, weil mein Vater dich hergeschickt hat, aber das hätte ich nicht an dir auslassen dürfen. Es tut mir leid, wirklich.«

»Ich glaube dir kein Wort, Lucia. Du willst mir *Fortuna* schlechtreden, damit Gabriel gewinnt, oder? Hat er dich geschickt?« Ist das bereits der Beginn des schmutzigen Kampfes, vor dem Simona mich gewarnt hat?

»Elora, hör mir zu, ich rate dir eindringlich davon ab, *Fortuna* beizutreten. Diese Verbindung wird dich nicht nur während des Studiums, sondern dein Leben lang begleiten. Triff keine vorschnelle Entscheidung, die deine gesamte Zukunft bestimmt. Alles, was dir die Verbindung verspricht, kann dir auch mein Vater ermöglichen.«

Ich stutze. Warum sollte Lucia wollen, dass Ludovico mich noch mehr unterstützt? Sie verabscheut meine Mutter und mich, sie wollte uns ja nicht einmal kennenlernen! Von wegen Familie … Lucia blufft. Warum auch immer sie jetzt hier ist und mir die Verbindung auszureden versucht, ihr geht es nicht um mich. Sie verfolgt ein eigenes Ziel, dessen bin ich mir sicher.

»Verschwinde, Lucia«, sage ich betont ruhig und erhebe mich von meinem Stuhl. Ich deute auf die Tür. »Du glaubst vielleicht, du kannst dir alles erlauben; du glaubst, du kannst einfach hier hereinspazieren und mich *warnen*, obwohl du mich wie Dreck behandelt hast.« Ich sehe ihr in die Augen, versuche herauszufinden, was sie für ein Spiel spielt. »Ich wollte wirklich, dass wir einander kennenlernen, wenn ich hier studiere. Ich habe mich auf dich gefreut. Aber alles, was du getan hast, seit du mich zum ersten Mal gesehen hast, hat mir gezeigt, dass du mich nicht in deinem Leben haben willst. Du hast kein Recht dazu, hier aufzukreuzen. Also bitte, geh einfach.«

»Elora …«, beginnt Lucia leise, doch ich schneide ihr das Wort ab. »Und falls Gabriel dich geschickt haben sollte.« Ich atme tief durch und muss mich zwingen, die Drohung auszusprechen. »Du kannst ihm ausrichten, ich werde dieses Mal gewinnen.«

»Nein, Elora. Du weißt nicht, auf was du dich einlässt. Bitte, lass die Finger davon«, sagt sie und klingt ernsthaft verzweifelt.

Ich stolziere an ihr vorbei, öffne die Tür und deute nachdrücklich auf den Flur. Was glaubt sie, wer sie ist? Dass sie das naive Dorfmädchen verarschen kann? Sie irrt sich, denn dieses Mädchen bin ich schon lange nicht mehr.

Lucia seufzt und geht an mir vorbei. Auf der Schwelle hält sie noch einmal inne. »Ich habe dich gewarnt, Elora. Wenn dir etwas merkwürdig vorkommen sollte, denk bitte an meine Worte.«

Sie tritt in den Flur hinaus und verschwindet kurz darauf im Treppenhaus. Ich verharre noch einige Sekunden lang in der geöffneten Tür. Was, zur Hölle, war das gerade? Aber tief in meinem Inneren weiß ich es bereits.

Der Kampf um den begehrten Verbindungsplatz hat begonnen.

Kapitel 13

Gabriel

Schweißperlen stehen mir auf der Stirn, und ich lasse die kühle Morgenluft tief in meine Lunge strömen. Lucias und meine Schritte trommeln einen steten Takt auf den Pfad, der sich hinter der Universität einen Hügel hinabschlängelt. Abgestorbene Äste und die ersten bunten Blätter knirschen unter meinen Schuhen, und ich springe über eine herausstehende Wurzel. Schulter an Schulter laufen wir den Weg entlang, begleitet von Vogelrufen und leisem Rascheln, das ab und an im Unterholz erklingt.

Hinter der nächsten Biegung kommt das schmiedeeiserne Tor von Corvina Castle in Sicht. Schwarze Stäbe, die wie Lanzen aufragen und mit zwei zähnefletschenden Wölfen verziert sind. Um diese Uhrzeit steht das Tor offen, der zugehörige Securitymann sitzt in dem Häuschen daneben und trinkt gerade wahrscheinlich seinen Morgenkaffee. Ich schiebe den Gedanken beiseite, dass ich in diesem Moment gerne mit ihm tauschen würde. Zum Glück sind es nur noch ein paar Hundert Meter, bis wir unsere sonntägliche Laufrunde beendet haben.

»Lass uns die restliche Strecke sprinten«, schlägt Lucia keuchend vor. »Wer zuerst am Tor ist, bekommt einen Kaffee spendiert!« Sofort schnellt sie los, ohne meine Antwort abzuwarten.

»Hey, du schummelst!« Ich ziehe ebenfalls das Tempo an, während meine beste Freundin den Pfad hinunter- und auf das Tor zurast. Der Wald fliegt an mir vorbei, dann hallen unsere Schritte auf der gepflasterten Straße wider.

Lucia kommt knapp vor mir ins Ziel und dreht sich jauchzend im Kreis. Wie sie nach acht Kilometern noch so viel Energie haben kann, ist mir schleierhaft. »Gewonnen. Danke für den Kaffee, Gabriel!«

Japsend komme ich neben ihr zum Stehen, beuge mich vornüber und stütze mich mit den Händen auf den Knien ab. »Das war unfair.«

»Unsinn! Sei kein schlechter Verlierer. Aber ich muss schon zugeben, von einem ehemaligen Ruderchampion hätte ich wirklich mehr erwartet«, scherzt sie und klopft mir gönnerhaft auf die Schulter.

Ich ignoriere den bitteren Stich, der sich bei ihren Worten in meinem Magen breitmacht. Ich vermisse das Rudern. Das Gefühl von Freiheit, wenn ich in rasender Geschwindigkeit über das Wasser gleite. Das Brennen in meinen Oberarmen und den kühlen Fahrtwind. Doch seit jener schrecklichen Nacht habe ich es nicht mehr geschafft, mich in ein Boot zu setzen. Dem See nah zu sein, ist schon schwer genug, aber mich auf das Wasser oder gar ins Wasser zu begeben, ist unmöglich.

»Du bist eingerostet, Gabriel. Gerade jetzt können wir das nicht gebrauchen. Du weißt doch, dass in zwei Wochen das Volleyball-Charity-Turnier stattfindet. Wir dürfen Aidan nicht schon wieder gewinnen lassen! Hättest du dich bei der Ersti-Party nicht so besoffen, hättest du unsere letzte Runde nicht aussetzen müssen und …«

»Hey, das war einmal!«, beschwere ich mich. »Wie sagt man so schön? Einmal ist keinmal.«

»Oder einmal ist erst der Anfang.«

Ich hole unsere Ausweise aus dem Sportarmband an meinem Oberarm und reiche Lucia ihren. Nacheinander treten wir an das Häuschen des Wachmanns heran und weisen uns aus. Wie ich vermutet habe, sitzt er vor einer Tasse dampfenden Kaffees. Daneben liegt eine aufgeschlagene Zeitung.

Ich stecke die Ausweise wieder weg, während wir durch das Tor laufen. Unsere Schritte knirschen auf dem Kiesweg, der am Parkplatz vorbei zum Hauptgebäude führt.

Lucia räuspert sich. »Ich muss dir etwas gestehen.«

»Okay«, sage ich gedehnt. »Das klingt ernst.«

»Ja, ich … Eigentlich wollte ich dir das bereits vor Tagen beichten, aber ich wusste nicht, wie du reagieren würdest.«

»Was ist denn? Jetzt sag schon.«

»Ich war am Donnerstag bei Elora.«

»Ich dachte, du kannst sie nicht ausstehen? Aber selbst wenn sich das geändert hat … Sie ist deine Stiefschwester. Warum sollte ich damit ein Problem haben?« Ich versuche, meiner Stimme einen möglichst unbeteiligten Klang zu geben.

»Ich war wegen des Auswahlverfahrens bei ihr«, sagt sie leise.

Mein Kopf schnellt zu ihr herum. »Ach ja?«

Wir laufen seitlich am Hauptgebäude vorbei. Durch die großflächigen Glasscheiben kann man in die einzelnen Hörsäle schauen, die jetzt am Sonntag verlassen sind.

»Ich wollte sie davon abbringen, daran teilzunehmen. Aber natürlich hat sie nicht auf mich gehört. Das hätte mir eigentlich klar sein müssen, so wie ich mich an ihrem ersten Tag ihr gegenüber verhalten habe.«

»Aber?«, frage ich. Denn ich warte noch immer auf das, was sie mir beichten muss.

Sie seufzt. »Elora glaubt, dass du mich geschickt hast, um sie zu sabotieren.« Nervös beißt sich Lucia auf die Unterlippe. »Es tut mir leid, hörst du? Ich hätte nicht zu ihr gehen sollen, das war unüberlegt. Es war nie meine Absicht, dich da mit reinzuziehen.«

Elora glaubt, ich würde sie sabotieren? Meine Brust zieht sich zusammen, aber ich schiebe das Gefühl hastig beiseite. Es ist gut, dass sie das denkt. Denn dann hat diese merkwürdige Spannung zwischen uns vielleicht endlich ein Ende. Vor allem, falls wir beide für das Auswahlverfahren zugelassen werden und uns als Gegner gegenüberstehen.

»Mach dir keinen Kopf, Lucia.«

»Du bist nicht sauer?«

»Nein. Ich wusste bereits, dass sie sich bewerben will.«

»Aber wusstest du auch, wer ihre Mitbewohnerin ist?«

Ich stutze. »Wer ist es denn?«

»Simona von Wylbach.«

»Die Adlige mit den blauen Haaren?«

»Für mich ist das eher türkis. Aber ja, genau die.« Lucia knirscht mit den Zähnen. »Ich bin mir sicher, dass die Verbindung bei der Zimmervergabe ihre Finger im Spiel hatte. Elora ist nicht ohne Grund Simona zugeteilt worden. Es wird genauso gewesen sein wie bei Sara und mir damals. Simona hat sie überredet, sich bei *Fortuna* zu bewerben, und Elora ist eingeknickt. Das ganze Gerede von Chancengleichheit ist bei der *Dark Elite* doch nur billige Fassade. Die wissen genau, wen sie haben wollen und wen nicht. Und weil sie bei mir keinen Erfolg hatten, versuchen sie es jetzt bei meiner Stiefschwester!«

Wütend tritt Lucia gegen einen Blätterhaufen. Mir ist bewusst, was das bedeutet. Elora hat schon jetzt wesentlich bessere Chancen im Wettbewerb der Verbindung als die meisten anderen. Jemanden aus einer so einflussreichen Familie wie den Salvaris lässt die Verbindung sich nicht einfach durch die Lappen gehen.

»Du weißt nicht, ob die Zimmerverteilung kalkuliert war«, sage ich, auch wenn das nicht die Worte sind, die sie hören will.

Sofort verengt sie die Augen. »Auf welcher Seite stehst du eigentlich?«

»Selbstverständlich auf deiner. Deswegen will ich nicht, dass du dich in etwas verrennst und alles nur schwarzsiehst.«

»Wie auch immer. Ich hoffe, Elora wird noch sehen, was sie davon hat, am Wettbewerb teilzunehmen. Ich fasse es nicht, dass sie *Fortuna* den guten Ruf und die Connections meiner Familie einfach so in die Hände spielt. Und dann ist sie dabei auch noch dermaßen überheblich!«

»Sie kann auch nett sein«, rutscht es mir heraus, bevor ich mich stoppen kann.

»Was? Woher willst du das wissen?«

»Wir haben einen Kurs zusammen.«

»Oh, schön. Das ist eine tolle Gelegenheit für sie, über dich an mich heranzukommen.«

»Jetzt reicht es aber, Lucia!«, fahre ich sie an, weil mich ihre Angewohnheit, alles zu überdramatisieren, nervt. Außerdem ist ein Teil von mir wütend, weil sie so schlecht von Elora denkt.

»Warte nur ab, bis das Auswahlverfahren beginnt, Gabriel.«

Darauf kann ich nichts erwidern, denn sie hat recht. Wenn meine Bewerbung so gut war, wie ich denke, wird Elora ab morgen meine Konkurrentin sein. Eine, die es mir schwer machen wird, wie das Schachspiel gezeigt hat.

Lucia seufzt. »Ich mache mir Sorgen um dich. Du weißt selbst am besten, wozu die Verbindung fähig ist.«

»Ja, und ich werde endlich einen Beweis dafür finden.« Um sie aufzumuntern, stupse ich sie spielerisch mit der Schulter an. »Mach dir keine Sorgen. Ich kann hervorragend auf mich aufpassen und weiß, worauf ich mich eingelassen habe.«

»Am besten lenke ich mich in den nächsten Wochen mit unzähligen BBC-Dokus und Biografie-Marathons ab.«

Ich lache, weil das so typisch sie ist. »Das klingt nach einem Plan.«

An ihrem Wohngebäude, Lily Hall, angekommen, bin ich froh, dass sie sich wieder beruhigt hat und das Thema Elora fürs Erste abgehakt ist. Ich winke ihr zum Abschied nach, dann laufe ich weiter durch die Arkaden, bis ich Ash Hall erreiche. Immer zwei Treppenstufen auf einmal nehmend, steige ich den Turm in das oberste Stockwerk hinauf. Mein Laufshirt klebt mir am Körper, jetzt wo der Schweiß getrocknet ist. Ich fröstle und freue mich auf eine heiße Dusche. Außerdem auf ein großes Glas Wasser.

Ich schließe die Tür auf und laufe direkt in mein Zimmer. Schnell schlüpfe ich aus meinen Sportschuhen und streife mir das Armband ab. Dann drehe ich mich um und erstarre. Auf meinem Schreibtisch liegt ein schwarzer Umschlag, auf dem in goldenen Lettern mein Name steht. Wie ist der hierhergekommen? Die Tür war abgeschlossen.

Zögerlich öffne ich die Lasche und ziehe ein quadratisches Kärtchen heraus, auf dem die Silhouette eines heulenden Wolfs prangt. Schon wieder dieses bescheuerte Motiv! Schnaubend drehe ich die Karte um.

Einladung zum Kerzenabend

Lieber Gabriel Zürcher,

Deine Bewerbung hat uns überzeugt. Hiermit laden wir dich offiziell ein, am Montag, den 3. Oktober, an der Auftakt-Veranstaltung des Fortuna-*Auswahlverfahrens teilzunehmen. Finde dich dazu um 20.00 Uhr an der Kapelle ein.*
Über diesen Termin sowie deine Nominierung zum Kandidaten hast du Stillschweigen zu bewahren.
Bei Missachtung oder Verstoß gegen die Wettbewerbsregeln behalten wir uns vor, dich aus dem Auswahlverfahren auszuschließen.
Wir freuen uns auf dich!

Mit freundlichen Grüßen

Der Vorsitzende der ehrenwerten Fortuna-*Verbindung*

Mein Herz setzt einen Schlag aus. Ich habe es geschafft! Ich bin tatsächlich drin! Endlich bin ich meinem Ziel einen Schritt näher.

Plötzlich durchzuckt mich eine Erkenntnis, und ich lasse die Karte fallen. Entsetzt weiche ich zurück, bis ich mit dem

Rücken gegen meine Tür stoße. Wie ist *Fortuna* in mein Zimmer gekommen?

Ich wirble herum, reiße die Tür auf und bringe die wenigen Meter bis zu Aidans Zimmer hinter mich. Ich kann mich nicht erinnern, wann ich zuletzt da drin war, aber jetzt brauche ich Antworten, die nicht warten können. Daher hämmere ich wie wild gegen seine Tür.

»Aidan!«, brülle ich.

»Jetzt nicht, Gabriel. Verschwinde!«

Aber ich denke nicht mal daran. Der Kerl hat mich schon so oft ungefragt genervt, dass ich kurzerhand seine Tür aufreiße.

Mein Mitbewohner sitzt auf seinem Bett, aber er ist nicht allein. Seine Hand liegt auf dem Hintern eines Kerls, die andere hat er in dessen grauen Haaren vergraben. Ruckartig lösen sie die Hände voneinander und springen beinahe auseinander. Wie erstarrt stehe ich auf der Türschwelle und starre den Kerl neben Aidan an, dessen Lippen leicht gerötet sind. Er kommt mir bekannt vor. Eine Sekunde später fällt es mir ein. Der Mentorentag, natürlich! Er war es, der mir Auskunft über die Straßensperrung gegeben hat.

Aidan steht vom Bett auf und stapft zu mir. »Was soll das? Spinnst du?«

»Sag mir doch, wenn du Besuch hast«, stammle ich. Dass mein Mitbewohner auf Männer steht, bringt mich aus dem Konzept. Er, der stets so großspurig ist und nach Partys mit seinen weiblichen Eroberungen prahlt. Ist das nur leeres Gerede? Oder ist er bisexuell? Wie auch immer, es geht mich nichts an und interessiert mich auch nicht.

»Was glaubst du, warum ich dich dazu aufgefordert habe zu verschwinden?« So wütend habe ich Aidan noch nie erlebt.

Er versucht mich aus der Tür zu schieben, aber ich hebe abwehrend die Hände. »Bleib locker, ich habe nur eine kurze Frage.« Ich halte Aidans Druck stand und klammere mich am Türrahmen fest, auch wenn es albern ist.

Aidan lässt von mir ab. »Die da wäre?«

»Hast du jemanden in mein Zimmer gelassen? Oder durch die Eingangstür?«

»Nein.«

»Hast du die Eingangstür vielleicht kurz offen gelassen?«

»Mann, Gabriel, nein! Wir haben ausgemacht, dass wir immer abschließen, wenn wir gehen, und daran halte ich mich auch.«

Mir wird übel. Wie ist *Fortuna* dann in mein Zimmer gekommen?

Langsam löse ich mich vom Türrahmen und trete zurück. »Viel Spaß noch«, rufe ich, bevor Aidan mir die Tür vor der Nase zuschlägt.

Wie in Trance trotte ich zurück in mein Zimmer, wo der schwarze Umschlag unheilvoll auf dem Boden liegt. *Fortuna* war hier. In meinem sicheren Reich. Und nicht nur das, jemand hat es geschafft, unbemerkt durch eine verschlossene Eingangstür zu kommen.

Was Annabelle widerfahren ist, hat mir gezeigt, dass einige dieser *Fortuna*-Leute zu allem fähig sind. Aber es jetzt am eigenen Leib zu erfahren, ist etwas ganz anderes. Ich schlucke, als ich an den *Unfall* vor zwei Jahren denke. Und obwohl es albern ist, verspüre ich Unbehagen bei der Vorstellung, dass ich nun derjenige bin, der sich auf die Regeln der Verbindung einlassen muss.

Schnell hebe ich den Umschlag vom Boden auf und zerreiße ihn in winzig kleine Schnipsel. Was gerade passiert ist, darf sich nicht wiederholen. Ich habe die Nerven verloren. So werde ich im Auswahlverfahren nicht weit kommen. Ich muss mich beruhigen und wieder auf das Wesentliche besinnen.

Das Spiel beginnt. Diesmal werde ich mich nicht mit einem Remis zufriedengeben.

Kapitel 14

Elora

Am Montagabend verlasse ich um halb acht mein Zimmer. Draußen ist es bereits dunkel, sodass es einige Minuten dauert, bis ich den schmalen Pfad entdecke, der hinter Creek Hall zur Kapelle hinaufführt. Ich schalte meine Handy-Taschenlampe ein und wage mich an den Aufstieg zum *Kerzenabend*. Was auch immer das sein soll.

Nachdem mir Simona den Umschlag mit der offiziellen Einladung überreicht hat, hat sie eisern auf all meine Fragen geschwiegen. So seien die Regeln, und obwohl es mir schwerfällt, meine Neugier in Zaum zu halten, verstehe ich, dass alle Kandidaten die gleichen Chancen haben sollen. Jetzt schlägt mein Herz wie wild, weil ich keine Ahnung habe, was mich erwartet.

Der Pfad macht eine Biegung, und die Dächer der Wohngebäude verschwinden hinter Bäumen. Ein mulmiges Gefühl beschleicht mich.

Ich schaudere und schiebe das Kinn in meine mintfarbene Steppjacke, die mich gegen den Wind schützt. Ich wäre gerne zusammen mit Simona hergekommen, aber sie hat unser Zimmer schon vor Stunden verlassen. Wahrscheinlich, um mit den anderen *Fortuna*-Mitgliedern Vorbereitungen zu treffen.

Nach einer Viertelstunde komme ich bei der Kapelle an, in der sonntags die Gottesdienste stattfinden. Das kleine Gebäude ist nicht einmal so breit wie der Gemeinschaftsraum, und das Mauerwerk macht einen porösen Eindruck, als könnte es jeden Augenblick in sich zusammenfallen. Auf dem spitzen Türmchen thront ein Kreuz, und in den Ecken der ovalen Fenster spannen sich Spinnenweben. Für mich wirkt sie wie die perfekte Kulisse eines Horrorfilms.

Fröstelnd wende ich mich ab. Gegenüber der Kapelle erstreckt sich ein Plateau, das in bodenloser Schwärze endet. Überall stehen Kerzen, bilden einen Teppich aus flackernden Lichtern und erhellen in einem Halbkreis angeordnete Bänke. Die Flammen der Kerzen sind nicht echt, sondern LEDs.

Ich schalte die Taschenlampe aus und verstaue das Handy in meiner Jackentasche.

Eine schemenhafte Gestalt löst sich aus einem Grüppchen, das um eine Bank steht, und kommt auf mich zu. Erleichtert erkenne ich Simonas türkisblaue Haare.

»Elora«, jauchzt meine Mitbewohnerin und zieht mich in eine Umarmung. »Bist du schon gespannt?«

»Ja, sehr«, gebe ich zu.

»Das kannst du auch sein.« Geheimnisvoll lächelt sie mir zu und führt mich an dem Grüppchen vorbei in den Halbkreis der Bänke.

Dort warten bereits einige Personen. Schnell zähle ich sie durch. Bei Nummer acht vollführt mein Herz einen Satz. Es ist Gabriel. Hastig weiche ich seinem kühlen Blick aus.

Lass dich von ihm nicht ablenken, er ist jetzt dein Konkurrent, schärfe ich mir ein. Mein Herz schlägt schneller. Wegen der Situation oder wegen Gabriel?

Zwei weitere Personen werden zu uns in die Mitte gebracht. Niemand unterhält sich. Nur das entfernte Rauschen der Wellen und das Pfeifen des Windes, der durch die Kapelle zieht, sind zu hören.

Aus dem Grüppchen löst sich eine Person. Durch die Statur und Größe vermute ich, dass es sich um einen Mann handelt. Sein Gesicht ist von einer Maske verdeckt. Spitze Ohren, graues Fell und knapp oberhalb des ausgesparten Mundes eine Schnauze. Ich runzle die Stirn. Soll das ein Wolf sein?

Er räuspert sich. »Liebe Anwärter und Anwärterinnen, liebe *Fortuna*-Mitglieder. Ich heiße euch herzlich willkommen zum Kerzenabend.« Seine Stimme ist laut und strahlt eine natürliche Autorität aus. Ich vermute, er ist der Vorsitzende von *Fortuna*.

»Wir haben uns heute hier versammelt, um das Auswahlverfahren einzuläuten«, sagt er. »Elf Anwärter und Anwärterinnen werden um den begehrten Verbindungsplatz kämpfen. Wie es die Traditionen verlangen, werden euch von den aktiven Mitgliedern Aufgaben gestellt, die Teamgeist, Durchsetzungsvermögen, Intelligenz und Loyalität erfordern. Alles Eigenschaften, die unsere Verbindung seit Jahrzehnten prägen. Nach jeder Aufgabe wird mindestens ein Teilnehmender ausscheiden. Entweder durch Versagen oder weil es mehrheitlich von allen Mitgliedern der Verbindung beschlossen wurde.« Er blickt streng in die Runde, und ich habe das Gefühl, dass der Blick der Augen unter der Maske einen Moment länger an mir hängen bleibt als auf meinen Konkurrenten. Mein Magen verkrampft sich. Die ganze Situation ist mir nicht geheuer. »Ich betone noch einmal das Wort Loyalität. Alles, was ihr hier erlebt, ist streng vertraulich. Sollte etwas aus diesem Kreis nach außen dringen, wird das Konsequenzen nach sich ziehen.«

Nach diesen Worten scheint sogar das Pfeifen des Windes kurz auszusetzen. Keiner von uns rührt sich, und ein eiskalter Schauer läuft mir den Rücken hinunter. Meint er das ernst? Oder gehört das alles zur Show? Ein Versuch, uns einzuschüchtern, um die Aufgaben spannender zu gestalten?

»Gut, ich denke, wir können jetzt mit dem offiziellen Teil beginnen.« Das Lächeln auf den Lippen des Vorsitzenden hat etwas Beunruhigendes an sich. »Anwärter und Anwärterinnen, stellt euch bitte in einem Kreis auf, mit dem Rücken nach außen.«

Ich setze mich in Bewegung und reihe mich in den Kreis ein. Meine Hände zittern. Was passiert hier? Dann bemerke ich aus den Augenwinkeln, wie sich aus der Menge der Verbindungsmitglieder einzelne Personen lösen. Sie postieren sich hinter den Teilnehmenden. Kurz wende ich mich um und begegne dem Blick einer blonden Frau.

»Hände nach vorne ausstrecken«, lautet die nächste Anweisung. »Und dort bleiben sie, bis ich euch sage, dass ihr sie sinken lassen könnt.«

O Gott, wo bin ich hier nur gelandet? Dennoch komme ich der Aufforderung nach. *Das ist nur ein Spiel,* versuche ich mich zu beruhigen.

»Die erste Aufgabe startet genau … *jetzt*!«

Schlagartig wird es dunkel auf dem Plateau. Alle LED-Kerzen erlöschen gleichzeitig. Mein Herz rast, weil ich nichts mehr sehen kann. Dann spüre ich plötzlich Finger an meiner Seite. Die der Frau hinter mir? Leises Aufkeuchen ist zu hören, offenbar bin ich nicht die Einzige, die abgetastet wird. Ich beiße die Zähne fest zusammen und rühre mich nicht, obwohl sich alles in mir gegen die Berührung sträubt. Die Finger tasten über meine Jacke, nein, über die Tasche. Jene Tasche, in der sich mein Handy befindet. Es wird herausgezogen, dann spüre ich, wie die Frau sich entfernt.

Mein Herzschlag dröhnt mir laut wie Paukenschläge in den Ohren. Unbewusst habe ich die Luft angehalten und atme nun tief ein und aus in der Hoffnung, mich dadurch zu beruhigen.

Es vergehen einige Sekunden, in denen beinahe vollkommene Stille herrscht, dann wird das Licht wieder eingeschaltet. Was, zur Hölle, soll das? Ich sehe mich nach Simona um, kann sie aber auf die Schnelle nicht entdecken.

»Ihr könnt die Hände jetzt runternehmen«, sagt der Vorsitzende. »Euch allen wurden gerade eure Handys abgenommen. Wenn ihr sie zurückhaben wollt, müsst ihr die erste Aufgabe lösen.« Er lacht auf, als wäre das alles ein großer Witz. Ich balle die Hände zu Fäusten und rufe mir wieder in Erinnerung, dass alles nur Show ist. Das hoffe ich zumindest, denn langsam regt sich Unsicherheit in mir.

»Die Aufgabe lautet wie folgt: Geht über das Plateau, lernt die Mitglieder kennen und findet heraus, wer euer Telefon hat. Selbstverständlich ist es nicht dieselbe Person, die es euch abgenommen hat. Entdeckt ihr euer Gerät, müsst ihr dem Mitglied euer dunkelstes Geheimnis verraten. Etwas, das ihr niemals freiwillig der Öffentlichkeit preisgeben würdet. Wenn es für ausreichend befunden wird, bekommt ihr das Handy wieder.«

Mir wird übel. Unser dunkelstes Geheimnis? Was hat das mit einem möglichen Platz in der Verbindung zu tun? Soll der Seelenstriptease etwa als Druckmittel dienen?

»Wenn ihr lügt, werden wir es merken. Also versucht es lieber gar nicht erst.« Er klatscht in die Hände. »Aber nun zum spaßigen Teil. Schnappt euch das Getränk eurer Wahl und fangt an.« Der Vorsitzende deutet auf einen Klapptisch, auf dem mehrere Flaschen aufgereiht sind. Ich entdecke Bier, Cola, Säfte und diverse Spirituosen zum Mixen von Cocktails. Es kommt mir makaber vor, mich fröhlich zu betrinken, wenn ich gezwungen bin, mein dunkelstes Geheimnis zu verraten. Ist die Mitgliedschaft das wirklich wert?

Gabriel löst sich aus dem Kreis, schnappt sich ein Bier und stolziert sofort zu einem Verbindungsmitglied. Ich bemerke, wie ihm der Vorsitzende einen anerkennenden Blick zuwirft. Mein Kampfgeist erwacht, und ich setze mich ebenfalls in Bewegung. Auf keinen Fall werde ich mich vor der Herausforderung drücken, sondern das Spiel mitspielen. So dämlich es auch ist.

Ich entscheide mich für einen Cuba Libre, bevor ich mich an einen rothaarigen Kerl wende, der etwas abseitssteht. Wir halten kurz belanglosen Small Talk, dann ziehe ich zum nächsten Mitglied weiter. Nach dem vierten Gesprächspartner bin ich der Frage, wer mein Handy hat, immer noch keinen Schritt nähergekommen. Aus dem Augenwinkel bemerke ich, wie die ersten Teilnehmenden ihre Handys zurückbekommen. Mist, ich muss mich beeilen!

Hastig blicke ich mich um und bleibe an einem bekannten Gesicht hängen. Es ist Jasper, der mir zuwinkt. Ich beschließe, ihm kurz Hallo zu sagen, bevor ich mich wieder der Aufgabe widme.

»Hi, Jasper.«

Er lächelt. »Na, amüsierst du dich?«

»Ich würde mich mehr amüsieren, wenn ich endlich mein Handy finden würde.«

»Das ist doch ganz leicht, du musst mir nur dein dunkelstes Geheimnis verraten.«

Ich reiße überrascht die Augen auf. »*Du* hast mein Handy?«

»Ja, ich habe darauf bestanden.«

Da ich ihn bereits kenne, habe ich ihn genauso wie Simona sofort ausgeschlossen. Kurz ärgere ich mich darüber, bin jedoch gleichzeitig erleichtert, dass Jasper vor mir steht und kein fremdes Mitglied.

Unsicher nippe ich an meinem Drink. »Was wirst du mit meinem Geheimnis tun?«

»Ich werde es hüten. Keine Sorge. Aber halte dich besser an die Regeln. Sonst kann ich für nichts garantieren.«

Wieder eine Drohung. Leer oder wahr? Wo endet das Spiel? Und wo beginnt die Realität? Ich runzle die Stirn. Die Aufgabe gefällt mir immer weniger.

»Ich habe nicht vor, eine Regel zu brechen.«

»Perfekt, dann musst du dir keine Sorgen machen.«

Er sieht mir tief in die Augen, bevor er sich langsam zu mir beugt. »Weißt du was, Elora? Lass uns einen Deal machen. Ich verrate dir zuerst ein kleines Geheimnis von mir, dann bist du dran.« Er ist mir nun so nah, dass sein Atem auf meiner Wange kitzelt. Ich schlucke schwer. Jasper ist ohne Frage attraktiv, dennoch kommt mir die Situation falsch vor. Seine Lippen schweben knapp oberhalb meines Ohrs, und er haucht: »Seit der Ersti-Party kann ich nicht mehr aufhören, an dich zu denken.«

Mein Magen macht einen Satz, und ich muss all meine Willenskraft aufbringen, um nicht zurückzuweichen. Im nächsten Moment streifen seine Lippen federleicht meinen Hals, und eine Gänsehaut breitet sich auf meinen Unterarmen aus. Aber keine von der guten Sorte. Nein, was auch immer Jasper vorhat, muss ein Ende haben. Ich bringe Abstand zwischen uns, nehme all meinen Mut zusammen und verrate ihm mein dunkelstes Geheimnis. Zumindest einen Teil davon: »Vor zwei Jahren wurde ich von der Polizei festgenommen.«

Jasper stellt keine Fragen, er zuckt nicht einmal mit der Wimper. Stattdessen greift er in seine Hosentasche und zieht mein Handy hervor. »Hier, bitte sehr.«

Ich nehme es an mich. »Danke.«

»Glückwunsch, Elora, du hast die erste Aufgabe bestanden.«

Obwohl ich es versuche, kann ich mich nicht darüber freuen, weil sein offensives Verhalten gerade eben mich nicht mehr loslässt. »Hör mal, Jasper, du bist mir echt sympathisch, aber mehr ist da nicht.«

Er zuckt mit den Achseln. »Das habe ich mir fast schon gedacht, aber einen Versuch war es trotzdem wert. Danke für deine Ehrlichkeit.«

»Dafür brauchst du dich nicht zu bedanken.« Ich lächle ihn an. »Alles cool zwischen uns?«

»Na klar!« Jasper erwidert die Geste, und ich glaube ihm, da er weder traurig noch besonders betroffen wirkt. »Übrigens«, wechselt er das Thema, »die Klinik Hirslanden, von der du letztens erzählt hast, die, in der du gerne dein Praxisjahr machen würdest?«

»Ja, was ist damit?«

»Der Leiter der Klinik hat in Corvina Castle Medizin studiert und ist ein ehemaliges Verbindungsmitglied. Wenn du den Wettbewerb gewinnst, ist dir das Praxisjahr in deiner Wunschklinik so gut wie sicher.«

Ich bin wie erstarrt und blinzle ihn an. »Ist das dein Ernst?«

»Ja, natürlich! Ich hoffe, das motiviert dich.«

Meine Bedenken dem Wettbewerb gegenüber verfliegen. Ganz gleich, wie viele weitere fragwürdige Aufgaben auf mich warten, sie werden es wert sein. Wenn ich gewinne, erreiche ich, wovon ich seit Jahren geträumt habe.

Ein aufgeregtes Kribbeln strömt durch meinen ganzen Körper, und ich lächle. »Ja, auf jeden Fall.«

Gabriel

Mein größtes Geheimnis ist der Grund, warum ich heute überhaupt bei diesem dämlichen Spiel mitmache: die Wahrheit über Annabelles Tod herauszufinden. Rache nehmen. Aber das ist es nicht, was ich zu Ben, meinem Bierponggegner der Ersti-Party, sage. »Meine Schwester ist vor zwei Jahren im Walensee ertrunken. Insgeheim gebe ich mir die Schuld an ihrem Tod.«

Ohne ein weiteres Wort drückt mir der rothaarige Kerl mein Handy in die Hand und verschwindet. Ich stecke es ein und schaue mich auf dem Plateau um. Sofort bleibt mein Blick an Elora hängen. Sie steht bei diesem blonden Pisser, mit dem sie letztens mittagessen war. In der nächsten Sekunde beugt er sich zu ihr hinunter und führt seine Lippen ganz nah an ihr Ohr.

Ich balle die Hände zu Fäusten und wende mich ab, um mir noch ein Bier zu holen. Mich überkommt das Gefühl, gleich explodieren zu müssen, wenn ich die beiden weiter beobachte.

Ein Kribbeln breitet sich in meinem Nacken aus. Vor dem Tisch mit den Getränken bleibe ich stehen und schaue auf. Eine Frau mit blauen Locken und diamantbesetztem Haarreif beobachtet mich. Das ist die Adlige! Simona, Eloras Mitbewohnerin. Sie mustert meine geballten Fäuste, bevor sie etwas in meinem Rücken betrachtet. Ich brauche mich nicht umzudrehen, um zu wissen, dass es Elora ist. In ihren Augen blitzt eine Erkenntnis auf, bevor sie sich umdreht und in der Dunkelheit hinter der Kapelle verschwindet.

Scheiße. Hat sie bemerkt, was der Anblick von Elora und diesem Kerl in mir ausgelöst hat? Mir wird eiskalt. Seit zwei Jahren verberge ich meine Gefühle gekonnt hinter einer undurchdringlichen Maske. Und jetzt reicht eine kleine Flirterei zweier Menschen, die ich kaum kenne, um die Maske bröckeln zu lassen? Wird Simona Elora davon erzählen, was sie meint, gesehen zu haben? Oder – noch schlimmer – dem Vorsitzenden?

Mein Groll gegen eines der Mitglieder ist sicher keine begünstigende Voraussetzung für das Auswahlverfahren. Habe ich womöglich gerade meine Teilnahme aufs Spiel gesetzt? Mein Herz zieht sich schmerzhaft zusammen. Ich mache das hier für Annabelle! Genau deswegen wollte ich mich von Elora fernhalten. Damit niemand denkt, der Wettbewerb wäre nicht meine allerhöchste Priorität, denn ich bin mir sicher, die *Fortuna*-Mitglieder achten darauf. Während des Abends wurden mir verschiedene Fragen gestellt, die genau darauf abzielten.

Simona kommt hinter der Kapelle hervor, mit jeweils einem Sixpack Bier in den Händen. Direkt gegenüber von mir bleibt sie stehen und füllt die Getränke auf dem Tisch nach. Merkwürdig, dass die *Dark Elite* dafür kein Personal eingestellt hat. Wahrscheinlich soll es keine Zeugen für ihre bescheuerten Aufgaben geben.

Simona hält mir eine Flasche hin. »Dieses Bier wolltest du doch, oder?« Es ist dieselbe Marke, welche ich bereits beim ersten Mal gewählt habe.

In diesem Moment bin ich mir absolut sicher, dass die Frau vor mir mich beobachtet hat. Die Frage ist, was sie mit diesem Wissen anstellen wird. Wenn sie glaubt, jetzt irgendwie Macht über mich zu haben, irrt sie sich. Dieses Spiel ist lächerlich genug. Ich bin keine Marionette, sondern lasse mich nur auf diesen Quatsch ein, weil ich Antworten will.

Statt Simona die Flasche abzunehmen, greife ich nach einer anderen Sorte und lasse sie stehen.

Kapitel 15

Elora

»Hier sehen Sie einen Querschnitt der Purkinje-Fasern im Herz.« Der Dozent deutet mit einem Pointer auf das Schaubild, und ich gähne. Ich wünschte, der Kerzenabend wäre früher zu Ende gegangen, und ich könnte mich auf die Vorlesung über mikroskopische Anatomie konzentrieren. Stattdessen schweifen meine Gedanken immer wieder ab.

Die erste Aufgabe ist geschafft. Außer mir sind noch neun Kandidaten im Wettbewerb, nachdem eine unscheinbare Blondine ausgeschieden ist, weil sie ihr Handy als Letzte wiederbekommen hat. Neun Konkurrenten, die ich besiegen muss, um mir meinen Traum zu erfüllen. Darunter Gabriel. Meine Brust zieht sich zusammen, und ich verbanne ihn hastig aus meinem Kopf.

Im nächsten Moment bietet mir mein vibrierendes Handy eine willkommene Ablenkung. Das Display zeigt die Nachricht einer unbekannten Nummer an. Ich stutze. Zögernd öffne ich sie, und mein Herz setzt einen Schlag aus.

Der Kerzenabend war erst der Anfang. Willkommen zur zweiten Aufgabe. Im Universitätsarchiv gibt es ein Dokument, das unsere ehrenwerte *Fortuna*-Verbindung in ein schlechtes Licht rückt. Finde es und entferne es. Du hast dafür bis Donnerstag um Mitternacht Zeit.

Ich rechne schnell im Kopf nach. Bis Donnerstag sind es nur drei Tage. Drei Tage, um herauszufinden, wo sich das Universitätsarchiv befindet, wie ich hineinkomme und …

Plötzlich verschwindet die Nachricht von meinem Bildschirm. Stattdessen taucht die Meldung auf, dass sie vom Absender gelöscht wurde. Blinzelnd starre ich auf das Display und frage mich, was gerade passiert ist. Wurde die Aufgabe fälschlicherweise versendet? Aber nein, das glaube ich nicht. Wahrscheinlicher ist, dass *Fortuna* es uns noch schwerer machen möchte. Oder Beweise vernichten will.

Eine Gänsehaut breitet sich auf meinen Unterarmen aus, und ich verstaue das Handy eilig in meiner Tasche. Ich muss mich auf die Vorlesung konzentrieren! Wenn ich durch die Prüfungen falle und mein Studium nicht bestehe, können mich selbst die hervorragenden Connections der Verbindung nicht ans Ziel bringen.

Die Vorlesung scheint kein Ende zu nehmen. Es ist mir unmöglich, den Ausführungen des Dozenten zu folgen, während mir die Zeit durch die Finger rinnt. Was ist das für ein Dokument im Archiv? Wie soll ich es finden? Wie entfernen? Wurde jedem Mitglied diese Aufgabe gestellt? Ich vermute, damit sollen wir der Verbindung unsere Loyalität beweisen. Daher werde ich unauffällig vorgehen müssen, darf keine Aufmerksamkeit auf mich ziehen und sollte am besten niemanden nach dem Archiv fragen.

Kurz vor Ende der Stunde hole ich mein Handy doch wieder hervor und rufe die Webseite von Corvina Castle auf. Ich gebe den Begriff *Universitätsarchiv* in die Suchleiste ein und klicke mich durch die Ergebnisse. Leider ist es für Studierende nicht offen zugänglich. Es ist unerlässlich, schriftlich Kontakt aufzunehmen, damit der zuständige Archivar das benötigte Dokument heraussuchen kann. Wäre ja auch zu einfach gewesen.

Mir wird klar, was ich zu tun habe, und ich erstarre. Erinnerungsfetzen prasseln auf mich ein wie Regentropfen. Schreie, schmerzende Fäuste, Wände, die unaufhaltsam näher rücken. Ich atme dagegen an, versuche, mich zu beruhigen. Was schwierig ist, weil ich keine Wahl habe: Ich werde mich heute Nacht in das Archiv schleichen. Der Gedanke, dort einzubrechen, packt mich wie eine kalte Hand. Doch ich weiß, dass ich es kann, ich habe es schon einmal bewiesen.

Sobald der Dozent die Vorlesung beendet, springe ich auf und verlasse den Raum. Ich eile durch das Treppenhaus, das in der Mitte offen ist. Links und rechts davon winden sich breite Stufen in die Stockwerke empor. Ein schwarzes, mit filigranen Ornamenten verziertes Geländer trennt sie voneinander. Marmorne Säulen und gemusterte Bodenfliesen komplimentieren den Look eines prunkvollen Herrenhauses. Ich schüttle missbilligend den Kopf. Diese Universität ist wirklich extravagant.

Das Archiv befindet sich im Untergeschoss, so viel habe ich bereits herausfinden können. Ich laufe einen langen Gang entlang, der von grellweißen Neonleuchten erhellt wird. Plötzlich flackert es direkt über mir, und ich bleibe stehen. Soll ich besser wieder umkehren? Hier unten ist keine Menschenseele zu sehen. Eigentlich war es mein Plan, wie beiläufig am Archiv vorbeizulaufen, um herauszufinden, wie ich unbemerkt hineinkommen kann. In dem wie ausgestorbenen Gang erscheint mir das jetzt jedoch zu auffällig. Was, wenn mich jemand sieht? Schnell drehe ich wieder um und eile zur Treppe zurück. Mir bleibt keine andere Wahl, ich muss mein Glück heute Nacht versuchen.

Den restlichen Nachmittag über habe ich keine Vorlesungen, daher beschließe ich, einen Abstecher in die Bibliothek zu machen. Für das Seminar Physiologie muss ich einen Essay schreiben. Der wird mich hoffentlich ein wenig von meiner bevorstehenden Aufgabe ablenken.

Die Tür zur Bibliothek steht weit offen. Dahinter sitzt eine Frau mit dunkelroten Haaren und einer Brille in derselben Farbe. Sie nickt mir zur Begrüßung zu, und ich erwidere die Geste, bevor ich zielstrebig auf die Studiertische zugehe.

Wie automatisch verziehen sich meine Lippen zu einem Lächeln. So übertrieben mir die Extravaganz der Universität sonst vorkommt, in der Bibliothek fühle ich mich wohl. Mit dem Duft nach alten Büchern und Kaffee in der Luft, den dunklen Holzregalen und dem leisen Rascheln von Seiten ist sie für mich der perfekte Ort zum Arbeiten.

In der Abteilung Naturwissenschaften, Mathematik und Medizin sammele ich mir Literatur zusammen und mache mich auf die Suche nach einem freien Platz. Auf einem der Studiertische schläft Calma. Sie ist zu einer Kugel zusammengerollt, ihre Ohren zucken, als ich vorbeilaufe. Leider ist der Tisch daneben der einzige, der noch frei ist.

Leise seufzend setze ich mich. Diese Katze ist mir nicht geheuer, aber auf mein Zimmer möchte ich auch nicht gehen.

Ich knipse die Stablampe ein, die über dem Eichentisch befestigt ist. Der Stuhl ächzt, während ich mich zu meiner Tasche hinunterbeuge und ein Notizbuch sowie meinen Laptop heraushole. Ich öffne ein neues Dokument und atme tief durch. Meine erste Hausarbeit. Ich bin nervös, freue mich aber auch gleichzeitig darauf, endlich anzufangen. Genau das hier habe ich mir immer gewünscht. In einer riesigen Bibliothek zu sitzen und Wissen in mich aufzusaugen.

Ich schlage das erste Buch auf und beginne zu lesen. Alle wichtigen Informationen tippe ich in meinen Laptop ein. Ideen und Fragen schreibe ich in das Notizbuch, und schon bald sind mehrere Seiten gefüllt.

Konzentriert arbeite ich vor mich hin, bis ein scharrendes Geräusch die Stille durchbricht. Unmittelbar neben mir höre ich zusätzlich ein leises Tapsen.

Ruckartig wende ich den Kopf und erstarre. Ich blicke direkt in Calmas gelbe Augen. Sie fixiert mich, reißt ihre Schnauze auf und entblößt eine Reihe spitzer Zähne.

Ich zucke so heftig zurück, dass ich das Buch von meinem Tisch fege. Mit einem lauten Poltern kracht es zu Boden. Calma faucht, springt vom Nachbartisch und flitzt davon.

Mein Herz rast wie verrückt, ich lege eine Hand auf meine Brust, um mich zu beruhigen.

Als ich mich halbwegs gesammelt habe, bemerke ich, wie mich alle anstarren. Von dem Lärm aufgeschreckt, haben sich die meisten Studierenden zu mir umgedreht und sehen mich teils belustigt, teils fragend, teils auch ziemlich irritiert an.

»Verzeihung«, murmle ich leise. Dann beuge ich mich zum Boden, um das Buch aufzuheben. Mit geröteten Wangen komme ich wieder hoch und mache ein bekanntes Gesicht an einem der Tische vor mir aus.

Wie auf Kommando schlägt mein Herz schneller, und mein Blick kreuzt sich mit Gabriels. Er zuckt zusammen und dreht sich hastig wieder um. Fühlt er sich ertappt, oder verabscheut er mich so sehr, dass er es nicht erträgt, mich anzusehen? Vor ihm steht ein Laptop, doch von meinem Platz aus kann ich nicht auf seinen Bildschirm sehen. Der Gedanke, er könnte für die neue Aufgabe der Verbindung recherchieren, lässt mir keine Ruhe. Aber egal, wie weit ich mir den Hals verrenke, ich kann nicht erkennen, woran er arbeitet.

Leider ist meine Konzentration nach dem Zwischenfall mit Calma dahin. Gut, vielleicht liegt es mehr an Gabriel als an Calma. Ich fühle mich, als würde alles andere in den Hintergrund rücken und mein gesamter Fokus sich auf ihn ausrichten, sobald er in meiner Nähe ist.

Frustriert schlage ich das Buch auf und suche nach der Seite, die ich zuletzt gelesen habe. Leise seufzend versuche ich mich in den Inhalt zu vertiefen. Aber meine Gedanken schweifen immer wieder ab. Genau wie mein Blick. Irgendetwas zieht ihn wie magnetisch zu Gabriel. Zu seinem dunkelgrauen Hemd aus Jeansstoff, das ihm eng an den Schultern sitzt und seine definierten Oberarme zur Geltung bringt. Sein braunes Haar wirkt weich und ist gerade so lang, dass ich gut mit den Fingern hindurchfahren und mich darin festkrallen könnte. Sofort verselbstständigt sich meine Fantasie. Ich stelle mir vor, wie ich auf Gabriels Schoß sitze, seine Lippen auf meinen und meine Finger in seinem Haar. Wir sehen uns tief in die Augen, er schenkt mir eins seiner seltenen Lächeln, bevor wir uns wieder küssen. Ich drücke mich gegen seinen Körper, will ihm noch näher sein. Alles in mir fühlt sich an wie mit heißer Lava durchflutet und …

Ich schüttle hastig den Kopf und reiße meinen Blick von ihm los. Ganz schlechte Idee. Ich will gar nicht erst wissen, wie es sich anfühlt, von ihm geküsst oder berührt zu werden, weil ich fürchte, dann nie genug zu bekommen. Nur mit einem Blick schafft er es, meinen Körper in einen Ausnahmezustand und meinen Verstand außer Kontrolle zu bringen. Nein, wir sind Konkurrenten. Das kann ich mir gar nicht oft genug vor Augen führen.

Entschlossen packe ich meine Sachen zusammen und lasse Gabriel hinter mir zurück. Die drei Bücher, die ich mir rausgesucht habe, leihe ich bei der Bibliothekarin am Schalter aus. Sie scannt meinen Studierendenausweis und erinnert mich an die Leihfrist. Ich nicke brav und mache mich auf den Weg nach Ash Hall.

Wehmütig denke ich an die Bibliothek zurück, aber in Gabriels Nähe kann ich mir offenbar selbst nicht mehr trauen. Sobald meine Zimmertür hinter mir ins Schloss fällt, bemerke ich, dass meine Gedanken vollends von ihm ausgefüllt waren und ich dadurch gar nicht mehr über die Aufgabe von *Fortuna* nachgegrübelt habe.

Ich stocke und spüre einen Stich in meiner Magengegend. Dass Gabriel so viel Macht über mich hat, macht mich wütend. Hier geht es um meine Zukunft! Darum, meinen Traum zu erfüllen. Ich muss mich besser im Griff haben, ihm aus dem Weg gehen.

Trotzdem ist da diese leise Stimme in mir, die sich fragt, ob da etwas zwischen uns sein könnte, wäre der Wettbewerb um den Platz bei *Fortuna* nicht. Ich habe Angst, sie könnte lauter werden. Weil ich mir ziemlich sicher bin, dass keiner von uns beiden so schnell aus dem Wettbewerb ausscheiden wird.

Kapitel 16

Elora

Um kurz vor eins in der Nacht breche ich zum Hauptgebäude auf. Simona ist scheinbar noch wach, aus ihrem Zimmer erklingen laute Stimmen, Maschinengewehrsalven und etwas, das sich nach quietschenden Autoreifen anhört. Dass Simona ein Faible für Actionfilme hat, ist mir nach den wenigen Wochen mit ihr bereits bekannt.

Ich laufe unter der verlassenen Allee entlang und sauge die frische Luft tief in meine Lunge. Der Himmel ist bewölkt, kein einziger Stern ist zu sehen. Der Wind, der vom See in Richtung Klippen weht, lässt die Blätter der Feldahornbäume rascheln. Schaudernd beschleunige ich meine Schritte. Besser, ich bringe die Aufgabe so schnell wie möglich hinter mich.

Aber was kommt danach? Die erste Aufgabe war ein künstlich aufgezogenes Spiel. Die jetzige wirkt ernster, gefährlicher, aber um endlich unabhängig zu sein, muss ich mich darauf einlassen. Unwillkürlich frage ich mich, wie weit ich in diesem Wettbewerb gehen muss.

Meine Schritte hallen viel zu laut von den Wänden wider. In jedem Gang, den ich durchquere, gehen automatisch die per Bewegungsmelder gesteuerten Deckenlampen an. Erst, als ich in das Untergeschoss komme, bleibt es dunkel. Offenbar muss man hier das Licht manuell einschalten. Erleichtert ziehe ich mein Handy aus der Gesäßtasche. Zum Glück gibt es die Taschenlampenfunktion.

Alles ist totenstill, während ich durch den Gang in Richtung Archiv schleiche. Ich höre meinen Atem und meinen Herzschlag überlaut, fühle mich beobachtet, aber wahrscheinlich ist das nur der Situation geschuldet. Mein Puls beschleunigt sich noch weiter. Nur noch ein paar Meter, dann habe ich das Archiv erreicht. Und was dann?

Etwas Ähnliches habe ich schon einmal erlebt. Es ist nicht gut für mich ausgegangen. Aber was habe ich für eine Wahl? Aufgeben ist für mich keine Option, dafür bin ich zu stolz. Nein, ich schaffe das. Selbst wenn das Kneifen in meiner Magengegend mit jedem Schritt unangenehmer wird.

Die Tür zum Archiv ist abgeschlossen. Natürlich. Egal, wie sehr ich mich ermahne, ruhig zu bleiben, mein Atem geht viel zu schnell. Mit zitternden Fingern greife ich an meinen Hinterkopf und ziehe die beiden schmalen Haarklammern heraus, die oberhalb meines Zopfgummis stecken. Eine biege ich im rechten Winkel, die andere an den Seiten auseinander. Dann gehe ich in die Knie, lege das Handy mit der Lampe nach oben auf dem Boden ab und stecke die Klammern in das Türschloss.

Mir bricht kalter Schweiß aus. Mache ich das gerade wirklich? Nach allem, was beim letzten Mal passiert ist? Ich kann das nicht, nicht schon wieder, nicht … Die Klammern rutschen mir aus den zittrigen Fingern und fallen mit einem leisen metallischen Klirren zu Boden. Verdammter Mist!

Ich muss mich beruhigen. Das hier ist nicht vergleichbar mit der Situation damals. Heute Nacht bin ich allein. Niemand ist in Sicht, der mich hintergehen kann.

Ich hebe die Haarklammern auf und probiere es noch einmal, stecke die gebogene ins Schloss und schiebe die lange darüber. Genau so, wie es mir meine Mitschülerinnen von der Privatschule beigebracht haben. Mit dem flachen Ende taste ich nach den Zähnen des Schlosses, lausche auf das Klicken, das ertönt, wenn die einzelnen Riegel von der Klammer nach oben geschoben werden. Mein Herz rast in meiner Brust, ich fühle mich wie ein Reh auf der Flucht. Jetzt bin ich schon so weit gekommen. Ich muss das schaffen.

Die Tür springt auf. Endlich! Erleichtert schlüpfe ich hinein, aber sobald ich die Umrisse des Raumes ausmache, verpufft das Hochgefühl. Die Erinnerungen an jene Nacht überfallen mich wie ein Wasserschwall.

Euphorisch bin ich auf dem Weg zur ersten Party auf meiner neuen Schule. Isa, das It-Girl der Klasse, feiert ihren Geburtstag und hat mich eingeladen. Mich! Das komische Landei, wie sie mich wochenlang bezeichnet hat. Aber jetzt wird alles gut. Bald werde ich dazugehören und endlich ankommen.

Vor meinem inneren Auge sehe ich, wie ich mit Isa und ihren Freundinnen eine Wodkaflasche teile, überglücklich darüber, dass sie mich wie einen Teil ihrer Clique behandeln. Und dann habe ich Isas Stimme im Ohr. Wie sie eine Mutprobe vorschlägt. Wie alle vier es für eine fabelhafte Idee halten, in das Direktorat der Schule einzubrechen. In das Büro von Isas Vater.

Sie schauen mich an und ich … ich kann nicht Nein sagen, ich will nicht die Spaßbremse sein, das komische Landei, das sofort den Schwanz einzieht. Also folge ich ihnen. Hinaus in die kühle Nacht. Klettere nach Isa über die niedrige Mauer auf das Schulgelände. Ich höre ihr Kichern und ihre ausführlichen Erläuterungen, wie man Schlösser mit Haarnadeln knackt. So gelangen wir in das Schulgebäude hinein. Gemeinsam laufen wir zum Direktorat, und Isa reicht mir die Haarnadeln. Jetzt bin ich dran. Ich soll zeigen, was ich gelernt habe. Zeigen, dass ich kein Landei bin. Dass ich mutig bin und ein Teil von ihnen werden kann.

Konzentriert schiebe ich die Nadeln in das Schloss, wie sie es mir gezeigt haben. Die Tür gibt ein Klicken von sich, ich drehe mich strahlend zu ihnen um und erstarre. Isa steht vor mir, ein Schlüsselbund klimpert in ihrer Hand. Der ihres Vaters? Bevor ich die Situation erfassen kann, stoßen mich die Mädchen in den Raum und schließen hinter mir ab. Erst da wird mir klar, dass sie mich reingelegt haben. Ich bin in ihre Falle getappt. Mit den Fäusten trommle ich gegen die Tür, bis sie wund sind und schmerzen. Isa und ihre Freundinnen verhöhnen mich, und schließlich verklingen ihre Stimmen auf dem Gang.

Ich schreie und schreie, hämmere gegen die Tür, aber es gibt kein Entkommen. Niemanden, der mich hören kann. Ich sitze fest. Wurde hintergangen. Eingesperrt.

Ich zittere am ganzen Körper. Mein Brustkorb ist so eng, als hätte jemand ein Seil darum geschlungen und würde immer fester ziehen. Mit jedem Schritt, den ich tiefer in das dunkle Archiv vordringe, habe ich das Gefühl, schwerer atmen zu können. Meine Knie sind weich. So weich, dass ich fürchte, sie könnten einfach unter mir nachgeben.

Das Licht meiner Taschenlampe irrt über Regale im Industriestil, in denen unzählige Ordner und Kisten verstaut sind. Vor mir taucht ein Pult auf, sicher der Arbeitsbereich der Mitarbeiter, aber vor meinem inneren Auge verwandelt es sich in einen Schreibtisch. Ich keuche auf, wirble herum. An der Wand hängt eine Karte. Ich blinzle, und sie wird zu einem Fenster, durch das ein schwacher Streifen Mondlicht hereinfällt. Gerade genug, um die Umrisse der Möbel im Raum zu erkennen. Ich kneife die Augen zusammen, unterdrücke ein Wimmern. Wie komme ich hier raus? Ich strecke die Hand aus, aber ich bin eingesperrt. Schon wieder. Sie sind weg, haben mich zurückgelassen. War das von Anfang an der Plan? Ich sitze in der Falle, bin verdammt. Verdammt, verdammt, verdammt. Ein Schrei brennt mir in der Kehle, aber ich bekomme keinen Ton über die Lippen. Ich kann mich nicht bewegen und spüre trotzdem, wie ich zu Boden sacke. Schmerz zuckt durch meinen Rücken, als ich gegen eines der Regale stoße. Ich nehme es kaum wahr, weil in meinem Inneren ein wildes Tier wütet. Die Krallen reißen an meinen Eingeweiden, das Maul zerfetzt meinen Brustkorb. Ich will hier weg. Ich will, dass es aufhört und …

Etwas knallt mir gegen den Kopf und landet krachend auf dem Boden. Ich zucke heftig zusammen, und das wilde Tier springt aus meiner Brust. Der Schreibtisch wird wieder zum Pult, das Fenster zur Karte, die Bücher in den Regalen zu Aktenordnern. Das ist nicht das Direktorat meiner ehemaligen Schule, nur das Archiv. Ich wurde nicht eingesperrt und musste nicht von Polizisten befreit werden. Bis heute weiß ich nicht, ob Isa sie gerufen oder jemand aus der Nachbarschaft meine Schreie gehört hat. Meine Erinnerungen sind verwaschen und lückenhaft. Die Panik hatte mich ausgelaugt, ich war nur noch eine leere Hülle. Irgendwie bin ich auf das Revier gelangt, wo Ludovico mich abgeholt hat. Er handelte einen Deal mit den Polizisten aus. Überwies dem Revier eine großzügige Spende, woraufhin sie beschlossen, meinen Namen zu vergessen. Ich hatte schließlich nichts gestohlen, nichts getan. Nur den falschen Personen vertraut. Weil ich unbedingt dazugehören wollte.

In den Wochen danach wurde die Situation in der Schule noch schlimmer. Isa und ihre Freundinnen hatten den Abend sorgfältig geplant und scheuten sich nicht davor, damit anzugeben. Für sie gab es keinerlei Konsequenzen. Nichts an diesem Abend war echt, alles war genau kalkuliert. Meine Einladung, der Alkohol, ihre Freundlichkeit, die Mutprobe. Den Schlüsselbund hatte Isa unbemerkt ihrem Vater entwendet. Doch von meiner Seite der Geschichte wollte die Polizei nichts wissen. Die gebogenen Haarnadeln, die sie bei mir gefunden hatten, waren Beweis genug. Im Endeffekt stimmte es, ich *hatte* es getan. Egal, wie dumm ich mir dafür auch vorkam. Die Clique um Isa wollte mich an jenem Abend nicht nur in Schwierigkeiten bringen, sondern mir ein für alle Mal beweisen, wo mein Platz ist, dass ich nie dazugehören würde und sie etwas Besseres wären. Von da an habe ich mich nur noch auf die Schule konzentriert und mich von meinen Mitschülern ferngehalten.

Ich schüttle den Kopf, um die Erinnerungen endgültig zu vertreiben, und sehe mich um. Wie Herbstlaub liegen ein Aktenordner sowie mehrere Schnellhefter auf dem Boden verteilt. Offenbar sind sie aus dem Regal hinter mir gefallen, als ich dagegengestoßen bin. Ich gehe auf die Knie und sammle sie hastig zusammen. Hat jemand den Lärm gehört? Ist die Security womöglich längst informiert und bereits auf dem Weg hierher? Lässt *Fortuna* mich irgendwie überwachen?

Mir wird übel. Wieder will mich Panik ergreifen, aber ich kämpfe dagegen an. Auch wenn mich alles an die Situation damals erinnert, ist heute Abend eine Sache anders: Ich habe mein Schicksal selbst in der Hand. Ich bin nicht verraten, nicht hintergangen, nicht eingesperrt worden. Ich allein habe diese Entscheidung getroffen und werde die Aufgabe erfüllen. Je schneller ich hier wieder verschwinde, desto besser.

Ich raffe die verstreuten Schnellhefter zu einem Stapel zusammen. Plötzlich bleibe ich an einer Beschriftung hängen.

Elora Farraro.

Ich stutze und greife nach dem hellen Ordner. Vielleicht creme oder beige. Im schwachen Schein meiner Taschenlampe lässt sich die Farbe nicht genau erkennen. Wie in Trance schlage ich ihn auf. Es liegt nur ein einzelnes Blatt darin. Meine Gedanken überschlagen sich, in meinen Adern prickelt das Adrenalin, denn ich weiß sofort, was ich in der Hand halte.

Das Dokument, welches ich für *Fortuna* aus dem Archiv entfernen soll.

Ich taste nach meinem Handy und beleuchte die wenigen Zeilen darauf.

> Im Keller des Verbindungshauses lagert Ritalin …
> nicht nur für den Eigenbedarf.

Ich erstarre. Ist das wahr? Die Wirkung des verschreibungspflichtigen Medikaments ist mir nicht unbekannt. Meine Hände beginnen wieder zu zittern. *Nein.* Ich muss mich beruhigen. Das hier ist nur eine Aufgabe, ein Spiel.

Schnell ziehe ich das Blatt heraus, schlage den Hefter zu und stopfe den ganzen Haufen zurück ins Regal. Dann husche ich zur Tür, öffne sie vorsichtig einen Spaltbreit und lausche.

Irgendwo summt etwas, vielleicht eine Heizung, aber ansonsten ist es still. Ich werfe noch einmal einen Blick über die Schulter, leuchte über den Boden und die Regale, ob ich irgendetwas liegen gelassen habe. Nein, nichts, stelle ich erleichtert fest. Dann trete ich auf den Flur hinaus und ziehe die Tür hinter mir zu. Das mit meinen Haarklammern geknackte Schloss lässt sich nicht wieder verschließen. Es wird definitiv auffallen. Aber ich schätze, das ist nicht mehr mein Problem.

Ich will einfach nur noch raus aus diesem Gebäude und zurück auf mein Zimmer. Jede Faser meines Körpers sehnt sich danach, mich unter meiner Bettdecke zusammenzurollen und die Erinnerungen zu verdrängen, die wie dunkle Regenwolken über meinem Kopf schweben. Sie scheinen nur darauf zu warten, mich mit kalten, peitschenden Tropfen zu überschwemmen, bis sie überall sind und ich ihnen nicht mehr entkommen kann.

Ich schalte die Taschenlampe aus, schiebe das Handy in meine Jackentasche und laufe los. Das Dokument halte ich in der Hand. Ist die Verbindung tatsächlich im Besitz von Aufputschmitteln? Oder gehört das zum Wettbewerb? Ich schüttle hastig den Kopf, um die Fragen zu vertreiben. Nur das Ticken der großen Wanduhr und meine Schritte sind zu hören.

Moment … das sind zu viele Schritte, als dass sie nur von mir stammen könnten.

Unauffällig werfe ich einen Blick über meine Schulter. Ein Schatten huscht durch den Flur und duckt sich in eine

Nische. Nur eine Millisekunde später, und ich hätte nur einen leeren Gang gesehen.

Mein Herzschlag beschleunigt sich. Ist das ein Mitglied von *Fortuna*? Ein anderer Kandidat, der mich verfolgt? Oder hat mich jemand vom Sicherheitsdienst entdeckt?

Ich laufe schneller, weil mir plötzlich unwohl zumute ist. Eine Gänsehaut breitet sich auf meinen Armen aus. Meine Gedanken drehen sich im Kreis, um eine logische Erklärung dafür zu finden, warum, zur Hölle, ich verfolgt werde.

Ich biege in einen anderen Gang ein. Aufmerksam lausche ich auf die Schritte, bevor ich die Treppe in das Erdgeschoss hinaufeile. Ich durchquere den Flur, in dem mein Wahlfach-Kurs stattfindet, und eile in Richtung Eingangstür. Die Schritte folgen mir unaufhaltsam.

Panik ergreift mich. Es ist mitten in der Nacht, außer mir und meinem Verfolger ist keine Menschenseele im Hauptkomplex. Was, wenn er mir etwas antun will? Ich muss ihn abschütteln, unbedingt.

An der nächsten Ecke bietet sich mir dafür endlich die Gelegenheit. Sobald ich aus dem Sichtfeld des Verfolgers verschwinde, sprinte ich los. Ich renne so schnell ich kann auf die Glastür zu, die nach draußen zum See führt. Das Adrenalin in meinen Adern lässt alles andere um mich herum verblassen.

Ich greife nach der Türklinke und stoße sie auf. Plötzlich spüre ich eine Bewegung hinter mir. Jemand greift nach der Hand, in der ich das Dokument halte. Ich schreie auf. In einem Reflex schließe ich meine Finger schraubstockartig um das Papier, bis es vollkommen zerknittert. Dann hole ich mit der freien Hand aus und versuche, den Angreifer zu treffen.

Er packt auch noch mein anderes Handgelenk und dreht mir beide Arme auf den Rücken. Ich will herumwirbeln, um einen Blick auf ihn zu erhaschen, doch ich habe keine Chance. Mit eiserner Kraft hält er mich fest, ich vermute, er ist ein Mann.

Der Angreifer tastet nach meinen Fingern und versucht, das Papier daraus zu befreien. Bisher war ich mir nicht sicher, ob er es wirklich auf das Dokument abgesehen hat, aber jetzt ist die Sache klar. Mein Herz pocht wild gegen meine Rippen. Er wird es nicht bekommen. Unter keinen Umständen. Nur mit diesem Dokument kann ich die Aufgabe erfüllen. Verliere ich es, bin ich raus aus dem Wettbewerb.

Entschlossenheit flutet meinen Körper. Mit aller Kraft umschließe ich das Papier wie eine Auster ihre Perle und winde mich in dem schmerzhaften Griff. Aber der Unbekannte ist stark. Fieberhaft überlege ich, wie ich mich befreien kann.

Dann, *endlich*, bemerke ich es. Der Angreifer ist derart auf meine Hände fixiert, dass er alles andere außer Acht lässt. Ich denke nicht zweimal darüber nach, sondern handle. Ich drücke den Rücken durch und ramme meinen Hinterkopf mit aller Macht in das Gesicht des Unbekannten. Den stechenden Schmerz nehme ich kaum wahr. Im nächsten Augenblick lockert sich der Griff, und ich wirble herum. Nur am Rande registriere ich, dass der Mann einen schwarzen Kapuzenpullover trägt und sein Gesicht bis auf die Augen von einem Tuch bedeckt ist. Mein Körper steht unter Strom, ich handle blind, nur getrieben von meinem Überlebensinstinkt. Fest packe ich ihn an den Schultern und ramme ihm mein Knie zwischen die Beine.

Er keucht auf und geht wimmernd zu Boden.

Mir ist gleichgültig, wer er ist. Ich will einfach nur weg von ihm. Ich haste auf die Tür zu und erstarre. Dort steht Gabriel und starrt fassungslos auf die Szene, die sich ihm bietet. *Was …?*

Der Kerl am Boden bemerkt Gabriel ebenfalls. Er gibt einen erstickten Laut von sich, springt auf und rast in die entgegengesetzte Richtung davon.

»Du feiger Bastard!«, brüllt Gabriel ihm hinterher.

Die Schritte verhallen im Hauptkomplex. Keiner von uns beiden macht sich die Mühe, ihm zu folgen.

»Da bin ich ja gerade rechtzeitig gekommen«, sagt Gabriel mit einem überheblichen Grinsen.

Mein Atem geht schwer. Hat er die ganze Szene mitbekommen? Auf einmal werde ich wütend. Auf Gabriel. Auf mich selbst. Auf *Fortuna* und diese bescheuerte Universität.

Ich baue mich vor Gabriel auf. »*Gerade rechtzeitig?* Du hast doch gar nichts gemacht. Ich habe mich ganz allein aus dieser Situation manövriert. Ich brauche keinen Retter!«

»Wirklich? Dann haben mir meine Augen offenbar einen Streich gespielt, als sie gesehen haben, wie der Typ erneut auf dich losgehen wollte.« Sein Blick bleibt an dem zerknüllten Papier in meinen Fingern hängen, und ich drücke es mir hastig an die Brust.

»Auch damit wäre ich irgendwie fertiggeworden.«

»Sei froh, dass du das nicht musstest. Er wirkte wesentlich stärker als du.«

Seine Worte beunruhigen mich, aber ich lasse mir nichts anmerken. Die Tränen, die mir in den Augenwinkeln brennen, zuzulassen, würde ihn nur in seiner Annahme, ich wäre schwach, bestätigen. Ich lache kalt auf. »Natürlich. Zum Glück bist du hier. Ein Ritter in glänzender Rüstung, um der armen, schwachen Elora zu Hilfe zu eilen. Dabei kann ich mich noch gut daran erinnern, dass du es warst, der vor zwei Wochen gerettet werden musste.«

»Ich musste nicht gerettet werden!«

»Genauso wenig wie ich. Und erst recht nicht von dir!«

Lüge. Ich ringe nach Luft, versuche meine Erleichterung, ihn zu sehen, abzuschütteln, ebenso wie den Impuls, ihm am liebsten um den Hals zu fallen. Was wäre geschehen, wenn er nicht aufgetaucht wäre?

Einige Herzschläge lang starren wir einander wütend an, dann stürme ich an ihm vorbei die Treppe hinunter. Vom See her weht ein kalter Wind und lässt mich frösteln. Ich beeile mich, über den gepflasterten Weg in Richtung Wohngebäude zu laufen. Der Angreifer mag durch Gabriel in die Flucht geschlagen worden sein, doch er könnte zurückkommen. Oder anderswo auf mich warten. Was dann? Bin ich wirklich schwach, wie Gabriel angedeutet hat?

Nein! Ich weigere mich, mich von ihm verunsichern zu lassen. Er kennt mich nicht, aber er soll mich ruhig unterschätzen.

Auf der Brücke werfe ich einen schnellen Blick über die Schulter. Niemand ist zu sehen. Der Angreifer scheint mich nicht zu verfolgen. Dennoch bleibe ich nicht stehen. Ich eile am See entlang und auf Ash Hall zu. Bis auf ein paar wenige beleuchtete Fenster ist es in Dunkelheit getaucht.

Erst, als ich sicher in meinem Zimmer angekommen bin und die Tür hinter mir abgeschlossen habe, gönne ich mir eine Verschnaufpause. Das Adrenalin verlässt meinen Körper, meine Beine beginnen zu zittern. Sie knicken unter mir ein, und ich sinke zu Boden.

Was, zur Hölle, ist da gerade passiert?

Vorsichtig öffne ich meine Finger, die so verkrampft sind, dass es schmerzt. Aber das ist nebensächlich, weil es noch immer da ist. Mein Ticket zur nächsten Aufgabe des Wettbewerbs.

In mir ist alles taub. Mein Herzschlag beruhigt sich nur langsam. Mein Puls hämmert mir in den Ohren wie Trommelschläge. Jemand hat mir aufgelauert, um nicht selbst in das Archiv einbrechen zu müssen. Vielleicht ging es hier gar nicht um mich. Vielleicht war ich nur zur falschen Zeit am falschen Ort. Oder Gabriel hat recht, und ich bin einfach ein leichtes Ziel. Jemand, den die anderen für schwach halten.

Etwas Nasses, Warmes fließt über meine Wange und tropft in meinen Schoß. Erst da merke ich, dass ich weine. Worauf habe ich mich nur eingelassen? Wenn einige Kandidaten nicht einmal vor körperlichen Angriffen zurückschrecken, wie weit werden sie gehen, um das Auswahlverfahren zu gewinnen?

Kapitel 17

Gabriel

Elora und ich sind quitt. Das ist alles, woran ich denken kann, während ich am Freitag über den Campus eile, um mir vor der Vorlesung noch einen Kaffee im *Seaside* zu holen. Sie hat mir auf der Ersti-Party geholfen, ich ihr gestern Nacht. Jede Schuld ist beglichen, wir können nun endlich getrennte Wege gehen. Obwohl Elora ziemlich überzeugend behauptet hat, keine Hilfe zu brauchen, habe ich das Zittern ihrer Hände bemerkt. Ich will mir nicht einmal ausmalen, was dieser Bastard ihr angetan hätte, wäre ich nicht aufgetaucht.

Ist Annabelle damals etwas Ähnliches widerfahren? Bei dem Gedanken, dass sie sich mir wegen der Regeln des Wettbewerbs nicht anvertraut hat, zieht sich mein Herz schmerzhaft zusammen. Noch mehr, sobald mir bewusst wird, dass es nicht mehr lange dauert, bis sich der Tag ihres Todes zum zweiten Mal jährt.

Unbewusst lasse ich den Blick aufs Wasser schweifen. Schwere Regenwolken hängen über dem Walensee und verschleiern die Gipfel der Berge. Höchstens noch ein Monat, dann wird Schnee auf den Gipfeln liegen, der von Tag zu Tag tiefer sinkt und die herbstlichen Farben mit sich nimmt.

Wie weit wird das Auswahlverfahren bis dahin vorangeschritten sein? Der Einbruch ins Archiv sollte uns Angst einjagen, aber mich stimmt er nur wütend. Ich will endlich Antworten finden, stattdessen komme ich mir wie *Fortunas* Spielfigur vor. Ich schüttle den Kopf und verschließe Wut und Trauer sicher in meinem Inneren, wie ich es mir angewöhnt habe.

Am Steg legt gerade die Fähre an. Sie schaukelt auf den Wellen hin und her. Lachend steigen ein paar Studierende aus. Wahrscheinlich die, die drüben auf der anderen Uferseite in dem kleinen Städtchen Murg wohnen und nicht im Studentenwohnheim. Ich kann mir gar nicht vorstellen, wie es sein muss, hier aufzuwachsen und mit einer Fähre zum Supermarkt oder zur Arbeit zu fahren, so wie andere Menschen den Bus oder den Zug nehmen.

Ich löse meinen Blick vom Wasser und ziehe mir meine Kapuze tiefer in die Stirn. Ich hasse diese Regentage. Sie erinnern mich an den Morgen, an dem ich aufgewacht bin und wusste, dass Annabelle für immer fort ist.

»Gabriel!«

Ich erkenne Aidans Stimme sofort und verziehe das Gesicht. Soll ich so tun, als hätte ich ihn nicht gehört und schneller laufen? Vielleicht kann ich ihn abhängen.

»Hey, Gabriel, warte doch mal!«

Seufzend werde ich langsamer, bis mein Mitbewohner zu mir aufgeschlossen hat. Er schnauft mir ins Ohr, und ich widerstehe nur mühsam dem Drang, die Augen zu verdrehen.

»Ich bin spät dran«, sage ich.

»Es dauert nicht lange, ich …« Aidan sieht sich hastig nach allen Seiten um. Was ist los mit ihm? Er verhält sich meistens merkwürdig, aber das hier ist neu. »Ich wollte mit dir über etwas reden.«

»Das da wäre?«

»Darüber, was du … äh … am Sonntag gesehen hast.«

Oh, er meint den Kerl, mit dem ich ihn erwischt habe. Das hatte ich schon wieder vergessen. »Ich wüsste nicht, was es da zu bereden gäbe.«

Aidan wird rot. Ehrlich, ich hätte nicht gedacht, ihn jemals so zu sehen. Mein Mitbewohner wirkt stets unerschütterlich, er nimmt nichts ernst und ist ein Prolet, wie er im Buche steht.

»Bitte, erzähl niemandem davon.«

»Warum sollte ich? Aber selbst wenn: Das juckt doch eh keinen.«

»Äh … okay?«

»Ist sonst noch was?«

»Nein, aber … Dafür hast du was gut bei mir.«

Jetzt verdrehe ich doch die Augen. »Meine Fresse, Aidan. Es geht mich nichts an, wen du liebst. Es interessiert mich nicht einmal. Das ist allein deine Sache.«

»Wenn das so ist … ja, dann … danke, Mann«, stottert er.

»Kein Ding, aber ich muss jetzt wirklich los. Wir sehen uns.«

»Ciao, bis dann.«

Sofort beschleunige ich meine Schritte. Wenn ich nicht schon wieder zu spät zu einer Vorlesung kommen möchte, muss ich mich beeilen. Auf den Kaffee zu verzichten, kommt allerdings nicht infrage.

Ich bin so fokussiert darauf, zum *Seaside* zu kommen, dass ich das unheilvolle Prickeln in meinem Nacken nicht sofort bemerke. Irgendetwas stimmt nicht. Einen Herzschlag später registriere ich noch etwas anderes. Ich bin allein. Weit vor mir entdecke ich zwei Studierende, die gerade das Restaurant betreten, aber um mich herum ist der Weg wie ausgestorben. Zumindest vermute ich das, denn durch das dichte Blätterwerk der angrenzenden Büsche kann ich nicht hindurchspähen.

Würde sich jemand darin verstecken? Jemand aus der Verbindung? Vielleicht haben sie sich ein neues bescheuertes Spiel überlegt. Wundern würde es mich nicht. Am liebsten würde ich die Zweige auseinanderschieben und nachsehen, aber ich rufe mich zur Vernunft. Wer auch immer versucht, mir Angst einzujagen – ich möchte nicht, dass er denkt, es würde funktionieren. Daher laufe ich betont gleichgültig weiter.

Hinter mir knackt ein Ast.

Scheiße. Mein Puls schießt in die Höhe. Was für ein Psychospielchen soll das werden?

Mit erhobenem Kopf laufe ich weiter. Das *Seaside* ist nur noch wenige Meter entfernt.

Auf einmal erklingt ein Schrei hinter mir. Ob er weiblich oder männlich ist, kann ich nicht sagen. Sofort erstarre ich, dann wirble ich herum. Aber der Weg hinter mir ist verlassen. Es ist niemand zu sehen. Wer hat geschrien? Das habe ich mir doch nicht eingebildet!

Mir ist klar, dass die *Dark Elite* dahinterstecken muss. Dennoch werden meine Handflächen schweißnass. Ich drehe mich langsam um meine eigene Achse und schaue mich um. Nichts scheint anders als sonst. Immer noch die grauen Wolken über dem See, die rauschenden Wellen und das Herbstlaub, das vom Wind über den Weg getragen wird. Als ich wieder in meiner Ausgangsposition angekommen bin, schüttle ich über mich selbst den Kopf. Jetzt habe ich mich doch aus der Ruhe bringen lassen. Vermutlich freut sich mein *Fortuna*-Verfolger gerade einen Ast ab.

Ich will mich gerade wieder in Bewegung setzen, als ich mitten auf dem Weg, direkt vor mir, etwas auf dem Boden bemerke. Etwas, das dort eben noch nicht gelegen hat. Ein schwarzer Umschlag. Ich erkenne ihn sofort. Genau den gleichen habe ich vor ein paar Tagen auf meinem Zimmer vorgefunden.

Ich hechte nach vorne, um die neue Aufgabe an mich zu nehmen. Am liebsten würde ich den Umschlag sofort aufreißen, doch ich rufe mich zur Vernunft. Auch wenn gerade niemand in Sichtweite ist, fühle ich mich wie auf dem Präsentierteller. Und *Fortuna* ist Diskretion wichtig.

Im *Seaside* angekommen, gehe ich schnurstracks zu den Toiletten. Ich sperre mich in einer Kabine ein und öffne erst dann den Umschlag. Ein weißes Blatt Papier befindet sich darin. Ich ziehe es heraus und drehe es um.

Es ist leer.

Was? Verwirrt drehe und wende ich es. Ich halte es sogar gegen die Deckenlampe, aber nichts. Die Verbindung hat mir ein leeres Blatt Papier geschickt.

Enttäuscht und verwirrt schiebe ich es zurück in den Umschlag und verstaue ihn in meinem Rucksack. Dann verlasse ich die Toiletten, um mir endlich meinen Kaffee zu holen. An der Kasse lasse ich beinahe meine Kreditkarte fallen, denn mir wird etwas klar.

All der Aufwand, den *Fortuna* betrieben hat, um mir diesen Umschlag zukommen zu lassen … und dann ist der Inhalt leer? Nein, das kann nicht sein. Viel wahrscheinlicher ist, dass das Blatt bereits zur nächsten Aufgabe gehört.

Ich muss herausfinden, wie ich die mögliche Schrift darauf sichtbar machen kann.

Fast alle Tintenarten, die für Geheimschriften verwendet werden, lassen sich durch Erwärmen sichtbar machen. Die bekanntesten sind Essig und Zitronensaft. Annabelle und ich haben sie in unserer Detektivphase genutzt, um uns gegenseitig Botschaften zukommen zu lassen.

Als ich am Nachmittag zurück auf mein Zimmer komme, krame ich in meinen Schubladen nach einem Teelicht. Dann räume ich die Tischplatte frei, auf der schon wieder ein einziges Chaos aus Sternenkarten, Literatur für meine Hausarbeit und technischen Zeichnungen herrscht.

Sobald das Teelicht brennt, halte ich den leeren Briefbogen darüber. Aufgeregt schwenke ich ihn hin und her, aber nichts passiert.

Frustriert lasse ich das Blatt sinken und puste das Teelicht aus. Nachdenklich starre ich aus dem Fenster. Vielleicht funktioniert ein Farbfilter? Im Labor meiner Fakultät haben wir unzählige davon. Sicher finde ich dort auch ein Schwarzlicht. Oder ist es etwas ganz anderes?

Ich lege den Brief auf meinen Schreibtisch und ziehe mein Handy aus der Tasche, um im Internet zu recherchieren. Es dauert eine Weile, bis ich auf weitere Geheimtinten stoße, von denen ich noch nie gehört habe. Die ersten erscheinen mir abwegig, weil sie mit viel Aufwand verbunden sind und teilweise aus hochgiftigen Stoffen bestehen. Aber dann entdecke ich eine Geheimtinte, die im Ersten Weltkrieg von den deutschen Streitkräften verwendet wurde.

Ich stutze. Wenn ich ein Teil der *Dark Elite* wäre, würde ich definitiv keine herkömmliche Tinte benutzen, aber dennoch eine, deren chemische Inhaltsstoffe nicht leicht entzündlich oder ätzend sind und deshalb im Physiklabor der Uni vorrätig sein können. Daher bin ich mir sicher, die Lösung gefunden zu haben. Obwohl ich das Detektivspiel ein bisschen unnötig finde, stelle ich überrascht fest, dass es mir Spaß macht. Fast wie früher. Nur Annabelle fehlt.

Kurz nach zehn ziehe ich mir eine Regenjacke über und breche auf. Kalte, dicke Tropfen fallen vom dunklen Nachthimmel, und ich vergrabe die Hände tief in meinen Jackentaschen. Annabelle hätte dieses Wetter geliebt. Sie mochte den Herbst mit allem, was dazugehört. Spaziergänge, Duftkerzen, überdimensionierte bunte Regenschirme. Sie besaß ein ganzes Dutzend davon und wählte sie, je nach Stimmungslage, aus. Am liebsten mochte sie einen, der mit schlecht gephotoshopten Katzenköpfen bedruckt war. Ihren *Dolores-Umbridge*-Schirm, wie sie ihn immer nannte. Keine Ahnung, wo das Ding mittlerweile abgeblieben ist. Wahrscheinlich haben meine Eltern ihn weggeworfen, wie die meisten von Annabelles alten Sachen. Hastig schiebe ich die Erinnerungen von mir, bevor der Schmerz zu groß wird.

Ich betrete das Labor und stutze. Warum steht die Tür offen? Normalerweise müssen wir unsere Studierendenausweise scannen, wenn wir einen Raum außerhalb der Vorlesungszeiten nutzen wollen. Aber da nichts zu hören ist, zucke ich nur die Achseln. Ich schalte das Licht ein und …

Elora steht direkt vor mir. Fluchend weiche ich heftig zurück und pralle mit dem Rücken gegen die Tür. Verdammt, das gibt definitiv einen blauen Fleck!

»O Gott, was machst du denn hier?!«, ruft sie aus, und mein Herzschlag beschleunigt sich bei ihrem Anblick wie automatisch. Ihre Haare hat sie zu einem Knoten im Nacken zurückgebunden, sie trägt einen Kittel, der ihr viel zu groß ist, sodass sie ihn an den Ärmeln umkrempeln musste. Fast muss ich grinsen, sie sieht unglaublich süß aus. Elora verschränkt die Arme vor der Brust, was den Eindruck der süßen – und leicht verrückten – Professorin noch verstärkt. Süß, verrückt und irgendwie sexy, wie ich mir eingestehen muss.

»Warum stehst du hier im Dunkeln herum?«

Sie tippt ungeduldig mit einer Fußspitze auf den Boden, als könnte sie mich gar nicht schnell genug loswerden. Oder als wäre sie nervös. Habe ich sie bei etwas ertappt?

»Damit du das Licht wie ein Leuchtfeuer einschalten und mich beinahe blind werden lassen kannst«, sagt sie sauer.

»Es ist gefährlich, im Dunkeln zu experimentieren.«

»Vielleicht wollte ich gar nicht experimentieren?«

Ich lasse meinen Blick einmal an ihrem Körper entlangwandern. Dabei überkommt mich der vollkommen unangebrachte Wunsch, den übergroßen Kittel aufzuknöpfen und sie davon zu befreien.

»Doch, wolltest du.«

Sie schnaubt frustriert. »Warum musst du ständig in meiner Nähe auftauchen? Verfolgst du mich?«

»Ich? Du bist doch immer genau da, wo ich hinwill.«

Hinter ihr steht ein Tisch, auf dem allerlei Gerätschaften aufgereiht sind. »Ein Bunsenbrenner, darüber ein Erlenmeyerkolben. Dazu ein Uhrglas mit einer klaren Flüssigkeit. Ich schätze mal, das ist Ammoniaklösung, richtig?« Offenbar hat sie denselben Plan wie ich.

Elora knirscht nur mit den Zähnen.

»Wir sollten Schutzbrillen und einen Atemschutz holen. Die Ammoniakdämpfe sind giftig, wenn wir sie direkt einatmen.«

»Wir? Es gibt kein Wir, Gabriel.«

»Ich werde sicher nicht hier herumstehen und warten, bis du fertig bist, um dann dasselbe zu machen. Also, hol die Ausrüstung, damit wir loslegen können.«

Sie lacht nur. »Falls du glaubst, mich herumkommandieren zu können, liegst du falsch. Du holst die Ausrüstung, und ich bereite alles vor.«

Es sollte mich längst nicht mehr überraschen, dass sie mir bei jeder Gelegenheit Kontra gibt. Was mich jedoch überrascht, ist, wie sehr mir das inzwischen gefällt. »Meinetwegen.«

Ein paar Minuten später reiche ich ihr Maske und Brille. Widerwillig stülpt sie sich beides über. »Bereit?« Ihre Stimme klingt dumpf durch die Atemmaske. Ich komme mir wie in einem dystopischen Film vor.

»Klar. Fangen wir an.«

Elora schaltet den Bunsenbrenner ein. Wir sehen zu, wie die Lösung über der Flamme erhitzt wird. Daneben liegt ihr Umschlag bereit. Ich greife danach und halte ihn hoch. »Ich denke, es ist so weit. Sollen wir es versuchen?«

Sie sieht mich durch die Gläser der Schutzbrille hinweg an und nickt. Mit einer Zange ergreift sie das Blatt Papier. Ich ziehe das Uhrglas vom Kolben, und Elora hält den Brief über die Ammoniaklösung.

Auf dem weißen Untergrund erscheinen rote Muster.

»Es funktioniert!«, ruft sie aufgeregt. »Endlich! Nachdem Erhitzen und alle möglichen Farbfilter nicht funktioniert haben, dachte ich schon, das hier wäre die nächste Sackgasse.«

Sie nimmt das Papier vom Kolben, um die Muster besser erkennen zu können. Doch im nächsten Augenblick verschwinden sie.

»Was ist passiert?« Leichte Panik schwingt in ihrer Stimme mit.

»Du musst das Papier über dem Gas halten, damit die Tinte sichtbar bleibt.«

»Phenylpathlein.«

»Was?«

»Na, die Tinte.«

Die Muster tauchen wieder auf.

Elora lehnt sich vor. »Was soll das denn sein?«

Ich beuge mich näher zu ihr, und trotz der chemischen Dämpfe in der Luft nehme ich ihren typischen Vanillegeruch wahr. Mir wird ganz warm, und ich lehne mich instinktiv noch näher zu ihr. Dabei streife ich versehentlich ihre Wange mit meiner, als ich über ihre Schulter auf das Papier spähe.

»Sieht aus wie ein Grundriss oder ein Geländeplan«, versuche ich mich mit der Aufgabe abzulenken.

»Von der Universität?«

Ich betrachte das Muster aus Kreisen, Quadraten und Rechtecken. In der Mitte ist ein besonders großes Quadrat eingezeichnet, das das Hauptgebäude darstellen könnte. Daneben grenzen vier schmale Rechtecke an. Die Wohngebäude? »Gut möglich.«

»Unten am Rand steht etwas. *Beweis erforderlich.*« Sie stutzt. »Beweis wofür?«

Ich zucke mit den Achseln.

Eines der Gebäude ist mit einem roten Kreuz markiert. Wenn ich richtig liege, befindet es sich irgendwo hinter dem *Seaside*.

Elora tippt darauf. »Weißt du, was das ist?«

Eine ihrer Haarsträhnen löst sich aus ihrer Frisur und streift meinen Hals. Ich erstarre, denn die kleine Berührung löst einen Sturm in meinem Inneren aus. Schnell trete ich von Elora zurück und bringe Abstand zwischen uns.

»Nein, keine Ahnung.« Ich öffne meine Jacke und hole meinen eigenen Umschlag hervor. »Lass uns mal meinen Brief darüberhalten.«

Mein leeres Blatt offenbart dieselbe Anordnung aus roten Formen. Ich merke mir genau, wo das Kreuz ist, um den Plan später in meinem Zimmer mit einer Karte des Campus abzugleichen. Mein fotografisches Gedächtnis ist eine Fähigkeit, um die mich Annabelle oft beneidet hat. Irgendwann offenbarte sie mir, dass sie sich dadurch manchmal eingeschüchtert fühlte und sogar glaubte, ich sei eine bessere Version von ihr. Meine Kehle wird eng, denn das war ihr größter Irrglaube. Vielleicht fielen mir die Schule und später die Universität dadurch leichter. Aber ich war nicht besser als sie. Das war ich nie. Sie war herzensgut, sanftmütig und lebensfroh – Eigenschaften, für die ich sie immer bewundert habe. Es ist so verdammt ungerecht, dass der Tod sie geholt hat. Und nicht mich.

Ich blinzle gegen die aufkommenden Tränen in meinen Augenwinkeln an und jage den Schmerz in seinen eisernen Käfig in meinem Inneren zurück.

»Mach lieber ein Foto davon«, weise ich Elora an. Mit einer Hand zieht sie umständlich ihr Handy aus der Tasche und fotografiert das Muster mehrmals. »Was ist mit dir?«

»Ich brauche keins.«

Sie schnaubt. »Wie du meinst.«

Ich drehe am silbernen Regler, und die Flamme erlischt. Erleichtert reiße ich mir die Schutzbrille vom Kopf. Der Bügel dieses Höllenteils hat mir schon die ganze Zeit in die Schläfe gestochen.

Elora räuspert sich. »Was hat der Geländeplan zu bedeuten?«

»Das wirst du wohl herausfinden müssen. Allein.«

Ich greife nach meinem Umschlag und verstaue ihn wieder in meiner Tasche. Mir wird heiß und kalt zugleich. Ich hätte doch lieber draußen warten sollen, bis sie das Experiment erledigt hat. Nur einer von uns kann gewinnen, aber ich kann nicht leugnen, dass es mir Spaß gemacht hat, die Muster mit ihr gemeinsam zu entschlüsseln. Genau das macht es so gefährlich. Weil dadurch die Grenze zwischen dem Wettbewerb und der bitteren Realität, in der *Fortuna* Annabelles Leben auf dem Gewissen hat, verschwimmt.

»Ich gehe jetzt.«

»Nur zu«, sagt sie und deutet auf die Tür.

Ich zögere, als mir noch etwas einfällt. »Was ist mit dem Kerl, der dich letztens verfolgt hat?« Es sollte mir egal sein. Dennoch habe ich ein mieses Gefühl dabei, sie allein zurückzulassen. Ich kann es mir selbst nicht erklären, aber ich ahne, dass genau dieses Gefühl mich ins Verderben stürzen könnte.

»Der ist nicht wiederaufgetaucht.«

»In Ordnung.«

»Ich komme gut allein zurecht, Gabriel.«

»Ja, habe ich gesehen«, kann ich mir die sarkastische Erwiderung nicht verkneifen.

Unsere Blicke treffen sich, und mein Herz macht einen albernen kleinen Satz. Wie macht diese Frau das bloß?

»Gute Nacht, Gabriel«, sagt sie und deutet nachdrücklich auf die Tür.

Ich drehe mich um und verlasse das Labor. Auf der Schwelle halte ich noch einmal inne. Es stört mich, wie gut wir heute Abend als Team funktioniert haben. Elora soll auf Abstand bleiben.

»Bilde dir ja nichts auf unsere Zusammenarbeit ein. Wenn es darauf ankommt, bist du die Erste, die ich aus diesem verdammten Spiel befördere.«

Elora antwortet nicht. Keine Ahnung, ob sie mich überhaupt gehört hat. Ich werfe einen Blick über die Schulter und sehe, wie sie ins Leere starrt. Der Ausdruck auf ihrem Gesicht schnürt mir die Kehle zu. Weil er mir so vertraut vorkommt. Schnell wende ich mich wieder ab und lasse die Tür hinter mir zufallen, bevor ich noch etwas Unbedachtes tue.

Wie mich umzudrehen und sie fest in meine Arme zu schließen, damit sie ein bisschen weniger verloren wirkt.

Kapitel 18

Elora

Ich starre auf das Entsorgungszentrum der Universität. Das Gebäude, das mit einem Kreuz markiert wurde. Es ist ein kleines, unscheinbares Häuschen, versteckt hinter dem *Seaside*, in dem die Müllabwicklung des Geländes organisiert wird. Durch ein fast blindes Fenster schaue ich auf einen Schreibtisch und ein paar ausrangierte Möbel.

Frustriert schüttle ich den Kopf. Was mache ich hier eigentlich? Seit Tagen komme ich her, habe aber immer noch keine Ahnung, was diese Aufgabe soll. Ich verschwende meine Zeit, die ich eigentlich dringend für die Uni brauche. Die ersten Prüfungen stehen schneller an, als mir lieb ist, und ich fühle mich kein bisschen vorbereitet. Mir war klar, dass das Studium nicht leicht wird, aber gerade erscheint es mir wie eine nahezu unüberwindbare Hürde. Vor allem, wenn mir durch den Wettbewerb wertvolle Zeit zum Lernen abgezwackt wird. Langsam glaube ich, dieses bescheuerte Spiel dient nur dazu, uns zum Affen zu machen. Was hat ein Entsorgungszentrum mit Loyalität oder Durchsetzungsvermögen zu tun? Oder geht es vielleicht gar nicht um den Abfall? Sondern um die Person, die dort arbeitet?

Wie eine Verbrecherin verstecke ich mich im Schatten des *Seaside* und beobachte den älteren Herrn hinter dem Fenster. Soweit ich das beurteilen kann, telefoniert er die meiste Zeit. Die Nummer ist auf der Website der Universität angegeben, aber ich traue mich nicht, sie zu wählen. Mein Unterbewusstsein sagt mir, dass es hier nicht um den Mann geht. Oder um einen erneuten Einbruch. Nein, das Entsorgungszentrum muss sinnbildlich gemeint sein.

Meine Füße werden taub, und ich verziehe das Gesicht. So komme ich nicht weiter. Besser, ich kehre auf mein Zimmer zurück. Ich bin ohnehin in einer halben Stunde mit Simona verabredet, um mit ihr gemeinsam zur Vorlesung zu gehen.

Ich frage mich, ob Gabriel sich an dieser Aufgabe ebenfalls die Zähne ausbeißt. Sein Auftauchen am Freitag im Labor hat mich vollkommen aus der Bahn geworfen. Ich kann mir noch so oft vornehmen, mich nicht von ihm aus der Ruhe bringen zu lassen, aber sobald er vor mir steht, fühle ich mich so lebendig wie zuletzt vor dem Tod meines Vaters. Bevor mir die schreckliche Lektion erteilt wurde, dass sich innerhalb eines Wimpernschlags alles für immer verändern kann.

Automatisch beschleunigt sich mein Herzschlag, weil ich ihn gleich in Nuklearmedizin wiedersehen werde. Langsam gewöhne ich mich daran, wie sehr schon der bloße Gedanke an ihn meine körperlichen Reaktionen beeinflusst.

»Alles okay bei dir, Elora? Du wirkst so abwesend«, sagt Simona und wirft mir einen prüfenden Seitenblick zu. Wie immer sieht sie aus, als wäre sie auf dem Weg zu einem

Business-Meeting. Sie trägt einen karierten Blazer mit dazu passender Stoffhose. Obwohl wir zusammenwohnen, habe ich sie noch nie in Jogginghosen gesehen. Sogar sonntags ist sie top gestylt.

Ich spiele mit dem Deckel meines Thermosbechers, um Zeit zu schinden. Er ist knallpink und mit einem Einhorn bedruckt, das einen »Einhorntastischen Morgen« wünscht.

»Ja, alles gut, ich bin nur in Gedanken.«

»Worüber denkst du denn nach?«

Über Gabriel. Und über *Fortuna*. Beides Themen, die ich in Simonas Gegenwart lieber meiden würde. Bei den Aufgaben darf sie mir nicht weiterhelfen, und was Gabriel angeht ... Ich frage mich, ob Simona unrecht hatte mit dem, was sie über ihn und den schmutzigen Kampf gesagt hat. Ich kann mir einfach nicht vorstellen, dass er mich sabotieren würde. Nicht, wenn ich an diesen Ausdruck in seinen Augen denke, mit dem er mich jedes Mal ansieht und bei dem mir die Knie weich werden. Außerdem hätte er mich doch nicht darauf hingewiesen, ein Foto von dem Geländeplan zu machen, wenn er Hintergedanken hätte. Oder?

Ich seufze. »Kann ich nicht sagen.«

Simona grinst und weicht einer entgegenkommenden Studentin mit einer erstaunlichen Menge bunter Perlen in den Rastalocken aus. »Verstehe, ich glaube, ich kenne den Grund.«

Mit der freien Hand versiegle ich pantomimisch meine Lippen mit einem unsichtbaren Schlüssel und werfe ihn über die steinerne Brüstung in den Walensee.

»Na gut, du hast ja recht, wir sollten nicht darüber sprechen. Sonst verquatsche ich mich noch.«

»Das wäre wirklich *sehr* schlimm.« Ich dehne das Wort wie Kaugummi, woraufhin sie lacht und mir spielerisch gegen die Schulter boxt. Übertrieben taumle ich über den Weg, und ihre türkisblauen Locken fliegen um ihr Gesicht, als sie noch lauter lacht.

Wenn mir vor einem Monat jemand erzählt hätte, ich würde meine Zeit freiwillig mit einer Adeligen verbringen, sie sogar als Freundin bezeichnen, hätte ich ihm einen Vogel gezeigt. Aber Simona ist anders als meine Mitschüler auf der Privatschule und mit ihrer aufmerksamen und rücksichtsvollen Art das genaue Gegenteil meiner – zugegebenermaßen recht klischeebehafteten – Vorstellungen einer Adeligen.

»Übrigens ist es nicht mehr lange hin bis zum Charity-Turnier. Hast du schon Zeit gefunden, dich über die *Notschlafstelle Pfuusbus* zu informieren?«, fragt Simona.

»Ja, das Projekt finde ich super. Wir können ihnen gerne unser Startgeld spenden.«

»Und unsere Siegerprämie.«

Ich grinse. »Warte erst mal ab, bis du mich spielen siehst.«

Wir erreichen das Hauptgebäude, wo sich unsere Wege trennen. Je näher ich meinem Vorlesungssaal komme, desto verräterischer kribbelt mein Magen. Ich rede mir ein, dass der Grund dafür meine Sorge um den Konkurrenzdruck ist. Dass ich nur Angst habe, Gabriel könne die Aufgabe bereits gelöst haben. Aber wem mache ich was vor? Als ich einige Minuten später den Saal betrete und ihn in einer der hinteren Reihen sitzen sehe, ist mir vollkommen klar, dass ich mich damit nur selbst belüge.

Sofort hebt er den Blick, als wären seine Sinne ebenso auf mich fokussiert wie meine auf ihn. Seine typische Maske der Ausdruckslosigkeit bekommt für einen Augenblick Risse, und mein Herz macht sich Hoffnungen.

Meine Beine bewegen sich wie von selbst auf ihn zu. Mir bleibt gar keine Gelegenheit, darüber nachzudenken, da stehe ich schon vor ihm. »Hi. Ist hier noch frei?«

»Hey, ja. Wenn's unbedingt sein muss.« Widerwillig nimmt Gabriel seinen Rucksack von dem Platz neben ihm herunter.

Ich schiebe mich an ihm vorbei und versuche, dabei nicht seine Knie zu berühren. Mit schweißfeuchten Händen setze ich mich neben ihn und krame in meiner Handtasche herum. Ich spüre nicht nur seine Wärme, sondern auch seinen Blick. Nachdem alles, was ich für die Vorlesung brauche, vor mir liegt, kann ich ihn nicht länger ignorieren und schaue auf. Seine Augen leuchten wie der Himmel an einem schönen Sommertag. Gesprenkelt mit winzigen Schäfchenwolken und so intensiv, dass ich unruhig werde und das Bedürfnis habe, ihnen auszuweichen. Es ist, als könnte er direkt in mein Innerstes sehen. Nimmt er wahr, was seine bloße Anwesenheit bei mir bewirkt? Fühlt er auch so?

Das Schweigen zwischen uns wird unangenehm, deswegen platze ich mit dem Erstbesten heraus, was mir durch den Kopf geht. »Wie geht's dir?«

»Ich bin kein Fan von Small Talk.« Er klemmt sich seinen Rucksack zwischen die Beine. »Und ich denke, du auch nicht.«

Ist das sein Ernst? Manchmal ist Gabriel undurchschaubar! Obwohl … eigentlich ist er das immer. Ich werde einfach nicht schlau aus ihm. Und ich fürchte, genau das macht für mich den Reiz an ihm aus.

Ich spiele an der Spirale meines Collegeblocks. Das untere Ende steht lose ab und pikst mir in die empfindliche Haut meiner Zeigefingerkuppe. »Nicht wirklich«, gebe ich zu.

»Warum bist du hier?«

»Ich verstehe die Frage nicht. Das ist mein Wahlfach.«

»Ich meine nicht den Kurs, sondern warum du dich ausgerechnet neben mich gesetzt hast. Es sind noch unzählige Plätze frei.«

Ich spüre, wie Hitze in meine Wangen steigt. Ich kann ihm unmöglich sagen, dass es keine bewusste Entscheidung von mir gewesen ist. Oder dass er ständig durch meinen Kopf geistert und ich ihn einfach nicht daraus verbannen kann.

»Tu uns beiden doch bitte den Gefallen, und zieh das Ganze nicht unnötig in die Länge, sondern sprich aus, was dir auf der Seele brennt.«

Die Hitze verpufft. Ich weiß auf einmal wieder, warum ich mich lieber von ihm fernhalten wollte. Er ist ein Mistkerl! Aber gut, wie er will.

»Es ist das Muster.«

»Was ist damit?«

»Es ergibt keinen Sinn. Das ist eine Sackgasse.« Ich weiche seinem Blick aus und schaue hinter ihm aus der großen Glasfront. Ich kann die Berge und einen Teil der Zugangsstraße erkennen. Dichte Kastanienbäume mit braungelbem Blätterdach versperren die Sicht auf die zerklüfteten Felsen. Ich schüttle gedankenverloren den Kopf, weil mir auffällt, wie schnell ich mich an die naturgegebene Mauer, die mich hier umgibt, gewöhnt habe.

»Ich habe keine Ahnung«, sagt Gabriel und reißt mich aus meinen Gedanken. Unter seinen Augen sind dunkle Schatten. Konnte er nicht schlafen?

»Worauf ich hinauswill?«

»Nein, was es mit dem Gebäude auf sich hat.«

»Na toll. Ich dachte, du könntest mich anspornen«, scherze ich. »Wenn du es schon herausgefunden hättest, dann …«

Ich lasse den Rest des Satzes unausgesprochen, weil ich mir plötzlich blöd vorkomme.

Zu meiner Überraschung zucken seine Mundwinkel nach oben. Nur ganz kurz, aber ich bemerke es. »Geht mir genauso.«

Dann blinzelt er, als würde es ihm schwerfallen, seine Augen offen zu halten. In einer erneuten Kurzschlussreaktion reiche ich ihm meinen Thermosbecher. »Hier, den hast du nötiger als ich.«

Verwirrt blinzelt er mich an.

»Ich habe noch nicht davon getrunken.«

»Bist du sicher?«

Ich lächle. »Todsicher.«

Ein Schatten huscht über sein Gesicht. Doch so schnell, wie der Ausdruck aufgetaucht ist, ist er auch wieder fort.

»Okay, danke, Elora.«

Ich winke lässig ab, aber in Wahrheit wird meine Kehle bei dem Klang meines Namens aus seinem Mund staubtrocken. Gabriel öffnet den Deckel und trinkt einen Schluck. Sein anschließendes Seufzen jagt eine sengende Hitze durch meinen Unterleib. Ich schlucke und sehne mich sofort nach mehr davon.

Gabriel setzt den Becher ab und betrachtet das Einhorn. »Interessant.«

»Ich habe ihn an einem Bahnhof gekauft. Es war der Einzige, den sie hatten.«

»Du kannst ruhig zugeben, dass du heimlich auf Einhörner abfährst.«

Wider Willen muss ich lachen. »Klar, wer steht nicht auf Einhörner?«

»Meine Schwester«, sagt er wie aus der Pistole geschossen und wirkt im nächsten Augenblick erschrocken.

»Du hast eine Schwester? Die keine Einhörner mag?«

»Sie *hasst* Einhörner«, korrigiert er mich und wechselt dann schnell das Thema. »Warst du mal beim Gebäude?«

Überrascht blinzle ich. Er spricht freiwillig mit mir über den Wettbewerb? Anscheinend ist seine Schwester ein heikles Thema. Vielleicht hat er sich mit ihr zerstritten? Meine Neugier lodert auf wie ein Feuer, das ich nur mit Mühe in Schach halten kann.

»Ja, war ich. Und du?«

»Mehr als einmal. Aber ich glaube, ich habe nur meine Zeit verschwendet.«

»Das Schlimmste ist, dass ich das Gefühl habe, die Lösung würde direkt vor mir schweben. Aber ich kann sie nicht greifen, egal, wie sehr ich mich danach strecke. Verstehst du, was ich meine?«

»Nur zu gut.«

»Weißt du etwas über die anderen Kandidaten?«, frage ich vorsichtig, weil ich unsicher bin, ob ich die Antwort überhaupt hören möchte.

»Nein. Aber du bist doch diejenige, die mit einem Mitglied zusammenwohnt.«

»Simona darf mir nichts sagen!«

Er hebt die Brauen. »Na sicher.«

Was will er damit andeuten? Ich funkle ihn wütend an. Simona hat sein Misstrauen nicht verdient. Ich hole tief Luft, um ihm meine Meinung zu geigen. Da geht die Tür auf, und die Dozentin rauscht herein.

»Packt eure Sachen zusammen, wir machen heute einen Ausflug ins Labor«, weist sie uns an.

Sofort bricht Tumult aus, als die Studierenden ihre Materialien zurück in ihre Taschen stopfen. Ich seufze und packe ebenfalls zusammen. Gabriel ist bereits aufgesprungen und steht unschlüssig mit dem pinken Becher vor mir.

»Behalt ihn«, sage ich, »du kannst ihn mir nächsten Montag wiedergeben.«

Er zögert, bevor er nickt. »In Ordnung, danke.«

Dann reiht er sich in das Gedränge der Studierenden ein, die den Raum verlassen. Ich folge mit etwas Abstand. Einerseits bin ich erleichtert, dass ich keine neunzig Minuten neben ihm verbringen muss, andererseits fühle ich einen bitteren Stich in meinem Magen. Ich ignoriere ihn und beobachte, wie Gabriel mit meinem pinken Becher aus meinem Sichtfeld verschwindet.

Ich glaube ihm, dass er genauso wenig weiß wie ich, was es mit dem Entsorgungszentrum auf sich hat. Er wird mir nicht weiterhelfen können, selbst wenn er wollte. Ich befürchte nur, mir bleibt nicht mehr viel Zeit, um die Lösung zu finden.

Kapitel 19

Gabriel

Wie konnte ich nur Annabelle erwähnen? Ich rede kaum über sie. Wenn überhaupt, dann mit Lucia. Aber auch bei ihr ist Annabelle mein Tabuthema, etwas, das ich nicht gerne teile. Erst recht nicht mit jemandem, der zwischen mir und der Wahrheit steht. Aber sobald ich mich in Eloras Gegenwart befinde, werde ich nachlässig. Meine Fassade bröckelt, meine Gefühle fahren Achterbahn, all meine Vorsicht verschwindet. Ich habe Angst, dass …

Lucia wirft mir eine Sporthose gegen den Kopf. »Hallo? Erde an Gabriel?«

Ich schrecke aus meinen Gedanken und hebe die Hose auf. »Spinnst du?«

Sie stemmt die Hände in die Hüften. Ihr Haar hat sie zu einem hohen, strengen Zopf gebunden. Sie trägt Leggings, ein weißes, weites Tanktop, auf dem in Blocklettern ihr Name steht, und darüber eine offene Kapuzenjacke. »Wir müssen in einer Viertelstunde zur Sporthalle aufbrechen, und du bist noch nicht mal angezogen!«

Ich habe keine große Lust auf das Charity-Turnier. Andererseits ist es die perfekte Möglichkeit, mich mal wieder richtig auszupowern. Und um endlich diese dröhnenden Vorwürfe in meinem Kopf loszuwerden, weil ich die dritte Aufgabe noch nicht gelöst habe. Außerdem ist das die einzige öffentliche Veranstaltung, an der Lucia teilnimmt. Ich würde es vor ihr niemals zugeben, aber ich freue mich auf den gemeinsamen Nachmittag mit ihr.

»Was ist heute los mit dir?«

»Nichts«, antworte ich kühl.

»Schwachsinn. Ich merke doch, dass du zerstreut bist. Ist was passiert?«

»Nein, und jetzt hör bitte auf zu nerven, damit ich mich umziehen kann.«

Ich schlüpfe aus meinen Jeans und in die Jogginghose. Lucia und ich haben kein Problem damit, uns voreinander umzuziehen. Zwischen uns war nie mehr als Freundschaft, und das wird sich auch nicht ändern. Nicht nur, weil sie noch an ihrem Ex-Freund aus Schulzeiten hängt, sondern auch, weil wir beide nicht auf einer anderen Ebene als Freundschaft funktionieren. Da ist keinerlei Anziehung zwischen uns.

Nicht so wie bei Elora und mir.

Der Gedanke erschreckt mich weniger, als er womöglich sollte. Vielleicht, weil ich mich mittlerweile daran gewöhnt und angefangen habe, diese Spannung zwischen uns zu akzeptieren. Was allerdings nicht bedeutet, dass ich ihr nachgeben werde. Vor zwei Jahren, in einem anderen Leben, hätte aus mir und Elora womöglich ein Paar werden können. Aber seitdem ist viel geschehen. Zu viel, um das ich mich kümmern muss. So viel, dass es einer Beziehung immer im Weg stehen wird.

Lucia steckt den Kopf in meinen Kleiderschrank und kramt darin herum. Verärgert sehe ich dabei zu, wie Oberteile, Socken und sogar eine Jacke dabei herausfallen. Endlich findet sie, wonach sie gesucht hat, jauchzt triumphierend auf und dreht sich zu mir um. Zwischen ihren Fingern baumelt das Gegenstück zu ihrem eigenen Tanktop, nur größer und mit meinem Namen beschriftet.

O Gott, das habe ich befürchtet. Deswegen habe ich das Ding nach dem letzten Turnier auch ganz unten im Kleiderschrank versteckt.

»Das ziehe ich auf gar keinen Fall noch mal an.« Ich gehe zu ihr, um mir ein anderes Shirt zu holen. Lucia schlägt meine Hand weg.

»Natürlich wirst du das anziehen! Wir sind ein Team.«

»Ja, Team *Gacia*. Was für ein bescheuerter Name! Hättest du den vorher mit mir abgesprochen, hätte ich dem niemals zugestimmt.«

»Deswegen habe ich ihn nicht mit dir abgestimmt. Außerdem ist unser Shipname überhaupt nicht bescheuert! Er hat sogar eine Bedeutung.«

»In der ladinischen Sprache, die kein Mensch mehr spricht.«

»In unserem Nachbarkanton schon. Jetzt zieh das Shirt endlich an, Gabriel. Uns läuft die Zeit davon.«

Ich knurre frustriert und gebe auf. Was soll's, dann kann eben jeder in Großbuchstaben Team Gacia – Team *Elster* – auf meinem Rücken lesen.

»Hast du schon Wasser und deine Startnummer zusammengepackt?«

»Nein.« Das Wort klingt dumpf, weil ich gerade mit dem Kopf im Tanktop stecke.

»Das ist jetzt nicht dein Ernst!«

»Sorry«, sage ich halbherzig. Ganz ehrlich, ich habe andere Sorgen als das Turnier. Mit der Uni und *Fortuna* bin ich aktuell vollkommen ausgelastet. Und dann ist da noch diese verdammte Aufgabe, bei der ich keinen Schritt weiterkomme. Zum Glück hat Elora sie bisher offenbar auch noch nicht gelöst. Ob sie am Turnier teilnimmt? Ihren Hintern in Sportleggings zu sehen, könnte mir gefallen. Vielleicht sollte ich sie einfach flachlegen, damit diese bescheuerte Anziehung zwischen uns endlich verschwindet. Vielleicht würde das auch die Träume beenden, die mich seit unserer Zusammenarbeit im Labor immer wieder heimsuchen.

Elora in dem übergroßen Kittel hat sich in mein Gehirn eingebrannt. In meinen Träumen ist sie darunter vollkommen nackt. Ganz langsam und Knopf für Knopf öffne ich den Kittel, bevor ich ihn ihr von den Schultern streife und jeden Zentimeter ihrer weichen Haut mit meinen Lippen berühre. Sie stöhnt und raunt meinen Namen, was mich noch mehr anspornt. Ich will sie riechen, schmecken, berühren, ansehen. Ich will sie. Vollkommen. Wieder und wieder und wieder.

»Na gut, dann mache ich das eben für dich. Hauptsache, du bist in fünf Minuten fertig. Wo ist deine Startnummer?«

Irritiert schüttle ich den Kopf. *Konzentrier dich, Gabriel!* Das Letzte, was ich gebrauchen kann, ist, in Gegenwart meiner besten Freundin eine Erektion zu bekommen, weil mich allein die Vorstellung, Sex mit ihrer Stiefschwester zu haben, antörnt.

»Auf dem Schreibtisch«, antworte ich langsam, in Gedanken noch bei Elora, und suche in dem Chaos, das Lucia vor meinem Schrank angerichtet hat, nach einem Paar Socken, die zusammenpassen.

»Äh, was ist das hier?«

Ich halte inne und schaue auf. Lucia steht neben dem Schreibtisch und deutet auf den Einhornbecher, den Elora mir geliehen hat. Der Gedanke, ihn ihr wieder zurückgeben zu müssen, ruft gleichzeitig Vorfreude und Widerwillen in mir hervor.

Soll ich lügen oder ihr die Wahrheit sagen? Lucia ist nicht gut auf Elora zu sprechen, aber ich sehe trotzdem keinen Grund, es ihr zu verheimlichen. »Der gehört deiner Stiefschwester.«

Sie wirbelt herum. »Was?«

»Ja.«

»Warum hast du ihren Becher?«

»Sie hat ihn mir während unserer gemeinsamen Vorlesung geliehen. Ich muss ihn noch zurückgeben.«

»Das Ding ist potthässlich.« Sie schnaubt und greift nach der Wasserflasche daneben. Kurz darauf verschwindet sie im Bad, um sie aufzufüllen.

Als sie wieder herauskommt, bin ich fertig angezogen, und sie drückt mir Flasche und Startnummer gegen die Brust. »Los jetzt. Wir kommen sonst noch zu spät zur Eröffnung. Ich will auf keinen Fall verpassen, wie sie die Spendenzwecke vorlesen!«

Dieses Jahr haben wir uns für ein Projekt der Stadt Weesen entschieden, in dem Kinder Rollstuhlrampen aus Legosteinen bauen, um Läden barrierefrei zu machen.

Ich löse das Lederband von meinem Handgelenk, auf dem Annabelles Name eingraviert ist, und lege es vorsichtig auf meinen Schreibtisch. »Gut, wir können los.«

An der Tür laufen wir Aidan in die Arme. Er hockt auf dem Boden und bindet sich sorgfältig die Sportschuhe. Sie sind so grell orange, dass sie mir in den Augen wehtun. Wer kauft sich solche Schuhe? Mein Blick wandert über das mit bunten *Air Jordan* vollgestopfte Schuhregal. Aidan muss ständig auffallen, egal, ob mit seiner Kleidung oder seinem Verhalten.

Sobald er Lucia bemerkt, grinst er breit. »Hi, Schönheit.«

Meine beste Freundin verdreht die Augen. »Dein Charme zieht bei mir nicht, Aidan.«

»Zieht bei dir überhaupt irgendjemandes Charme?«

Sie zuckt kaum merklich zusammen. Mir wäre es womöglich nicht aufgefallen, wenn ich sie nicht so gut kennen würde. Bei jeder Anspielung auf ihren Ex-Freund ist ihr Schmerz beinahe greifbar, und sie macht komplett dicht. Er ist für sie genauso ein Tabuthema wie Annabelle für mich.

»Ja«, antwortet Lucia mit ausdrucksloser Miene. Es ist beeindruckend, dass sie die Fähigkeit, niemandem Einblick in ihr Inneres zu gewähren, genauso perfektioniert hat wie ich. Wahrscheinlich sind wir auch deshalb befreundet, weil wir einander so ähnlich sind. »Wärst du jetzt so freundlich, uns vorbeizulassen?«

Aidan stemmt sich aus der Hocke hoch. Er ist einen ganzen Kopf größer als sie, sodass sie zu ihm aufschauen muss. Neben seinen breiten Oberarmen wirkt ihre ganze Gestalt winzig, und dennoch weicht sie nicht zurück, obwohl sie einander so nah sind, dass Lucia seinen Atem auf ihrer Haut spüren muss.

»Willst du nicht noch mal darüber nachdenken, nächstes Jahr ins Gewinnerteam zu wechseln? Wir beide könnten viel Spaß miteinander haben«, raunt Aidan ihr zu, und er spricht dabei eindeutig nicht mehr nur von Volleyball. Ich runzle die Stirn und muss an den Kerl mit den grauen Haaren denken, in dessen Hals Aidans Zunge vor ein paar Tagen noch steckte.

»Nein, ich bin zufrieden mit meinem Teamkollegen.« Lucia drückt bestimmt gegen seine Brust. »Jetzt mach bitte Platz. Wenn ich wegen dir die Eröffnung verpasse, spreche ich nie wieder ein Wort mit dir.«

Aidan lacht auf und tritt von der Tür weg. Dann beugt er sich vor und winkt sie wie ein Kellner vorbei. »Wir sehen uns auf dem Spielfeld.«

Lucia reißt die Tür auf und tritt auf den Flur hinaus. Bevor ich ihr folge, bleibe ich neben Aidan stehen. Ich habe keine Ahnung, warum. Er hat mich bisher nie groß interessiert. Aber jetzt gerade verspüre ich den seltsamen Wunsch, ich hätte mich nicht derart von ihm und der Welt abgekapselt.

Das macht mich wütend. Denn für mich war es okay, wie es die letzten beiden Jahre lief. Aber auf einmal scheint alles durcheinanderzugeraten. Ausgerechnet jetzt, wo ich mir Schwäche am wenigsten leisten kann und der *Dark Elite* so nah bin wie nie zuvor.

Elora

In der Turnhalle herrscht reges Gedränge. Studierende, Gäste und Lehrpersonal stehen in Grüppchen beisammen, unterhalten sich und lachen ausgelassen. In der linken Hälfte wurde eine Bühne samt Mikrofon aufgebaut. An der Wand dahinter hängt eine Flagge mit dem Wappen von Corvina Castle.

»O Mann, ist das voll hier!«, beschwert sich Simona.

Ich bekomme einen Ellbogen in die Rippen. Ächzend trete ich näher an meine Mitbewohnerin heran. »Müssen wir unbedingt bis zur Bühne vor?«

»Ich wollte mich mit ein paar Leuten von *Fortuna* treffen, aber die sehe ich bestimmt später noch. Lass uns hier stehen bleiben.«

Erleichtert atme ich durch und beschließe, die Gelegenheit zu nutzen und Simona nach den vergangenen Turnieren zu fragen. »Hast du letztes Jahr teilgenommen?«

»Ja, und das Jahr davor auch. Ich war in einem Team mit ...« Sie stockt und schüttelt dann den Kopf. »Ach, egal.«

Meine Neugier erwacht wie ein Bär aus dem Winterschlaf. Wen meint sie? Etwa Sara? Ich runzle die Stirn. Aber warum spricht sie ihren Namen dann nicht einfach aus? Eigentlich weiß ich immer noch kaum etwas über Simona, obwohl wir mittlerweile schon seit mehreren Wochen zusammenwohnen. Sie sprudelt zwar manchmal über vor Tatendrang, guter Laune und unterhaltsamen Anekdoten, doch über sich selbst gibt sie nicht viel preis. Das macht mich nervös, denn im Gegensatz dazu weiß sie über mich eine ganze Menge.

»Egal?«, hake ich nach, obwohl ich mir nicht sicher bin, ob diese überfüllte Sporthalle der richtige Ort für ein persönliches Gespräch ist.

Unsicher sieht sie mich an. Etwas, das ich von ihr nicht kenne. Simona strotzt normalerweise vor Selbstbewusstsein, und ich bereue, überhaupt nachgefragt zu haben.

»Mit meinem Ex-Freund.«

»Oh«, mache ich.

Sie nickt und weicht meinem Blick aus. »Ja, ich rede nicht gerne über ihn. Es ist ... Wir sind nicht im Guten auseinandergegangen.«

»Dann studiert er auch hier?«

»Ja. Und er ist bei *Fortuna*.«

Ich schlucke, denn ich kann mir vorstellen, wie schwer es sein muss, sich aus dem Weg zu gehen, wenn man regelmäßig Pflichtveranstaltungen zusammen hat. »Das ist sicher nicht leicht.«

»Nein. Aber ich bin froh, dass ich dieses Jahr eine neue Teamkollegin gefunden habe.« Als sie sich mir wieder zuwendet, ist ihr typisches strahlendes Lächeln zurückgekehrt. Ihre türkisblauen Haare sind zu einem fluffigen Dutt hochgebunden, aus dem sich ein paar Strähnen gelöst haben und ihr Gesicht umrahmen.

»Wie habt ihr in den vergangenen Turnieren abgeschnitten?«

»Oh, ich war nur letztes Jahr mit ihm in einem Team. Im Jahr davor mit …« Simona zögert. »Mit Sara.«

»Ihr wart befreundet, oder?«

»Am Anfang, ja. Aber durch die unterschiedlichen Studiengänge hat irgendwann jeder sein eigenes Ding gemacht, und wir haben uns nur noch bei *Fortuna* gesehen.«

Ich weiß nicht, was ich darauf erwidern soll. Bereut sie es, nicht mehr Zeit mit Sara verbracht zu haben? Jetzt, da sie tot ist? Ich habe das ungute Gefühl, es steckt mehr hinter der Sache, aber ich kann es mir nicht erklären. Sara hatte einen Unfall, Simona und sie haben sich lange davor auseinandergelebt. Dennoch ist da diese leise Stimme in meinem Hinterkopf, die mir zuflüstert, genauer hinzusehen.

»Wie war Sara so?«

Simona hebt eine Braue. »Warum interessiert dich das?«

Ich stutze, und mir fällt auf, dass wir nie darüber geredet haben, was vor meiner Ankunft in Corvina Castle geschehen ist. »Ich war Ersthelferin bei Saras Unfall.«

Simona wird blass, bis ihre Gesichtsfarbe der Hallenwand gleicht. Sie streckt die Hand aus, klammert sich an meinem Arm fest, scheint Halt bei mir zu suchen. Mich überkommt ein schlechtes Gewissen. Das wollte ich nicht. Ich hatte keine Ahnung, dass Saras Unfall sie noch so belastet. Hätte ich nur meine Klappe gehalten.

Sie keucht. »Du warst dabei?«

»Wir müssen nicht darüber reden. Nicht jetzt und überhaupt nie wieder, wenn du nicht möchtest.«

»Doch, doch …« Sie lässt mich los und schwankt kurz, aber dann scheint sie sich zu fangen. In ihre Wangen kehrt langsam die Farbe zurück.

»Wirklich?«, frage ich. Sie nickt, und ich atme tief durch. Die Erinnerungen an jenen Tag fallen mir nicht leicht. »Ich habe versucht, Sara zu reanimieren, aber ihre Verletzungen waren zu stark. Ich war bei ihr, als sie starb und sie …« Ich zögere. Soll ich Simona wirklich von Saras letzten Worten erzählen? Ich vermute, dass sie mit der Verbindung zusammenhängen. Vielleicht ist das endlich die Gelegenheit, Antworten zu bekommen? »Sie hat etwas Merkwürdiges gesagt, bevor sie gestorben ist. *Fortuna Aeterna.* Weißt du, was sie damit gemeint haben könnte?«

Simonas Augen glänzen. »Oh, Sara«, flüstert sie so leise, dass ich sie im Tumult der Halle fast nicht verstehe. Hastig wischt sie sich übers Gesicht und strafft die Schultern. »Das ist der Leitspruch der Verbindung. *Erfolg währt ewig.* Der Glaubenssatz soll zeigen, dass *Fortuna* uns in allem unterstützt und dass das Vermächtnis, welches wir mithilfe der Verbindung erschaffen, uns überdauert. Indem wir es beispielsweise an unsere Kinder vererben. Uns vielleicht sogar ein wissenschaftlicher Durchbruch gelingt oder so.« Sie seufzt. »*Fortuna* hat Sara offenbar viel mehr bedeutet, als ich dachte.«

»Es tut mir leid, was ihr passiert ist.«

»Ja, mir auch.«

Ein Räuspern reißt uns aus unserem Gespräch. Prof. Dr. Morelli, der Universitätspräsident, steht oben auf der Bühne vor dem Mikrofon. Ich habe nicht einmal bemerkt, wie er hinaufgegangen ist.

Endlich ist das Rätsel um Saras letzte Worte gelöst. Sie war so sehr von der Verbindung überzeugt, dass sie ihren letzten Atemzug dem Glaubenssatz von *Fortuna* widmete. Ich versuche die Zweifel, die seit dem Gespräch mit Lucia und dem Archiveinbruch in mir keimen, abzuschütteln.

Aber es will mir einfach nicht gelingen.

Kapitel 20

Elora

Ich ächze schmerzerfüllt. Jetzt weiß ich wieder, warum ich so selten Volleyball spiele. Bei jeder Bewegung brennen meine Muskeln. Dabei haben Simona und ich nur drei Partien gespielt, bevor wir ausgeschieden sind. Aber ich bin alles andere als traurig darüber, denn das Team, das uns besiegt hat, stand in der nächsten Runde Gabriel und Lucia gegenüber.

Seufzend raffe ich die Blätter Papier zusammen, die auf meinem Schreibtisch verstreut liegen. Ich sollte wirklich häufiger aufräumen! Gelangweilt sortiere ich den Stapel und werfe einen Flyer für die Uni-Sportkurse in den Müll. Ich greife nach dem nächsten Dokument und erstarre.

Scheiße. Das habe ich vollkommen vergessen! Sofort schießt mein Puls in die Höhe. Ich starre auf den Zettel aus dem Archiv, auf das Gerücht über *Fortuna*. Meine Gedanken drehen sich im Kreis. Bis sie ruckartig anhalten. Bis ich verstehe. Bis plötzlich alles, worüber ich mir in den letzten Tagen den Kopf zerbrochen habe, einen Sinn ergibt.

Ich lasse das Dokument fallen und stürze aus dem Zimmer. Jede Faser meines Körpers drängt mich dazu, zu Gabriel zu laufen. Mein Verhalten ist überstürzt und kopflos, aber der Drang ist zu stark. Ich rechtfertige mich damit, dass wir die Aufgabe durch das Experiment im Chemielabor und das Gespräch in Nuklearmedizin irgendwie zusammen angefangen haben und es daher nur fair ist, die Lösung mit ihm zu teilen.

Mein Herz schlägt wie verrückt, während ich über die Flure von Ash Hall eile. Ich fühle mich wie eine Irre, als ich die Schilder neben den Zimmertüren nach dem Nachnamen Zürcher absuche. Schließlich – es kommt mir wie eine Ewigkeit vor – finde ich ihn im obersten Stockwerk.

Ich klopfe an, und mein Herz springt mir beinahe aus der Brust, während ich darauf warte, dass geöffnet wird. Als endlich die Tür aufgeht, bleibt es fast stehen. Aber es ist nicht Gabriel, der vor mir steht, sondern ein Mann mit Locken, breitem Grinsen und Sonnyboy-Attitüde.

»Hi, ich möchte zu Gabriel«, sage ich. Meine Stimme zittert. Verdammt!

Der Mann öffnet die Tür ein Stück weiter. »Komm rein.« Er deutet auf das rechte der beiden Zimmer, aus dem klassische Musik dringt. »Das ist seins.«

»Danke.«

Mit jedem Schritt näher wird die Musik lauter. Ist das eine Geige oder ein Cello? So genau kenne ich mich nicht aus. Gänsehaut breitet sich auf meinen Armen aus. Vor der Tür bleibe ich stehen, atme tief durch und klopfe an, bevor ich es mir anders überlegen kann.

Die Musik stoppt abrupt.

»Ja?« Gabriels tiefe Stimme.

Nervös öffne ich die Tür.

Er sitzt auf seinem Bett, zwischen den Knien ein mahagonibraunes Instrument. Definitiv ein Cello. Sein Zimmer ist aufgeräumt, nirgendwo liegt Kleidung herum, nur auf dem Schreibtisch stapeln sich ein paar Bücher, und direkt daneben lehnt ein birnenförmiger Kasten an der Wand.

Er starrt mich an, als würde er einen Geist sehen. Ich kann es ihm nicht verübeln. »Was machst du hier?«

»Ich … ähm …«, stammle ich und bin komplett durcheinander. Hier in seinem Zimmer zu sein und ihn mit diesem Cello zu sehen, lässt mich keinen klaren Gedanken fassen. Ich wusste bis eben nicht einmal, wie attraktiv ich es finde, wenn Männer Instrumente spielen.

»Du hast mich total rausgerissen. Falls es wichtig ist, setz dich einfach irgendwo hin, ich bin gleich fertig.«

Ich blinzle. »Ernsthaft? Ich soll mich setzen?«

»Ja, aber bitte sei ruhig.«

Obwohl er kühl klingt, spüre ich ein aufgeregtes Flattern in mir. Weil er mich nicht wegschickt, weil er es sogar in Ordnung findet, dass ich ihm zuhöre.

Zaghaft gehe ich auf ihn zu. Vor dem Bett liegt ein flauschiger cremeweißer Teppich. Gabriel trägt keine Schuhe, und ich streife mir meine ebenfalls von den Füßen, bevor ich den Teppich betrete. Kurz starrt er auf meine gemusterten Socken, und ich wüsste nur zu gerne, was gerade in seinem Kopf vor sich geht. Bereut er seine Aufforderung bereits?

In gebührendem Abstand setze ich mich auf die Tagesdecke. Neben ihm zu sitzen, auf seinem Bett, stellt etwas mit meinem Inneren an, das ich niemals in Bezug auf Gabriel fühlen wollte. Es ist, als würde sich die Luft um uns herum verdichten und mich mit aller Macht zu ihm ziehen. Näher, als jemals gut für mich sein könnte.

Ich traue mich nicht einmal, Gabriel ins Gesicht zu sehen, aus Angst die Anziehung damit noch zu verstärken. Ob er sie ebenfalls wahrnimmt? Verspürt er dasselbe Bedürfnis nach Nähe? Das Bedürfnis, der Spannung zwischen uns endlich nachzugeben, uns zu berühren? Zu vergessen, dass wir erbitterte Konkurrenten sind?

Gabriel holt tief Luft. Der ovale Körper klemmt zwischen seinen Beinen, der lange Hals mit den sechs Saiten lehnt an seiner Schulter. Alles an ihm hat in diesem Moment eine Sogwirkung auf mich, und ich kämpfe mit all meiner Willenskraft dagegen an. Mein gesamter Körper brennt. Auf eine gute Art und Weise. Eine, die sich wie Balsam anfühlt, der sich sorgsam um jede meiner Fasern legt.

Und dann setzt Gabriel den Bogen auf die Saiten und beginnt zu spielen. Meine Kehle wird eng, sobald mich die ersten Töne wie Blitze treffen. Sie rauschen durch meinen Körper und bringen etwas tief in mir zum Klingen. Er spielt eine langsame, traurige Melodie voller Emotionen und Schmerz.

Auf einmal fühle ich mich ganz leicht. Es ist, als würde alles einen Sinn ergeben. Als wären vorher Tausende kleine Puzzleteile in mir herumgeschwirrt, die sich jetzt nach und nach zusammensetzen. Mit jeder Note fällt ein weiteres Teil an seinen Platz, bis ich mich vollständig fühle.

Ich schaffe es nicht, mich von Gabriels Anblick zu lösen. Wie in Trance lässt er den Bogen über die Saiten fliegen, die Lider geschlossen. Er hat beinahe etwas Tragisches an sich, und sein Schmerz hängt so greifbar in der Luft, dass ich ihn spüren kann. Ich frage mich, was die Ursache dafür ist.

Ich habe keine Ahnung, wie viel Zeit vergeht, während ich der Musik lausche. Mein Herz ist voller unterschiedlicher Gefühle. Dankbarkeit, Trauer, Glück. Alles durcheinander, alles verschwimmt mit den einzelnen Noten. Ich denke nicht mehr, sondern lasse mich mitreißen. Fließe mit der Melodie dahin, während Gänsehaut meinen Körper zum Beben bringt.

Irgendwann lässt Gabriel den Bogen sinken, und Stille legt sich über den Raum. Ich verspüre Sehnsucht und weiß nicht einmal wonach.

Meine Augenwinkel kribbeln, und eine einzelne Träne bahnt sich ihren Weg über meine Wange. Hastig wische ich sie fort, bevor Gabriel sie bemerken kann.

Unsere Blicke treffen sich. Ich kann unmöglich in Worte fassen, was in meinem Inneren vorgeht, und dennoch habe ich das Gefühl, etwas sagen zu müssen. »Das war wunderschön.«

»Danke.« Er klingt ausdruckslos.

Irritiert verharre ich auf meinem Platz. Er wirkt, als hätte ihn das Cellospiel vollkommen kalt gelassen. Als würde er das unsichtbare Band, das die Situation zwischen uns gespannt hat, nicht bemerken. Ein Band, von dem ich mir nicht sicher bin, ob ich es jemals wieder kappen kann.

Gabriel öffnet den Cellokasten und legt das Instrument hinein. Eigentlich dachte ich, er würde auch den Bogen verstauen, stattdessen bettet er ihn vorsichtig wie ein Baby auf seinen Schoß. Er holt ein quadratisches Döschen aus dem Kasten hervor und streicht damit sorgsam die Bogenhaare ein.

Der Geruch nach Harz breitet sich im Zimmer aus. Er geht vom Inhalt der Dose aus, aber … das ist Gabriels Geruch, wird mir klar. Und dieses Döschen muss die Ursache dafür sein. Sobald er mit der Pflege fertig ist, erhasche ich einen Blick auf den Deckel. Kolophonium.

Nachdem alles im Koffer verstaut ist, sieht Gabriel mich eindringlich an. »Warum bist du hier, Elora?«

Mein Herz pocht schneller. »Ich habe die Lösung gefunden.«

»Die … Lösung?«

»Für die Aufgabe von *Fortuna*. Ich weiß jetzt, was das Entsorgungszentrum zu bedeuten hat.«

»Und das wäre?«

Mir wird klar, dass er mich nicht ernst nimmt. Er glaubt nicht wirklich, dass ich die Lösung gefunden habe. Aber er unterschätzt mich. Mal wieder.

»Was hast du mit dem Dokument aus dem Archiv gemacht?«

Gabriel stutzt. »Das liegt hier noch irgendwo rum, wieso?«

»Das *Entsorgungszentrum*, verstehst du denn nicht?«

Er beißt sich auf die Unterlippe, und mein Unterleib kribbelt. Schnell spreche ich weiter. »Wir erhalten ein Dokument mit einem Gerücht über die Verbindung. Das sollen wir doch nicht einfach irgendwo *herumliegen* lassen.«

»Wir sollen es vernichten. Natürlich!«

Ich lächle. »Ganz genau.«

Plötzlich zuckt sein Kopf zu mir. Im Gegensatz zu mir wirkt er alles andere als glücklich, die Lösung gefunden zu haben. Er mustert mich so kühl, dass mein Magen verkrampft. »Was soll das? Warum sagst du mir das?«

Meine Mundwinkel sacken herunter. »Weil wir …«

»Erhoffst du dir eine Gegenleistung?«, unterbricht er mich barsch. »Irgendeinen Gefallen? Dass ich ein gutes Wort bei Lucia für dich einlege?«

Ruckartig erhebe ich mich vom Bett. »Ein Danke hätte gereicht!«, fauche ich.

Plötzlich ertrage ich die Nähe zu ihm nicht mehr. Ich kenne meinen Wert und bin niemand, der sich herumschubsen lässt. Das habe ich einmal zugelassen und musste dafür mit einem Besuch auf dem Polizeirevier bezahlen. Ich wollte gemocht werden und dazugehören, um jeden Preis. Ich habe mich verbogen und meine Grenzen überschritten. Ich habe meinen eigenen Wert aus den Augen verloren, zu sehr darauf bedacht, was andere über mich denken. Aber jetzt kenne ich ihn, meinen Wert. Wenn Gabriel meint, mich von sich stoßen zu müssen, werde ich nicht wie ein naiver Hund immer wieder angekrochen kommen.

»Vergiss, dass ich hier war«, sage ich kühl, versuche genauso ausdruckslos auszusehen wie er die meiste Zeit.

Ich will gehen, doch seine Finger schließen sich blitzschnell um mein Handgelenk. Sie sind warm und ein bisschen rau, vielleicht vom Cellospiel? Noch vor wenigen Sekunden hat er darin den Bogen gehalten, die Schwielen auf den Fingerkuppen haben sich an die Rundungen des Holzes geschmiegt.

Ich sollte mich von ihm losreißen und verschwinden. Aber stattdessen drehe ich mich langsam zu ihm um, bis unsere Blicke sich treffen. Meine Gedanken setzen aus. Das Blau seiner Augen ist so intensiv, dass ich am liebsten nie mehr wegschauen würde. In seinen Iriden spiegelt sich das Deckenlicht und noch etwas anderes. Keine Kälte dieses Mal, sondern ein Feuer. Ein blaues Feuer. Ich weiß mit absoluter Gewissheit, dass diese Flamme mich versengen wird. Dennoch kann ich den Blick nicht abwenden.

Gabriel macht keinerlei Anstalten, mich loszulassen. Seine Finger streichen über meine Knöchel, fahren langsam über meine Haut und hinterlassen eine kribbelnde Spur darauf. Ich wünschte, sie würden weiterwandern, meinen Arm hinauf, meinen Hals entlang, hinunter zu meiner Hüfte bis unter mein Shirt. Mir wird heiß, als ich mir ausmale, wie sie über meinen Bauch und um meine Brüste streichen. Wie sie meine Brustwarzen umspielen. Rau, so rau. Ich keuche auf, schließe kurz die Augen und gebe mich der Vorstellung hin. Nur für einen Herzschlag. Dann entziehe ich ihm meine Hand.

»Ich gehe jetzt.«

»Bitte nicht«, sagt er sofort, seine Stimme klingt anders als sonst, heiserer und weicher zugleich.

Ein Geräusch entschlüpft meiner Kehle, eine Mischung aus Schnauben und humorlosem Lachen. »Warum bist du so? Erst soll ich bleiben, dann weist du mich ab. Im einen Moment bist du fast schon freundlich, im anderen so kalt wie eh und je. Was soll das, Gabriel? Ist das ein Spiel für dich? Findest du es lustig, mich so zu behandeln?«

»Ich …« Der Kampf, der in seinem Inneren wütet, spiegelt sich in seinen Augen. Wie er auf dem Bett hockt, während ich über ihm stehe, wirkt er verloren und unendlich traurig. Ich will sie ihm abnehmen, diese Trauer, aber er stülpt sich bereits wieder die altbekannte ausdruckslose Maske über. »Ich kann nicht. Sorry.«

»Was kannst du nicht?«

»Vielleicht hast du recht. Du solltest jetzt lieber gehen.«

Enttäuscht schüttle ich den Kopf. Wie oft muss ich mir noch die Finger an ihm verbrennen, bevor ich meine Lektion lerne? »Ja, das sollte ich wohl.«

»Danke für die Lösung. Aber wenn ich gewinne, dann allein und aufgrund eigener Leistungen.«

»Ist angekommen.«

Ich setze mich in Bewegung, aber eine weitere Frage von ihm lässt mich innehalten. »Warum bist du hergekommen, Elora?«

»Ich weiß es nicht«, lüge ich.

»Das glaube ich dir nicht.«

Ich drehe mich um, hole tief Luft und bleibe an seinem Blick hängen. An der Sehnsucht darin. Seine Augen huschen zu meinen Lippen, und auf einmal bekomme ich Panik und weiche zurück. Bringe Abstand zwischen ihn und mich, weil ich nur noch eines mit Sicherheit weiß: dass ich unbedingt hier wegmuss. Bevor einer von uns beiden etwas macht, das alles verändert.

Ohne mich zu verabschieden, stürme ich aus dem Raum und hinunter auf meine Etage. Zurück auf meinem Zimmer schnappe ich mir den Zettel mit dem *Fortuna*-Gerücht und reiße ihn in winzige Einzelteile. Da ein Beweis erforderlich ist, werfe ich unter Simonas wachsamen Augen einen Teil davon in den Mülleimer, und den Rest spüle ich in der Toilette hinunter.

Eine weitere Aufgabe ist erledigt. Aber statt mich dem Sieg des Wettbewerbs näher zu fühlen, kommt es mir so vor, als hätte ich mich davon entfernt. Mein Verstand sagt mir, dass ich nicht zu Gabriel hätte gehen sollen. Doch ich warte vergeblich darauf, Reue darüber zu empfinden.

Kapitel 21

Gabriel

»In den nächsten Wochen werden wir uns mit der Berechnung der Bewegung von Planeten und Monden um ihre Zentralgestirne befassen«, referiert Professor Belkova in *Himmelsmechanik und Raumfahrt*. In seinen Händen hält er ein Stück Kreide. Er ist der Einzige meiner Dozenten, der die antiquierte Tafel statt des modernen Whiteboards nutzt. »Diese Bewegungen folgen den keplerschen Gesetzen sowie dem newtonschen Gravitationsgesetz. Daher werden wir uns zunächst mit diesen Gesetzen befassen, bevor wir mit den Berechnungen beginnen.«

Ich öffne ein neues Dokument auf meinem Laptop und tippe mit, während Belkova uns die keplerschen Gesetze erläutert. Er weigert sich, Folien zu seiner Vorlesung ins Onlineportal der Uni hochzuladen. In der ersten Stunde hat er behauptet, dadurch sicherstellen zu wollen, dass wir stets in seinen Kursen anwesend sind. Aber insgeheim vermute ich, dass er einfach nur faul ist und zudem keine Ahnung von modernen Medien hat.

In den nächsten neunzig Minuten versinke ich vollkommen in Belkovas Ausführungen und vergesse dabei fast, welcher Tag morgen ist. Die Realität holt mich ein, sobald ich den Kursraum verlasse und ein Anruf auf meinem Handy eingeht. Es ist meine Mutter.

Ich schließe die Augen und atme tief durch, um mich zu sammeln, bevor ich rangehe. »Hi, Mama.«

»Hallo, Gabriel. Ich wollte hören, wie es dir geht. Du weißt schon, wegen morgen.«

Meine Brust zieht sich schmerzhaft zusammen. Morgen ist Annabelles Todestag.

»Ganz okay«, behaupte ich, denn ich will nicht, dass sie sich Sorgen macht. »Und euch?«

»Dein Vater stürzt sich noch mehr in die Arbeit als sonst. Er verbringt seine gesamte Zeit in der Bank und kommt nur zum Schlafen nach Hause.«

Mein Vater hat schon immer viel gearbeitet, wohingegen meine Mutter ihre Zeit mit ihrem Hobby verbringt – der Kunst. Als Annabelle und ich noch Kinder waren, bereiste sie die Galerien dieser Welt und hängte unser Haus mit ihren Errungenschaften voll. Während ihrer Abwesenheit passte ein Kindermädchen auf uns auf. Später malte meine Mutter selbst in ihrem Atelier im Dachgeschoss. Zumindest bis zu Annabelles Tod. Seitdem hat sie es sich zur Aufgabe gemacht, besonders talentierte Jungkünstler zu entdecken und zu fördern. Ich schätze, das ist ihre Art, mit dem Verlust umzugehen.

»Und du? Wie geht es dir?«, frage ich.

»Den Umständen entsprechend. Gerade schaue ich mir alte Fotos von euch beiden an. Weißt du noch, wie ihr euch eine Zeit lang immer als Pirat und Prinzessin verkleidet habt?

Du warst eine wundervolle Prinzessin, mein Schatz.« Sie lacht, und meine Mundwinkel heben sich ebenfalls. Annabelle war schon immer mehr Pirat, als ich es jemals sein werde. Mutig und unerschrocken und lebhaft. »Oder als ihr im Teich hinter dem Anwesen Frösche gefangen habt? Gott, ich habe diese Amphibien schon immer gehasst und hätte sie am liebsten von unserem Gärtner entfernen lassen. Aber ihr habt sie geliebt und euch stundenlang mit der Jagd nach ihnen beschäftigen können.«

»Ja, ich erinnere mich. Einmal hat mir Annabelle einen der Frösche in den Kragen gesteckt. Ich werde nie vergessen, wie glitschig sich das angefühlt hat.«

»Bah«, macht meine Mutter, und ich sehe vor meinem inneren Auge, wie sie sich bei der Vorstellung schüttelt. »Die Geschichte kannte ich noch gar nicht.«

»Aus gutem Grund. Ich habe Annabelle aus Wut eine geklatscht, und sie hat geheult. So richtig laut und mit Krokodilstränen. Ich hatte echt Schiss, dass sie mich verrät. Daher habe ich sie getröstet und sie bestochen, damit sie dir nichts erzählt.«

»Bestochen?«

Ich grinse. »Ich habe einen Monat lang heimlich Kekse aus der Speisekammer für sie geklaut, weil du ihr das Naschen verboten hattest.«

»Ich musste auf ihre Figur achten!«

Ich verkneife mir zu erwidern, dass nichts an Annabelles Figur jemals falsch war. Meine Mutter will das nicht hören. Sie würde es nicht einmal verstehen. Für sie musste Annabelle stets die Vorzeigetochter sein, die sie in hübsche Kleidchen stecken und wie eine Puppe zurechtmachen konnte.

»Oh, und weißt du noch, als ihr unser Haus an Halloween in ein Gruselkabinett verwandelt habt?«, fragt meine Mutter.

»Ja. Annabelle wollte unbedingt die beste Halloweenparty der Geschichte schmeißen.«

»Wir haben euch dafür extra Dekorateure engagiert.«

»Annabelle hat sie im hohen Bogen rausgeworfen«, erinnere ich mich.

»Zu Recht. Sie waren eine Katastrophe, absolut unzulänglich. Annabelle konnte das viel besser als sie, und am Ende sah das Anwesen fabelhaft aus.« Sie seufzt traurig. »Alles hier erinnert mich an sie.«

»Ich weiß, Mama. Vielleicht solltest du in den Jet steigen und ein bisschen Abstand nehmen. Ihr könntet auf die Malediven fliegen. Oder in unser Haus auf den Bahamas? Nimm Papa mit, ihm würde eine Auszeit sicher auch mal guttun.«

Sie schweigt kurz, sicher denkt sie über meinen Vorschlag nach. »Du hast recht. Vielleicht sollten wir das machen. Möchtest du nicht mitkommen? Ich kann dir Joe schicken.«

»Ich habe ein eigenes Auto, ich muss nicht von eurem Fahrer abgeholt werden. Aber ich kann nicht. Die Prüfungen stehen bald an, und ich darf meine Kurse nicht verpassen.« Geschweige denn den Wettbewerb, aber davon wissen meine Eltern nichts. Und ich habe auch nicht vor, das zu ändern. Sie glauben fest daran, dass Annabelles Tod ein Unfall war, aber auf die Verbindung sind sie trotzdem nicht gut zu sprechen. »Außerdem … Ich glaube, ich muss hier sein. Ich bin letztes Jahr schon bei euch gewesen, und ich … Na ja, ich schätze, ich brauche das.« Ich will nicht davonlaufen. Ich will mich dem Tag und dem See und meinen Gefühlen stellen.

»Wie du meinst. Wenn etwas sein sollte, ruf bitte an, in Ordnung?«

»Ja, okay, mache ich.« Meine Kehle wird eng, und ich spüre, wie die Tränen mich übermannen wollen. Mit aller Kraft dränge ich sie zurück, meine Beine fühlen sich weich an, wie Pudding. »Ich muss jetzt auflegen«, sage ich schnell, weil ich fürchte, sie geben jeden Augenblick unter mir nach, wenn ich der Situation nicht entfliehe.

»Ich habe dich lieb, Gabriel. Pass auf dich auf.«

»Ich dich auch«, erwidere ich, bevor ich auflege.

Wie soll ich den Tag morgen nur überstehen?

Mein Brustkorb fühlt sich wie zugeschnürt an. Dennoch setze ich einen Fuß vor den anderen und halte den Blick auf den Walensee gerichtet. Ich kann das Wasser kaum ertragen. Meine Augen brennen, aber ich atme dagegen an. Ich will nicht weinen, und ich will nicht umkehren. Ich will mich dem See stellen, weil ich in den letzten Jahren nicht zugelassen habe, dass er mich bricht, und heute auf keinen Fall damit anfangen werde.

Daher laufe ich weiter. Das *Seaside* und die Sportanlagen habe ich längst hinter mir gelassen und den Pfad dahinter eingeschlagen. Er wurde knapp oberhalb des Wassers in den Stein gehauen. Alle paar Meter steht eine Bank und lädt zum Verweilen ein. Ich überlege, mich zu setzen, aber der Gedanke, nur durch einen schmalen Steg aus Fels vom Wasser getrennt zu sein, sorgt bei mir für Übelkeit. Ich kann das nicht. Nicht heute. Nicht an dem Tag, an dem Annabelles Tod genau zwei Jahre her ist.

Ein erstickter Laut entringt sich meiner Kehle. Was ist nur aus mir geworden? Ich bin schwach. Wenn Annabelle irgendwo dort oben ist und mich sehen kann, ist sie sicher enttäuscht von mir. Von dem Mann, zu dem ich mich entwickelt habe. Der seine Hobbys aufgegeben hat, weil er Wasser nicht mehr ertragen kann. Ich balle die Hände zu Fäusten. Der Wind trägt den Geruch von Algen und Fisch mit sich. Ich rümpfe die Nase und bin froh, dass der Pfad im nächsten Moment in den Wald abbiegt.

Nach einem leichten Anstieg auf festem Untergrund übermannt mich die Erschöpfung, als wäre ich gerade einen Marathon gelaufen. Meine Hände zittern, und ich stopfe sie in meine Jackentaschen. In ein paar Metern Entfernung entdecke ich eine weitere Bank. Mein Sichtfeld verschwimmt. Ich stolpere darauf zu, bleibe an einem losen Stein auf dem Weg hängen und lasse mich auf die klamme Sitzfläche sinken. Sofort dringen Kälte und Nässe durch meine Jeans an meinen Hintern, aber es ist mir gleichgültig. Ich bin ganz darauf fokussiert, meine Atmung und meinen Herzschlag zu beruhigen.

Erst, als mein Blick sich wieder klärt, erkenne ich, dass die Bank auf einem Plateau steht. Die Bäume vor mir lichten sich und geben einen phänomenalen Ausblick auf den See preis. Denn was will man auch sonst, wenn man den Walensee besucht? Das, was ich kaum ertragen kann, ist genau das, wofür die Touristen herkommen. Der türkisblaue See mit mediterranem Flair, hinter dem sich die Berge wie Perlen an einer Kette aneinanderreihen. Ihre Gipfel sind schneebedeckt, und der Gedanke an die bald startende Skisaison lenkt mich immerhin ein bisschen vom Wasser ab. Wenn ich den Kopf nur hoch genug halte, verschwindet der See aus meinem Sichtfeld. Dann sehe ich nur den graublauen Himmel und die Wattewolken, die über den Gipfeln schweben.

Ich höre einen lauten Pfiff, dann platscht Wasser. Sofort wende ich mich dem Geräusch zu und wünsche mir augenblicklich, ich hätte es nicht getan. Mehrere Ruderboote gleiten nahe am Ufer entlang über das Wasser. Im vordersten erkenne ich meinen ehemaligen Trainer. Er ruft der Mannschaft Anweisungen zu, untermalt von den Pfiffen seiner Trillerpfeife. Mein Magen verkrampft sich, aber ich schaffe es nicht, meinen Blick von den Booten zu lösen, die wenden und Richtung Universität zurückfahren. Das war mal meine Mannschaft. Vor zwei Jahren saß ich jeden zweiten Nachmittag in einem dieser Boote und bin wie ein Pfeil über die Seeoberfläche geschossen. Ich war nicht nur gut darin, es hat mir alles bedeutet. Es war mein Ausgleich, mein Durchatmen, mein Kopfausschalten.

In meiner Brust zieht es schmerzhaft, und ich keuche auf. In jener Nacht habe ich nicht nur Annabelle verloren, sondern auch mich selbst. *Fortuna* hat mir alles genommen, was mir etwas bedeutet hat. Nur warum? Warum Annabelle? Vielleicht wusste sie zu viel über die *Dark Elite*. Vielleicht hat sie etwas gesehen, das nie ans Licht hätte kommen dürfen. An jenem Abend war sie mit *Fortuna* unterwegs, und ich bin mir sicher, das war kein Zufall.

Ich ziehe die Beine auf die Bank, schlinge meine Arme um meine Knie und bette den Kopf dazwischen, bis ich den See nicht mehr sehe, sondern nur noch den von Tannenzapfen und braunen Nadeln bedeckten Boden. In der Innentasche meiner Jacke raschelt das aus dem Archiv gestohlene Dokument, als würde es mich drängen wollen, endlich eine Entscheidung zu treffen.

Mit fahrigen Bewegungen öffne ich den Reißverschluss und zerre es heraus, sodass eine Ecke einreißt. Ich falte das geknickte Blatt auseinander und lese die Worte, die darauf stehen.

Die *Fortuna*-Verbindung ist schuld am Tod einer Studentin.

Es ist, als würden sie mich verhöhnen wollen. Als wären sie nur für mich geschrieben worden. Jedes davon ein spitzer Dolch, der erbarmungslos sein Ziel trifft. Ein Schrei brennt mir in der Kehle, aber ich schlucke ihn hinunter. Ich spüre, wie er sich in meinem Bauch ausbreitet, gegen Widerstand stößt und in meinem Inneren brodelt. Doch es ist mir egal, weil die Gewissheit, dass *Fortuna* Annabelle etwas angetan hat, schlimmer schmerzt als jede körperliche Verletzung.

Ich könnte es hier und jetzt beenden. Das Dokument veröffentlichen und von der Aufgabe sowie meinem Verdacht erzählen. Davon, wie Annabelle sich damals verändert hat. Wie verschlossen sie wurde und sich ständig paranoid umgesehen hat, seit sie sich mit der *Dark Elite* umgab. Würde das ausreichen, damit Annabelles Fall noch einmal aufgerollt wird? Oder würde ich nur belächelt werden, bevor ich aus dem Auswahlverfahren fliege?

Ich starre auf das Dokument, auf das Geständnis, bis die Buchstaben vor meinen Augen verschwimmen. Eine Träne tropft auf das Papier, und erst da merke ich, dass ich weine. Genau das wollte ich nicht. Aber ich bin schwach. *Schwach, schwach, schwach.* Wütend schlage ich mit der Faust auf die Bank neben mir. Der stechende Schmerz betäubt für einige Sekunden meine Gedanken. Die Haut ist rot und voller Dreck. Ich überlege, noch einmal auszuholen, aber ich weiß, es würde nichts ändern. Der Schmerz hilft nur kurzfristig, bevor die Schuldgefühle und Trauer umso stärker zurückkommen und sich mit Scham vermischen.

Ich lockere meine Finger und schniefe. Auf einmal komme ich mir wie der größte Versager vor. Ich habe nichts. Keine Antworten, keine Kraft, keine Schwester mehr. Wieder einmal wünsche ich mir, es hätte mich getroffen und nicht Annabelle. Denn sie wäre stark genug, um weiterzuleben. Sie würde glücklich sein, mich irgendwann loslassen und ihre Ziele verfolgen.

Meine Unterlippe bebt. Warum? Warum hat es von allen Teilnehmenden am damaligen Auswahlverfahren ausgerechnet sie getroffen?

Wütend ziehe ich mein Handy aus der Tasche und öffne die Kamera. Aber als ich sie auf das Dokument richte, schaffe ich es nicht, auszulösen. Es wäre so leicht. Ein Foto zu schießen, eine Mail zu schreiben und sie an eine Zeitschrift zu schicken. Oder an die nächste Polizeidienststelle. Ich könnte endlich aufhören, mich mit *Fortuna* abzugeben. Ich könnte weitermachen. Es zumindest versuchen.

Aber es geht nicht. Es ist falsch. Nicht falsch im moralischen Sinne, *Fortuna* ist mir scheißegal. Es ist schlichtweg nicht das, was ich Annabelle versprochen habe. Ich will herausfinden, was genau passiert ist. Ich will endlich diese Lücke in meinem Kopf schließen können. Zwischen dem Moment, als sie bebend vor meiner Zimmertür stand, weil sie vor dem Abend mit der *Dark Elite* nervös war, weil sie fürchtete, aus dem Auswahlverfahren auszuscheiden, und dem Augenblick Stunden später, als ich sie leblos am Ufer gefunden habe. Würde sie jetzt noch leben, wenn ich ihre Nervosität nur etwas ernster genommen hätte? Damals dachte ich, es wäre nur das ganz normale Muffensausen vor einem Wettbewerb. Ich versuchte sie zu beruhigen, und Annabelle beteuerte mir, wie unbedingt sie ein Teil von *Fortuna* werden wollte. Aber stimmte das? Oder fühlte sie sich verpflichtet, das zu sagen? Gebe ich das Dokument in fremde Hände, ist alles ungewiss. Ich bin mir nicht einmal sicher, ob es als Beweis zählt. Oder überhaupt ernst genommen werden würde. Nein, ich kann das Risiko nicht eingehen, meinen einzigen Trumpf zu verspielen. Ich muss mich *Fortunas* Regeln beugen und weitermachen. Selbst wenn ich jeden Tag ein bisschen mehr daran zerbreche.

Ich starte eine Videoaufnahme und hole ein Feuerzeug aus meiner Tasche. Es ist rot, ohne Aufdruck. Mit einer schnellen Bewegung lasse ich es aufflammen, bis das Feuer an der Spitze leckt. Langsam hebe ich das Blatt an und halte es an die Flamme. Sofort geht sie auf das Papier über, ein beißender Geruch dringt mir in die Nase, dann zerfällt es zu Asche. Wie Schnee rieselt sie in Flocken zu Boden und sammelt sich zwischen den Tannenzapfen zu einem Haufen. Buchstabe um Buchstabe verschwindet, bis nur noch ein letzter Fetzen übrig bleibt, der mir aus den Fingern gleitet und am Boden weiterbrennt. Schnell trete ich die Flamme aus, bevor sie die trockenen Nadeln in Brand stecken kann. Für einen Waldbrand verantwortlich zu sein, würde mir gerade noch fehlen.

Ich sende das Video als Beweis an die Nummer von *Fortuna*. Anschließend starre ich minutenlang reglos auf die Asche. Ich warte auf das Gefühl der Erleichterung, aber es bleibt aus. Alles, was ich spüre, ist eine tiefe Leere. Ein schwarzer Abgrund in meiner Brust, in den ich eintauchen und aus dem ich nie wieder hervorkommen will. Er soll mich verschlingen und mich erst wieder freigeben, wenn ich Annabelle wiedersehen kann.

Aber ich schaffe es nicht hineinzugelangen. Es ist, als würde er mich zurückstoßen, sobald ich springe. Ich bemerke, dass nicht der Abgrund das Problem ist, sondern das Zwillingsband. Es hängt schlaff an meiner Brust, bis ich versuche zu springen. Dann strafft es sich und zerrt mich zurück. Es ist, als könnte ich Annabelles Stimme in meinen Gedanken hören. *Bleib und kämpfe.* Es sind ihre Finger, die das Band straffen. Sanft, aber doch bestimmt, weist sie mir die Richtung. Ich krümme mich zusammen, mein ganzer Körper schmerzt vor Trauer.

Warum? Wofür soll ich bleiben? Wozu die Leere ertragen, die Kälte, den Schmerz? Um die Wahrheit herauszufinden? Aber was, wenn das nicht reicht?

Für dich, flüstert die Stimme in meinem Kopf, und ich schüttle ihn hastig, um sie zu vertreiben. Ich kann sie nicht ertragen. *Für …*

»Gabriel?«

Ich erstarre, dann beginnt mein Herz zu rasen. Nein, das darf nicht wahr sein. Sie kann nicht hier sein. Niemand soll mich so sehen.

Vor allem nicht Elora.

Kapitel 22

Gabriel

Meine Sicht ist verschwommen. Trotzdem habe ich Elora sofort erkannt. Nicht nur an ihrer Stimme und ihrem Umriss, sondern anhand von dem, was ihre Gegenwart mit mir macht. Ich fühle mich kribbelig, in mir ist es ein bisschen weniger dunkel. Die Kälte verschwindet allmählich aus meinem Körper, schmilzt wie tauendes Eis.

Elora tritt gegen einen Tannenzapfen, der im hohen Bogen hinter der Bank in die Böschung fällt. Dann setzt sie sich zu meinem Entsetzen neben mich. Zwischen uns ist nicht mehr als eine Armlänge Platz. Das ist zu nah und gleichzeitig nicht nah genug. Wie geht das? Wieso fühle ich mich immer, wenn Elora auftaucht, derart zerrissen?

»Gabriel«, wiederholt sie leise. Sie legt ihre Hand auf das Holz zwischen uns. Spreizt die Finger und lässt sie über die raue Oberfläche wandern, kommt mir immer näher. Ich könnte ausweichen, wegrutschen. Sie gibt mir die Gelegenheit dazu, aber ich bleibe, wo ich bin. Ihre Fingerspitzen berühren meinen Oberschenkel, fahren an der Seite hinauf und legen sich auf meine Jeans, doch ich zucke nicht zusammen. Sondern taue noch ein bisschen mehr auf.

Bleib und kämpfe, scheint der Wind zu flüstern. Und mein Herz. Vor allem das. Weil ein Teil von Annabelle immer in mir weiterleben wird.

Meine rechte Hand schmerzt von dem Schlag auf die Bank. Sie zu heben kostet mich viel Kraft, als hinge ein Gewicht daran. Vorsichtig lege ich sie auf Eloras warme Finger. Und weil ich weiß, dass das nicht genug ist, weil ich mich gerade schwach fühle und nach Halt sehne, verschränke ich meine Finger mit ihren. Mir ist, als brennten kleine Flammen auf meiner Haut.

»Was ist passiert?«, fragt Elora leise.

Ich hasse mich dafür, dass sie mich in diesem Zustand sieht. Mit Tränenspuren auf den Wangen, gebeugtem Rücken, verkrampften Fingern. Gebrochen. Genau das bin ich. Schon seit zwei Jahren, aber ich konnte es schon immer gut vor der Welt verbergen. Doch jetzt hat Elora den schlimmsten Teil von mir gesehen, und das kann ich nie mehr rückgängig machen.

»Es geht schon wieder.«

»Du bist ein mieser Lügner.«

»Nur bei dir«, entfährt es mir. Dabei wollte ich das nicht einmal zugeben.

»Soll ich gehen?«

»Nein.« Auch diese Antwort kommt mir automatisch über die Lippen, als wären nicht sie es, die es formen, sondern etwas viel tiefer in mir. Annabelle?

Elora rutscht über die Bank. Ihre Jacke schleift an der Rückenlehne entlang, dann berührt ihr Knie meines und ihre Schulter meinen Oberarm. Sie lehnt ihren Kopf gegen mein Schlüsselbein, dabei kitzelt ihr Haar meinen Hals. Sofort beschleunigt sich mein Puls.

»Möchtest du darüber reden?«

»Nein.« Ich kann nicht. Ich rede mit niemandem darüber. Vor allem nicht heute.

»In Ordnung«, sagt Elora, und ich bin erleichtert, weil sie mich nicht drängt.

Eine Weile schweigen wir. Elora betrachtet die Berge und den See. Sie streicht sich eine Haarsträhne aus dem Gesicht und seufzt. Obwohl das Wasser rauscht und der Wind durch das Laub raschelt, ist die Stille ohrenbetäubend. Ich muss sie füllen und meine Gedanken daran hindern, wieder davonzudriften. Daher räuspere ich mich.

»Du kommst nicht aus der Schweiz, oder?«

»Nein, ich bin aus Deutschland. Aus einem kleinen Dorf im Allgäu, in dem es mehr Kühe als Menschen gibt.« Sie lacht leise, und das Geräusch nistet sich warm in meiner Brust ein.

»Mochtest du es dort?«

»Ja, sehr. Die weiten Weideflächen, der Tümpel hinter dem Maibaum, in dem sich früher jeden Sommer alle Kinder aus dem Dorf zum Schwimmen getroffen haben. Und natürlich die Berge. Die standhaften Berge, die sich nie verändern.«

Sie klingt wehmütig, und ich schließe für einen kurzen Augenblick die Augen und versuche, es mir vorzustellen. Den Maibaum, blau-weiß gestrichen. Den Tümpel dahinter. In meiner Vorstellung ist er tiefgrün, trüb und von Seerosen überwuchert. Den Grund kann ich nicht sehen, aber es gibt Frösche und Fische und Schlangen. Kein Erwachsener würde jemals einen Fuß hineinsetzen, doch für Kinder ist er das Paradies.

Ich öffne die Augen, richte den Blick auf die Gipfel. »Berge gibt es doch auch hier.«

»Das ist nicht dasselbe.«

Das verstehe ich nicht. Es sind zwar zwei unterschiedliche Teile der Alpen, aber dennoch dasselbe Gebirge. »Wie meinst du das?«

Sie dreht den Kopf, bis sie mich ansehen kann. Verdammt, weiß sie eigentlich, was sie mir damit antut? Ihre Lippen sind nur eine Handbreit von meinem Hals entfernt, ich kann ihren Atem spüren. Er ist warm und ein bisschen feucht, aber vielleicht ist das auch der Waldluft geschuldet. Ihre Augen sind dunkel, zwei Abgründe, in denen ich mich am liebsten verlieren würde. Ich dachte, das wäre ich schon. Verloren. Aber jetzt glaube ich, es gibt zwei Arten davon. Mich in Elora zu verlieren, wäre eine gute Art. Aber … Da sind Annabelle und *Fortuna* und das Auswahlverfahren. Ich muss stark bleiben.

Elora befeuchtet ihre Lippen mit der Zungenspitze. Der Anblick lässt den letzten Rest Eis in mir schmelzen. Ich glaube, ihr ist die Geste nicht einmal bewusst. Sie hat keine Ahnung, wie mühelos sie mich damit um den Verstand bringt.

»Es ist schwer in Worte zu fassen. Ich dachte immer, es würde sich nie etwas verändern. Wie diese Berge vor meinem Fenster. Jeden Morgen bin ich aufgewacht, und sie waren dort. Ein immergleicher Anblick, dieselben gezackten Gipfel, selbst wenn es schneite, stürmte, Nebel darüberhing. Sie veränderten sich nicht, und ich erkannte mich darin wieder. Ich war wie sie, bis ich plötzlich das genaue Gegenteil war. Von einem Tag auf den nächsten ist alles auseinandergebrochen, und von da an ging es stetig bergab. Ich bin nach Genf gezogen, und der Ausblick vor meinem Fenster war mir nicht länger vertraut. Immer noch Berge, immer noch die Alpen, aber das waren nicht mehr *meine* Alpen. Ergibt das irgendeinen Sinn?«

»Mehr, als du denkst.« Ich zögere, doch dann gebe ich mir einen Ruck. Ihr zuzuhören hilft, mich abzulenken. Etwas, das ich heute gut gebrauchen kann. »Was ist passiert? An diesem Tag, an dem alles zerbrach?«

»Mein Vater ist an Krebs gestorben.«

Innerlich erstarre ich. Ich warte darauf, dass die Panik mich übermannt, wie immer, wenn ich mit dem Tod konfrontiert werde. Aber alles, was ich spüre, ist Eloras warmer Atem auf meiner Haut. Ich sehe nur ihre traurigen Augen, deren Ausdruck mir verdammt vertraut ist.

»Das tut mir leid. Studierst du deswegen Medizin?«

»Ja.« Sie zögert. »Es ist auch der Grund, warum ich am Auswahlverfahren teilnehme. Ich will nach dem Studium in die Krebsforschung gehen. *Fortuna* hat Kontakte zur besten onkologischen Klinik der Schweiz. Eine, in der ich nicht nur unglaublich viel lernen würde, sondern auch wirklich etwas bewirken, etwas verändern könnte. Und das muss ich. Für meinen Vater.«

Meine Finger klammern sich fester um ihre. Sie weiß nicht, wie gut ich sie verstehen kann. Sie sitzt einfach da, starrt auf das Panorama und hat keine Ahnung, wie ähnlich wir einander sind. Innerlich schreie ich, weil ich das unbedingt vermeiden wollte. Jemanden zu finden, der mich versteht, der meine Erfahrungen ein Stück weit teilt. Ich sage es ihr nicht. Das kann ich nicht. Ich sitze nur da, steif wie ein Brett, während sich in meinem Inneren die Wellen immer höher türmen. Aber dazwischen ist ein Pochen. Annabelle zieht an unserem Band. Sie zieht so fest, dass ich beinahe aufkeuche. Als würde sie mir etwas mitteilen wollen. Etwas, von dem ich mir sicher bin, dass ich es unter keinen Umständen hören will.

Mit der Schuhspitze fährt Elora den Waldboden entlang. Über die losen Nadeln vor der Bank. Auf einmal stutzt sie, löst sich von mir und beugt sich vornüber. Was macht sie da? Sie streckt die Hand aus und richtet sich mit grauem Staub am Zeigefinger wieder auf. Da kapiere ich, was ihre Aufmerksamkeit erregt hat. Sie verreibt die Asche zwischen den Fingern, riecht daran und reißt die Augen auf.

»Du hast die Aufgabe gelöst und das Dokument verbrannt.« Es ist keine Frage, weil sie es ohnehin schon weiß.

»Ja«, sage ich dennoch. »Mit Beweis. Was ist mit dir?«

»Meins ist auch vernichtet. Ebenfalls mit Beweis.«

»Gut.« Ich nicke und verspüre seltsamerweise Erleichterung. Obwohl das bedeutet, wir sind beide eine Runde weiter. Sollte ich mir nicht wünschen, dass sie ausscheidet? Aber stattdessen bin ich froh, sie noch im Wettbewerb dabeizuhaben. Es ist tröstlich zu wissen, nicht allein zu sein. Was merkwürdig ist, weil ich seit zwei Jahren allein bin und es immer okay war. Seit Elora da ist, ist alles anders und …

Sie seufzt. »Jetzt heißt es wieder abwarten.«

»Das ist das Schlimmste, oder? Nicht zu wissen, was als Nächstes passiert.«

»Immerhin wurde ich nicht noch einmal verfolgt.«

»Bist du sicher?«

»Absolut.«

»Vielleicht ist der Typ ausgeschieden? Womöglich sogar nach dieser Aufgabe, wo er doch nicht einmal die Eier hatte, das Dokument selbst aus dem Archiv zu holen.«

»Kann gut sein. Außer dir weiß ich nicht, wer noch dabei ist.«

»Ich auch nicht. Ich wünschte, ich wüsste, wie viele Aufgaben noch vor uns liegen. Wann es vorbei ist.«

Sie stutzt. »Willst du, dass es vorbei ist?«

»Ja. Du nicht?«

»Ich will gewinnen.«

Da ist sie wieder, diese massive Wand, die zwischen uns steht. Doch mittlerweile ist sie aus Glas, ich kann Elora dahinter sehen. Ihr Lächeln und ihre funkelnden Augen. Wenn ich die Hand auf das Glas lege, ist es fast, als könnte ich sie spüren. Manchmal gelingt es mir, an der Mauer hochzuklettern, aber bevor ich es auf die andere Seite schaffe, holt mich die Realität immer wieder ein.

»Es ist kalt und nass. Lass uns zurückgehen«, schlägt Elora vor, als würde auch sie die Wand zwischen uns spüren. Sie versucht, ihre Finger aus meinen zu lösen, aber ich halte sie fest.

Denn noch sitze ich oben auf der Mauer, und ich will hier nicht weg. Mein Körper fühlt sich bleischwer an, als könne er keinen einzigen Schritt mehr gehen. Die Vorstellung, auf diesen Steg zurückzumüssen, lässt mein Herz rasen. Nicht wie in Eloras Gegenwart, sondern hart und schwer. Ich will einfach nur hier sitzen, mit ihrem Kopf auf meiner Schulter und ihren Worten in meinem Ohr. Ich möchte schwach sein und vergessen – nicht bleiben und kämpfen. Nur dieses eine Mal.

Deswegen schalte ich meinen Verstand aus. Ich drehe mich zu ihr, bis unsere Oberkörper einander gegenüber sind. Meine freie Hand lege ich um ihre Taille, ziehe sie noch näher an mich heran. Es wird nie genug sein, aber ich kann es versuchen. Meine Gedanken, meine Gefühle, mein ganzer Körper, alles drängt mich zu ihr. Ich bin eine Kompassnadel, und sie ist mein Norden. Selbst wenn ich versuchen würde, eine andere Himmelsrichtung einzuschlagen, ich könnte es nicht. Ich bin machtlos.

Langsam nähere ich mich ihr, lasse ihr Zeit, zurückzuweichen. Stattdessen sieht sie mir erst tief in die Augen, dann auf meine Lippen. Sie lächelt. Und ehrlich, in diesem Moment bin ich mir sicher, das ist das Schönste, was ich je gesehen habe.

Ich sehe sie noch einen Augenblick länger an, möchte mir den Moment im Detail einprägen, dann senke ich den Kopf, überbrücke die letzte Distanz zwischen uns. Unsere Lippen treffen aufeinander. Hastig, schnell, hungrig, dann glühen sie. Sie glühen und glühen, und die Hitze breitet sich in meinem ganzen Körper aus. Ich dachte, ich wäre für immer zu Eis erstarrt. Wie falsch ich damit doch lag. Elora schafft es, mich aufzutauen. So mühelos, dass es fast schon ungerecht ist.

Noch immer sind unsere Finger ineinander verschlungen. Ich wünschte, nicht nur sie wären es. Ich will ihr näher sein, noch so viel näher. Alles von ihr auskosten, was ich kriegen kann.

Elora vergräbt ihre Hand in meinem Haar. Sie zieht daran, sanft, aber doch so fest, dass meine Kopfhaut kribbelt. Ich will mehr und stupse mit meiner Zunge gegen ihren Mund, bis sie die Lippen öffnet. Ihre ist warm und findet meine sofort. Mein Norden. Das Wort geistert mir immer wieder durch den Kopf.

Meine Finger wandern an ihrer Taille entlang bis unter den Bund ihrer Jacke. Ich spüre die groben Maschen ihres

Pullovers, die Fäden kratzen. Fahrig streiche ich darüber, auf der Suche nach Haut, aber ich finde keine. Frustriert stöhne ich auf, das Verlangen pocht unerträglich in mir. Unsere Zungen tanzen miteinander, und mein Herz ebenfalls. Elora versinkt in meinen Armen, presst ihre Brust an meine, als könne auch sie nicht genug von mir bekommen.

Schließlich lösen wir uns voneinander, und mir schwirrt der Kopf. Von Elora, den Küssen, dem Sauerstoffmangel. Ich schnappe nach Luft. Dann sehe ich sie an. Ihre Jacke ist am Bauch ein Stück hochgerutscht, ihre Wangen sind rosig, die Haare etwas zerzaust. Wegen mir? Ich kann mich nicht mehr erinnern.

Plötzlich entleert sich ein Eimer Eiswasser über meinem Kopf. Ich zucke schwungvoll zurück, falle beinahe von der Bank. O Gott, was habe ich getan? Für einen Moment habe ich Annabelle vergessen. Sie steht an erster Stelle, und ich habe Angst, mich irgendwann zwischen ihr und Elora entscheiden zu müssen. Und noch viel mehr Angst habe ich davor, auf wen meine Wahl fallen wird, wenn ich Elora weiterhin näher komme.

»Es tut mir so leid«, murmle ich. Mit einer fahrigen Bewegung streiche ich mir das Haar aus der Stirn. »Das hätte ich nicht machen dürfen.«

»Dazu gehören immer zwei.« Sie klingt wütend. Wegen des Kusses? Oder meiner Reaktion darauf?

Ruckartig erhebe ich mich von der Bank. Meine Beine sind eingeschlafen und kribbeln. Wie lange habe ich hier gesessen?

»Wir sollten zurückgehen«, sage ich.

»Geh du nur, ich bleibe noch.«

Unsicher schiebe ich die Hände in die Jackentaschen. Bevor sie etwas Dummes machen und wieder nach ihr greifen können. »Sicher?« Vor dem Kuss war sie es, die vorgeschlagen hatte zurückzugehen.

»Ja, sicher.«

Aber es klingt eher wie ein: Bitte bleib. Sofort muss ich an das denken, was die Stimme in meinem Kopf mir mitgeteilt hat. Dass ich bleiben und kämpfen soll. Aber scheiße noch mal, ich kann das nicht. Nicht, was Elora betrifft. Deshalb drehe ich mich um und lasse sie zurück. Sofort rebelliert mein Herz. Meine Lippen sind noch warm von unserem Kuss. Ich berühre sie mit meinen Fingern, will das Gefühl von Eloras Mund auf meinem festhalten. Mich von Elora zu entfernen, fühlt sich an wie durch ein Moor zu waten. Als wäre ich tatsächlich eine Kompassnadel, die gerade ihre wahre Richtung ignoriert. Es bereitet mir beinahe körperliche Schmerzen.

Ich bin so mit dem Kuss beschäftigt, dass mir erst auf meinem Zimmer bewusst wird, dass ich den Weg am Wasser entlang ohne Panik überwunden habe. Elora hat mir geholfen, die Vergangenheit immerhin für ein paar Minuten zu vergessen und mich wieder so lebendig zu fühlen wie zuletzt vor Annabelles Tod. Und ich Arschloch habe sie einfach sitzen lassen. Direkt nach unserem Kuss. *Scheiße.* Wie muss sie sich gerade fühlen?

Die Wände meines Zimmers kommen näher. Ich habe keine Ahnung, wie ich diesen Kuss jemals vergessen soll. Schlimmer noch, ich sehne mich danach, ihre Lippen erneut auf meinen zu spüren. Mit ihrer Hilfe die Kälte aus meinem Inneren zu vertreiben, weil ich es so verdammt leid bin zu frieren.

Kapitel 23

Elora

Ich wische mir über die feuchten Wangen. Der Himmel ist wolkenverhangen, als hätte sich ein grauer Schleier über den Walensee gestülpt. Wahrscheinlich gewittert es heute Abend noch, ich kann den Regen bereits in der kühlen Luft riechen. Wie lange sitze ich schon hier? Ich habe jegliches Zeitgefühl verloren. Meine Hose fühlt sich klamm und durchweicht an, ich spüre meine Finger kaum noch. Am liebsten würde ich an die Böschung herantreten, die sich zum Wasser hin öffnet, und meinen Frust auf den See hinausschreien. Er brodelt in mir, wie ein Echo des sich ankündigenden Donners.

Ich habe mich geirrt. Zwischen Gabriel und mir kann selbst ein Kuss nichts ändern. Wie er vor mir zurückgewichen ist … Er hat keine Ahnung, dass er während des Kusses nach meinem Herzen gegriffen und es beim Zurückweichen nicht losgelassen hat. Er hat es herausgerissen, achtlos auf den Waldboden fallen lassen und ist beim Weggehen darübergetrampelt. Eine lahme Entschuldigung, und damit ist die Sache für ihn abgehakt. Eine Sache, die für mich ein *Alles* hätte werden können. Vielleicht sogar schon war.

Ich balle meine tauben Hände zu Fäusten, um die Kälte zu vertreiben. Und meine Wut. Wie konnte ich nur so naiv sein? Nach all den Situationen, in denen Gabriel sich wie ein Arschloch benommen hat, hätte mir klar sein müssen, dass ihm nahezukommen das Letzte ist, was mir guttut.

Ruckartig erhebe ich mich und trete gegen einen Tannenzapfen. Weil das etwas in mir löst, trete ich gegen noch einen. Sie segeln durch die Luft, verteilen die Asche von Gabriels Dokument auf dem Weg und in der Böschung. Sobald kein Zapfen mehr in meiner unmittelbaren Nähe ist, fühle ich mich besser. Vielleicht sollte ich das öfter machen. Meine ganz eigene Form der Aggressionstherapie.

Ich betrachte die Bank. Ich werde nie wieder an ihr vorbeilaufen können, ohne mich an Gabriels Zurückweisung zu erinnern. Aber auch daran, wie es sich angefühlt hat, von ihm geküsst zu werden. Es war wie anzukommen, als hätte ich endlich den Platz gefunden, an den ich gehöre. Seit Jahren, seit dem Umzug nach Genf, habe ich mich nicht mehr richtig zu Hause gefühlt. Aber als Gabriels Lippen auf meinen lagen, da wusste ich es einfach. Die ganze Zeit über habe ich nur danach gesucht. Nach ihm.

Ein schmerzhafter Stich fährt durch meine Brust. Ich muss hier weg. Vielleicht kann ich den Kuss vergessen, wenn ich diesen Weg nie wieder benutze. Ich schnaube frustriert. Dabei wollte ich nur spazieren gehen, den Kopf frei bekommen und frische Luft tanken. Doch dann habe ich Gabriel gesehen und bin ihm gefolgt, um ihn nach der Aufgabe zu fragen. *Tja, das ist wirklich super gelaufen.*

Die Felsen scheinen mich verschlucken zu wollen, während ich an ihnen vorbeigehe. Sie sind feucht und strahlen eine Kühle ab, die noch durch den Wind verstärkt wird, der vom See her weht. Ich ziehe die Schultern hoch und vergrabe das Kinn in meinem Jackenkragen. Unwillkürlich laufe ich schneller.

Fast pralle ich mit einer Frau zusammen. Ihre blonden Haare flattern im Wind und werden ihr von einem knallpinken Band aus der Stirn gehalten. Ihr Outfit hat dieselbe grässliche Farbe. Laufklamotten. Aber sie ist nicht gejoggt, hat keinen Schweiß auf der Stirn, ist nicht außer Atem. Mein Puls schießt in die Höhe, und ich blinzle mehrmals. Es ist Lucia.

Augenblicklich ist Gabriel wieder in meinem Kopf, und mein Magen verkrampft sich. Auf meinen Lippen spüre ich das warme Kribbeln, das unser erster und wohl auch einziger Kuss dort hinterlassen hat.

Lucia bleibt vor mir stehen. *Verdammt.* Ich hatte gehofft, mit einer knappen Begrüßung an ihr vorbeigehen zu können. Zu meinem Entsetzen jedoch schließt sie sich mir an. Als würden wir das immer tun. Zusammen spazieren gehen, uns unterhalten. Wie ganz normale Stiefschwestern. Meine Kehle wird eng, weil es genau das ist, was ich mir anfangs gewünscht hatte. So hätte es zwischen uns sein können, wenn Lucia nicht ein solches Miststück wäre.

»Wo kommst du her?«, fragt sie, und etwas an ihrer Stimmlage irritiert mich. Sie wirkt wütend. Als hätte ich etwas falsch gemacht. Eigentlich sollte mich das nicht wundern. Wann immer wir uns begegnen, wirft sie mir irgendwas vor. Was ist es diesmal? Meine bloße Anwesenheit auf ihrer liebsten Laufroute?

»Ich war spazieren«, antworte ich, obwohl ich der Meinung bin, mich nicht dafür rechtfertigen zu müssen. Aber ich bin erschöpft und habe keine Lust auf einen Streit mit meiner Stiefschwester.

»Allein?«

Übertrieben sehe ich mich um. »Siehst du hier irgendwen außer mir?«

»Ich bin nicht blöd, Elora.«

»Okay?«

Sie nervt mich. Ich will allein sein. Vergessen. Alles an ihr erinnert mich an ihn. Wann immer ich die beiden zusammen sehe, wirken sie so vertraut miteinander. Ich gestehe es mir nur ungern ein, aber darauf bin ich neidisch. Weil ich mir genau das mit Lucia wünsche – und mit Gabriel.

»Weißt du, wer mir gerade begegnet ist?«, fragt Lucia.

»Ich kann nicht hellsehen, tut mir leid.«

»Es war Gabriel. Er ist vollkommen aufgelöst an mir vorbeigerauscht. Er stand derart neben sich, dass er mich nicht mal bemerkt hat. Also verkauf mich nicht für dumm! Ihr habt euch getroffen, oder? Was ist passiert? Was hast du gemacht?«

Für einen Moment bin ich so fassungslos, dass ich sie nur anstarren kann. Dann werde ich wütend. Was *ich* gemacht habe? Keine Ahnung, wie verblendet meine Stiefschwester sein muss, dass sie Gabriel als das Opfer in dieser Geschichte sieht, aber mir reicht's. »Wenn du es genau wissen willst, er hat mich geküsst.«

»Was?!«, kreischt sie. Ihr Gesicht ist aschfahl. Damit hat sie nicht gerechnet. »Du lügst doch.«

»Warum sollte ich?«

»Um mich … Keine Ahnung, um mir heimzuzahlen, dass ich dir wegen meines Vaters nicht geglaubt habe? Oder weil ich dich vor *Fortuna* gewarnt habe? Was weiß ich denn, was in deinem Kopf vor sich geht.«

Manchmal weiß ich das selbst nicht, denke ich.

»Er ist dein bester Freund. Warum sollte es für dich eine Strafe sein, wenn er mich küsst?«

Sie weicht meinem Blick aus, und das verunsichert mich.

»Seit du hier bist, drängst du dich in mein Leben. Und jetzt willst du mir auch noch meinen besten Freund nehmen?«

»Wie verblendet bist du eigentlich? Es dreht sich nicht alles nur um dich!«, schreie ich. Eine Möwe flattert aufgeschreckt vom Geländer auf und stürzt sich auf den See hinaus. Ich atme tief durch, um mich zu beruhigen, bevor ich hinzufüge: »Ganz ehrlich, Lucia, wenn du kein Teil meines Lebens sein möchtest, gut, aber dann lass mich bitte in Ruhe und misch dich nicht in meine Angelegenheiten ein.«

Sie schweigt und betrachtet den immer dunkler werdenden Himmel. Wenn sie gar nicht vorhatte, laufen zu gehen, was macht sie dann hier? Spioniert sie Gabriel hinterher? Oder mir? Ich unterdrücke ein Schaudern.

Wir sind fast am Hauptgebäude angelangt, als Lucia scharf Luft holt. Ich folge ihrem Blick und entdecke zwei Polizisten, die zusammen mit dem Universitätspräsidenten in Richtung der Wohngebäude laufen. Sofort muss ich an das Archiv denken und das Dokument, das ich daraus entwendet habe. *Scheiße.*

»Was ist denn da los?«, fragt Lucia.

Meine Hände zittern, und ich schiebe sie in die Jackentaschen. *Sie wollen nicht zu mir. Sie gehen in Richtung Wohngebäude. Niemand hat mich in dieser Nacht im Archiv gesehen.*

Es ist alles gut. Doch das seltsame Gefühl, dass irgendetwas faul ist, verschwindet nicht. »Keine Ahnung. Sieht so aus, als würden sie jemanden suchen.«

Wir setzen unseren Weg fort, wodurch wir zwangsläufig hinter den drei Männern herlaufen. Durch meine Gedanken zucken blaues Licht und barsche Stimmen, die mich auf dem Revier verhören. Sofort bekomme ich eine Gänsehaut. In letzter Zeit erinnere ich mich viel zu oft an die Nacht, die ich am liebsten für immer aus meinem Gedächtnis streichen würde.

Zu meinem Missfallen geht die Gruppe an Creek Hall und Lily Hall vorbei. Mein Entsetzen nimmt zu, denn sie betreten ausgerechnet Ash Hall. Ich will ihnen nicht folgen, aber ich zittere am ganzen Körper und brauche unbedingt eine heiße Dusche.

»Gehst du zu Gabriel?«, frage ich Lucia, die nach mir durch die Eingangstür tritt. Allein seinen Namen auszusprechen fühlt sich an, wie mir selbst ein Messer in den Bauch zu rammen.

»Nein«, sagt sie.

»Was machst du dann hier?«

»Ich bin neugierig. Du nicht?«

Eine Frage, die ich immer mit Ja beantworten könnte. Aber jetzt gerade? Alles, was ich spüre, ist diese schreckliche Angst, das Gespann könnte sich umdrehen, auf mich deuten und »Einbrecherin!« brüllen. »Nein. Mir ist egal, zu wem sie wollen.« Hauptsache nicht zu mir.

»Mir nicht.«

»Warum? Was geht dich das an?«

»Ich will nicht, dass es Gabriel ist«, gibt sie leise zu.

»Wieso sollte er es sein? Hat er was angestellt?«

Sie hebt nur skeptisch die Brauen. Spielt sie auf das Auswahlverfahren an? Weiß sie womöglich doch mehr?

Im zweiten Stockwerk – ausgerechnet auf meinem – biegt die Gruppe ab. Einer der Polizisten dreht sich zu uns um und bedenkt uns mit einem prüfenden Blick. Er macht mich unruhig, und ich greife hastig in meine Jackentasche und ziehe klimpernd den Schlüsselbund zu meiner Wohneinheit hervor. Ich will nicht, dass sie mich für eine neugierige Gafferin halten.

Lucia bleibt wie selbstverständlich neben mir stehen, während ich die Tür aufschließe.

»Was soll das?«, zische ich.

»Pst«, macht sie und späht auffällig unauffällig über meine Schulter. »Jetzt wird es spannend.«

O Mann. Sie hat sie echt nicht mehr alle …

Lautes Klopfen dringt über den Flur. Ich fahre zusammen und lasse den Schlüsselbund fallen. »Sofort aufmachen!«, dröhnt einer der Polizisten.

Es sind dieselben Worte wie damals. Mein Herz verkrampft. Ich konnte nicht öffnen. Weil ich eingesperrt worden war.

Hastig hebe ich die Schlüssel auf. Schweißperlen stehen auf meiner Stirn. Ich will nur noch auf mein Zimmer. Und dass Lucia verschwindet. Beides erweist sich als unmöglich, weil meine Hände vor Angst zittern und ich das Schlüsselloch einfach nicht treffe.

Hinter uns wird eine Tür geöffnet. »Was …«, erklingt eine männliche Stimme, und ich kann nicht anders, ich drehe den Kopf in seine Richtung. Es ist, als könnte ich es spüren. Ich kenne ihn.

Zwei Dinge passieren gleichzeitig. Ich treffe endlich das Schlüsselloch, und ich realisiere, dass der Kerl, vor dem die

Polizisten stehen, der ist, der mich nach dem Einbruch ins Archiv angegriffen hat. Panisch stoße ich die Tür auf und will sie hinter mir zuknallen, stattdessen schlägt sie Lucia vor den Kopf, die mir wie selbstverständlich folgt.

»Au!«, faucht sie und hält sich die Stirn. »Spinnst du?«

Die Tür fällt ins Schloss.

»Raus hier!«

»Damit der Präsident mich für eine Gafferin hält?«

»Du *bist* eine Gafferin!«

Ich taste nach der Klinke, um sie rauszuwerfen, aber Lucia schlägt meine Hand weg.

»Ich geh ja gleich. In ein paar Minuten.«

Vom Flur her ertönt Tumult. Erst Schritte, dann laute Stimmen. Was ist da draußen los?

Lucia legt ihr Ohr an das Holz. Ich traue meinen Augen kaum. Ist sie jetzt vollkommen durchgeknallt? Sie lauscht, dann flüstert sie: »Ich glaube, der Typ wird abgeführt. Er schreit, dass er nichts getan hat. Klar, das sagen sie alle.« Sie kichert. *O ja, sie ist definitiv irre.* »Der Präsident sagt, es gibt Beweise, eine … erwachende Libido? Nein, das ergibt keinen Sinn. Oh! Wahrscheinlich *Überwachungsvideo*.«

Sie lauscht noch einige Sekunden länger, bevor sie enttäuscht das Gesicht verzieht. »Sie sind weg.«

Ich schwöre, gleich explodiere ich. Dann werde ich nicht mehr an mich halten können, Lucia schütteln und sie im hohen Bogen eigenhändig aus diesem Zimmer werfen. Ich atme tief durch und reiße die Tür auf. »Ich denke, du gehst jetzt besser.«

Sie strafft die Schultern, und es ist, als würde sie eine Maske überstreifen. Ein falsches Lächeln breitet sich auf ihren Lippen aus, die Neugier, die vor wenigen Sekunden noch in ihren blauen Augen geblitzt hat, ist fort. Sie sind wieder leer, kalt. Ein bisschen wie Gabriels, wenn er mich nicht gerade küsst. O Gott, nein, bloß nicht daran denken.

»Kein Problem, ich würde ohnehin keine Sekunde länger als nötig in deiner Gegenwart bleiben wollen.«

Ich kann es mir nicht verkneifen. Ich will sie verletzen, sie genauso von oben herab behandeln, wie sie es mit mir macht. Deswegen säusle ich etwas Bescheuertes und Kindisches, von dem ich weiß, es wird sie aufregen. »Grüß Gabriel von mir.«

Ihre Augen flammen auf. Nur für eine Sekunde, aber mich durchzuckt dennoch Triumph, weil ich ihre Maske durchbrochen habe. Sie sieht mich an, als wäre ich ein lästiger Kaugummi unter ihrer Schuhsohle. Dann dreht sie sich um und verschwindet endlich.

Ich knalle die Tür zu und lehne mich schwer atmend mit dem Rücken dagegen. Dieser Tag hat es definitiv in sich.

Kapitel 24

Gabriel

»Ey, Mann, hast du schon das Neueste gehört?«, fragt Aidan.

Ich bereue es augenblicklich, in die Küche gegangen zu sein, um mir einen Tee zu holen.

»Mmh?«, grummle ich abweisend, damit er hoffentlich kapiert, dass es mich einen Scheiß interessiert. Ich will nur zurück auf mein Zimmer, mich in die Hausarbeit für *Himmelsmechanik und Raumfahrt* stürzen und Elora vergessen. Was so unmöglich ist, wie über Wasser zu laufen, aber ich werde es weiterhin probieren.

»Auf dem Flur unter uns wurde jemand verhaftet.«

Ich bleibe so abrupt stehen, dass meine Schuhe auf dem Parkett quietschen. »Äh, wie bitte?«

»Der Typ ist wohl irgendwo eingebrochen, wenn ich das richtig verstanden habe.«

Die Wände beginnen sich zu drehen. Ist er wirklich eingebrochen? Oder hat er die Aufgabe von *Fortuna* erfüllt? Das kann kein Zufall sein. Was, wenn ich der Nächste bin, der abgeführt wird? Oder Elora? O Gott, was bedeutet das für ihren Traum, einen Durchbruch in der Krebsforschung zu erlangen? Mit einer Verurteilung wegen Einbruchs wird sie niemals an der Klinik angenommen werden und … Moment. Stopp! Offenbar interessiere ich mich inzwischen mehr für Eloras als für meine Ziele. Dieser dumme Kuss!

An der Tür ertönt ein Poltern, und mein Herz setzt einen Schlag aus. Das ist es. Mein Ende. Ich werde nie erfahren, was mit Annabelle geschehen ist, nie die Sterne erforschen, sondern für immer im Gefängnis versauern. Orange tragen, mir Tattoos stechen lassen und den Kopf kahl rasieren. Ich schnappe nach Luft. Glatze steht mir doch überhaupt nicht!

Aidan geht an mir vorbei, und ich höre, wie er die Tür aufschließt. Dann lässt er die Polizei herein. Ihre Schritte klingen wie Peitschenhiebe. Ich werde am Arm gepackt und wehre mich nicht. Mir ist bewusst, dass es zwecklos ist. Nur wie haben sie von dem Einbruch erfahren? Hat die *Dark Elite* mich verpfiffen, weil sie dahintergekommen sind, dass ich nur für meine Rache am Wettbewerb teilnehme? Blonde Haare wirbeln durch mein Sichtfeld und mischen sich mit knalligem Pink. Sind Polizeiuniformen nicht grün? Oder war es blau?

»Was hast du getan?!«, kreischt eine Frau. Definitiv keine Polizistin. Sondern Lucia. Erleichterung durchzuckt mich, bis ihre Worte in meinen Verstand dringen.

»Wie meinst du das?«

»Der Student, der …« Sie bricht ab, weil in diesem Moment Aidan die Küche betritt.

»Geht es um die Verhaftung?«, fragt er neugierig.

»Nein.« Lucia starrt ihn mit ihrem Todesblick nieder. Den setzt sie immer dann auf, wenn sie kurz davorsteht, einen hysterischen Anfall zu bekommen. So wie an dem Tag, an dem Sara verunglückt ist. Oder als sie in den Drittversuch für Politikgeschichte musste.

Lucia zieht schmerzhaft an meinem Arm. Ich wusste gar nicht, wie kräftig sie ist. »Wir gehen jetzt. Bis dann, Aidan.«

Sie zerrt mich in mein Zimmer. Ich stehe immer noch zu sehr neben mir, um mich dagegen zu wehren. Mir geht die Verhaftung nicht mehr aus dem Kopf. Ich bin mir sicher, *Fortuna* hat damit zu tun.

»Ich frage dich das jetzt nur einmal, Gabriel: Bist du irgendwo eingebrochen?«

Erst vor einer Stunde hat Elora mein Herz aufgetaut. Jetzt friert es wieder zu. »Warum fragst du das?«

»Weil vorhin ein Student verhaftet wurde, der sich Zutritt zum Universitätsarchiv verschafft hat. Morelli hat ein Video davon. Das Ganze ist nur aufgefallen, weil eine Mitarbeiterin des Archivs einen fehlenden Ordner bemerkte. Da war wohl irgendwas Wichtiges drin.«

»Woher weißt du das alles?«

»Die ganze Universität spricht gerade über nichts anderes.«

»Okay, schön. Aber warum soll ich was damit zu tun haben?«

»Ich bin nicht blöd. Wegen des Wettbewerbs, natürlich.« Sie tigert im Zimmer auf und ab. »Wer klaut einen Ordner aus dem Archiv? Das ergibt keinen Sinn. Es sei denn, es war eine Aufgabe.«

Ich kann meine Wut nicht länger zurückhalten. »Halt die Klappe! Die *Dark Elite* hat dich seit dem Beginn des Wettbewerbs in Ruhe gelassen. Willst du wirklich riskieren, mit diesen Anschuldigungen zurück in ihren Fokus zu geraten?«

»Ich teile diesen Verdacht mit *dir*. Sonst mit niemandem.«

»Du hast dich beinahe vor Aidan verplappert.«

»Bist du nun für eine Aufgabe ins Archiv eingebrochen oder nicht?«

»Halt dich da raus!«, schreie ich sie an.

»Natürlich, wie konnte ich das vergessen. Du teilst ja nie etwas mit mir. Genau wie das mit Elora.«

Ich erstarre. »Was ist mit ihr?«

»Du hast sie geküsst!«

Scheiße.

»Sie ist meine Stiefschwester, Gabriel. Von allen Frauen an dieser Universität suchst du dir ausgerechnet sie aus?«

»Ich habe sie mir nicht ausgesucht.«

»Dann hat sie also gelogen, und ihr habt euch nicht geküsst?«

Ich versuche meine Überraschung, dass Elora Lucia davon erzählt hat, zu verstecken. »Warum bist du so wütend deswegen? Weil ich nicht sofort zu dir gerannt bin, um es dir zu erzählen?«

»Weil du …« Sie bricht ab, und ihr steigen Tränen in die Augen. Was ist ihr Problem?

»Weil ich was?«

»Weil du mir wichtig bist.« Sie kommt einen Schritt auf mich zu, streckt die Arme nach mir aus. »Ich will dich beschützen. Du bist mein bester Freund. Mein einziger Freund. Ich will nicht, dass du verletzt wirst.«

Widerwillig lasse ich ihre Umarmung zu. »Ich habe es dir schon mehr als einmal gesagt, ich kann gut auf mich selbst aufpassen.«

Lucia schnieft. »Annabelle würde nicht wollen, dass du irgendwo einbrichst und deine Zukunft aufs Spiel setzt.«

Ruckartig löse ich mich von ihr. Wir sprechen nicht über Annabelle, das ist ein ungeschriebenes Gesetz. »Zieh sie da nicht mit rein.«

»Sie steckt doch schon mit drin. Du machst das alles nur wegen ihr!«

»Ich weiß, was ich tue, okay? Und ich will nicht mehr darüber diskutieren.«

»Ist es das wirklich wert?«, fragt sie leise.

»Ja, das ist es. Muss es einfach sein.«

Sie nickt und wischt sich die Tränen von den Wangen. »Und was ist mit Elora? Magst du sie?«

»Natürlich nicht. Sie ist meine Konkurrentin.« Sie steht zwischen mir und meinem Ticket in jene Institution, die ich von innen heraus zerstören werde.

»Warum zeigst du dann Interesse an ihr? Planst du, sie zu manipulieren?«

»Was willst du von mir? Sie ist heiß, das ist alles. Wenn ich sie vögeln will, ist das meine Sache.«

»Ah, dann geht es also nur um Sex?«

Bis jetzt ist es nicht einmal das, aber das muss Lucia ja nicht wissen. »Ich habe da gerade keinen Kopf für. Mein Fokus liegt auf der Verbindung.«

Sie seufzt. »Na gut. Wie du meinst. Aber sei vorsichtig bei ihr.«

Ich runzle die Stirn. »Warum?«

»Irgendwas ist da faul. Ich kann es nicht erklären, ist nur so ein Gefühl.«

Ich verdrehe die Augen. Dennoch ist da dieses leise Pochen in mir, es will mir weismachen, dass es für Lucia keinen Grund gibt, mich anzulügen. Wenn sie sagt, sie hat ein komisches Gefühl, dann ist da etwas dran.

»Ich muss jetzt endlich aus diesen Laufklamotten raus«, sagt Lucia. »Sehen wir uns morgen zum Mittag?«

»Meinetwegen.«

»Gut. Bis dann.« Sie lächelt und dreht sich um. Auf halbem Weg zur Tür hält sie noch einmal inne. »Weißt du, was ich mich frage? Wenn alle Teilnehmenden ins Archiv eingebrochen sind, warum wurde dann nur einer verhaftet?«

»Ich habe keine Ahnung.« Mir war nicht einmal klar, dass es überhaupt Kameras im Archiv gibt. Ich habe keine gesehen, als ich danach gesucht habe. Lucia hat recht, an der Sache ist irgendwas faul. Ich habe das Gefühl, die Antwort liegt direkt vor mir. Ich kann sie nur nicht greifen. Das letzte Puzzleteil fehlt mir noch, um das Rätsel zu lösen.

»Wie auch immer, sei einfach vorsichtig, ja?«

»Natürlich«, antworte ich.

Ich glaube, sie weiß genau, dass es nur halbherzig gemeint ist. Dennoch geht sie, und ich atme tief durch. Lucia soll sich nicht einmischen. Es ist noch nicht allzu lange her, dass Sara sie ständig umworben hat. Da sie endlich Ruhe hat, sollte sie einen großen Bogen um alles machen, was mit *Fortuna* zu tun hat.

Stille senkt sich über den Raum, aber in mir drin wird es lauter und lauter. Wieso wurde nur einer erwischt, wenn es tatsächlich Kameras im Archiv gibt? Wieso ist die *Dark Elite* so fahrlässig? Jeder weiß, bei *Fortuna* läuft alles im Geheimen und unter der Hand ab. Sie haben es geschafft, mühelos den Mord an meiner Schwester zu vertuschen. Und da soll es ihnen nicht gelingen, eine Archivmitarbeiterin zu beruhigen? Nein, es muss mehr dahinterstecken.

In diesem Moment vibriert mein Handy. Ich ziehe es heraus und sehe eine Nachricht von *Fortuna* auf meinem Bildschirm.

> Du hast deine Loyalität bewiesen und das Entsorgungszentrum gefüllt. Glückwunsch, das war die richtige Wahl. Einer deiner Mitstreiter hat sich hingegen falsch entschieden und unser frei erfundenes Gerücht einer Zeitschrift verkauft. Du hast sicher bereits auf dem Campus gehört, auf welche Weise er dafür geradestehen muss.

Mir gefriert das Blut in den Adern. Das letzte Puzzleteil fällt an seinen Platz, und ich muss daran denken, wie ich noch vor wenigen Stunden in Versuchung war, allem ein Ende zu setzen und das entwendete Dokument zu veröffentlichen. Hätte ich es getan, hätte ich denselben Preis zahlen müssen wie der Student, der heute verhaftet wurde.

Fortuna hat uns alle schon jetzt vollkommen in der Hand, ohne dass wir es überhaupt mitbekommen haben. Bei dieser Erkenntnis sacken meine Knie unter mir weg. Dieses verdammte Spiel läuft aus dem Ruder. Das Ganze ist kein Spaß, sondern bitterer Ernst. Ich fühle mich wie eine Marionette. Sollte ich mich gegen sie wenden, werden sie meine Fäden durchschneiden und mich meinem Schicksal überlassen. Wie viel Macht haben sie? Wie weit werden sie gehen, um sich selbst zu schützen? Wie weit sind sie bereits vor zwei Jahren gegangen? In meinen Ohren rauscht es, in meinem Kopf ist nur noch Platz für eine einzige Frage:

Was ist mit dir geschehen, Annabelle?

Wenn ich mein Ziel erreichen will, muss ich mich den Regeln beugen. Das ist mir nach der Verhaftung klar geworden. Das Dokument war ein Test. Kann *Fortuna* uns Anwärtern vertrauen? Oder würden wir sie, sobald sich die Gelegenheit bietet, zum eigenen Vorteil verraten?

Ich komme mir bescheuert vor, weil ich es überhaupt in Erwägung gezogen habe. Nach dem, was mit Annabelle passiert ist, war mir doch im Grunde bewusst, dass die Verbindung skrupellos ist. Und dass sie stets eine doppelte Absicherung haben. Was am Wettbewerb ist wahr? Was nur ein Spiel? Es ist, als wäre ich in einen dunklen Wald hineingelaufen. Knorrige Äste strecken sich nach mir aus, Wurzeln wollen mich zum Stolpern bringen. Der finstere Schatten vor mir könnte ein Baum sein … oder aber ein Wolf. Ich habe längst die Orientierung verloren. Gemeinsam mit all meinen Sinnen, auf die ich mich sonst stets verlassen konnte. Wenigstens meinen Verstand habe ich noch. Oder ich hatte ihn zumindest. Denn seit ich Elora geküsst habe, scheint er verschwunden zu sein.

Scheiße. Ich hatte gehofft, ein paar Minuten länger durchzuhalten, bevor ich wieder an sie denken muss. Dass ich sie gleich in der Vorlesung wiedersehe, verwandelt meine Beine in Wackelpudding. Der Grüne. Denn der Rote war Annabelles Lieblingsdessert.

Mit enger Kehle reihe ich mich in das Gedränge ein, das vor der Eingangstür zum Hauptgebäude herrscht. Drinnen erwartet mich stickige Luft, aber dafür ist sie warm. Ich ziehe die Mütze von meinem Kopf und spüre das elektrische Knistern meiner Haare mehr, als ich es bei diesem Lärm höre. Nächste Woche beginnt der November. Ein weiteres Jahr ist geschafft. Das zweite ohne Annabelle. Dabei habe ich immer noch keine Ahnung, was damals wirklich mit ihr geschehen ist.

Je näher ich dem Vorlesungssaal komme, desto nervöser werde ich. Wie wird Elora reagieren? Das ist unser erstes Wiedersehen nach dem Kuss. Wird sie mich ignorieren? Mich konfrontieren? So wie ich sie kennengelernt habe, vermute ich Letzteres. Oder aber ich habe es diesmal wirklich versaut, und sie ist es leid geworden, auch nur ein Wort mit mir zu wechseln.

Sobald ich den Saal betrete, erzittere ich und bin wieder die Kompassnadel. Ich muss den Blick nicht über die Reihen schweifen lassen, um zu wissen, wo sie sitzt. Wie automatisch richte ich mich nach ihr aus. Alles in mir wird ein bisschen warm, dann schlagartig eiskalt. Denn sie sieht mich nicht an. Aber ihre zusammengepressten Lippen und die starre Haltung verraten, dass sie mich sehr wohl registriert hat. Ich spüre einen Stich in der Brust, weil sie mich ignoriert. Verdammt, ich muss aufpassen, nicht zu einem emotional verweichlichten Vollidioten zu werden.

Ich bin vollkommen auf Elora fokussiert und pralle dadurch gegen einen anderen Studenten. Seine überdimensionierte Ledertasche schlägt mir hart gegen die Hüfte. »Pass doch auf«, murre ich. Dann suche ich mir einen Platz weit von Elora entfernt.

Den gesamten Kurs lang muss ich mich zwingen, nicht zu ihr zu schauen. Vielleicht sollte ich das Fach schmeißen? Ich bin ohnehin nur hier, um sicherzugehen, dass ich mit der Astronomie den richtigen Weg einschlage. Das haben sich meine Eltern so gewünscht, und wenn ich schon nicht in Papas Fußstapfen trete, sondern meinen Interessen nachgehen darf, sollte ich ihren Wunsch respektieren. Andererseits könnte ich das Fach nächstes Jahr noch einmal belegen. Oder mir die Vorlesungsfolien von irgendjemandem schnorren. Viele Studierende aus meinen Physikkursen sitzen hier. Ich habe zwar mit keinem von ihnen mehr als ein- oder zweimal gesprochen, aber es gibt bestimmt jemanden, dem ich im Gegenzug einen Gefallen tun kann.

Die Dozentin rauscht herein, als wäre sie auf der Flucht. Sie ist noch nicht mal bei ihrem Pult angekommen, da beginnt sie schon zu reden. »Wie Sie wissen, müssen Sie in meinem Kurs eine Prüfungsleistung erbringen. Da ich kein Fan von Auswendiglernen und Klausuren bin, habe ich mir eine andere Möglichkeit überlegt, Sie zu benoten. Sie werden zwei Arbeiten bei mir einreichen. Eine im November, die Sie gemeinsam mit einem Partner ausarbeiten werden. Eine zur Prüfungsphase im Sommer, die Sie allein verfassen. Die Themen gebe ich Ihnen vor. Ich kann Ihnen aber bereits versprechen, die Arbeiten werden nicht theoretischer Natur sein. Nicht ausschließlich, jedenfalls. Mir liegt viel daran, dass Sie auch die praktische Seite kennenlernen. Deswegen wird die Partnerarbeit aus einem Experiment bestehen.«

Raschelnd greift sie nach einem Papierstapel auf ihrem Schreibtisch. »Für die erste Arbeit habe ich jeweils einen Mediziner und einen Physiker zusammengestellt. Da es nicht ganz aufging, gibt es zwei Dreiergruppen. Diese kommen nach der Stunde bitte noch einmal zu mir.« Sie räuspert sich und blättert den Stapel durch. Ich sitze wie erstarrt da. Mein Plan, jemanden um die Vorlesungsfolien anzuhauen, hat sich gerade in Luft aufgelöst. Zumindest bis Dezember. Aber wenn ich es bis dahin schaffe, einmal wöchentlich mit Elora in einem Raum zu sitzen, kann ich den Kurs auch komplett durchziehen, oder?

Dann fällt mir etwas anderes auf. Ein Mediziner. Ein Physiker. Noch bevor die Dozentin die einzelnen Namen vorliest und die Unterlagen verteilt, weiß ich es. Ich weiß es einfach. *Scheiße.*

Ich schaffe das nicht. Ich …

»Elora Farraro und Gabriel Zürcher.«

Alles in mir zieht sich zusammen, nur um sich dann auszudehnen. Wärme fließt in jede meiner Gliedmaßen und taut das Eis an.

Irgendwer reicht mir ein Blatt. Ich greife danach, lese ihren Namen, und das Papier knistert unter meinen Fingern. Da ist diese leise Stimme in mir, die mir sagt, dass mir eine gute Note sicher ist. Weil sie und ich ein hervorragendes Team sind. Elora ist intelligent und zielstrebig. Sie kann um die Ecke denken und Lösungswege finden, die mir verborgen bleiben, so viel haben die gemeinsam gelösten *Fortuna*-Aufgaben gezeigt. Aber wie soll ich sie vergessen und meinen Fokus auf Annabelle richten, wenn ich gezwungen bin, in Eloras Nähe zu sein?

Tumult bricht aus, Studierende verlassen den Raum. Ich bin irritiert, bis mir auffällt, dass die Vorlesung vorbei ist. Ich habe nichts mehr mitbekommen, war vollkommen in Gedanken versunken. In Gedanken an Elora.

Wie in Trance erhebe ich mich. Ich komme drei Schritte weit, bin noch nicht einmal an der Tür, da spüre ich Elora schon neben mir.

»Gabriel«, sagt sie so kühl, wie ich es bei ihr noch nie erlebt habe.

»Hi.« Ich schaffe es nicht, sie anzusehen. Dann könnte ich nämlich nicht mehr so tun, als wäre mir die Einteilung für die Arbeit egal. Dann würde sie merken, dass ich innerlich gerade schreie. Vor Frustration. Vor Verwirrung.

»Hast du schon mal von Dosimetrie gehört?«

»Was?«

Wir verlassen den Raum und treten auf den Flur hinaus. Ich werde angerempelt und reagiere instinktiv. Ich greife nach ihrem Arm und ziehe sie an den Rand des Ganges, neben eins der Fenster. Ihre Haut ist warm und lässt ein Kribbeln durch meinen gesamten Körper rieseln. Sie starrt einige Sekunden lang auf meine Finger, bevor sie sich entschlossen losreißt.

»Die Aufgabe, die wir erledigen sollen?«

»Oh.« Ich habe mir nicht einmal durchgelesen, um was es bei unserer Arbeit gehen soll, so sehr stehe ich neben mir. Daran ist allein sie schuld.

»Wann hast du Zeit für ein Treffen?«

»Wir haben erst Oktober.«

»Ende Oktober. Bis zur Abgabe haben wir nur einen Monat Zeit! Ich bin kein Fan von Aufschieben. Oder davon, vor Konfrontationen davonzulaufen.«

Ich atme zischend aus. »Du hast keine Ahnung.«

»Ach nein? Jemanden zu küssen und ihn dann sitzen zu lassen, geht gar nicht.«

»Ich hätte dich nie küssen dürfen.«

»Warum hast du es dann getan?«

Weil ich schwach war. Aber im Grunde ist mir klar, dass es nur eine faule Ausrede ist. Ich kann die Wahrheit nicht länger leugnen, sie platzt wie von selbst aus mir heraus. »Weil ich es wollte.«

Ihre Augen weiten sich, ihr Mund öffnet sich leicht. Ich schwöre, ich könnte sie auf der Stelle erneut küssen. Ist das verrückt? Zu wissen, dass etwas falsch ist und es trotzdem mit jeder Faser seiner Seele zu wollen?

»Warum bist du dann gegangen?« Ihre Frage ist so leise, ich verstehe sie zwischen all den plaudernden Studierenden nur, weil wir einander plötzlich ganz nah sind. Wann ist das passiert?

Ich schweige. Ich kann es ihr nicht sagen. Nicht ausdrücken, was in meinem dunklen Herzen vor sich geht. Nicht jetzt, nicht hier, vielleicht sogar nie. Ich presse die Lippen aufeinander und schüttle den Kopf.

Sie nickt, als würde sie verstehen. Wahrscheinlich stimmt das sogar. Sie ist wie ich und gleichzeitig auch wieder nicht. Ein riesiger Berg aus Widersprüchen.

»Weißt du was?«, fragt Elora. »Am besten gibst du mir deine Nummer, dann können wir einen Termin ausmachen, wann wir uns für die Arbeit treffen.«

Ich zögere. Wenn ich ihre Nummer habe, werde ich versucht sein, ihr zu schreiben. Auch außerhalb dieser beschissenen Studienarbeit. Dennoch hat sie recht, so ist es am leichtesten. Daher tippe ich die Zahlen in ihr Telefon ein.

»Danke. Ähm … bis dann.«

Und schon ist sie weg. Mein Norden. Ich schüttle hastig den Kopf, um den Gedanken zu vertreiben.

In diesem Moment vibriert mein Handy. Ich muss lächeln. *Echt jetzt, Elora?* Wer hätte gedacht, dass sie so ungeduldig ist.

Ich ziehe mein Handy aus der Tasche, öffne die Nachricht und … Mein Lächeln erlischt. Sie ist nicht von Elora.

Beweise deine Verlässlichkeit, und suche Jasper Scharmann auf, um etwas von ihm abzuholen.
Du hast Zeit bis Freitag um Mitternacht.

Ich würde das Handy am liebsten gegen die Wand pfeffern. Ausgerechnet Jasper, dieses Arschloch! Das kann nur ein schlechter Scherz sein. Was hat die *Dark Elite* sich jetzt schon wieder ausgedacht?

Ich beiße die Zähne zusammen und schiebe die Eifersucht, die ich unerklärlicherweise auf Jasper empfinde, fort. Hier geht es um Größeres. Um Antworten.

Und um Rache.

Kapitel 25

Elora

»Uh, das sieht gruselig aus, ich lieb's.« Simona taucht hinter meiner Schulter im Spiegel auf.

»Ja?«

»Definitiv, du siehst heiß aus! Ich würde nur am Kinn noch mehr Blut verwenden.«

Mit der Kunstbluttube tippe ich an die Stelle, auf die sie gezeigt hat. »Hier?«

»Genau. Noch ein bisschen mehr. Ja, jetzt ist es perfekt!«

Als die Nachricht von *Fortuna* kam, ich solle bei Simona etwas abholen, habe ich nach der Einbruchsgeschichte mit wirklich allem gerechnet. Aber nicht mit einer Einladung zu einer exklusiven Halloweenparty in der Bar des *Seaside*.

»Du wirst der beste Vampir der ganzen Party sein«, sagt Simona und dreht sich euphorisch im Kreis. Die beiden geflochtenen Zöpfe ihrer schwarzen Perücke flattern ihr dabei um den Kopf.

»Wir werden sehen. Verrätst du mir jetzt endlich, wer du bist?«

»Erkennst du mich denn nicht?«, fragt sie entsetzt.

Ihr Gesicht ist bis auf die Lippen weiß geschminkt. Sie trägt ein schwarzes Kleid mit kleinen hellen Punkten und einem Peter-Pan-Kragen.

Simona stemmt die Hände in die Hüften. »Ich bin Wednesday Addams!«

»Oh, klar, jetzt sehe ich es auch.«

»Na toll, niemand wird mich erkennen. Die denken alle, ich hätte keine originelle Kostümidee gehabt.«

»Das ist doch Quatsch!«, lenke ich hastig ein. »Dein Lächeln hat mich nur irritiert. Vielleicht solltest du etwas düsterer dreinblicken. Aber so oder so: Dein Kostüm ist wesentlich origineller als meins. Ich bin ein Vampir! Jeder zweite Gast wird ein Vampir sein.«

»Jetzt übertreibst du aber«, tadelt sie mich und zupft an meinem Vampirumhang herum. »Bist du dann so weit?«

»Ja, wir können los.«

Wir laufen über den Campus in Richtung *Seaside*, und es fühlt sich wie eine Parallelwelt an. Überall irren Geister, Hexen und – wie erwartet – verdammt viele Vampire umher. Wahrscheinlich ist die Halloweenparty von *Fortuna* heute Abend nicht die einzige. Eine kribbelnde Vorfreude erfüllt mich. Ich hätte nicht gedacht, dass ich mich einmal so auf eine Party von einem elitären Club freuen würde.

»Hat die Verbindung die komplette Bar gemietet?«, frage ich Simona. Unglaublich viele Leute strömen in Richtung *Seaside*.

»Ja, der Barbereich gehört ganz uns. Aber im Restaurant findet heute Abend noch eine andere Party statt.«

»Das erklärt, wo die vielen Gruselgestalten hinwollen. Siehst du die Gruppe vor uns? Die gehen alle als Vampir!«

»Meinst du? Ich finde, der Typ ganz links sieht eher aus wie eine Fledermaus.«

Ich werfe ihr einen skeptischen Blick zu. »Merkst du selbst, oder?«

Sie stupst mich spielerisch an, und ich stolpere fast vom Weg. »Ich bin froh, dass du meine Mitbewohnerin bist.«

»Ich auch«, erwidere ich, ohne zu zögern.

Sie lächelt, bevor sich ihr Blick über dem See verliert. Die Lichter der angrenzenden Gebäude tanzen wie Glühwürmchen auf den dunklen Wellen. »Die letzte Person, mit der ich mehr als nur oberflächlich befreundet war, ist Sara gewesen. Bevor alles so schrecklich schiefgelaufen ist.«

Ihre Wortwahl irritiert mich. Beim Volleyballturnier meinte sie noch, sie hätten sich voneinander entfernt. Aber jetzt klingt es, als wäre etwas zwischen ihnen vorgefallen und … *Okay, stopp.* Wahrscheinlich zerbreche ich mir nur wieder unnötig den Kopf.

»Du erinnerst mich an sie, weißt du?«

Unsicher rücke ich meine künstlichen Vampirzähne zurecht. »Wieso?«

Simona löst ihren Blick vom See und sieht mich an. Ihre Augen funkeln im Schein der Laternen. »Sara war taff und mutig und stand für ihre Träume ein. Sie wusste, was sie will. Sie war frei und unbeschwert. Nicht perfekt, das ist niemand, aber sie war jemand, zu dem ich aufgesehen habe. Gleichzeitig war sie gütig und immer da, wenn ich sie gebraucht habe.« Leiser fügt sie hinzu: »Aber ich war nicht da, als sie mich gebraucht hat. Das bereue ich jeden einzelnen Tag.«

Meint sie den Tag, an dem Sara starb? Aber es war ein Unfall, warum klingt Simona so, als hätte sie etwas daran ändern können? Ein ungutes Gefühl breitet sich in meiner Magengegend aus. »Simona, du …«

Plötzlich schiebt sich jemand zwischen uns hindurch und schlingt seine Arme um unsere Schultern. »Heeey!«, dröhnt Jasper mit verwaschener Stimme. Wahrscheinlich hat er vorgeglüht. »Was geht?«

»Du machst meine Frisur kaputt.« Simona schüttelt seinen Arm ab und betrachtet Jaspers blutbespritzten Chirurgenkittel. »Cooles Kostüm.«

»Danke. Bist du Wednesday?«

Simona deutet mit dem Finger auf mich. »Ha!«, ruft sie. »Siehst du?«

Ich muss lachen. »Eins zu null für Jasper.«

Dieser zieht mich spielerisch an sich. »Ich wusste gar nicht, dass das hier ein Spiel ist«, säuselt er.

Alles ist ein Spiel, Jasper. Du, dieser Abend, die Verbindung, in der du bist.

»Mir ist schlecht.« Simona gibt ein übertriebenes Würgegeräusch von sich. »Hört ihr? Ich muss schon würgen, so widerlich finde ich euer Geflirte.«

»Ach was, ich mache nur Spaß. Elora hat mir längst einen Korb gegeben.«

»Wie bitte?«, kreischt Simona.

Lachend springt Japser an uns vorbei, um ein paar Meter vor uns eine Mumie zu begrüßen. Dieser Idiot gibt mir nicht einmal die Gelegenheit, mich zu verteidigen!

Fassungslos blinzelt meine Mitbewohnerin mich an. »Du hast ihm nicht ernsthaft einen Korb gegeben?«

»Doch, schon beim Kerzenabend.«

»Warum? Bist du von allen guten Geistern verlassen? Jasper ist intelligent, er ist Arzt – na ja, zumindest heute Abend, aber er wird einer werden, also zählt das, finde ich. Außerdem ist er heiß. Hast du ihn dir mal angesehen? Verdammt heiß. So einen stößt man nicht von der Bettkante.«

Ich grinse. »Du kannst ihn gerne haben.«

Erleichtert bemerke ich das *Seaside* vor uns und will eilig hineinschlüpfen, um der Diskussion zu entkommen. Aber Simona hält mich fest. Natürlich, diese Frau ist sturer als ein Esel. »O nein, so leicht kommst du mir nicht davon. Gib mir einen Grund. Nur einen!«

»Ich habe einfach kein Interesse an ihm, das über eine Freundschaft hinausgeht.«

Simona hebt eine Bierdose auf, die achtlos auf dem Weg liegt und schmeißt sie in den nächsten Mülleimer. »Sicher, dass es das ist?«

»Was sollte es sonst sein?«

»Hast du stattdessen eventuell Interesse an einem anderen Mann?«

Ich lache auf, obwohl sich alles in mir verkrampft. »Na sicher. Wer denn?«

Sie sieht mich lange an. So lange, dass ich unruhig werde. »Gabriel.«

»Wie bitte?«, krächze ich. Dabei wollte ich mich bemühen, cool zu bleiben, mir nichts anmerken zu lassen, so zu tun, als wäre er mir egal. »Wie kommst du denn auf so einen Schwachsinn?« Meine Stimme ist verräterisch hoch. Fieberhaft überlege ich, ob und wie Simona von dem Kuss erfahren haben könnte.

»Nur so ein Gefühl.«

Ach ja, Gefühle, diese tückischen Biester. »Gabriel und ich, das ist … keine Ahnung.« Wem mache ich hier eigentlich etwas vor? Gabriel ist mir nicht egal. Das war er von Anfang an nicht. Aber er ist mein Konkurrent, und für ihn gebe ich meinen Traum von Unabhängigkeit sicher nicht auf.

»Dann läuft da doch was?«

»Da läuft nichts. Er ist ein Arschloch, und ich bin auf seine Masche reingefallen.«

»Seine Masche? Wie meinst du das? Du bist aber nicht verunsichert, weil ich dir gesagt habe, du solltest lieber Abstand von ihm halten, oder?« Sie seufzt und tritt gegen einen losen Stein. »Das war bescheuert von mir, Elora. Ich hätte das nicht sagen dürfen. Ich kenne Gabriel nicht gut, aber selbst wenn, hatte und habe ich kein Recht, mich da einzumischen.«

»Es liegt nicht an dir, keine Sorge.« Ich blicke sehnsüchtig zum Eingang, denn gerade wäre ich lieber bei den *Fortuna*-Mitgliedern als bei Simona und dem Gespräch über Gabriel.

»Weißt du, es gibt etwas, das ich dir noch nicht erzählt habe.« Sie sieht mich zerknirscht an, und mein Puls schießt in die Höhe. »Es war beim Kerzenabend. Ich war für die Getränke zuständig, und dabei ist mir Gabriel aufgefallen. Er stand da wie festgefroren, und ich weiß noch, dass ich dachte, was für ein komischer Typ. Aber dann habe ich realisiert, dass er dich wie hypnotisiert angesehen hat. Du hast gerade mit Jasper geredet, und Gabriel sah aus, als hätte ihn jemand in den Magen geboxt. Oder seinen Hund getreten. Echt, er hatte sein Gesicht nicht mehr unter Kontrolle.«

»Sicher, dass es Gabriel war, den du gesehen hast?« Er trägt fast immer eine gleichgültige Maske und zeigt seine Gefühle nie offen, so viel weiß ich mittlerweile schon über ihn.

»Ja, natürlich. Er war eifersüchtig auf Jasper, da bin ich mir sicher.«

»Na klar.« Ich lache auf und winke ab. »Komm, lass uns lieber reingehen.«

»Ich verstehe schon, du willst das nicht hören. Aber glaub ja nicht, du kommst mir so einfach davon. Gabriel steht eindeutig auf dich und ...«

Ich ziehe an ihrem Zopf, und es funktioniert. Sofort beschwert sie sich, und Gabriel ist vergessen. Stichelnd laufen wir zur Bar neben dem *Seaside*, deren Tür heute geschlossen ist. Ein Securitymann mit breiten Schultern und grimmigem Blick kontrolliert unsere Einladungen, bevor er uns einlässt.

»Wow«, sage ich, sobald wir drinnen ankommen. »Die Dekoration ist der Wahnsinn.« Überall hängen schwarze Ballons, Spinnenweben und Feenlichter, die Atmosphäre wirkt dadurch mehr glamourös als gruselig.

»Komm, wir holen uns was zu trinken!« Simona zieht mich mit sich. Wir passieren einen Kerl, der sich einen riesigen Plüsch-Haikopf übergestülpt hat. Seine Schnauze bleibt an einer Spinnwebe hängen. In dem Versuch, sich zu befreien, reißt er sie von der Decke, und ich muss ein Lachen unterdrücken.

An der Bar streckt mir Simona ein Martiniglas mit orangefarbener Flüssigkeit und schwarzem Zuckerrand entgegen. »Auf einen schauerlichen Abend«, ruft sie laut, und um uns herum ertönt zustimmendes Gegröle.

Wir stoßen an und machen anschließend die Tanzfläche unsicher.

Gabriel

Aus den Boxen plärrt ein elektronischer Song, der Bass springt in meiner Magengrube herum wie auf einem Trampolin. Ich hasse dieses Gefühl und unterdrücke den Drang, mir eine Hand auf den Bauch zu pressen.

Um mir einen Überblick über die Situation zu verschaffen, suche ich mir erst einmal einen freien Platz an der Bar. Auf der Karte stehen Getränke wie *Giftgrüne Todesschorle* oder *Zombiegehirn-Shot*. Sehr originell, schnaube ich in Gedanken, bestelle aber trotzdem einen davon. Als der Barkeeper mir das Glas zuschiebt, muss ich zugeben, dass der Name passt. Braune Schwaden schwimmen in einer klaren Flüssigkeit, die mich tatsächlich an ein Gehirn erinnern.

Ein Brennen breitet sich in meiner Kehle aus, nachdem ich den Shot hinunterstürze. Aber er hilft, um meine Nervosität etwas zu dämpfen. Für heute Abend habe ich mir fest vorgenommen, Antworten zu bekommen. Koste es, was es wolle.

Nach einem weiteren Shot sehe ich mich im Raum um. Überall drängen sich *Fortuna*-Mitglieder aneinander. Sie lachen, trinken, sind ausgelassen. Ich fühle mich unter ihnen wie das schwarze Schaf. Oder nein, eher wie das einzige weiße Schaf. Unschuldig, während sie alle Mörder sind. Okay, das ist vielleicht ein bisschen übertrieben. Dennoch feiern hier alle ausgelassen, während meine Schwester in Zürich drei Meter unter der Erde liegt.

Jemand auf der Tanzfläche erregt meine Aufmerksamkeit, und mein Herz macht einen Satz. *Mein Norden,* denke ich abwesend und mache den Alkohol dafür verantwortlich.

Dann runzle ich die Stirn. Natürlich ist Elora ebenfalls ein Vampir! Am liebsten würde ich die falschen Reißzähne ausspucken und mir das Kunstblut vom Kinn wischen.

Elora schwingt die Arme über den Kopf, und mir wird heiß. Sie hat die Augen geschlossen und wiegt sich im Takt der Musik hin und her. Ich würde alles dafür geben, in diesem Moment hinter ihr zu stehen, sie in meinen Armen zu spüren, ihre Haut an meiner und … *Nein, konzentriere dich, Gabriel!* Ich muss Antworten finden.

Aber wo? Neben Elora tanzt eine Frau, die ich wegen der ungewohnten Haarfarbe erst auf den zweiten Blick als Simona erkenne. Hat sie im selben Jahr am Auswahlverfahren teilgenommen wie Annabelle? Ich kann mich nicht mehr erinnern, wer damals noch dabei war. Vielleicht musste Simona als Sprössling einer wohlhabenden Adelsfamilie überhaupt nicht teilnehmen? Das wäre mal wieder typisch für den elitären Kreis, in dem wir uns bewegen.

Mein Blick huscht weiter und bleibt an einer Kakerlake hängen. Kein Scheiß. Der Typ trägt ein braunes, sackförmiges Gewand aus Filz, an dem spitzenbesetzte Beinchen baumeln. Oben auf seinem Kopf hat er eine Haube, von der zwei armlange Fühler abstehen. Annabelle hätte dieses Kostüm gefallen. Für sie galt: je ausgefallener, desto besser. Auf unserer Gruselkabinett-Party hat sie mich dazu überredet, mit ihr gemeinsam als Erdnussbutter-Marmelade-Sandwich zu gehen. Das Kostüm bestand aus zwei aneinanderhängenden Toastscheiben, die uns gezwungen haben, den gesamten Abend zusammenzukleben wie siamesische Zwillinge.

Ich schlucke gegen das enge Gefühl in meiner Kehle an und konzentriere mich wieder auf die Kakerlake. Der Typ wiegt sich hin und her, und ich vermute erst, es liegt am Kostüm oder an seiner nicht vorhandenen Tanzfähigkeit. Aber dann erkenne ich, dass er komplett betrunken ist.

Perfekt. Ein leichtes erstes Ziel.

Ich stoße mich von der Bar ab und stelle mich wie beiläufig neben ihn. Mit schweißnassen Handflächen beuge ich mich zu ihm und rufe: »Mega Kostüm!«

Seine Augen fixieren zwei unterschiedliche Richtungen. Ob er mich überhaupt erkennt?

»D-dange!« Dann deutet er auf seinen Schritt, und ich schwöre, ich bin kurz davor, zu schreien und die ganze Mission abzubrechen. »I-ich hab eine Frumpfhaase an. Siehs du?«

Bitte was?

Nachdrücklich zupft er an seinem Schritt. »Frumpfhaase …«

Da erkenne ich es. Eine Strumpfhose, natürlich. »Cool, Mann.«

»Kann nua nich mehr im Stehen pi-pinkeln.«

Keine Ahnung, warum er mir das erzählt. »Das tut mir leid.« Ob ich aus dem überhaupt irgendeine vernünftige Antwort bekomme? Aber ich muss es versuchen, daher gebe ich mir einen Ruck. »Kann ich dir eine Frage stellen?«

»Hm?«

»Ich suche nach einer … äh … alten Schulfreundin. Ihr Name ist Annabelle. Sie ist vor zwei Jahren an die Uni gekommen und hat schon in der Schule immer von *Fortuna* erzählt. Kennst du sie?«

»Schöna Name. Annabe-belle.«

Einer seiner Fühler streift meine Wange. Ich will nur noch weg von diesem Versager. Aber noch mehr will ich Antworten finden.

»Kennst du sie denn?«

Er schüttelt den Kopf. Dann wird sein Gesicht auf einmal grün. Das sehe ich trotz der spärlichen Beleuchtung. Sofort mache ich einen Schritt zur Seite, aus Angst, angekotzt zu werden. Das würde mir heute Abend echt noch fehlen. Ich schiebe mich an einer Mumie vorbei, die offenbar gerade versucht, eine Hexe aufzufressen. Der Strumpfhosen-Kerl verschwindet hinter ihnen.

Super, das war der totale Reinfall.

Ich entdecke einen Shrek, der allein an der Wand steht. Sein markanter Bart kommt mir irgendwie bekannt vor. Ich nähere mich ihm, und mir fällt sein Name wieder ein: Er heißt Nico und war beim verpatzten Bierpongspiel dabei. *Na super, wie peinlich.* Aber ich kann keine Ausnahme machen und frage ihn dasselbe wie die Kakerlake.

»Annabelle? Sagt mir nichts.«

So geht es weiter und weiter. Keiner kennt Annabelle. Niemand hat je von ihr gehört. Es macht mich wütend. So verdammt wütend. Weil sie lügen. Vielleicht nicht alle, aber doch die meisten von ihnen. Ich bezweifle, dass sie sich an jeden Studierenden erinnern können, der jemals am Auswahlverfahren teilgenommen hat. Aber an die Frau, die bei ihrem beschissenen Wettbewerb ums Leben gekommen ist? An die erinnert man sich doch!

In meinem Hirn brennt eine Sicherung durch. Mir ist es jetzt vollkommen egal, ob ich unauffällig vorgehe oder wen ich anspreche. Ich will verdammt noch mal Antworten! Irgendwer soll mir sagen, was mit meiner Schwester passiert ist. Ich spüre, wie meine Kehle sich immer fester zuschnürt, die flackernden bunten Lichter brennen sich in meine Netzhaut, färben mein Sichtfeld rot. Ich balle die Hände zu Fäusten und wünsche mir, auf irgendwas einschlagen zu können. Am liebsten auf diesen Arzt da drüben. Den Arsch würde ich überall wiedererkennen. Wie selbstzufrieden er mir meine Einladung erst nach einer nervtötenden Diskussion übergeben hat. Er fühlt sich viel zu mächtig, viel zu groß. Dabei ist er ein Nichts. Er hat Elora nicht verdient.

Plötzlich halte ich es für eine fabelhafte Idee, zu ihm rüberzugehen und ihm eine reinzuhauen. Der Raum dreht sich um mich. Das Gehirn, denke ich. Zu viele Gehirn-Shots. Sie reden mir ein, dass Jasper etwas über Annabelle weiß. Dass er dabei war. Ich bin mir auf einmal ganz sicher. Ja, er muss es gewesen sein. Der schleimige, eklige …

Ich habe nicht bemerkt, wie ich mich in Bewegung gesetzt habe, bis mich jemand fest am Arm packt. Ich will mich losreißen. Aber stattdessen erstarre ich. Es ist, als wäre ich in die Atmosphäre eines Planeten eingedrungen. Er zieht mich unaufhaltsam zu sich, ich kann der Schwerkraft nicht entfliehen. Der Duft von Vanille dringt mir in die Nase, jemand beugt sich zu mir vor, dann spüre ich eine kitzelnde gekreppte Haarsträhne an meiner Wange.

Eloras Stimme streicht über meinen Hals wie eine Liebkosung. Dabei sind ihre Worte kalt. »Bist du jetzt vollkommen übergeschnappt? Was, zur Hölle, hast du vor, Gabriel?«

Kapitel 26

Elora

Ich denke an nichts. Seit Tagen, vielleicht sogar Wochen das erste Mal. Ich tanze ausgelassen und fühle die Musik mit jeder Faser meines Körpers. Dieser Song über die beste Nacht des Lebens scheint mir aus der Seele zu sprechen. Also lasse ich mich mit der Melodie treiben.

Bis jemand nach meiner Schulter greift. »Elora!«

Ich schlage die Augen auf. Simonas schwarz lackierte Fingernägel bohren sich in meine Haut. »Elora, du musst etwas unternehmen.«

Was meint sie? »Ich muss nur eins: tanzen.«

Die Nägel graben sich tiefer. Ich schlage ihre Hand weg. »Au, du Verrückte!«

Dann bemerke ich die Frau, die neben ihr steht. Melisandre aus *Game of Thrones*. Ich habe sie schon einmal gesehen. Es dauert kurz, bis mir wieder einfällt, dass sie es war, die Simona nach der Ersti-Party nach Hause gebracht hat.

»Was ist denn?«

Simona deutet hinter sich. Auf einen Kerl mit Messer im Kopf. Oder meint sie den daneben? Den Vampi … Nein, das ist Gabriel!

Sofort verkrampft mein Herz. Dann ist alles wieder da. Seine Hände an meiner Hüfte, seine warme Zunge in meinem Mund und das rasende Glücksgefühl.

Simona beugt sich dicht an mich heran, ihre Lippen berühren mein Ohr. »Melli hat mir gerade erzählt, dass da dieser Anwärter ist, der herumgeht und die Mitglieder nach einer gewissen Annabelle fragt. Was auch immer Gabriel damit bezweckt, sorg dafür, dass er aufhört! Die Mitglieder werden unruhig, sie tuscheln bereits über ihn. Er wird aus dem Auswahlverfahren fliegen, wenn er so weitermacht.«

Sofort steht mein Körper unter Strom. *Annabelle.* Wer soll das sein? Ist sie der Grund, warum der Kuss für ihn ein Fehler war? Ich balle die Hände zu Fäusten. Wer auch immer sie ist, ich muss zunächst dafür sorgen, dass Gabriel aufhört.

Oder ich lasse ihn weitermachen, säuselt eine böse Stimme in meinem Kopf, die bestimmt diesem grünen Cocktail entstammt. Wenn Gabriel aus dem Wettbewerb fliegt, wäre ich meinen größten Konkurrenten endlich los.

Aber nein! So bin ich nicht. Wenn ich gewinne, dann ehrlich, und deswegen werde ich ihm jetzt helfen. Das rede ich mir zumindest ein, als ich Simona zunicke und auf Gabriel zustapfe. Ich mache das nur aus Gutherzigkeit, nicht, weil mir Gabriel irgendetwas bedeutet. Denn er ist mir egal.

Egal, egal, egal.

Ich erreiche ihn, ergreife seinen Arm und weiß sofort: Schwachsinn, er ist mir nicht egal. Mein Körper geht in Flammen auf. Ich will mit den Fingern über seine Haut streifen, das Brennen intensivieren, ganz gleich, ob es mich vernichten könnte.

Ich atme tief durch, dann beuge ich mich zu ihm. »Bist du jetzt vollkommen übergeschnappt? Was, zur Hölle, hast du vor, Gabriel?« Ihm so nah zu kommen, war ein Fehler, das merke ich in der nächsten Sekunde. Mich überkommt der Drang, meine Lippen an seinen Hals zu legen, mit den Zähnen über seine Haut zu fahren, mit der Zunge seinen Puls zu spüren, als wäre ich wirklich ein Vampir.

Er dreht sich zu mir um, seine Augen sind weit aufgerissen. »Mein Norden«, murmelt er. Zumindest glaube ich, das zu verstehen. Aber es ergibt keinen Sinn. Ich muss mich irren. Wahrscheinlich ist er total betrunken. Wäre ja nicht das erste Mal, dass ich ihn so erlebe.

»Komm mit.« Ich ziehe an seinem Arm. »Du musst hier raus.«

»Nein.«

Ich schlinge die Finger noch fester um seinen Arm. »Doch«, sage ich mit so viel Nachdruck wie möglich. Dann laufe ich entschieden los. Er hat keine andere Wahl, als mir zu folgen, und schon nach wenigen Schritten spüre ich, wie er sich nicht mehr gegen meinen Griff wehrt.

Ich ziehe ihn weiter, immer weiter. Durch die Tanzenden, am Türsteher vorbei und nach draußen an die frische Luft. Erst ein Stück abseits, nachdem wir endlich allein sind, halte ich an. Der kalte Wind kriecht unter meinen Vampirumhang, und ich fröstle. Aber ich nehme es nur am Rande wahr, weil ich zu sehr auf Gabriel fokussiert bin.

»Spinnst du?«, fahre ich ihn an. »Herumzulaufen und die *Fortuna*-Mitglieder nach Annabelle zu fragen?«

Bei ihrem Namen zuckt er zusammen, sodass ich nur noch entschlossener herausfinden will, wer diese Frau ist. Er senkt den Kopf, sieht auf einmal unendlich traurig aus, und ich bekomme Mitleid mit ihm.

»Warum hast du das getan?«

»Was interessiert dich das?«

»Was mich das interessiert?«, frage ich aufgelöst. »Vielleicht mag es dir egal sein, dass du mich geküsst hast. Vielleicht mag *ich* dir egal sein. Aber im Gegensatz zu dir bin ich kein ignoranter, gefühlskalter … Stein!«

Stein? Echt jetzt? Sehr wortgewandt, Elora.

Gabriel ringt die Hände. »Du bist mir nicht egal.«

»Wer ist Annabelle?«

»Das geht dich nichts an.«

»Das ist deine Standardantwort auf alles, was? Sag es mir.«

»Nein!«

Ich würde am liebsten schreien. Die Flammen in meinem Inneren schlagen immer höher. Sie werden mich vernichten, wenn ich sie nicht lösche. Leider habe ich keine Ahnung, wie ich das anstellen soll.

Ich beginne, vor Gabriel auf und ab zu laufen. »Die Mitglieder sprechen über dich. Wenn du mit dieser Aktion bei ihnen auffallen wolltest, dann Glückwunsch, das hast du definitiv geschafft. Allerdings nicht auf gute Art und Weise, fürchte ich.«

Er schweigt, seine Schultern sacken herab. Auf einmal wirkt er so gebrochen, dass der Schutzwall, den ich um mein Herz gebaut habe, Risse bekommt. Ich möchte weiterhin wütend auf ihn sein, aber stattdessen verspüre ich nur noch das Bedürfnis, ihn in den Arm zu nehmen. Wer auch immer diese Annabelle ist, sie muss ihm viel bedeuten.

»Warum, Elora?«

Ich schlucke. »Warum was?«

»Warum bist du eingeschritten? Ich habe dich geküsst und sitzen lassen. Ich verhalte mich dir gegenüber wie ein Arsch. Wie oft muss ich dich noch verletzen, damit du dich endlich von mir fernhältst?«

Die Risse werden tiefer. »Ich versuche ja, mich von dir fernzuhalten. Aber es geht nicht.« Der Wind streicht mir kalt über die Arme. Zum Teil spricht der Alkohol aus mir. Andererseits bin ich es leid, meine Gefühle stumm mit mir herumzutragen. »Ich versuche es wirklich. Ich rede mir ein, dass es besser so ist. Dass du ein gefühlskaltes Arschloch bist. Dass ich es leid bin, von dir wie Dreck behandelt zu werden. Aber am Ende lande ich trotzdem wieder bei dir. Ich kann dir nicht entkommen, und wenn ich ehrlich bin, will ich es gar nicht. Denn in den seltenen Momenten, in denen du diese kalte Maske ablegst – warum auch immer du sie überhaupt trägst –, kommt darunter ein Gabriel zum Vorschein, mit dem ich gerne Zeit verbringe. Bei dem ich mich wohl und verstanden fühle. Der *mehr* ist.«

»Nein, du irrst dich. So bin ich nicht.« Er schüttelt den Kopf und setzt sich in Bewegung. Tränen treten mir in die Augen. Aber ich kann es nicht gut sein lassen und folge ihm. »Wo willst du hin?«

»Weg«, antwortet er. »Ich will nicht wieder zurück. Zu diesen Verbrechern.«

Verbrecher? Die *Fortuna*-Mitglieder?

Ich schließe zu ihm auf, habe keine Ahnung, warum ich nicht einfach umdrehe und wieder in die Bar gehe. Ich rede mir ein, dass meine Neugier und mein Wunsch nach Antworten der Grund dafür sind. Denn ansonsten müsste ich mir eingestehen, offenbar den Verstand verloren zu haben, weil ich immer wieder jemandem hinterherrenne, der mich nicht wertschätzt und der offenbar einer anderen Frau nachtrauert.

»Warum nennst du sie Verbrecher?«

»Vergiss es.«

»Du kannst doch nicht so was sagen und erwarten, ich vergesse es einfach? Man nennt nicht ohne Grund jemanden so und …«

»Verdammt, Elora!«, unterbricht er mich und bleibt mitten auf der Brücke stehen. »Warum gehst du nicht einfach?«

»Willst du wirklich, dass ich gehe?«

Er weicht meinem Blick aus. »Ja.«

Seine Stimme zittert, ich glaube ihm nicht.

»Sieh mich an und sag es mir ins Gesicht. Schau mir in die Augen und sag, ich soll verschwinden, und ich werde gehen«, setze ich alles auf eine Karte. Vielleicht wird mein Fall dadurch umso tiefer sein. Aber diese Anziehung zwischen uns, und der verletzte Mann unter der Maske … das bilde ich mir doch nicht alles nur ein! Nein, in meiner Brust glimmt Hoffnung. Eine verzweifelte, trügerische Hoffnung, dennoch kann ich nichts gegen sie ausrichten.

Gabriel dreht ruckartig den Kopf, holt tief Luft und … Unsere Blicke treffen sich, und seine Worte bleiben ungesagt.

»Du kannst es nicht, oder?«, frage ich leise und kann nicht verhindern, dass meine Lippen sich zu einem Lächeln verziehen. Ich trete näher an ihn heran, ergreife den Kragen seines Umhangs. Es ist, als würde ich plötzlich von einer unsichtbaren Kraft gesteuert werden, ich kann mich nicht dagegen wehren. Mein Herz spielt verrückt, und ich kralle mich fester in den samtenen Stoff, um mich irgendwo festzuhalten. Denn ich schwöre, wenn ich es nicht mache, könnte ich mich nicht mehr auf den Beinen halten.

Gabriel schluckt, und sein Adamsapfel hüpft. An seinem Kinn erkenne ich dunkle Stoppeln. Vermutlich hat er sich heute Morgen nicht rasiert. Es juckt mir in den Fingern, darüberzustreichen. Mir fällt auf einmal kein Grund mehr ein, warum ich es nicht tun sollte, daher löse ich eine Hand von seinem Umhang und lege sie an sein Kinn. Die Härchen kratzen über meine Haut. Wie sie sich wohl auf meinem Bauch anfühlen? Auf meinen Brüsten? Ein Schauer durchläuft mich, der nicht von den kühlen Temperaturen herrührt. Die habe ich längst vergessen.

Meine Finger wandern über seine Wange, geben seinen Mund frei. Ich lehne mich ihm näher entgegen, mein Vampirumhang streift seinen. Zwei Gestalten der Nacht, die eins werden. Bis Gabriel meine Illusion zerstört und zurückweicht.

»Nein, Elora. Ich … bitte geh.«

Seine Zurückweisung fühlt sich wie eine Ohrfeige an.

Ich taumle, meine Sicht verschwimmt. Plötzlich habe ich keine Ahnung mehr, wo es zur Bar und wo es nach Hause geht. Aber ich will weg von hier. Sofort. Egal wohin. Nur weg, damit ich mich irgendwo verkriechen und meine Wunden lecken kann.

»Elora, hey.« Gabriels Stimme dringt an mein Ohr. Viel zu sanft. Warum macht er das? Mich ohrfeigen und mich im nächsten Augenblick mit seiner Samtstimme wieder zu sich locken?

»Lass mich.« Ich keuche, taste blind um mich. Was ist nur los mit mir?

»Ich wollte nicht, ich … Kann ich es dir erklären?«

Meine Sicht klärt sich. Gabriel beißt sich auf die Unterlippe, und sofort schießt eine neue Welle aus Hitze durch meinen gesamten Körper. *Scheiße.*

»Mir *was* erklären?«

Mehrere Sekunden vergehen, in der nur der plätschernde Bachlauf und der heulende Wind zu hören sind. Dann sagt er: »Alles.«

Mein Kopf, dieser Verräter, macht sich selbstständig und nickt. »Okay.«

»Aber nicht hier, du siehst halb erfroren aus.«

Der Drang, ihn zum Teufel zu jagen, ist groß. Doch die Aussicht auf Antworten wiegt stärker. »Du könntest mit zu mir kommen, Simona ist noch bei der Halloweenparty. Hast du Lust auf einen Tee?«

Zehn Minuten später sitzen wir in meiner Küche, jeder mit einer dampfenden Tasse vor sich. Sie wärmt angenehm meine kalten Finger. Es ist ein bisschen merkwürdig, weil wir beide noch unsere Kostüme tragen. Selbst die Umhänge haben wir nicht abgelegt. So kann ich mir einreden, dieses Gespräch führen nicht Gabriel und ich, sondern zwei alberne Vampire.

Gabriel hebt die Tasse an seine Lippen und erstarrt. Dann dreht er sich weg, und etwas klappert. Als er mich wieder ansieht, hält er ein weißes Plastikteil in die Höhe. »Sorry, mein Gebiss.«

Trotz der angespannten Stimmung muss ich lachen. »Was machst du jetzt damit? Oh, warte, ich weiß es. Hier hast du ein Taschentuch.«

»Danke.«

Schweigen senkt sich über die Küche, und ich rutsche unruhig auf meinem Stuhl hin und her. Ich kratze an einer

Kerbe in der Tischplatte, nippe an meinem Tee, betrachte die Lampe, in der ein dunkler Fleck – wahrscheinlich eine Mücke – klebt. Gabriel hat immer noch nichts gesagt. Das drückende Gefühl in meiner Magengrube wächst weiter an, bis ich mir sicher bin, es wird jeden Moment aus mir herausbrechen, wenn ich nichts dagegen unternehme. Daher hole ich tief Luft.

»Warum stößt du mich ständig von dir?« Ich schüttle den Kopf und klammere mich an den Henkel meiner Tasse. »*Alles*«, wiederhole ich seine Antwort von vorhin. »Du hast gesagt, du erklärst mir alles. Also bitte, fang an.«

Er holt tief Luft und stößt sie dann so heftig aus, als hinge die Last der Welt auf seinen Schultern. »Als ich vor zwei Jahren nach Corvina Castle kam, war ich nicht allein. Annabelle, meine Zwillingsschwester, war bei mir. Es war ihr Traum, hier zu studieren. Ihr fiel die Schule nicht leicht, für ihre guten Noten musste sie hart arbeiten. Aber sie wollte es unbedingt – nach Corvina Castle kommen und Medizin studieren –, und sie hat es geschafft. Ich hätte lieber in Zürich studiert oder in Genf, aber wir haben immer alles zusammen gemacht, und es stand außer Frage, dass ich Annabelle begleite.«

Erleichterung durchflutet mich, weil Annabelle seine Zwillingsschwester und keine Ex-Freundin oder Geliebte ist. Doch wo ist sie jetzt? Warum habe ich sie nie bei ihm gesehen? Und wieso … Gabriel sackt in sich zusammen, seine Miene nimmt einen Ausdruck an, der mich erschüttert. Er wirkt vollkommen am Ende. Eine tiefe Traurigkeit legt sich über ihn wie eine Decke, und ich fürchte mich vor seinen nächsten Worten.

»Annabelle träumte nicht nur von einem Studium auf Corvina Castle, sie wollte auch unbedingt ein Teil der berüchtigten Studentenverbindung der Universität werden. Wir waren kaum ein paar Wochen hier, als sie sich bereits für das Auswahlverfahren angemeldet hat. Von da an veränderte sie sich komplett. Vorher haben wir alles zusammen gemacht und offen miteinander gesprochen, aber plötzlich war sie verschlossen. Sie hielt sich an die bescheuerten Regeln von *Fortuna* und verschwieg mir alles, was auch nur ansatzweise mit dem Auswahlverfahren zu tun hatte. Das war okay, das gehört schließlich zu einer Verbindung dazu. Dachte ich zumindest. Aber dann bemerkte ich, wie gehetzt sie wirkte, wann immer ich sie sah. Wie ängstlich. Sie sagte, ich sähe Gespenster, sie lachte und tat alles ab, und na ja, ich nahm es hin und dachte mir nichts weiter dabei.«

Mein Herz zieht sich zusammen und meine Finger krampfen sich um die Tasse. Ich habe Angst. Schreckliche Angst vor dem, was ich gleich erfahren könnte.

»Dann, eines Abends …« Seine Stimme bricht, und ich würde ihn am liebsten in den Arm nehmen. Doch ich fürchte, dass er aufhört zu reden, sobald ich auch nur zucke. Daher verharre ich stocksteif auf meinem Stuhl, während in Gabriels Augen Tränen glitzern. »Ich spürte, dass etwas nicht stimmt. Wir hatten diese Verbindung, weißt du? Zwillingsband haben wir es genannt. Es machte sich immer bemerkbar, aber an diesem Abend war es still. Die Art von Stille, bei der du fühlst, dass sie falsch ist. *Zu* still. Ich ließ alles stehen und liegen, rannte auf ihr Zimmer, aber sie war fort. Ihre Mitbewohnerin sagte mir, sie sei am See. Keine Ahnung, was dann passierte, ich kann mich nicht mehr genau daran erinnern, wie ich an das Ufer gekommen bin. Meine nächste Erinnerung ist, wie ich Annabelle gefunden habe.« Er keucht auf. »Leblos, ihr Körper so unglaublich kalt, mit blauen Lippen, und ich … in diesem Moment wusste ich es einfach. Ich hielt sie in den Armen, spürte das Band nicht mehr und wusste, sie ist fort.«

Ich schlage mir eine Hand vor den Mund und spüre die heißen Tropfen, die meine Wangen benetzen.

»Ich wusste es, noch bevor die … die Rettungs…« Er bricht ab, schüttelt den Kopf.

»Die Rettungssanitäter?«, helfe ich aus, und Gabriel zuckt zusammen. Er schließt die Augen, seine Atmung beschleunigt sich.

»Ja«, presst er hervor, sobald er sich beruhigt hat. »Es war aber nicht nur irgendein Abend. Annabelle ist bei einer Veranstaltung der Verbindung umgekommen. *Fortuna* behauptet, es wäre ein Unfall gewesen. Aber meine Schwester war eine hervorragende Schwimmerin. Sie wäre niemals einfach so im See ertrunken. Ich glaube, die Verbindung ist schuld an ihrem Tod.«

In mir verkrampft sich alles. »Was?!« Das Wort kommt mir nur leise über die Lippen.

»Deswegen nehme ich am Auswahlverfahren teil. Ich will herausfinden, was wirklich mit Annabelle passiert ist. Ich will …« Er zögert und betrachtet mich eingehend. Als würde er abschätzen, wie vertrauenswürdig ich bin. Schließlich fügt er an: »Ich will die Schuldigen zur Verantwortung ziehen.«

Ich kann nicht glauben, was ich da höre. Ich verstehe die Worte, aber sie wollen mir nicht in den Kopf gehen. Sie geistern hinter meinen Schläfen umher und verursachen mir Kopfschmerzen.

»Nichts und niemand darf mich davon abhalten, in diese verdammte Verbindung zu kommen. Auch du nicht.«

Meine Sicht ist tränenverschleiert. Gabriel ist nur noch ein Umriss vor unzähligen Bokehflecken. In meiner Lunge brennt ein Feuer, das mir jeden Sauerstoff raubt. Annabelle kam bei einer Wettbewerbsaufgabe von *Fortuna* um. Gabriel glaubt sogar, jemand aus den Reihen der Verbindung wäre schuld daran. Er macht das hier alles nur, um die Wahrheit herauszufinden. Es geht ihm nicht um die Verbindung. Und es geht ihm erst recht nicht um mich.

Alle meine Hoffnungen, wir könnten doch irgendwann mehr als Konkurrenten sein, zerschlagen sich im Wind, und ich keuche auf.

»Annabelle steht für mich an erster Stelle«, sagt Gabriel und treibt das Messer noch tiefer in meine Brust. »Hat sie immer und wird sie immer.«

Ich nicke langsam, fast schon wie in Trance. Das Schlimmste ist, ich kann ihn verstehen. Sie war seine Zwillingsschwester. Ich weiß nicht, wie es ist, Geschwister zu haben. Aber in meiner Vorstellung muss es etwas Besonderes sein. Eine bedingungslose Liebe und eine Form von Gleichartigkeit, die man in keinem anderen Menschen auf der Welt finden kann.

»Daran wirst du nichts ändern können, Elora.«

Wieder nicke ich. Meine Lippen fühlen sich an wie mit Sekundenkleber versiegelt. Selbst wenn ich etwas sagen wollte, ich könnte es nicht. Gegen Kleber habe ich keine Chance.

»Ist … alles okay bei dir?« Gabriel streckt langsam seine Hand über den Tisch aus, aber ich ziehe meine zurück. Ich ertrage keine Berührung von ihm. Nicht jetzt.

Nein, will ich antworten, denn gerade fühlt es sich an, als wäre die ganze Welt über mir zusammengebrochen. Da ist zu viel in mir. Zu viele Fragen, zu viele Gedanken, zu viele

Gefühle. Zu viel *alles*. Schon wieder dieses Wort. Mit ihm hat es angefangen. Mit ihm endet es.

Aber ist das überhaupt das Ende? Oder nur die letzte Seite eines Kapitels, bevor ein neuer Abschnitt beginnt? Der Kleber löst sich, und ich schnappe nach Luft. »Es tut mir so leid, was Annabelle und dir passiert ist«, krächze ich und schmecke Salz.

»Danke. Und sorry, dass ich dir nicht mehr bieten kann.«

»Das braucht es nicht. Du bist, wer du bist, Gabriel. Und ich …« Ich zögere, horche in mich hinein, frage mich, ob ich gerade einen großen Fehler begehe. Aber etwas, das sich so richtig, so echt anfühlt, kann nicht falsch sein, oder? »Ich verstehe, dass Annabelle an erster Stelle steht, und das ist okay für mich.«

»Wirklich?«

»Ja. Aber …« Wieder zögere ich, bevor ich tief Luft hole. »Ich möchte trotzdem herausfinden, was das zwischen uns ist. Ob es überhaupt etwas sein könnte.«

Gabriel sieht mir fest in die Augen. »Ich glaube, es kann etwas sein.«

»Ich auch«, antworte ich leise und befeuchte meine Lippen. Nur eine kurze, unbewusste Geste, aber Gabriel bemerkt sie, als hätte ich ein Warnblinklicht eingeschaltet. Mein Herz macht einen Satz, und ich wünschte, der Tisch würde verschwinden, damit ich mich auf Gabriels Schoß setzen und meine Lippen auf seine legen kann. Aber gleichzeitig weiß ich, dass das Holz eine Grenze zwischen uns ist, die wir beide gerade brauchen.

Erst da wird mir bewusst, was für einen riesigen Vertrauensbeweis mir Gabriel entgegengebracht hat. Er hat mir eine Information gegeben, mit der ich großen Schaden anrichten könnte. Die letzten Reste der Schutzmauer um mein

Herz stürzen krachend in sich zusammen. »Danke, dass du mir von Annabelle erzählt hast. Selbstverständlich werde ich es für mich behalten.«

»Ich weiß, Elora«, antwortet er, und sein intensiver Blick lässt meinen Mund ganz trocken werden.

Ich weiche ihm aus und räuspere mich. Etwas gibt es noch, was mir auf der Seele brennt. Was ich loswerden und ihn wissen lassen möchte. »Ich habe keine Ahnung, wie schrecklich es für dich gewesen sein muss, deinen Zwilling zu verlieren. Aber ich weiß, wie es ist, einen geliebten Menschen zu verlieren. Ich verstehe dich, ich kann nachempfinden, wie du dich fühlst. Es wird immer wehtun, wir werden immer daran erinnert werden, sie immer vermissen. Ich will damit nur sagen, es ist okay. Du bist nicht allein. Ich weiß, was du durchmachen musst, denn mir geht es genauso.«

»Dein Vater«, sagt er leise. »Für den du am Wettbewerb teilnimmst.«

Ich nicke. »Nicht nur, aber auch.«

»Wie meinst du das?«

Froh über den Themenwechsel, nehme ich einen Schluck von meinem mittlerweile kalten Tee, bevor ich Gabriel von meinem Wunsch, unabhängig von Ludovico zu sein, erzähle.

Als wir uns später voneinander verabschieden, ist mein Herz nicht länger schwer, sondern gefüllt mit Wärme.

»Hast du am Mittwoch Zeit für die Aufgabe in Nuklearmedizin?«, fragt Gabriel an der Tür. »Wir könnten uns in der Bibliothek treffen.«

»Ja, gerne.«

Es ist nur eine bescheuerte Studienarbeit, dennoch rast mein Puls, weil ich es schon jetzt kaum erwarten kann, ihn wiederzusehen.

Kapitel 27

Gabriel

»Hi.«

Ich tue so, als hätte ich nicht die ganze Zeit nach Elora Ausschau gehalten. Mein Herz schlägt sofort schneller, und ich räuspere mich. »Hi. Alles klar?«

»Alles bestens.«

Sie tritt von einem Bein aufs andere und wirkt genauso nervös wie ich. Kein Wunder, nachdem ich mich ihr an Halloween anvertraut habe, hat sich unsere Beziehung verändert. Seit unserem Abschied frage ich mich unentwegt, warum ich ihr gegenüber so offen war. Ich sollte Reue empfinden, das ist mir bewusst, schließlich geht es hier um mein Versprechen an Annabelle. Elora könnte meinen gesamten Plan auffliegen lassen. Aber die Antwort liegt klar auf der Hand. Ich vertraue Elora. Ich bin es so leid, dieses Geheimnis in meinem Inneren einzuschließen. Es frisst mich allmählich auf. Aber seit Halloween fühle ich mich leichter, geradezu befreit.

»Gehen wir rein?« Ich deute auf die Tür hinter mir, deren

Schnitzereien in Wolfsform ich geschlagene zehn Minuten angestarrt habe.

Als Antwort tritt sie an mir vorbei und hält mir die Tür zur Bibliothek auf. Ich habe vorab einen der Lernräume reserviert, sodass wir direkt an den mit Büchern vollgestopften Regalen vorbeigehen können. Ich bemerke, dass Elora die Buchrücken auf dieselbe Weise betrachtet wie Lucia. Als wären sie Schätze von unvorstellbarem Wert. Wahrscheinlich würden sich die beiden gut verstehen, wenn sie sich die Chance geben würden, einander kennenzulernen.

Ich öffne den Lernraum, und Elora verharrt auf der Stelle. Sie betrachtet das Whiteboard an der Wand und den großen Tisch in der Mitte. »Das ist wirklich …« Sie verstummt, und ich habe keine Ahnung, wieso, bis ich den schwarzen Schatten bemerke, der an ihren Beinen vorbeigeflitzt ist und jetzt auf den Tisch springt.

»Du hast die Tür zu lange offen gelassen«, sage ich und lächle, während Calma sich zu einer Kugel zusammenrollt. »Jetzt haben wir wohl eine dritte Partnerin in unserer Arbeitsgruppe.«

»Kannst du sie vielleicht … ähm … raustragen?«

»Damit sie mir mit ihren Reißzähnen die Hand durchlöchert, weil ich es wage, ihren Mittagsschlaf zu stören? Ganz sicher nicht.«

Elora rührt sich noch immer nicht vom Fleck. Sie starrt Calma an, als könnte diese sie jeden Augenblick anspringen.

»Lass sie einfach in Ruhe, dann lässt sie dich auch in Ruhe«, sage ich.

Endlich rührt Elora sich, nickt und kommt langsam auf mich zu. Sie setzt sich auf den Platz, der am weitesten von der Katze entfernt ist.

»Magst du keine Katzen?«

»Geht, aber Calma ist mir nicht geheuer. Schau dir doch nur diese gruseligen großen Leuchtaugen an!«

Ich schmunzle. »Ja, total Furcht einflößend.«

»Mach dich nicht über mich lustig.«

»Mache ich nicht. Ist doch okay. Dann bist du eher der Hundemensch?«

»Ja, definitiv. Irgendwann hätte ich gerne einen großen, flauschigen Berner Sennenhund.«

Ich stelle mir vor, wie sie mit dem Hund tobt. Ihre Haare flattern im Wind, während sie die Finger im weichen Fell vergräbt. Sie dreht sich zu mir um, lächelt und ... Ich habe keine Ahnung, was ich in dieser Vorstellung zu suchen habe. »Ich bin ebenfalls ein Hundemensch«, plappere ich drauflos, um die Bilder aus meinem Kopf zu vertreiben. »Aber Lucia liebt Katzen. Was ja auch irgendwie passt. Schließlich ist sie genauso gemütlich und faul und ...« Ich verstumme. Vor Elora über die Stiefschwester zu reden, die sie von Anfang an abgewiesen hat, ist keine gute Idee. »Tut mir leid.«

Zu meiner Überraschung schüttelt sie den Kopf. »Das braucht es nicht. Ich weiß nichts über Lucia und würde sie gerne kennenlernen.«

»Verzeih ihr, dass sie sich dir gegenüber wie ein Biest aufgeführt hat. Ihre Mitbewohnerin ist an dem Tag gestorben, an dem ihr euch begegnet seid, und sie hat keine guten Erfahrungen mit der Verbindung gemacht. Ich will ihr Verhalten nicht rechtfertigen, aber ich kann dir versichern, unter ihrer kalten Schale verbirgt sich eine tolle Person.«

»Wie bei dir.«

Ihr Blick scheint in mich hineinsehen zu können. Auf den verletzlichen Kern, der sich unter meiner eisernen Mauer versteckt. Mein Herz macht einen Satz, und einige Sekunden lang starren wir einander an. Mein Pulsschlag dröhnt mir in den Ohren, mein Bauch fühlt sich an, als würden sich dort Zitteraale vergnügen. Ich kann Elora nicht entfliehen. Will es auch gar nicht mehr. Ich wünschte, der Tisch wäre nicht zwischen uns. Ich wünschte, wir hätten nicht diese Studienarbeit zu erledigen.

Die Arbeit. Der Gedanke reißt mich aus meiner Starre, und ich atme tief durch. »Lass uns anfangen. Hast du schon Literatur rausgesucht?«

Elora greift in ihre Tasche und holt einen Stapel Bücher heraus. Sie schiebt mir eins davon zu, und unsere Finger berühren sich. Die Zitteraale senden einen Stromschlag durch meinen gesamten Körper. Schmerzhaft und so süß zugleich, dass ich nach einem weiteren lechze. Elora hingegen zuckt nicht einmal mit der Wimper, sondern beginnt, sich über Dosimetrie einzulesen.

Ich versuche wirklich, mich zu konzentrieren, aber mein Blick klebt an ihren Lippen. Wie sie sich leicht öffnen, wenn sie umblättert, wie ihre Zunge hervorblitzt, sobald sie etwas Interessantes liest. Da, schon wieder. Ihre Lippen glänzen, und in mir krampft sich alles zusammen. Ich bin so was von verloren …

Elora wedelt mit ihrer Hand vor meinen Augen herum. »Hörst du mir überhaupt zu?«

Ich zucke ertappt zusammen. »Entschuldige, ich war kurz abgelenkt. Was hast du gesagt?«

Sie sieht mich so enttäuscht an, dass jegliche Hitze in meinem Unterleib verpufft. Von da an konzentriere ich mich auf unsere Arbeit, beteilige mich an Lösungsvorschlägen und der Planung des Experiments.

Wir kommen gut voran, zumindest bis zu dem Augenblick, in dem unsere Handys zeitgleich vibrieren. Der Ton hallt viel zu laut durch den Raum und krallt sich in meinen Ohren fest wie eine Zecke.

Elora verstummt, wir tauschen einen kurzen Blick, bevor wir nach unseren Handys greifen. Wie bereits vermutet, ist die Nachricht von der Verbindung.

> Finde dich für die nächste Aufgabe heute Abend
> um 23 Uhr an der Kapelle ein.

Die Worte rasen durch meinen Kopf, ohne anzuhalten. Wie ein endloses Karussell, auf dem mir schon nach der zweiten Runde übel wird. Der Wettbewerb geht weiter. Nachdem Halloween eine reine Spaßveranstaltung war, frage ich mich, was sich die Verbindungsmitglieder diesmal für uns ausgedacht haben. Und welche Grenze dabei überschritten wird.

Elora atmet scharf auf. »Heute Abend schon? Scheint, als wollten sie testen, ob *Fortuna* für uns an erster Stelle steht. Egal, ob wir Pläne haben, die Verbindung geht vor.«

Ihre Worte legen einen Schalter in mir um. *Fortuna* geht vor. Vor allem. Als ich die letzte Stunde Revue passieren lasse, wird mir klar, dass Elora mich langsam um den Finger wickelt. Mich ablenkt. Sich in meinem Inneren einnistet und mich abwesend und gleichzeitig federleicht fühlen lässt. Etwas, das ich auf keinen Fall zulassen darf. Erst recht nicht, wenn jetzt die nächste Aufgabe ansteht. An Halloween habe ich erkannt, dass ich nicht weiterkomme, wenn ich die Mitglieder nach Annabelle frage. Um etwas zu erreichen, muss ich zuallererst ihr Vertrauen erlangen und ein Teil der *Dark Elite* werden.

»Konzentrieren wir uns einfach wieder auf die verdammte Studienarbeit«, schnauze ich barsch.

Irritiert legt Elora ihr Handy vor sich auf der Tischplatte ab. Calma hebt kurz den Kopf und sieht sich um, bevor sie weiterschläft. Elora schlägt ein neues Buch auf, sie blättert mit zitternden Fingern durch die Seiten. Ich vermute, es liegt nicht an der Katze. Oder an meiner Stimmung. Die Nachricht scheint sie nervös zu machen.

Ich kann sie verstehen. Auch ich habe ein mieses Gefühl bei der Sache.

Ich stapfe den schmalen Pfad zur Kapelle hinauf und rutsche auf dem schlammigen Boden weg. Geradeso kann ich mein Gleichgewicht noch halten. Ein paar Meter weiter verhakt sich ein Grashalm mit meinem Schnürsenkel. Fluchend halte ich inne, bücke mich und zupfe ihn heraus. Als ich mich wieder aufrichte, höre ich hinter mir Schritte. Nervös fahre ich herum und entdecke das Licht einer Taschenlampe, das wackelnd näher kommt. Im nächsten Moment blendet es mich, und ich kneife die Augen zusammen.

»Hey, was soll das?«, beschwere ich mich.

Die Schritte halten inne, das Licht verschwindet. »Oh, du bist es«, sagt Elora und vergräbt die Finger in ihrem Kapuzenpullover, auf dem in weißen Schnörkellettern *Freedom* steht.

Das Wort jagt mir eine Gänsehaut über den Rücken, und ich kann nicht aufhören, es anzustarren. Werde ich jemals wieder wirklich frei sein? Gerade sollte ich es sein. Ich stehe auf einem Berghang, neben mir nur Wind und Wellen. Aber meine Fesseln sind unsichtbar. Annabelle, mein Schwur und jetzt *Fortuna*. Was, wenn ich ihnen nie entkommen kann?

Mein Magen verkrampft, denn mir wird bewusst, dass ich mir nie zuvor so sehr Freiheit gewünscht habe wie jetzt. Ich will Eloras Hand ergreifen, sie diesen Hang hinabziehen und *Fortuna* ein für alle Mal hinter mir lassen.

Mir wird eiskalt. Ich darf nicht daran denken, alles zu beenden. Ich habe es Annabelle geschworen. Für nichts und niemanden werde ich aufgeben. Daher wende ich mich hastig ab, um Elora nicht mehr sehen zu müssen. Allein der Anblick ihrer Lippen hat die Macht, mich um den Verstand zu bringen, und das kann ich nicht zulassen.

»Bist du bereit für heute Abend?«, fragt Elora, sobald wir uns wieder in Bewegung setzen. Nebeneinander kämpfen wir uns durch den Schlamm, immer weiter den Berg hinauf in Richtung Kapelle.

»Absolut nicht. Du?«

»Ich wünschte, ich wüsste wenigstens ansatzweise, was uns erwartet. Es macht mich kirre, dass wir keine Aufgabe gestellt bekommen haben.« Sie zuckt die Achseln. »Aber vielleicht kommt das noch, so wie beim Kerzenabend.«

Es passt nicht zur Verbindung, zweimal dasselbe zu machen. Der Wettbewerb ist etwas Besonderes, die Aufgaben waren bisher immer präzise geplant. Alles in mir zieht sich zusammen vor Sorge. Ich kann es mir nicht einmal erklären, denn es gibt keinen bestimmten Grund dafür. Dennoch ist da diese Vorahnung, die meine Finger zittern lässt. Hat Annabelle sich auch so gefühlt, am Tag ihres Todes? Und es, genau wie ich jetzt, ignoriert?

»Immerhin erfahren wir gleich, wie viele Kandidaten noch im Rennen sind«, schnauft Elora. Leicht dahingesagte Worte, aber für mich fühlen sie sich wie ein Schlag in den Solarplexus an. Die übrigen Kandidaten stehen zwischen mir und der Wahrheit. Sie sind mir egal, aber Elora ist es nicht. Wenn ich gewinne, raube ich ihr die Chance auf finanzielle Unabhängigkeit. Andererseits: Wäre das wirklich so tragisch? Ludovico hat mehr als genug Geld. Wieso muss sie stets allen so verbissen beweisen, dass sie lieber noch ein Landei wäre? Für mich ist es unvorstellbar, auf einem Bauernhof aufzuwachsen. Sie kann nicht ändern, wer ihr Stiefvater ist. Wie schlimm ist es schon, Vorteile aus seinem Reichtum und Ansehen zu ziehen? Und was Eloras steile Karriere betrifft … Es gibt sicherlich mehr als einen Weg, einen Platz in der Klinik Hirslanden zu bekommen, wenn sie das wirklich will. Andererseits macht sie sich von Ludovico abhängig, und ich weiß von Lucia, wie kontrollsüchtig er sein kann.

Ach, verdammt. Genau wegen dieses Gedankenchaos wollte ich mich von Elora fernhalten. Und um diesen bitteren Stich nicht spüren zu müssen, der mir einredet, dass Elora den Verbindungsplatz mehr verdient hat als ich.

»Hast du heute Nachmittag noch für die Arbeit in Nuklearmedizin recherchiert?«, erkundige ich mich. Nach der Nachricht von *Fortuna* haben wir nicht mehr lange im Lernraum gesessen. Wir konnten uns beide kaum konzentrieren und beschlossen, unsere Recherchen lieber allein fortzusetzen und uns an einem anderen Tag erneut zu treffen.

»Ich habe es versucht, aber keine Chance. Irgendwann habe ich aufgegeben und Simona ausgefragt. Leider hat sie mir trotz aller Bestechungsversuche nicht gesagt, was uns heute Nacht erwartet.«

»Die *Fortuna*-Mitglieder sind sehr verschwiegen. Lucias Mitbewohnerin Sara war auch so.«

»Hast du sie gut gekannt? Sara?«

Ich denke an die wenigen Male zurück, als ich Sara im Flur der WG begegnet bin. Sie hat mich immer höflich gegrüßt, wirkte aber distanziert. Sie war ein *Fortuna*-Mitglied durch und durch. Zurückgezogen, eitel und unnahbar. Nach den erfolglosen Versuchen, Lucia zu einer Mitgliedschaft zu überreden, sind sich die beiden Frauen aus dem Weg gegangen.

»Nein, überhaupt nicht. Ich kannte sie eigentlich nur vom Sehen. Lucia und Sara haben sich nicht sonderlich gut verstanden. Kurz vor dem Unfall sind sie ziemlich aneinandergeraten, weil Sara ein paarmal durchgedreht ist.«

»Wie meinst du das, sie ist *durchgedreht*?«

»Sie hat viel geweint und sich mit irgendjemandem gestritten. Oft sogar nachts, sie hat Lucia den Schlaf geraubt. Das war mitten in der Prüfungsphase, kein Wunder, dass Lucia das nicht lang mitgemacht hat.«

»Was war los mit ihr?«

Ich zucke die Achseln. »Keine Ahnung. Wie gesagt, Lucia und sie haben kaum miteinander gesprochen, schon gar nicht über Privates.«

»Hm«, macht Elora und wirkt nachdenklich. Überhaupt scheint sie sehr an Sara interessiert zu sein. Weil sie Ersthelferin bei ihrem Unfall war? Oder weil Sara ein *Fortuna*-Mitglied gewesen ist? Ich will gerade nachfragen, als der Pfad eine Biegung macht und wir auf dem Plateau ankommen. *Es ist so weit.*

Die Verbindungsmitglieder stehen in einem Halbkreis zusammen. Sie tragen altmodische Öllampen in den Händen, die einen warmgelben Schein auf die Gesichter werfen. Ich erkenne Eloras Mitbewohnerin an ihren blauen Haaren und daneben Jasper. Ob Elora sich immer noch mit ihm trifft? Allein der Gedanke sorgt für ein fieses Stechen in meinem Brustkorb. Es wird noch stärker, als mir durch den Kopf schießt, dass Jasper sie nach einem Kuss ganz sicher nicht stehen lassen würde. Seine ekligen Lippen auf ihren, seine Zunge in ihrem Mund. Sein nackter Körper über ihrem. Er in ihr. Ich balle die Fäuste, in mir steht alles in Flammen. Ich schüttle den Kopf und atme tief durch.

»Hallo Gabriel, hallo Elora«, begrüßt uns eine männliche Stimme, sobald wir in den Kreis treten. Der Vorsitzende hat auch heute wieder diese bescheuerte Wolfsmaske auf, um seine Identität zu verschleiern. Nur Verbindungsmitglieder wissen, wer gerade den Vorsitz hat. Die Laterne in seiner Hand lässt das gesträubte Fell leuchten. »Willkommen zur nächsten Aufgabe. Wir warten noch auf die anderen beiden Teilnehmer, bevor wir beginnen.«

Sofort strömt Adrenalin durch meinen Körper. Drei Konkurrenten, die es noch zu schlagen gilt. Mein Ziel scheint in greifbarer Nähe zu sein. Wenn ich jetzt stark bleibe, dauert es nicht mehr lange, bis *Fortuna* endlich bekommt, was sie verdienen. Sobald ich erst mal ein Teil von ihnen bin, werde ich sie von innen heraus zerstören.

Ich lasse meinen Blick über die Mitglieder schweifen. Die meisten sind in Gespräche vertieft. Es sind weniger als sonst. Nur ungefähr die Hälfte von ihnen scheint anwesend zu sein. Mein ungutes Gefühl verstärkt sich. Es ist der *Dark Elite* sehr wichtig, als geschlossene Gemeinschaft aufzutreten. Wo ist der Rest?

Bevor ich darüber nachdenken kann, mir die Wartezeit damit zu verkürzen, jemanden anzusprechen, treffen die beiden übrigen Kandidaten ein. Vielleicht ist es nach meiner

Aktion am Montag besser so. Wie viele der Mitglieder habe ich auf meine Schwester angesprochen? Ich kann mich nicht mehr erinnern. Zu viele Shots, zu viel Wut. Mein Gehirn hat einfach ausgesetzt, was mir noch nie zuvor passiert ist. Kein Wunder, dass ich Elora am selben Abend von Annabelle erzählt habe. Wenn ich Glück habe, hat *Fortuna* meine unüberlegte Aktion als betrunkenen Schwachsinn abgestempelt. Wäre Elora nicht eingeschritten, hätte die Sache auch ganz anders ausgehen können.

Nachdem der Vorsitzende die beiden Nachzügler ebenfalls begrüßt hat, sagt er: »Die heutige Aufgabe ist nicht nur eine Mut-, sondern auch eine Vertrauensprobe. Wir müssen noch ein kleines Stück laufen, bis wir da sind. Folgt uns bitte.«

Eine Mutprobe? Das ungute Gefühl in meinem Bauch wird stärker.

Zielstrebig geht der Vorsitzende an der Kapelle vorbei und schlägt den Pfad dahinter ein. Er führt wieder leicht bergab. Wie Schafe trotten wir hinter den Mitgliedern her, und genauso fühle ich mich auch. Dumm und willenlos. Ein Herdentier. Ich würde *Fortuna* überallhin folgen, vollkommen ahnungslos, was mich erwartet. Wieder einmal frage ich mich, ob Annabelle sich genauso gefühlt hat.

Ich schaudere. Dann spüre ich eine sanfte Berührung am Handrücken. So flüchtig, dass sie auch als Versehen durchgehen könnte. Ich schaue auf, kreuze Eloras Blick und werde automatisch ruhiger. Ihre Anwesenheit und die Gewissheit, das Gewicht meines Verdachts um Annabelle nicht mehr allein tragen zu müssen, macht alles erträglicher.

Ich öffne gerade den Mund, um ein stummes Danke zu formen, als die Mitglieder schlagartig stehen bleiben. Sie treten zurück, machen uns Platz, damit wir uns an ihnen vorbeischieben und zum Vorsitzenden gelangen können. Die Formation öffnet sich synchron, wie einstudiert. Die warmen Lichter sind allesamt auf den Mann mit der Wolfsmaske ausgerichtet und hüllen ihn in einen schummrigen, beinahe mystischen Schein.

Eine Mutprobe, schießen mir die Worte des Vorsitzenden erneut durch den Kopf, während ich in sein ekelhaftes Lächeln blicke. Er hebt die Hand, deutet auf den Abgrund hinter sich, und ich weiß Bescheid. Ich weiß es einfach. Erst seine Worte, dann die Geste und jetzt die Klippe. Die Klippe, die hinter ihm meterweit in die Tiefe führt. Darunter wartet nichts weiter als das schwarze Wasser des Walensees.

Mein Herz erstarrt, mein Körper auch. Ich bekomme keine Luft mehr. In meinem Kopf sehe ich Annabelles aufgedunsenes Gesicht. Ich spüre ihre kalte Haut unter meinen Fingern. Ich will schreien und davonlaufen, habe aber keine Kontrolle mehr über mich. Alles in mir ist verkrampft, mir ist so übel, dass ich mir sicher bin, mich jeden Augenblick übergeben zu müssen. War es diese Aufgabe, die Annabelle den Tod brachte?

Ich habe keine Ahnung, was damals genau passiert ist. Aber eines weiß ich mit absoluter Gewissheit: Wir müssen von dieser Klippe springen.

Kapitel 28

Elora

Wind zerrt an meinen Kleidern und wirbelt mir die Haare um die Ohren. Ich wünschte, ich hätte sie zusammengebunden oder zumindest einen Zopfgummi dabei. Genervt streiche ich mir einige Strähnen aus dem Gesicht und bemerke, wie blass Gabriel auf einmal ist.

Der Vorsitzende breitet seine Arme aus. »Willkommen zur nächsten Aufgabe, willkommen zur Mutprobe.«

Das letzte Puzzleteil fällt an seinen Platz. Neben mir keucht jemand auf. Oder war ich es selbst? Das kann doch unmöglich ihr Ernst sein! Sollen wir wirklich von dieser Klippe springen? Oder bluffen sie, um uns Angst zu machen?

Ich suche unter den umstehenden Mitgliedern nach Simona. Ich muss ihr Gesicht sehen, um mich zu vergewissern, dass das hier nur ein Scherz ist. Dass ich nicht von einer Klippe metertief ins eiskalte Wasser springen soll, um mir alle Knochen zu brechen. Ein Schauer läuft mir den Rücken hinunter, mir fallen Gabriels Schilderungen zum Tod seiner Schwester wieder ein. Sie ist während des Wettbewerbs gestorben. Ein anderer Kandidat nach einer Aufgabe verhaftet worden. Meine Kehle schnürt sich zusammen. Wer ist das nächste Opfer? Was, zur Hölle, mache ich hier eigentlich? Sie können doch unmöglich wollen, dass wir unser Leben aufs Spiel setzen!

Meine Augen finden Simonas. Der schuldbewusste Ausdruck darin raubt mir den Atem. Es ist wahr, wir müssen springen.

»Leert eure Taschen«, fordert uns der Vorsitzende auf.

Jasper tritt neben ihn, in der Hand einen Korb. Nacheinander legen wir unsere Handys, Schlüssel und Geldbeutel hinein. Meine Finger zittern, und Gabriel braucht eine mehrmalige Aufforderung, bevor er reagiert.

»Ihr habt es sicher alle längst erraten. Die nächste Aufgabe ist, von der Klippe zu springen. Es gibt nur eine Regel: Wer als Letztes springt oder gar nicht, ist raus. Noch Fragen?«

Der Kandidat neben mir hebt wütend die Hände. Ich glaube, sein Name ist Samuel. »Was soll das bringen?«

»Mit dieser Aufgabe beweist ihr euren Mut und zeigt, dass ihr Vertrauen in *Fortuna* habt.«

»Woher sollen wir wissen, ob das Wasser tief genug ist? Ist überhaupt schon mal jemand hier runtergesprungen?«, fragt Samuel aufgebracht. »Was, wenn wir uns verletzen?«

Sofort muss ich an Annabelle denken, die Gabriel am Ufer des Sees gefunden hat. Gibt es diese Aufgabe jedes Jahr? Ist sie beim Sprung von ebendieser Klippe umgekommen?

»Wenn ihr uns vertraut, springt ihr. Wenn nicht, lasst ihr es bleiben«, erwidert der Vorsitzende nur. »Jasper übernimmt ab jetzt. Ich werde unten auf euch warten.«

Er läuft davon, und Japser tritt vor. »Fangen wir an.«

Keiner rührt sich. Die Sekunden dehnen sich aus, bis ich schließlich durchatme und an den Abgrund herantrete. Vorsichtig spähe ich über den Rand in die Tiefe. Ich schätze die Höhe auf ungefähr fünfzehn Meter. Die Wasseroberfläche ist aufgewühlt, der Wind zerrt an mir, als wolle er mich hinabwerfen. Es ist nicht ersichtlich, ob sich im Wasser Felsen oder scharfkantige Äste befinden. Schon gar nicht aus dieser Höhe.

Ein Stück links von uns erkenne ich einige Lichter. Wartet dort jemand? Die restlichen Mitglieder? Wahrscheinlich ist der Vorsitzende zu ihnen unterwegs.

Ich trete wieder zurück und bemerke, dass die drei Männer, meine Konkurrenten, sich noch immer nicht gerührt haben. Mein Blick fällt auf Gabriel, der ins Leere starrt, als wäre er gar nicht anwesend. Seine Hände sind zu Fäusten geballt, die Augen geweitet. Ob er in Gedanken bei jenem schrecklichen Abend vor zwei Jahren ist?

Was soll ich tun? Springen und alles riskieren? Oder aufgeben und mich von der Vorstellung verabschieden, Verbindungsmitglied zu werden? Jetzt, da ich so dicht dran bin?

Ich atme tief durch und höre auf mein Bauchgefühl. Ich weiß nicht, ob Annabelle bei dieser Aufgabe umgekommen ist. Aber was ich weiß, ist, dass *Fortuna* uns keine Aufgabe stellen würde, bei der wir in den sicheren Tod springen. Selbst wenn ihre Methoden fragwürdig sind, sind sie keine Mörder. Oder? Mein Blick wandert zu Gabriel. Er glaubt fest daran, aber … Falls Annabelle wirklich vor zwei Jahren bei dieser Aufgabe umgekommen ist, würde *Fortuna* sie kein zweites Mal stellen. Nein, es geht um Mut. Und Vertrauen.

Ich werde springen.

Ich will gerade Anlauf nehmen, als ich bemerke, dass Gabriel sich immer noch nicht gerührt hat. Da wird mir klar, er kann es nicht. Nicht nach dem, was er erlebt hat. Aber wenn er nicht springt, hat er nie eine Chance, zu erfahren, was mit Annabelle geschehen ist. Er wird nie glücklich werden. Sie nie loslassen können.

Ich muss ihm helfen zu springen. Selbst wenn das bedeutet, dass er noch länger mein Konkurrent ist. Dass er weiterhin zwischen mir und meiner Unabhängigkeit stehen wird. Aber … Die beiden übrigen Kandidaten treten näher an die Kante heran. Ich habe keine Zeit, um weiter nachzudenken. Ich muss endlich handeln.

Aus einem Impuls heraus gehe ich zu Gabriel und greife entschlossen nach seiner Hand. Sofort klärt sich sein Blick.

»Ich kann das nicht, Elora. Das Wasser, sie …«

»Ich weiß«, sage ich. So leise, dass nur er mich hören kann, frage ich: »Vertraust du mir?«

»Ja.« Kein Zögern, nur seine raue, ängstliche Stimme.

»Dann schließ die Augen.«

Er fragt nicht, warum. Er macht es einfach. In meinem Bauch breitet sich ein warmes Kribbeln aus, das jedoch sofort erlischt, als ich die Klippe betrachte. Unsere Konkurrenten spähen über die Kante. Angst krallt sich in meinem Bauch fest. Wir dürfen nicht die Letzten sein, die springen. Ich will auf keinen Fall aus dem Wettbewerb ausscheiden.

»Wir machen das gemeinsam«, raune ich Gabriel zu. Dann ziehe ich an seiner Hand und renne los. Er stolpert hinter mir her. Wir kommen der Klippe immer näher. Im letzten Moment spüre ich, wie Gabriel anhalten will, aber ich bin bereits abgesprungen und ziehe ihn mit mir.

Für eine Sekunde bleibt die Welt stehen. Ich spüre nichts, höre nichts, sehe nichts. Dann reißt der Wind mit brutalen Klauen an mir, und ich schreie auf. Ich stürze hinab, die Kälte schnürt mir die Luft ab. Bis ich Gabriels Finger in meinen spüre und weiß, ich bin nicht allein. Mit ihm an meiner Seite wird alles gut werden.

Im nächsten Augenblick tauchen wir ins Wasser ein. Es ist so kalt, dass mein Herz einen Schlag aussetzt. Dunkelheit umhüllt mich, meine Klamotten werden schwer wie Steine, die mich hinabziehen wollen, und Gabriels Finger entgleiten meinen. Panisch rudere ich mit den Armen und durchbreche die Wasseroberfläche. Ich pruste, schlucke Wasser und suche nach Gabriel. Ich kann ihn nirgendwo entdecken und bekomme schreckliche Angst. Was, wenn ich seinen leblosen Körper aus dem Wasser ziehen muss, wie er es bei Annabelle getan hat?

»Gabriel!«, schreie ich.

Und dann taucht er auf, ein paar Meter links von mir. Erleichterung durchflutet mich, und ich schwimme auf ihn zu, so schnell ich kann.

»Elora«, murmelt er und greift nach meiner Schulter. Sein Gewicht ist erdrückend, aber das ist mir egal. Hauptsache, uns ist nichts passiert.

»Ich bin hier«, lasse ich ihn wissen und schlucke einen Schwall Wasser. Meine Lunge brennt, und ich huste. Fast hätte ich dadurch die Rufe vom Ufer nicht gehört. »Hier rüber!«

Meine Zähne klappern, und wir schwimmen los. Jede meiner Gliedmaßen fühlt sich schwer wie Blei an, und mir wird bewusst, dass ich mich nicht mehr lange über Wasser halten kann. Sobald ich festen Boden unter meinen Füßen spüre, richte ich mich auf und stolpere ans Ufer. Meine Beine geben nach, ich lande im Sand und bleibe liegen.

Sofort spüre ich Hände auf mir. Jemand hüllt mich in ein großes Handtuch. »Du hast es geschafft!«, sagt eine weibliche Stimme. »Gratuliere.«

Sie gratuliert mir? Für diese leichtsinnige und …

»Gabriel und Elora!«, dröhnt die Stimme des Vorsitzenden über den Uferbereich. »Herzlichen Glückwunsch, ihr seid im Finale!«

Im … Was? Meine Augen brennen, und ich klammere mich an den weichen Stoff des Handtuchs.

Der Vorsitzende tritt vor mich. »Eine letzte Aufgabe liegt vor dir, deine Probezeit endet nun. Du musst bitte hier unterschreiben und zustimmen, dass du *Fortuna* beitreten wirst, solltest du das Finale gewinnen.«

Nur noch eine Aufgabe, die mich von meinem großen Traum trennt? Aufregung macht sich in mir breit. Ich habe es fast geschafft. Wenn ich jetzt … Die Erschöpfung ist beinahe übermächtig. Ich bin vollkommen ausgelaugt, mein Kopf ist leer. Zitternd strecke ich meine Hand aus und unterschreibe das Dokument, das mir der Vorsitzende hinhält.

Zufrieden wendet er sich an Gabriel und sagt ihm dasselbe. Ich hätte Gabriel heute Abend ausstechen können, stattdessen habe ich ihm einen Platz im Finale gesichert. Ich konnte nicht anders.

Jemand streckt mir einen Becher heißen Tee aus einer Thermoskanne entgegen. Bibbernd greife ich danach und sehe aus den Augenwinkeln, wie Gabriel ebenfalls unterschreibt.

Ein Schrei lässt mich herumfahren. Heißer Tee schwappt über meine Hand, aber ich spüre ihn kaum, so sehr friere ich. Wasser platscht, als ein dritter Kandidat in den See eintaucht. Sofort setzen sich einige Mitglieder in Bewegung, um ihn auf sich aufmerksam zu machen.

Meine Sicht verschwimmt, ich nehme kaum wahr, wie er aus dem Wasser gezogen wird. Die Erschöpfung reißt an jeder Faser meines Körpers. Ich will nur noch ins Bett.

Irgendwann sagt der Vorsitzende: »Ihr habt heute Abend euer Vertrauen und euren Mut bewiesen und euch einen Platz im Finale gesichert. Es findet erst nach dem Winterball statt, bis dahin bleibt euch eine kleine Verschnaufpause, die ihr euch redlich verdient habt. Wir gehen jetzt zum Wohnheim zurück, damit ihr schnellstmöglich ins Warme kommt. Dort werdet ihr auch eure Habseligkeiten wiederbekommen.«

Mir wird ein weiteres Handtuch übergelegt, dann trotten wir los. Im Nachhinein kann ich mich nicht mehr daran erinnern, wie ich den Weg bis zum Verbindungshaus zurückgelegt habe. Aber plötzlich steht Simona vor mir, in der Hand mein Handy. Sie zieht mich in ihre Arme, fragt mich, ob es mir gut geht. Ich kann nur nicken und schaue an ihrer Schulter vorbei zu Gabriel, der stumm seine Sachen entgegennimmt. Ist mit ihm alles in Ordnung? Oder würde er, wie ich, am liebsten einfach auf den Boden sinken und heulen?

Der Vorsitzende räuspert sich. »Ich gratuliere euch noch einmal ganz herzlich. Ihr seid die Besten eures Jahrgangs und habt euch gegen eine große Anzahl von Bewerbern durchgesetzt. Vergesst nicht, wie vielen Aufgaben ihr euch bereits erfolgreich gestellt habt. Genießt die Ruhe, wir sehen uns beim Winterball.«

Gabriel ergreift direkt nach dem letzten Wort die Flucht. Ich will ihm nach, ihn fragen, ob alles okay ist. Diese Aufgabe muss der Horror für ihn gewesen sein.

Simona hält mich am Arm zurück. »Ich muss noch bleiben und aufräumen. Kommst du allein zurecht?«

»Ja, klar«, sage ich abgelenkt, denn meine Aufmerksamkeit gilt Gabriels zusammengesunkener Gestalt, die in der Dunkelheit zu verschwinden droht. »Wir sehen uns morgen. Gute Nacht.«

Sie wirkt, als wolle sie noch etwas sagen, aber dann lässt sie mich los. »Gute Nacht, Elora.«

Hastig eile ich davon. Gabriel läuft so schnell, dass ich beinahe rennen muss, um ihn einzuholen. »Gabriel! Warte!«

Sobald er meine Stimme hört, wird er langsamer. Keuchend schließe ich zu ihm auf. »Kommst du zurecht?«

»Klar.«

»Du kannst ehrlich zu mir sein.«

»Was willst du von mir hören, Elora? Dass es mir beschissen geht? Und jetzt?«

Ich befreie meine Hand aus dem Handtuch und taste damit nach seiner. »Die Aufgabe war scheiße, sie …«

»Ich wäre nicht gesprungen.« Sein Kopf ruckt in meine Richtung. Unter seinen Augen stehen Tränen, die mir die Brust zerreißen. »Ohne dich wäre ich aus dem Wettbewerb ausgeschieden. Du hättest mich, deinen größten Konkurrenten, heute Abend aus dem Weg räumen können.«

»Ganz schön arrogant von dir, dich als meinen größten Konkurrenten zu bezeichnen«, versuche ich die Stimmung aufzulockern.

Aber Gabriels Gesicht bleibt ausdruckslos. »Das ist nicht witzig.«

Ich seufze. »Ich habe es nicht übers Herz gebracht, dich dort oben stehen zu lassen.«

»Du hast mir schon einmal geholfen, und ich dachte, ich hätte dir klargemacht, dass du das lassen sollst.«

Ich werde wütend. »Weißt du was? Ein einfaches Danke hätte gereicht.«

Er schweigt, bis wir fast bei unserem Gebäude angelangt sind.

»Nein, du liegst falsch. Ein Danke würde niemals reichen für das, was du heute für mich getan hast. Genau das ist das Problem.« Er lacht humorlos auf. »Du wirst es bereuen.«

»Weil wir jetzt im Finale stehen?«

Er nickt und hält mir die Eingangstür auf. »Ich muss gewinnen, Elora. Egal, um welchen Preis. Ich habe es Annabelle versprochen. Es ist das Einzige, was ich noch für sie tun kann. Womit ich mein Versagen an jenem Abend wiedergutmachen kann.«

Ich bleibe stehen und zwinge ihn, ebenfalls innezuhalten. Ich sehe ihm in die blauen, traurigen Augen, erkenne die Wahrheit darin und den Schmerz, den er vor mir zu verbergen versucht. Ich strecke die Hand aus, lege sie an seine kalte Wange. »Lass uns die kommenden Wochen nicht daran denken. Bis zum Winterball gibt es keinen Wettbewerb mehr. Nur uns.«

Er zögert und ringt sichtlich mit sich. Dann schmiegt er seine Wange an meine Handfläche. Er beugt sich zu mir, und in meinem Bauch breitet sich Wärme aus. Im selben Moment gehen die Lampen um uns herum aus und tauchen uns in Dunkelheit. Ich spüre seinen Atem an meinem Mund, dann seine Lippen, die in einer federleichten Berührung über meine streifen. Kein Kuss, nur der Hauch davon. Etwas, das mich nur nach mehr sehnen lässt, anstatt mich zu befriedigen.

»Nur uns«, wiederholt er leise, und ich spüre jede seiner Lippenbewegungen an meinem Mundwinkel.

Ich drehe den Kopf, kann nicht anders, weil das Brennen in meinem Unterleib zu stark ist. Ich lege meine Lippen auf seine, die kalt sind und nach Seewasser schmecken.

Ich schlinge meine Arme um seinen Hals, und das Handtuch fällt mit einem dumpfen Geräusch zu Boden. Von der Bewegung geht das Licht wieder an. Gabriel greift an meinen Hinterkopf, zieht mich näher an sich heran, taucht seine Zunge in meinen Mund, und ich brenne. Die kalten, nassen Klamotten sind vergessen. Sein Hemd klebt ihm am Rücken. Ich streiche darüber, und es ist fast, als würde ich seine Haut berühren. Ich wünschte, sie wäre es.

Ich spüre seine Erregung an meinem Bauch und keuche auf. Wie automatisch stelle ich mich auf Zehenspitzen und presse mich ihm näher entgegen. Ich will mehr spüren. Mehr von ihm. *Mehr, mehr, mehr.* Mein Herz pocht so heftig gegen meine Rippen, ich bin mir sicher, Gabriel spürt es.

Irgendwo fällt eine Tür ins Schloss, und wir fahren auseinander. Gabriel atmet schwer. Sobald ich ihn loslasse, beginnt er am ganzen Körper zu zittern. Obwohl ich am liebsten da weitermachen würde, wo wir aufgehört haben, kehrt meine Vernunft zurück. »Wir sollten aus den nassen Klamotten raus, bevor wir uns erkälten.«

Er presst seine Nase an meinen Hals. »Gute Idee.« Dann greift er nach meiner Hand und zieht mich die Treppe hinauf. Auf meinem Stockwerk will ich anhalten, aber Gabriel zieht mich sanft weiter. »Wir sollten dringend unter die heiße Dusche.«

Ich kann nur nicken, weil meine Kehle sich auf einmal trocken anfühlt. Was sicher nicht vom Seewasser herrührt, das ich beim Sprung geschluckt habe.

Fahrig schließt Gabriel die Tür zu seiner Wohneinheit auf. Der Sonnyboy ist zum Glück nirgendwo zu sehen. Auf eine weitere Unterbrechung kann ich gerade gut verzichten.

Sobald Gabriels Badezimmertür hinter uns zufällt, sind seine Hände zurück auf meinem Körper. Er streicht meine Seiten entlang, und eine Gänsehaut folgt seiner Berührung. An meiner Hüfte angelangt, packt er auf einmal zu und drängt mich an die Wand. Mein Rücken schlägt gegen die kalten Fliesen, und ich keuche auf. Dann strecke ich meine Hände aus und greife nach seinem nassen Hemd. Fahrig öffne ich die Knöpfe und streife es ihm über die Schultern. Als ich seinen nackten Oberkörper betrachte, muss ich schlucken. Durch sein Lauftraining zeichnet sich jeder einzelne Muskel auf seinem Bauch ab.

»Gefällt dir, was du siehst?«, zieht Gabriel mich auf.

Meine Wangen röten sich. »Definitiv. Und jetzt befrei mich endlich von meinen Klamotten!«

Er lacht leise, das Geräusch fährt mir direkt in den Unterleib. Bevor er meine Aufforderung umsetzt, schiebt er die gläserne Duschkabine auf und stellt das Wasser an. Schon bald ist das Badezimmer von heißem Dampf erfüllt.

Nur noch in Unterwäsche stehe ich vor ihm. Ich fröstle und kann es kaum erwarten, unter das heiße Wasser zu kommen. Gabriel schlüpft aus seiner Hose und greift nach meinem BH-Träger. »Darf ich?«

»Ja«, raune ich und drehe mich um, sodass er an den Verschluss kommt. Eine Sekunde später schiebt er mir den BH von den Schultern. Dann zieht er mich an sich, bis sein Oberkörper meinen Rücken berührt und seine Erregung an meinen Po drückt. Seine Lippen finden meinen Hals, hauchen Küsse auf die zarte Haut. Seine Hände schlingt er um meinen Körper, legt sie auf meine Brüste, und ich keuche auf. Seine Finger sind kalt, meine Brustwarzen stellen sich auf.

»Alles gut?«, haucht Gabriel an meinen Hals.

»Deine Finger sind kalt. Wir sollten …« Ich deute auf die Dusche, und er nickt.

Wir streifen uns die letzten Kleidungsstücke ab und steigen unter den Duschkopf. Das warme Wasser fühlt sich wie eine Wohltat auf meiner kalten Haut an. Ich lege den Kopf in den Nacken, schließe die Augen und lasse es auf meinen Körper hinabprasseln.

Ich spüre Gabriels Finger an meinen Brüsten. Er zieht sanfte Kreise darüber, die er auf meinen Bauch ausweitet. »Besser?«

»Viel besser«, seufze ich und öffne die Augen.

Das Wasser rinnt ihm über sein Haar und sein Gesicht. In diesem Moment bin ich mir sicher, nie einen attraktiveren Mann gesehen zu haben. Ich lehne mich zu ihm, presse meine Lippen auf seine und schlinge meine Arme um ihn. Mit den Fingern wandere ich über jeden Millimeter seines Rückens, spüre seine Schulterblätter und ein Muttermal knapp darunter.

Er vergräbt seine Finger in meinem Haar, küsst mich stürmisch und leidenschaftlich, bis wir beide nach Luft schnappen. Mein Herz tanzt in meiner Brust zu wilden Technobeats. Es soll niemals wieder damit aufhören.

Gabriel betrachtet mich. Jeden Zentimeter von mir, meinen ganzen Körper mit all seinen Stärken genauso wie den Makeln. Die Blinddarm-Narbe auf meinem Bauch, der unförmige Leberfleck auf meinem Dekolleté, meine Oberschenkel, die mit ein bisschen mehr Sport trainierter sein könnten. Ich beiße mir auf die Unterlippe, bin plötzlich nervös, obwohl es dafür gar keinen Grund gibt. Denn Gabriels Augen leuchten, als hätte er nie etwas Schöneres gesehen.

»Ich schätze, wir haben ein Problem«, sagt er leise.

»Wieso?« Geht es um den Wettbewerb? Hat er es sich doch anders überlegt, und das hier geht ihm zu weit?

»Ich glaube, ich werde niemals genug von dir bekommen.«

Erleichtert lächle ich. »Das hoffe ich doch.«

Er drückt mir zur Antwort einen Kuss auf die Stirn. Dann greift er an mir vorbei nach dem Duschgel auf der Ablage und gibt etwas Gel in seine Handfläche.

»Darf ich?«, fragt er erneut, und ich nicke.

Langsam streckt er die Hände aus, widmet sich zuerst meinen Armen und Schultern. Mit sanften Kreisen verreibt er das Duschgel auf meiner Haut. Schauer rieseln durch mich hindurch, und meine Nervosität verfliegt. Ich entspanne mich, spüre jede Berührung überdeutlich, so langsam und bedächtig, wie Gabriel sie ausführt. Ihre Echos hallen in meinem Inneren nach.

Von meinem Rücken aus fährt er über meine Taille zu meinem Bauch. Ich schließe die Augen, genieße seine Finger auf meiner Haut. Sie wandern immer tiefer, und mein Atem geht schneller. In meinem Inneren baut sich Druck auf, alles kribbelt. Ich lasse den Kopf in den Nacken sinken, lehne ihn gegen die kühlen Fliesen. Gabriels Finger streifen meine Scham, und ich atme schneller.

Auf einmal bin ich mir sicher, ich halte es keine Sekunde länger aus. Entschlossen ergreife ich sein Handgelenk und führe es tiefer. Er lacht leise, taucht aber im nächsten Moment einen Finger in mich. Ich stöhne auf, gebe mich seinem Rhythmus hin. Würde er mich nicht mit der anderen Hand halten, wäre ich sicher schon zusammengesunken.

Er steht so dicht bei mir, dass ich seine Erregung an meinem Bauch spüre. In mir türmt sich eine Welle auf. So warm wie das Wasser, das aus dem Duschkopf strömt. Höher und höher, sie ist kurz davor zu brechen, das spüre ich mit jeder Faser.

Gabriels Lippen finden meinen Hals, sanft beißt er hinein. Kurz mache ich mir Sorgen, man könnte seine Bisse morgen noch sehen, aber der Gedanke verschwindet, denn im nächsten Moment erreicht die Welle ihren Höhepunkt. Ich verkrampfe mich um Gabriels Finger, unterdrücke einen Aufschrei, während ich in winzige Scherben zerfalle und mich gleichzeitig neu zusammensetze. Er zieht mich an sich, und ich bebe in seinen Armen. Einige Sekunden lang kann ich nichts denken, nichts fühlen, nur atmen.

Langsam beruhigt sich mein Puls wieder. Gabriel zieht seine Hand zurück und lächelt. »Du weißt, was du willst. Das gefällt mir.«

»Ach ja? Ich kann mich noch gut daran erinnern, wie sehr dich meine Sturheit am Anfang genervt hat.«

Sein Lächeln wird breiter. »Das war am Anfang.«

Jetzt scheint es mein Bauch zu sein, der zu den Technobeats tanzt. Um die Wette mit meinem Herzen.

Ich greife nach dem Duschgel. »Du bist dran.«

Als wir wenig später aus der Dusche treten, ist unsere Haut gerötet vom heißen Wasser. Gabriel reicht mir ein großes weiches Handtuch, in das ich mich komplett einhüllen könnte. Der Spiegel ist beschlagen, und ich wische ihn frei. Ich streiche mein Haar zurück und betrachte meinen Hals. Dort sind tatsächlich ein paar dunkle Flecken zu sehen.

»Tut mir leid«, sagt Gabriel hinter mir. Aber er wirkt nicht wirklich schuldbewusst.

»Sei froh, dass wir Herbst haben und ich einfach einen Schal tragen kann. Aber beim nächsten Mal beißt du bitte nicht so fest zu.«

»Beim nächsten Mal?«, fragt er grinsend.

Dieses Grinsen brennt sich in meine Netzhaut ein. Strahlende Augen, gleichzeitig dunkel. Er wirkt gelöst und glücklich. Nie zuvor habe ich ihn so gesehen.

Er räuspert sich. »Sehen wir uns vor dem Ball noch mal?«

»Für die Hausarbeit?«

»Nein, eigentlich meinte ich, einfach so.«

Mein Herzschlag beschleunigt sich. »Wie ein Date?«

Er nickt.

»Am Wochenende fahre ich mit Simona nach Zürich. Vielleicht am Montag?«

»Wir könnten nach der Vorlesung zusammen Mittag essen.«

Ich lächle. »Sehr gerne.«

Den gesamten Weg hinunter zu meinem Zimmer kommt es mir so vor, als würde ich auf Wolken schweben. Obwohl mir der Klippensprung noch tief in den Knochen hängt, wird er überschattet von dem befriedigten, warmen Gefühl, das Gabriel in meinem Inneren hinterlassen hat. Einem Gefühl, von dem ich, genau wie er, befürchte, nie genug bekommen zu können.

Kapitel 29

Elora

Simona sitzt mir gegenüber auf der Rückbank der Limousine und grölt jeden Song von *The Weeknd* mit. Sie ist bester Laune, während ich aus dem getönten Fenster starre und die vorbeiziehenden Berge und Seen beobachte. Nicht mehr lange, und wir erreichen Zürich. Meine Gedanken schweifen wieder einmal zur letzten Aufgabe, und sofort wird mir eiskalt. Was wird mich erst beim Finale erwarten?

Die Musik verstummt, und Simona räuspert sich. »Was ist los mit dir? Du bist so still.«

»The Weeknd ist nicht mein Fall.« Eine lahme Ausrede. Die Wahrheit ist, dass ich Simona seit dem Klippensprung meide. Ich verstehe nicht, wie sie mich derart auflaufen lassen konnte. Würde ich nicht unbedingt ein Kleid für den Ball brauchen, hätte ich unseren Ausflug nach Zürich abgesagt.

»Ich kann etwas anderes einschalten, wenn du möchtest.«

»Nein, schon gut.«

Sie schweigt kurz, bevor sie schließlich seufzt. »Okay, Elora. Was ist wirklich los? Sag mir bitte die Wahrheit. Wir wohnen jetzt schon fast zwei Monate zusammen, und ich habe das Gefühl, du bist sauer auf mich. Du bist mir die ganze Woche aus dem Weg gegangen! Habe ich dir etwas getan?«

Ich senke den Blick auf das Champagnerglas in meiner Hand. Ich habe noch keinen einzigen Schluck daraus getrunken. Mir ist nicht danach. Genauso wenig wie mit einer Limousine zum Shoppen kutschiert zu werden. Aber Simona hat darauf bestanden.

Ich überlege, ob ich ihr sagen soll, wie sehr mich die Aufgabe mitgenommen hat. Natürlich verstehe ich, dass sie sich an die Regeln halten muss, aber wäre nicht irgendwie ein kleiner Hinweis oder eine Vorwarnung möglich gewesen?

»Es ist … die letzte Aufgabe.«

»Der Sprung von der Klippe war hart, ich weiß. Aber da mussten wir alle durch. Die Aufgabe gibt es jedes Jahr, und für die Mitglieder, die ohne Auswahlverfahren in die Verbindung kommen, ist er eine Art Aufnahmeritual.«

Gabriels versteinerter Körper erscheint vor meinem inneren Auge. Seine Panik ist fast greifbar. Ich spüre wieder das bitterkalte Wasser. Und die Angst, als ich Gabriel nicht sofort gefunden habe.

Wieder einmal frage ich mich, ob ich wirklich ein Teil von *Fortuna* werden will. Ich möchte endlich unabhängig sein, aber bin ich das als Teil der Verbindung tatsächlich? Die Pflichten und Regeln werden nie ganz verschwinden, allein schon durch die diversen Veranstaltungen, an denen *Fortuna*-Mitglieder teilnehmen müssen. Aber ich werde nicht mehr von einem reichen Unternehmer abhängig sein, sondern meine Zukunft selbst in der Hand haben und eigene Entscheidungen treffen können. Oder?

»Die Aufgabe war nicht nur hart, sie war ziemlich scheiße. Ich meine, weißt du, wie gefährlich es ist, da runterzuspringen?«

»Ja, das weiß ich, Elora.«

»Du hast nichts gesagt, nicht einmal mit der Wimper gezuckt. Du hast mich ins offene Messer laufen lassen.«

»Was hätte ich tun sollen? So sind die Regeln!« Sie klingt aufrichtig verzweifelt, und fast empfinde ich Mitleid mit ihr. Aber nur fast.

»Am Anfang waren dir die Regeln doch auch nicht so wichtig!«, entgegne ich aufgebracht. »Als es darum ging, mir die Verbindung schmackhaft zu machen!«

Simona zuckt zusammen, und ich fühle mich mies. »Entschuldige bitte, das war nicht fair. Ich …«

»Nein, du hast recht. Am Anfang, da …« Sie verkrampft die Hände um ihr Champagnerglas, und ihre Fingerknöchel treten weiß hervor. »Elora, ich muss dir etwas gestehen.«

Mein Herzschlag beschleunigt sich. »Was denn?«

Sie atmet tief durch. »Dass wir Mitbewohnerinnen wurden, war kein Zufall. Als du an die Uni gekommen bist, wollte *Fortuna* dich unbedingt als Kandidatin gewinnen. Mir wurde aufgetragen, dich für die Verbindung zu begeistern, damit du am Auswahlverfahren teilnimmst.«

Fassungslos starre ich sie an. »Wie bitte?«

Plötzlich ergibt alles einen Sinn. Wie Jasper Simona im *Seaside* angefahren hat, sie solle ihren Job machen. Ihre Bemühungen, mir ständig von *Fortuna* zu erzählen. Mir die guten Seiten der Verbindung aufzuzeigen, um sie mir schmackhaft zu machen. Aber wieso?

Ich schüttle den Kopf, doch es hilft nicht, meine wirren Gedanken zu ordnen. »Warum sollte ich unbedingt am Wettbewerb teilnehmen?«

»Keine Ahnung. Ich habe nur umgesetzt, was mir aufgetragen wurde. Aber ich vermute, weil du gut in die Verbindung passen würdest und weil dein Stiefvater ein einflussreicher Mann ist. *Fortuna* besteht aus Geben und Nehmen.«

»Und du hast diese Anweisung einfach blind umgesetzt?«

»*Fortuna* ist meine zweite Familie, Elora. Als Mitglied habe ich Verpflichtungen, also ja, ich habe die Anweisung umgesetzt, denn das bringt mich irgendwann in die Position, etwas von *Fortuna* zurückfordern zu können.«

Die ganzen Informationen sind zu viel. Ich habe das Gefühl, nur ein winziges Puzzleteil in einem komplexen Plan zu sein. Eine Schachfigur, die über das Feld gerückt wird, zu ebenjener Position, an der sie den größten Nutzen erzielt. Ich bin mir langsam nicht mehr sicher, ob ich nicht einen verdammt großen Fehler begangen habe.

»Wieso hast du mir das gesagt?«, frage ich Simona.

»Du bist mir wichtig, Elora. In den letzten Wochen bist du für mich zu einer Freundin geworden. Es wäre falsch, noch länger vor dir zu verbergen, dass unsere Freundschaft am Anfang kein Zufall war. Aber du sollst wissen, jetzt ist sie echt.«

Ich seufze schwer. Noch immer bin ich wütend auf sie, aber ich verstehe sie auch. Die Verbindung ist ein wichtiger Teil ihres Lebens. Ich an ihrer Stelle hätte sicher genauso gehandelt. »Du bist mir auch wichtig.«

»Es tut mir leid, dass ich dich nicht warnen durfte.«

»Schon gut. Verrat mir nur eins: Ist bei dieser Aufgabe jemals jemand ums Leben gekommen?«

Sie reißt die Augen auf. »Was? Wieso fragst du das?«

»Ist es passiert oder nicht?«

»Nein, natürlich nicht! Aus welchem Grund sollte *Fortuna* ihre Anwärter derart gefährden?«

»Keine Ahnung …«, erwidere ich abwesend und frage mich, ob Simona die Wahrheit spricht. Ist Annabelle bei einer anderen Aufgabe gestorben? Hat *Fortuna* überhaupt etwas mit ihrem Tod zu tun? Gabriel ist davon überzeugt, aber er könnte sich irren.

»Keine Sorge, Elora. Über Studentenverbindungen hört man viel Schlechtes, aber *Fortuna* ist anders.«

Simona klingt aufrichtig, und ich dränge die Zweifel, die in mir aufgekeimt sind, zurück. Ich mache das hier für meine Zukunft. Sie ist es wert, noch eine weitere verfluchte Aufgabe zu erfüllen.

Eine halbe Stunde später öffnen wir die Ladentür einer Boutique in Zürich. In der Straße reihen sich Läden wie Gucci, Prada und Hermes aneinander. Ich fühle mich nicht wohl dabei, ausgerechnet hier ein Kleid zu kaufen, denn ich werde bei diesen Preisen auf Ludovicos Geld zurückgreifen müssen. Aber Simona ist überzeugt, dass es hier die schönsten Kleider gibt.

Es ist nur dieses eine Mal, sage ich mir. Sonst habe ich Ludovicos Geld nur für Kleinigkeiten ausgegeben. Da kann ich mir einmal ein teures Kleid für den Winterball leisten. Eines, in dem ich so heiß aussehe, dass Gabriel davon schwindelig wird. Sofort röten sich meine Wangen.

»Wie läuft es denn mit dir und Gabriel?«, fragt Simona prompt, als hätte sie meine Gedanken gelesen.

»Ganz gut«, antworte ich ausweichend.

Neben der Ladentür steht Security, dahinter erwartet uns eine Verkäuferin in einem schicken Kostüm. »Kann ich Ihnen behilflich sein?«

»Vielen Dank«, erwidert Simona höflich. »Ich denke, wir schauen uns zunächst allein um.«

»Natürlich, falls etwas sein sollte, geben Sie mir gerne Bescheid.«

Die Verkäuferin verschwindet in einen anderen Teil des Ladens, und wir streifen durch die Regalreihen. Ich lasse meine Finger über die weichen Stoffe gleiten und versuche, nicht auf die Preisschilder zu achten. Von denen wird *mir* nämlich schwindelig.

»Ganz gut?«, nimmt Simona unser Gespräch wieder auf. »Das ist keine richtige Antwort. Ich will Details!«

»Es gibt nicht wirklich Details.« Ich betrachte ein waldgrünes Kleid mit tiefem Rückenausschnitt, bevor ich es wieder zurückhänge.

»Habt ihr schon miteinander geschlafen?«

»Nein, aber wir hatten diesen Moment unter der Dusche.«

»Was? Warum weiß ich davon noch nichts? War es denn gut?«

Darüber brauche ich nicht lange nachzudenken. »Definitiv. Ich würde auch gerne weitergehen. Aber ich weiß nicht, ob das so eine gute Idee wäre. Schließlich gibt es noch den Wettbewerb …«

»Ihr seid Konkurrenten, klar. Aber was ist so schlimm daran? Außerdem ist das Auswahlverfahren fast vorbei.«

»Aber was, wenn einer von uns gewinnt und *Fortuna* immer zwischen uns stehen wird?«

»Meinst du wirklich? Bei der letzten Aufgabe hast du ihm geholfen. Es war egal, dass ihr Konkurrenten seid. Ich verstehe deine Besorgnis. Ehrlich. Aber was, wenn das, was sich zwischen euch entwickelt, stärker ist?«

Ich zucke die Achseln. »Ich denke, das erfahren wir erst nach dem Finale. Bis es so weit ist, möchte ich alle Gedanken an den Wettbewerb ruhen lassen und mich ganz auf den Ball und Gabriel konzentrieren.«

»Period!«, lacht Simona und greift nach einem Kleiderbügel. »Wie wäre es damit?«

Simona hält sich das dunkelrote Kleid an, auf dessen Ausschnitt funkelnde Strasssteine angebracht sind.

»Das sticht sich mit deinen Haaren«, sage ich. »Wie wäre es mit einem Kleid in Türkis?«

»Stimmt, das wäre perfekt.«

Von da an sprechen wir nicht mehr über den Wettbewerb. Wir laufen durch den Laden und probieren unzählige Kleider an. Simona ist noch in der Kabine, während ich erneut durch die Gänge streife und schließlich an einem Kleid hängen bleibe, das ganz anders ist als mein sonstiger Stil.

Ich strecke die Hand danach aus und streiche über den silberfarbenen Stoff. Er glänzt wie mit Glitzer bestäubt und erinnert mich an einen sternenübersäten Nachthimmel. Das Oberteil wird von dünnen Trägern gehalten. Der Ausschnitt ist geschlitzt und mit durchsichtigem Mesh besetzt. Um die eng zusammenlaufende Taille schlingt sich ein mit Strass verzierter Gürtel.

Früher hätte ich ein solches Kleid niemals angezogen. Es ist viel zu glamourös und freizügig und strahlt ein Selbstbewusstsein und eine Extravaganz aus, mit der ich mich nicht wohlgefühlt hätte. Aber ich bin längst nicht mehr das Mädchen aus dem Allgäu.

Deswegen nehme ich das Kleid mit in die Umkleide und schlüpfe hinein. Ich brauche nur einen Blick in den Spiegel zu werfen, um zu wissen, dass ich genau danach gesucht habe. Langsam drehe und wende ich mich, betrachte, wie perfekt sich das Kleid an meine Kurven schmiegt. Mein Spiegelbild funkelt und strahlt wie ein High-Society-It-Girl.

Dieser Gedanke sollte mich erschrecken. Denn genau das wollte ich nie sein. Zu dieser Welt gehören, die ich immer für oberflächlich hielt. Dabei war es meine miese Erfahrung mit einzelnen Personen, die mir dieses Bild vermittelt hat. Auf Corvina Castle habe ich Menschen wie Simona oder Gabriel kennengelernt. Reiche Kids, vielleicht etwas verwöhnt und manchmal ein wenig eigen – aber auch gutmütig, liebenswürdig und offenherzig.

Ich lächle. Mich so zu sehen, in diesem teuren und funkelnden Kleid, kommt mir nicht länger fremd vor. Die Frau im Spiegel bin ich. Ein Teil der Elite. Zwei Jahre lang habe ich mich geweigert, das zu akzeptieren. Geglaubt, es wäre etwas Schlechtes, und ich würde mich selbst verlieren, wenn ich mich nicht länger wehre.

Aber ich weiß jetzt, ich habe mich geirrt. Ich muss in kein vorgegebenes Bild passen. Ich kann auf meine eigene Art und Weise dazugehören.

Kapitel 30

Gabriel

Die Zeiten, in denen Elora und ich uns extra an entgegengesetzte Seiten des Vorlesungssaals gesetzt haben, sind vorbei. Heute sitzen wir nebeneinander. Keine Konkurrenten, sondern zwei ganz normale Studenten. Zumindest noch für eine kleine Weile …

Ab und an streife ich mit meiner Hand ihre Strumpfhose. Wahrscheinlich hält sie es für ein Versehen, aber es ist Absicht. Ich genieße es, wie sie jedes Mal nach Luft schnappt, sobald meine Finger den hauchdünnen Stoff berühren.

Wieder gebe ich vor, nach meinem Handy zu greifen, und streife dabei Eloras Knie. Langsam wandern meine Finger die Außenseite ihres Oberschenkels hinauf, bis sie den Rand ihres schwarzen Tellerrocks berühren. Eloras Keuchen fährt mir direkt in den Schritt, und ich wünschte, wir säßen nicht in einer Vorlesung.

Obwohl es erst vier Tage her ist, seit wir uns zuletzt gesehen haben, kommt es mir länger vor. Ich hatte zu viel Zeit, um ihre Lippen auf meinen zu vermissen. Und zu viel

Zeit, um mir über den Klippensprung den Kopf zu zerbrechen. Wäre Elora nicht gewesen, wäre ich jetzt nicht mehr im Rennen. Es ist beeindruckend, wie mutig und unerschütterlich sie ist. Seit der Aufgabe weiß ich, dass ich das genaue Gegenteil bin. Egal, wie sehr ich mir wünsche, es wäre anders. Ganz gleich, mit welchen Mitteln ich versuche, es alle um mich herum glauben zu lassen. Die Wahrheit ist, ohne sie hätte ich mein Versprechen an Annabelle gebrochen.

Vor Donnerstag war ich mir sicher, dass ich vor nichts zurückschrecken würde, um mein Ziel zu erreichen. Dass es keine Grenzen und keine Hürden für mich gäbe. Tja, ich habe mich geirrt. Den See nicht nur zu sehen, sondern zu wissen, ich muss hineinspringen …

Ich schaudere, weil ich das eiskalte dunkle Seewasser noch immer auf meiner Haut spüre. Ganz egal, wie oft ich seitdem duschen war. Der frische Duft meines Shampoos kann den abgestandenen Seegeruch nicht überdecken. Ich weiß, dass ich ihn mir nur einbilde, doch er haftet bei jedem Schritt an mir. Seit Annabelles Tod habe ich nicht einmal mehr einen Zeh in den Walensee gestreckt. Bis *Fortuna* mich dazu gezwungen hat.

Ich habe diese Leute zuvor schon gehasst. Aber seit dem Klippensprung kann ich meine Abscheu ihnen gegenüber kaum noch verbergen. Irgendwann wird dieser Geysir in meinem Inneren ausbrechen. Wenn es so weit ist, bin ich hoffentlich bereits ein Mitglied der Verbindung und habe die Schuldigen für Annabelles Tod gefunden.

»Was hast du am Wochenende gemacht?«, fragt Elora auf dem Weg zum *Seaside*. Vom See her weht ein rauer Wind und lässt die Kordeln ihres Schals flattern.

Ich habe zu viel nachgedacht. Über dich. Über Annabelle. Über Fortuna. Aber das sage ich nicht. Denn jetzt, wo wir eine kurze Verschnaufpause vom Wettbewerb haben, will ich nicht wieder damit anfangen. »Ich habe eine technische Zeichnung für Elektrodynamik angefertigt, zu viel Netflix geschaut und war am Sonntag mit Lucia laufen.«

»Macht ihr das oft? Gemeinsam laufen gehen?«

»Jede Woche. Das ist ihr Ausgleich zu den vielen Büchern, die sie liest. Mittlerweile ist sie gut in Form. Früher, als ich noch …« Ich breche ab. So viel zum Thema, die Vergangenheit und *Fortuna* nicht zur Sprache zu bringen.

Wir weichen einer entgegenkommenden Gruppe Studierender aus, bevor Elora sanft fragt: »Was war früher?«

»Mit zwölf habe ich angefangen zu rudern. Ich war richtig gut und habe viele Regatten gewonnen. Dementsprechend war ich echt fit. Zu Unibeginn hätte Lucia nicht mit mir mithalten können. Aber seit Annabelles Tod rudere ich nicht mehr. Es geht einfach nicht.«

»Das Wasser«, rät Elora und dreht den Kopf, um auf den Walensee hinauszublicken.

»An manchen Tagen schaffe ich es, den See anzusehen, ohne Panik zu bekommen. Aber hineinzugehen und zu schwimmen oder mit einem Boot zu fahren …« Ich schüttle traurig den Kopf. »Das geht nicht mehr.«

Ich entdecke die Fähre, die über die Wellen schaukelt und am Steg anlegt. Bisher habe ich sie noch kein einziges Mal genommen. Wenn ich auf die andere Seeseite will, fahre ich mit dem Auto außen herum. Zum Glück geschieht das nicht oft. In Murg, dem Örtchen gegenüber, gibt es, abgesehen von Wanderrouten, nichts, was mich reizt.

»Zum Glück hast du noch dein anderes Hobby, das Cello«, sagt Elora nach einer Weile. »Du spielst wirklich toll. Ich würde dir gerne mal wieder zuhören.«

Sofort wird mir warm. »Danke.« Ich zögere kurz, bevor ich hinzufüge: »Die letzte Person, die mir vor dir zuhören durfte, war Annabelle.«

Überrascht schaut sie mich an. »Ehrlich?« Ein leichtes Lächeln formt sich auf ihren Lippen.

»Ja.« Ich zucke die Achseln. »Obwohl ich mir, sobald ich dir angeboten hatte zu bleiben, am liebsten auf die Zunge gebissen hätte und dich hochkant wieder rauswerfen wollte. Schließlich solltest du dich von mir fernhalten.«

Ihr Lächeln wird breiter, und sie drückt meine Finger. »Hat wohl nicht funktioniert.«

»Nein, überhaupt nicht. Aber ich bin alles andere als traurig darüber.«

Wir erreichen das *Seaside*, dessen Terrasse bei dem starken Wind so gut wie leer ist. Wir gehen ebenfalls daran vorbei und nach drinnen, wo wir einen Tisch am Fenster ergattern.

»Was ist mit dir? Hast du irgendein Laster?«, frage ich Elora, sobald wir uns gesetzt haben. Sie studiert die Getränkekarte und rümpft dabei so süß die Nase, dass sich ein warmes Gefühl in meinem Bauch ausbreitet. Ich würde mich am liebsten nach vorne beugen und ihre Nasenspitze küssen. So weit ist es also schon mit mir gekommen.

Bevor sie antwortet, kommt eine Kellnerin an unseren Tisch und nimmt unsere Bestellungen auf. »Früher war ich ein Pferdemädchen.«

Ein Pferdemädchen? Die habe ich nie ausstehen können. Trotzdem muss ich zugeben, es passt zu ihr. Ich kann sie mir gut in engen Reiterhosen, kniehohen Stiefeln und mit Stroh in den dunklen Haaren vorstellen. »Warum hast du aufgehört?«

»Das ist eine lange Geschichte.«

»Wir haben Zeit.« Wenn es nach mir ginge, könnte ich ihr ewig zuhören. Ich will alles über sie wissen und bin es leid, mich gegen diesen Drang zu wehren.

»Na gut«, sagt sie und holt Luft. »Ich bin in einfachen Verhältnissen aufgewachsen. Es war nicht so, dass es mir an irgendetwas fehlte. Das hätten meine Eltern nie zugelassen, lieber verzichteten sie selbst auf jeden noch so kleinen Luxus. Dennoch war das Geld für Musik- oder Tanzstunden einfach nicht da. Daher habe ich meine Zeit oft beim alten Karl verbracht. Das war unser Nachbar, ein Bauer mit großer Scheune und vielen Pferden. Ich habe mich um die Tiere gekümmert, und er hat mir dafür das Reiten beigebracht. Irgendwann waren auch meine Freundinnen aus der Schule mit dabei.« Sie lächelt bei der Erinnerung daran. »Ich habe eine Zeit lang jede freie Minute im Stall verbracht.«

Wieder einmal wird mir bewusst, wie unterschiedlich wir aufgewachsen sind. Dennoch hänge ich an Eloras Lippen. Die Kellnerin bringt uns unsere Getränke, aber ich bin zu gefesselt und bedanke mich daher nur mit einem kurzen Murmeln bei ihr.

»Nach dem Umzug hat Ludovico mir eine neue Reitmöglichkeit in Genf gesucht. Ein schicker Stall, total modern, alles Schulpferde. Es war schrecklich. Die Mädels dort waren abgehoben, es ging nur um Leistung und Wettbewerbe, nicht mehr um die Tiere.« Sie seufzt und nippt an ihrem Cappuccino. »Daher habe ich das Reiten aufgegeben und mich lieber ganz auf die Schule konzentriert.«

»Ludovico hat dir nicht sofort ein eigenes Pferd gekauft?«

Sie schnaubt und verdreht gleichzeitig die Augen. Keine Ahnung, warum, aber sie ist verdammt attraktiv, wenn sie genervt ist. »Ich wollte nicht, dass Ludovico mir *irgendetwas* kauft.«

»Stimmt, du willst unabhängig sein.« Den leicht spöttischen Unterton in meiner Stimme kann ich nicht verhindern.

Sie stiert abwesend aus dem Fenster. »Ich hatte keinen guten Start hier und bin mit vielen Vorurteilen an die Uni gekommen.« Jetzt sieht sie mich wieder direkt an, und mein Herz macht einen Satz. »Aber in dir scheine ich mich geirrt zu haben. Oder bist du in Wahrheit auch nur ein arroganter Schnösel, der auf heiße Bettgeschichten mit dem Landei aus ist?«

Gegen eine weitere heiße Bettgeschichte hätte ich definitiv nichts einzuwenden. Ich grinse. »Wäre das so schlimm?«

Ihre Wangen röten sich. Sie setzt zu einer Antwort an, doch in diesem Moment bringt die Kellnerin unser Mittagessen. Hungrig stürzt Elora sich auf ihr Avocado-Sandwich.

»Wie habt ihr euch eigentlich kennengelernt, du und Lucia?«, wechselt sie das Thema.

Lächelnd erinnere ich mich an meine erste Begegnung mit Lucia zurück. »In der Bibliothek. Es war kurz nach Annabelles Tod. Ich stand total neben mir, war unglaublich verbissen darauf aus, die Schuldigen zu finden. Wann immer ich Verbindungsmitglieder gesehen habe, bin ich ihnen gefolgt. Was natürlich bescheuert war, mittlerweile weiß ich das, aber damals habe ich geglaubt, dadurch an mein Ziel zu kommen. Eines Tages habe ich bei der Recherche für eine Hausarbeit diese Frau gesehen, Sara. Ich bin ihr nach und habe sie beobachtet, sie regelrecht gestalkt. Und dann hat mir jemand aus heiterem Himmel mit einem Buch eins übergebraten.«

»Lucia?«

Ich nicke. »Sie hat gedacht, ich wollte Sara belästigen. Eins kann ich dir sagen, deine Stiefschwester kann ordentlich zuschlagen.«

»Das wundert mich gar nicht.«

»Irgendwann hat Lucia mir geglaubt, dass ich kein potenzieller Vergewaltiger bin, und sie hat sich als Saras Mitbewohnerin herausgestellt. Ich witterte sofort meine Chance, über Lucia an die Verbindung heranzukommen, also habe ich sie um ein Date gebeten.«

Elora wirkt fassungslos. »Wie bitte?«

Ich lache auf. »Keine Sorge. Das Date war ein Reinfall. Da war keinerlei Chemie zwischen uns. Sie erinnerte mich viel zu sehr an Annabelle, und ich hatte ohnehin kein Interesse an einer Beziehung. Ich wollte nur an *Fortuna* herankommen, bis mir aufgefallen ist, dass Lucia und ich eine Gemeinsamkeit haben: Wir können die Verbindung beide nicht ausstehen. Wir fingen an, immer mehr Zeit zusammen zu verbringen. Mit ihrer ruhigen, besonnenen Art hat sie es schließlich geschafft, meine einzige Freundin hier zu werden.«

»Ruhig und besonnen? Dass ich nicht lache.«

»Du kennst sie nicht richtig«, sage ich.

»Hm«, macht sie, als würde sie mir nicht so recht glauben. Ich beschließe, das Thema zu wechseln. »Wie war dein Ausflug nach Zürich?«

Ein Schatten huscht über Eloras Augen, aber vielleicht ist es auch nur das Licht, denn im nächsten Moment strahlt sie. »Sehr erfolgreich. Ich habe mein Traumkleid gefunden.«

Jetzt werde ich hellhörig. Die meiste Zeit trägt Elora bequeme Sachen, wahrscheinlich, um allen zu beweisen, dass sie nicht dazugehört. Aber manchmal, so wie heute, kleidet sie sich auch etwas schicker mit Rock und Strickpullover. Die Vorstellung von Elora in einem figurbetonten Ballkleid lässt meinen Mund ganz trocken werden.

»Wie sieht es aus?«

Sie grinst. »Lass dich überraschen.«

»Wie böse von dir.« Ich sehe ihr fest in die Augen, bis sie nervös wird und schluckt.

»Niemand hat gesagt, dass ich nett bin.«

»Zum Glück dauert es nicht mehr lange, bis ich es sehen werde.« Meine Stimme klingt rau, und ich trinke schnell einen Schluck von meiner Weinschorle.

»Ich denke, es wird dir gefallen.« Sie wirft mir ein kokettes Grinsen zu, und ich könnte schwören, mein Herz bleibt für eine Sekunde stehen.

Bisher habe ich den Ball immer mit *Fortuna* verbunden. Etwas, das ich für die kleine Chance auf eine Mitgliedschaft hinter mich bringen muss. Aber jetzt? Jetzt sehe ich nur noch Elora vor mir, wenn ich an den Ball denke. Ich glaube, ich habe mich seit Langem nicht mehr so sehr auf etwas gefreut.

Kapitel 31

Elora

»Wow, du siehst umwerfend aus!«, schwärmt Simona, sobald ich aus meinem Zimmer komme. »Ich bin ganz neidisch.«

»Dann solltest du dich umdrehen und in den Spiegel schauen. Du siehst aus wie die Eiskönigin höchstpersönlich.«

Meine Mitbewohnerin dreht sich einmal um ihre eigene Achse, und der Rock ihres Kleides wirbelt elegant um ihre Beine. Wir haben in Zürich tatsächlich ein Kleid gefunden, das dieselbe Farbe wie ihre türkisblauen Locken hat. Ihre Mähne hat sie mit einer überdimensionalen Brosche in Form einer Schneeflocke zurückgebunden. Ob die Diamanten daran echt sind? Bei Simona würde mich das nicht wundern.

»Danke, Elora.« Sie kommt zu mir und streicht mir eine Haarsträhne hinter das Ohr. »Dieses Kleid ist so verdammt heiß. Gabriel werden die Augen aus dem Kopf fallen!«

Ich schmunzle. Ich hätte niemals gedacht, dass mich die Aussicht darauf, in einem überteuerten Abendkleid auf einen protzigen und exklusiven Ball zu gehen, einmal so glücklich machen würde.

Der Winterball findet im Audimax statt. Der Vortragssaal ist nicht mehr wiederzuerkennen. Alles ist in Silbertönen dekoriert worden, und an jeder Ecke funkelt und glitzert es, sodass der Raum wirkt wie einem Winterwunderland entsprungen. Die Stühle sind fort, dafür sind nahe den Wänden einige Stehtische aufgebaut. Neben dem Eingang gibt es eine Bar, Kellner laufen mit Canapés durch den Saal, und auf der Bühne sitzt ein Orchester.

Überall drängen sich vornehm gekleidete Gäste, sodass Simona und ich eine kleine Ewigkeit brauchen, um uns an der Bar ein Getränk zu holen. Mit einem langstieligen Champagnerglas in der Hand gesellen wir uns an einen Stehtisch, an dem bereits zwei Frauen stehen und sich unterhalten.

Ich lehne mich zu Simona. »Warum organisiert *Fortuna* diesen Ball für die Studierenden?«

»Es ist eine lange Tradition. Die Verbindung bleibt meist unter sich, aber an diesem Abend mischt sie sich unters Volk.« Simona zwinkert mir verschwörerisch zu. »Früher hat die Verbindung noch viel mehr ihr eigenes Ding gemacht, heute sind wir ohnehin mit den restlichen Studierenden vermischt. Allein schon, weil wir Frauen in den normalen Wohnheimen untergebracht sind.«

»Ergibt Sinn«, antworte ich und entdecke nicht weit von uns entfernt Jasper. Er wirkt neben der vollen Tanzfläche ein bisschen verloren und blickt sich suchend um. Deswegen winke ich, sobald er in unsere Richtung schaut.

Lächelnd tritt er an unseren Tisch. »Hey, ihr beiden. Hast du Nico gesehen, Simona?«

Der Name kommt mir bekannt vor. Ich glaube, er gehört dem *Fortuna*-Mitglied mit dichtem Bart, mit dem Jasper oft abhängt. Er wirkt immer etwas unnahbar und hält sich meistens im Hintergrund, weswegen wir bisher kaum ein Wort miteinander gewechselt haben.

Simona schüttelt den Kopf. »Nein, ich glaube, er ist noch nicht hier.«

»Kann gut sein. Zum Glück bin ich bei euch in guter Gesellschaft.« Jaspers Blick gleitet über meine offenen Haare, in die ich silberne Fäden geflochten habe, und bleibt an meinem Ausschnitt hängen. *War ja klar.* Es ist mir unangenehm, und ich greife wie beiläufig nach meinem Glas, um ihm den Blick zu versperren.

»Hättest du Lust, mit mir zu tanzen?«, fragt er mich.

»Ich weiß nicht«, sage ich und blicke Hilfe suchend zu Simona. Leider hat sie ein Gespräch mit den beiden anderen Frauen am Tisch begonnen.

»Na komm schon«, meint Jasper. »Du willst doch nicht den ganzen Abend hier herumstehen.«

Eigentlich hatte ich gehofft, Gabriel irgendwo zu entdecken, doch da jede Spur von ihm fehlt, knicke ich schließlich ein. »Okay, lass uns tanzen.«

Jasper streckt mir seine Hand entgegen, und ich ergreife sie. Dann führt er mich auf die Tanzfläche, wo sich schon einige Paare zum Takt der Musik bewegen. Das Orchester spielt ein Walzerstück, fast könnte man glauben, wir wären in einer anderen Epoche gelandet.

Jasper lächelt mich an. Ein charmantes Lächeln, das ihn spitzbübisch wirken lässt. Ich erwidere es und lasse mir von ihm eine Hand an die Taille legen. Dann beginnen wir zu tanzen. Gemeinsam wirbeln wir über die Tanzfläche, und ich bete, dass sich meine Schuhe nicht im Saum des Kleides verfangen.

»Du siehst hübsch aus«, raunt Jasper.

Er lässt meine Taille los und führt mich in eine Drehung, sodass ich ihm erst antworten kann, als er mich zurück an seine Brust zieht. »Danke.«

Etwas unschlüssig betrachtet er mich, scheint nicht zu wissen, worüber er mit mir reden soll. Am Anfang war es leicht, wir hatten das Medizinstudium, das uns verbindet. Das haben wir zwar immer noch, aber nachdem ich ihm eine Abfuhr erteilt habe, hat sich etwas zwischen uns verändert. Vorher war ich in seiner Gegenwart unbefangen, jetzt fühlt sich seine Nähe fremd an. Er ist eben nicht …

Gabriel.

Über Jaspers Schulter hinweg begegne ich seinem Blick. Mein Herz schlägt sofort schneller. Er verschwindet aus meinem Sichtfeld, als mein Tanzpartner mich erneut herumwirbelt. Anschließend kann ich ihn nirgendwo mehr entdecken.

»Alles gut bei dir?«, fragt Jasper.

Ich nicke abwesend, weil meine Augen noch immer auf der Suche nach Gabriel über die Tanzenden huschen. Wo ist er hin?

Als die letzten Takte des Musikstückes erklingen, bin ich erleichtert. Jede Faser meines Körpers drängt darauf, Gabriel zu finden und den Abend mit ihm zu verbringen.

»Schenkst du mir noch einen zweiten Tanz?«, fragt Jasper.

»Jasper, ich …«

»Ich übernehme jetzt«, erklingt Gabriels Stimme hinter uns. Sie klingt scharf und entschlossen und gehört zu dem Gabriel, der seine Gefühle unter einer gleichgültigen Maske verbirgt.

Er entzieht Jasper meine Hand. Seine Finger sind warm und sanft, augenblicklich breitet sich ein Kribbeln in meinem gesamten Körper aus. Wie geht das? Wie kann sich eine kleine Berührung so bedeutend und richtig anfühlen? Jasper ist sofort vergessen, mein ganzer Fokus liegt auf Gabriel, der in seinem schwarzen Smoking verboten gut aussieht.

»Hi«, raunt er, und in seinen blauen Augen schmilzt das Eis. »Du bist in diesem Kleid noch schöner als in meiner Vorstellung.«

Ich lache leise und lasse mich von ihm an seine Brust ziehen. »Du hast dir mich vorgestellt?«

Gabriel beginnt, uns über die Tanzfläche zu wiegen. Wie automatisch folgen meine Füße den Bewegungen, die er vorgibt. Der Tanz mit ihm ist ganz anders als der mit Jasper. Es fühlt sich viel natürlicher an. Dicht an seiner Brust führt Gabriel mich über das Parkett und sieht mir dabei unverwandt in die Augen. Sein Körper strahlt eine angenehme Wärme auf mich aus. Ich wünschte, wir könnten ewig so bleiben.

»Die ganze Zeit. Du siehst aus wie ein Stern, weißt du das?«

Ich sehe zu ihm auf, und mir bleibt der Atem weg. »Du hast eine Schwäche für Sterne.«

»Ganz genau.« Seine Lippen streifen federleicht meine Stirn, während wir uns langsam im Kreis wiegen. Wir tanzen keinen schnellen Walzer, sondern wiegen uns eher. Es fühlt sich an wie eine bewegte Umarmung, und ich könnte mir in diesem Augenblick nichts Schöneres vorstellen. »Aber ich denke, ich habe auch eine für dich.«

Ich lehne meine Stirn an sein Schlüsselbein. Sein Jackett fühlt sich steif und rau auf meiner Haut an. »Ich denke, mir geht es genauso mit dir.«

Stumm tanzen wir weiter. Der Saal verschwimmt zu einer Hintergrundkulisse aus Lichtern und Glitzer. Ein Meer aus Sternen, und wir beide mittendrin. Ich der Nordstern, Gabriel der Nachthimmel.

Aber irgendwann wird es Tag, das ist unvermeidbar. Ich fürchte mich vor diesem Moment, davor, dass wir verschwinden werden, sobald die Sonne aufgeht. Und was passiert, wenn sie wieder untergeht? Werden wir dann noch sein wie zuvor? Oder wird uns der Tag entzweit haben?

Ich schaudere. Ich will nicht darüber nachdenken, was beim Finale geschehen könnte. Oder was es für Gabriel und mich bedeutet, wenn einer von uns beiden gewinnt.

»Wollen wir etwas trinken gehen?«, fragt Gabriel, und ich nicke. Auf dem Weg von der Tanzfläche zur Bar spüre ich seine Finger an meiner Taille. Sie streichen über den dünnen Stoff meines Kleides, wieder und wieder. Ich will seine Finger auf meiner Haut spüren, selbst wenn es meinen endgültigen Untergang bedeutet.

Gabriel reicht mir ein Champagnerglas, und wir stoßen an. Die Flüssigkeit prickelt auf meiner Zunge und vermischt sich mit der Hitze in meinem Inneren.

»Ist dir nicht warm in dem Jackett?«, frage ich und hebe meine Haare an, um Luft an meinen Nacken zu lassen.

»Ein bisschen. Wir können frische Luft schnappen, wenn du möchtest.«

Ich nicke, leere mein Champagnerglas und stelle es auf dem Bartresen ab. Wie selbstverständlich ergreift Gabriel auf dem Weg nach draußen meine Hand. Unsere Finger verschränken sich ineinander, als sollte es genau so sein. Endlich geben wir der Spannung nach, die schon so lange zwischen uns schwelt.

Auf dem gepflasterten Weg vor dem Hauptgebäude herrscht reger Betrieb. Gabriel zieht mich an den Grüppchen vorbei, bis wir etwas abseitsstehen, wo es ruhiger ist. Ein Windhauch kühlt meine erhitzte Haut.

»Ist dir kalt?«

»Nein, ich finde es angenehm.«

Gabriel zieht dennoch sein Jackett aus und legt es mir über die Schultern. Sein weißes Hemd sitzt eng an den Oberarmen.

»Danke.«

»Nicht dafür.«

Er schlingt einen Arm um mich, bevor er den Kopf in den Nacken legt und in den Nachthimmel emporblickt. Ich tue es ihm gleich. Das dunkle Blau ist über und über von Sternen bedeckt.

»Was fasziniert dich so an der Astronomie?«

Er überlegt kurz, bevor er antwortet. »Es fasziniert mich, dass wir nur bis zu einem bestimmten Punkt wissen, was da oben ist. Das Universum ist unendlich, wir sind nur ein winziger Teil davon. So viel ist unentdeckt, so viel noch ungewiss. Der Gedanke, all das Unbekannte, das größer ist als wir Menschen, zu ergründen, begeistert mich.« Er deutet nach oben. »Kennst du die Sternbilder?«

»Nur den großen und den kleinen Wagen.«

»Okay, dann pass mal auf. Sternbilder ziehen immer bei Frauen«, sagt er scherzhaft.

Die Aussage ist so untypisch für ihn, dass ich lachen muss. Ich drehe mich in seinem Arm, bis ich ihn ansehen kann. »Du brauchst gar keine Sternbilder, um mich zu beeindrucken.«

Unsere Gesichter sind einander so nah, ich spüre seinen Atem auf meiner Haut, als er haucht: »Nein?«

Ich schüttle den Kopf. »Nein. Wenn du du selbst bist, ohne Maske, bist du perfekt.«

Er lächelt, und mir wird warm. Ich recke mich ihm entgegen, und Gabriel legt seine freie Hand an meinen Hinterkopf. Sanft zieht er meinen Mund zu seinem. Sobald unsere Lippen einander berühren, ist die Sanftheit verschwunden. Ich spüre Gabriels Zunge an meiner. Hitze wallt in mir auf. Seine Hand vergräbt sich in meinem Haar, meine Fingerspitzen liegen auf seiner Brust, streichen über das Hemd, bis ich an der verdeckten Knopfleiste hängen bleibe. Der Abstand zwischen den Knöpfen reicht gerade aus, um einen Finger dazwischenzuschieben.

Zu wenig. Viel zu wenig. Bevor ich weiß, was ich tue, nestle ich an den Knöpfen. Gabriel löst sich von meinen Lippen und schüttelt den Kopf.

»Nicht hier«, raunt er mit verhangenem Blick.

Ich nicke und lasse mich von ihm in Richtung Ash Hall ziehen. Der Weg kommt mir ewig vor, wir sprechen kein Wort miteinander. Die Hitze in meinem Unterleib ist zu übermächtig, um noch einen vernünftigen Satz zustande zu bringen.

Sobald wir die Eingangstür aufstoßen, sage ich: »Zu mir.« Denn selbst ein weiteres Stockwerk als notwendig zu überwinden, kommt mir gerade unmöglich vor.

Fahrig krame ich den Schlüssel hervor, während Gabriel unablässig unter seinem Jackett über meinen Rücken streicht. Ich kann mich kaum konzentrieren und atme schwer. Sobald die Tür offen ist, stolpern wir in mein Zimmer.

Gabriels Jackett gleitet achtlos zu Boden. Er betrachtet mich eingehend. Sein Blick verweilt auf meinem Ausschnitt, aber er ist alles andere als unangenehm. Langsam kommt er auf mich zu und schlingt seine Arme um mich, bis er den Reißverschluss an meinem Rücken ertastet.

Seine Finger hinterlassen eine brennende Spur auf meiner Haut, während er ihn quälend langsam hinabzieht. Der Stoff gleitet über meine Hüften, fällt hinab und bauscht sich um meine Füße. Ich stehe in nichts weiter als einem dünnen hautfarbenen Slip vor ihm.

Gabriel atmet scharf aus und betrachtet mich. Ein rauer Laut kommt über seine Lippen, und ein quälendes Verlangen pocht in meinem Unterleib.

Ich steige aus dem Kleid und greife nach seinem Hemd. Fahrig mache ich mich an den Knöpfen zu schaffen.

Gabriel lacht auf. Leise, rau und sexy. »Soll ich dir helfen?«

Ich beiße mir auf die Unterlippe. »Ich schaffe das schon.«

Er beugt sich näher zu mir, streicht mit den Lippen über meinen Hals, dann meine Schulter entlang bis zu meinem Schlüsselbein. »Ja? Deine Hände zittern also nicht, weil ich dich nervös mache?«

»Nein«, lüge ich und öffne den ersten Knopf.

Auf einmal spüre ich seine Finger auf meinen Brüsten. Er kreist erst um meine rechte, dann um meine linke Brustwarze, und ich keuche auf. Ich drücke den Rücken durch, recke mich ihm entgegen. Mein Inneres brennt. Es verlangt nach Eis. Es verlangt nach Gabriel.

Ich gebe es auf zu versuchen, diese verdammten Knöpfe zu öffnen. »Na gut, hilf mir«, hauche ich.

»Wobei?«, zieht er mich auf, aber es ist mir egal.

»Dein Hemd. Zieh es aus.«

Sanft streichen seine Finger über die Wölbung meiner Brüste und wandern meinen Bauch hinab. Alles in mir kribbelt, unzählige Ameisen tanzen auf meiner Haut.

Gabriels Hemd gleitet langsam zu Boden. Er greift an seinen Gürtel und löst die Schnalle. Seine Oberarm- und Brustmuskeln spannen sich an, und mein Mund wird trocken. Nur in Boxershorts steht er schließlich vor mir, die deutliche Ausbuchtung darin jagt mir einen wohligen Schauer über den Rücken.

Bevor ich die Hand ausstrecken und ihn berühren kann, zieht er mich zum Bett. Sanft drückt er mich auf die Matratze und positioniert sich über mir. Sein Oberkörper streift meine Brüste, als er sich hinunterbeugt und seine Lippen auf meine presst. Sein Kuss ist drängend, fast schon hungrig, und ich muss mich an seinen Schultern festklammern, weil ich das Gefühl habe zu fallen. Würde ich stehen, hätten meine Knie ziemlich sicher bereits nachgegeben.

Eine Hand stützt Gabriel neben meinem Kopf ab, die andere wandert über meinen Bauch. Mit der Fingerspitze malt er Kreise und Linien. Mein Körper ist eine Leinwand und er der Künstler. Jeder berührte Millimeter meiner Haut pulsiert, und die vernachlässigten Stellen sehnen sich nach ihm. Gabriels Finger gleiten tiefer, streifen am Bund meines Slips entlang und verschwinden darunter. Als er meine empfindlichste Stelle umkreist, stockt mir der Atem.

Sofort unterbricht Gabriel unseren Kuss und stoppt in der Bewegung. Fragend blickt er mich an, in seinen Augen hängt ein dunkler Schleier. »Ist das in Ordnung?«

»Mehr als in Ordnung«, raune ich und lege meine Hand entschlossen auf seine. »Mach weiter.«

Gabriel schmunzelt. »Deine Direktheit mochte ich schon immer.«

Meine Wangen glühen.

Er rutscht auf dem Bett zurück und streift mir den Slip von den Beinen. Seine Finger streichen die Innenseite meiner Schenkel entlang, dann drückt er sie auseinander und schiebt in der nächsten Sekunde einen Finger in mich hinein. Ich keuche auf und kralle mich mit den Händen in der Bettdecke fest, während seine kreisenden Bewegungen schneller werden.

»Gefällt dir das?«, fragt er.

»Ja.« Das Wort kommt kaum hörbar über meine Lippen. Und als er sich hinabbeugt und seinen Mund auf meine Scham presst, raubt er mir all meine Sinne. Mein Kopf ist leer, alles, was noch zu existieren scheint, ist dieses drängende Pulsieren in mir.

Im nächsten Moment umspielt seine Zunge mich im Takt seines Fingers und bringt mich vollends um den Verstand. Ich presse die Lider aufeinander, spüre, wie sich der Druck in meinem Inneren immer weiter aufbaut. Wie eine Welle, die jeden Augenblick über mir zusammenbrechen und mich unter sich begraben wird. Aber ich habe keine Angst, ganz im Gegenteil, ich sehne sie herbei. Als der Moment gekommen ist, spüre ich, wie Gabriel mich hält. Seine Finger fühlen sich auf einmal wie ein Rettungsanker an.

»Ich glaube, ich werde gleich wahnsinnig«, raunt er.

Ich taste nach seiner Boxershorts, um sie ihm endlich auszuziehen.

»Dagegen kann ich etwas unternehmen.«

Umständlich ziehe ich an der Boxershorts wie zuvor schon an seinem Hemd. Gabriel lacht auf, ein tiefer Laut, der mir eine Gänsehaut bereitet. Er hilft mir dabei, bevor er den Stoff achtlos zu Boden wirft. »Das müssen wir wohl noch üben.«

Es klingt nach einem Versprechen, und die Aufregung pulsiert mit der Lust in meinem Inneren um die Wette. Ich bin mir sicher, es keine Sekunde länger auszuhalten und strecke mich zum Nachtschrank, um ein Kondom aus der oberen Schublade zu holen. Gabriel nimmt es entgegen und rollt es sich mit konzentrierten Bewegungen über.

»Bist du sicher?«, fragt er und beugt sich über mich.

»Ja, bin ich. Aber was ist mit dir? Willst du das hier?«

Er lächelt. »Ich habe schon lange nichts mehr so sehr gewollt.«

Dann senkt er sich auf mich und küsst zärtlich meinen Hals. Ich spüre ihn an meinem Eingang, er schiebt sich in mich, und ich keuche auf. Langsam beginnt er sich in mir zu bewegen, gibt unseren Körpern Zeit, sich aneinander zu gewöhnen.

»Ist das okay so?«, fragt er.

»Mehr als okay«, antworte ich und schließe die Augen. »Mach weiter.«

Ich spreize die Beine noch weiter, sodass Gabriel tiefer in mich eindringen kann. Sein heiseres Stöhnen lässt eine Woge der Lust durch meinen Körper rauschen. Ich lege meine Hände an seine Seiten, wölbe mich ihm entgegen und kreise meine Hüften im selben Rhythmus wie er. Unsere Bewegungen werden fahriger, seine Stöße schneller und intensiver.

Gabriel gibt einen tiefen, kehligen Laut von sich. Mich überkommt das Bedürfnis, mehr von ihm zu spüren, darum lasse ich meine Hände an seiner Taille hinauf und über seinen Rücken wandern. Gabriel knabbert an meinem Hals, und ein bittersüßer Schmerz breitet sich in mir aus. Ich stöhne auf und kralle meine Fingernägel in seinen Rücken.

Im nächsten Moment greift er nach meinen Armen, schiebt sie über meinen Kopf und verschränkt unsere Finger miteinander. Er hält mich fest, hat die Kontrolle. Vor ihm hatte ich keine Ahnung, dass mir das gefällt. Der Druck in meinem Inneren baut sich immer weiter auf, ich schließe die Augen und sehe Sterne.

»Elora«, keucht Gabriel und stößt so unnachgiebig und fest in mich, dass mich die Empfindungen vollends überrollen. Mein Körper verspannt sich, und ich verkrampfe mich um ihn. Gleichzeitig explodiere ich in meine Einzelteile. Im nächsten Moment rauscht ein Windstoß durch mich hindurch, reißt die Teile mit sich und lässt nichts von mir übrig außer meinen Empfindungen.

Ein paar Augenblicke später vergräbt Gabriel sein Gesicht an meiner Halsbeuge und stöhnt auf, als er ebenfalls kommt. Ich spüre ihn in mir pulsieren und atme schwer.

Gabriel lässt meine Hände los und sieht mir tief in die Augen. »Du bist mein Norden.« Er streicht mir eine Haarsträhne aus der Stirn. »Ich war so lange verloren, ruhelos, wie verirrt. Aber mit dir fällt es mir nicht mehr schwer, die richtige Richtung zu finden. Bei dir bin ich ein Kompass, und du, mein Norden, weist mir den Weg.«

Vor Rührung schnürt sich meine Kehle zusammen. Ich bin mir sicher, gerade kein einziges Wort hervorbringen zu können. Daher strecke ich nur eine Hand nach ihm aus und ziehe ihn zu mir herunter. Unsere Lippen treffen sich, und ich lege all meine Gefühle in diesen Kuss. Genauso wie das Versprechen, ihm immer die Richtung zu weisen, wenn er mich lässt.

Gabriels Gewicht ist schwer, und unsere Körper sind verschwitzt, dennoch schlinge ich meine Arme um seinen Hals und ziehe ihn noch fester an mich. Ich brauche seine Nähe, will keinen Millimeter Platz mehr zwischen uns. Ich spüre sein Herz schnell und kräftig in seiner Brust schlagen und komme mir so lebendig vor wie schon lange nicht mehr, wie vielleicht noch nie.

Ich bin mir bewusst, dass uns die Zeit im Nacken sitzt. Dass wir uns in einer rosaroten Blase befinden. In einer kurzen Auszeit, ohne Wettbewerbsdruck und Konkurrenzdenken.

Der Gedanke an die Realität treibt mir Tränen in die Augen, aber ich blinzle sie hastig fort. Ich will den Moment genießen. Egal, wie kurz die Zeit auch sein mag. Ich will fühlen und lebendig sein und Gabriel berühren, ohne mir Gedanken um die Zukunft machen zu müssen.

Kapitel 32

Gabriel

Mit einem breiten Grinsen auf den Lippen husche ich am nächsten Morgen auf mein Zimmer. Für den kurzen Weg bin ich nur in Hose und Hemd geschlüpft, mein Jackett und die Lackschuhe trage ich in der Hand.

Ich spüre Eloras Berührungen noch immer auf meiner Haut, ihre Küsse auf meinen Lippen, ihre schnellen Atemzüge an meiner Brust. In meiner Boxershorts wird es eng, am liebsten würde ich auf der Stelle umkehren und zurück zu Elora ins Bett steigen.

Stattdessen schließe ich die Tür auf, eile hinein und …

»Was machst du denn hier?«, frage ich entgeistert, denn Lucia sitzt auf meiner Bettkante. Meine Erektion lässt augenblicklich nach. »Warum bist du hier?«

»Aidan hat mich reingelassen.«

Ich schnaube. »Du hast hier nichts zu suchen, wenn ich nicht da bin.«

»Wo warst du?«

»Bei Elora«, antworte ich ehrlich.

Sie mustert meinen halb offenen Anzug, dann die zerzausten Haare. Ihre Augen verengen sich zu Schlitzen, und sie springt vom Bett auf. »Die ganze Nacht lang?«

Ich gehe an ihr vorbei und hänge das Sakko über die Stuhllehne. Zuletzt hat Elora es getragen, und ich würde am liebsten meine Nase in den Stoff pressen. Aber sicher nicht vor Lucia.

Meine Geduld neigt sich dem Ende zu. Ich will einfach meine Ruhe und das berauschende Gefühl genießen, das die Nacht mit Elora in jeder Faser meines Körpers hinterlassen hat.

»Was soll das, Lucia? Du bist in meinem Zimmer, obwohl ich nicht da bin, und verlangst Rechenschaft darüber, wo ich letzte Nacht war?«

Sie baut sich vor mir auf. »Wir waren verabredet, schon vergessen?«

Waren wir das? Ich kann mich nicht mehr erinnern.

»Aber seit du Elora vögelst, bin ich dir vollkommen egal!«, schreit sie.

»Das stimmt nicht.«

»Ach nein? Dir geht es nur noch um sie und diesen verdammten Wettbewerb! Du kannst dich an unsere Verabredung nicht einmal mehr erinnern, habe ich recht?«

»Nein, ich …«

Sie lässt mich nicht aussprechen. »Weißt du was? Annabelle hätte Elora gehasst.«

Ihre Worte treffen mich mit voller Wucht. »Wie kannst du so etwas sagen?«

Lucia überwindet den Abstand zwischen uns, bis sie direkt vor mir steht. »Annabelle hätte dir geraten, dich von Elora fernzuhalten. Sie hätte dir gesagt, dass Elora nur mit dir spielt und dich ausnutzt, um mit deiner Hilfe diesen verdammten Wettbewerb zu gewinnen. Danach wird sie dich verlassen. *Sie. Wird. Dich. Verlassen.*« Jedes Wort bohrt sich wie ein Eissplitter in mein Herz.

Nein, nicht Elora. Annabelle hat mich verlassen, aber sie wird bleiben. Obwohl wir Konkurrenten sind und beide unter allen Umständen gewinnen wollen, wird nach dem Wettbewerb alles gut … oder?

»Du bist naiv, wenn du glaubst, Elora liegt wirklich etwas an dir.« Lucia steht dicht vor mir, bei jedem Atemzug habe ich einen Schwall ihres blumigen Parfüms in der Nase.

»Sie … ich …« Ich lege eine Hand auf Höhe meines Herzens, als könnte ich die schnellen Schläge auf diese Weise beruhigen. Alles, was ich vor mir sehe, sind Annabelles leblose Augen und ihr aufgedunsener Körper.

»Denk an meine Worte, wenn Elora ihr wahres Gesicht zeigt«, sagt Lucia und schnippt gegen meine Brust. »Wir kennen uns jetzt seit zwei Jahren, und ich habe dich noch nie belogen. Ich habe immer auf dich aufgepasst, und ich bin mir sicher, Elora meint es nicht ernst mit dir.«

»Warum? Was hat sie getan? Du kennst sie doch überhaupt nicht.«

»Sie verabscheut unsere Welt. Wenn es nach ihr ginge, wäre sie noch immer auf ihrem gottverdammten Bauernhof. Du hingegen liebst den Reichtum, das Ansehen, die Möglichkeiten, die sich dir durch den Status deiner Familie bieten. Vielleicht willst du nicht in die Fußstapfen deines Vaters treten, aber du willst deine eigene Dynastie aufbauen. Glaubst du echt, Elora würde so leben wollen? Nein, sie fährt lieber mit dem Bus als mit einer Limousine. Aber du? Du hast noch nie in deinem ganzen Leben einen Fuß in einen Bus gesetzt und würdest es auch nur über deine Leiche tun.«

Lucia atmet schwer, und ich starre sie fassungslos an. Leise Zweifel regen sich in mir. Elora und ich sind vollkommen unterschiedlich aufgewachsen, das habe ich selbst zigmal festgestellt. Aber was wir fühlen und womit wir in unserem Innersten kämpfen, ist gleich. Nur darauf kommt es an, oder?

»Elora hat sich geändert.«

»Ach ja?«, höhnt Lucia. »Wusstest du, dass sie nur wegen eines Deals mit meinem Vater auf Corvina Castle ist? Sie hat sich für unzählige Stipendien beworben, wurde aber von allen abgelehnt. Mein Vater hat ihr ein Ultimatum gestellt, sie hatte keine andere Wahl, als herzukommen. Sie wollte nie hier sein. Seit der Hochzeit ihrer Mutter sträubt sie sich gegen alles, was mit der Schweizer Oberschicht zu tun hat. Also sag mir nicht, du glaubst wirklich, sie würde hierbleiben, sollte sich ihr morgen die Möglichkeit eröffnen, mit einem Stipendium an einer staatlichen Universität zu studieren.«

»Ich …«

»Nein, Gabriel. Sobald sich ihr die Gelegenheit bietet, ist sie weg. Sie wird nicht einen Blick zurückwerfen, sondern dich einfach vergessen.«

Die Zweifel werden stärker. Ich weiß, dass Elora sich am Anfang auf Corvina Castle nicht wohlgefühlt hat, dachte aber, das hätte sich geändert. Aber was, wenn Lucia recht hat? Wenn sie nur umgänglicher geworden ist, weil sie keine andere Wahl hat? Was haben wir für eine Chance, wenn sie meine Welt tief in ihrem Herzen immer ablehnen wird?

»Woher willst du das wissen?«

»Ich weiß es. Aber wenn du noch immer zögerst, stell dir eine Frage: Warum nimmt sie am Wettbewerb teil?«

Um unabhängig zu sein, um sich von Ludovico abzunabeln. Es ist ihr größtes Ziel, dieser Welt zu entfliehen, das hat sie mehr als einmal deutlich gemacht. Ein Ziel, für das sie alles geben würde. Wie passe ich da rein? Ich *bin* aus einer wohlhabenden Familie und ein Teil der Welt, die sie hasst. Und ich habe nicht vor, das zu ändern.

Schmerz setzt meine Brust in Flammen, und ich schweige, weil ich keine Ahnung habe, was ich erwidern soll.

»Gabriel, ich bin deine beste Freundin«, sagt Lucia. »Vertraust du mir?«

Nach Annabelles Tod war sie der einzige Mensch, dem ich vertraut habe. Bis Elora kam …

»Ja.«

»Dann hör auf mich, und lass alles, was du schon durchgestanden hast, nicht umsonst gewesen sein. Elora steht zwischen dir und der Wahrheit. Willst du das Versprechen an deine Schwester wirklich mit Füßen treten?«

In meiner Brust knackt es, aber ich glaube, nur ich höre es. Lucia hat recht. Ich kann nicht alles, worauf ich hingearbeitet habe und was ich Annabelle geschworen habe, für Elora aufgeben.

Elora ist die taffste und intelligenteste Frau, die ich kenne. Ich weiß, dass sie locker mit mir mithalten kann. Im Finale wird sie versuchen zu gewinnen. Daher muss ich schneller sein, um sie auszustechen. Ganz gleich, ob sich der Scherbenhaufen in meinem Inneren bei diesem Gedanken immer höher türmt. Hauptsache, ich bin am Ende derjenige, der bei *Fortuna* aufgenommen wird.

Ich darf mein Versprechen an Annabelle nicht brechen. Es ist das Einzige, womit ich wiedergutmachen kann, dass ich sie nicht beschützen konnte. Ich bin es ihr schuldig, zu gewinnen.

Kapitel 33

Elora

Herzlich willkommen zum Finale steht in großen goldenen Lettern auf dem schwarzen Umschlag, der auf meinem Bett liegt, als ich aus der Dusche komme.

Ich schlinge das Handtuch enger um mich und greife danach. Meine nassen Haare tropfen auf die Buchstaben, und das F verwischt.

Finde dich heute Abend pünktlich um acht Uhr
im Audimax ein. Wir empfehlen bequeme Kleidung
und eine klassische Taschenlampe.

Mein Herzschlag beschleunigt sich. Es ist so weit. Die letzte Aufgabe steht bevor. Wieder eine, die bei Nacht zu lösen ist, doch daran habe ich mich mittlerweile gewöhnt. Was werden wir diesmal machen müssen? Ein größeres Extrem als den Klippensprung kann ich mir nicht vorstellen. Vielleicht wird es eher wie der Kerzenabend? Müssen wir noch mehr über uns offenbaren?

Ich ziehe mich an und verlasse mein Zimmer, um bei Simona zu klopfen. »Ja?«, ruft sie, und ich öffne die Tür. Simona sitzt auf ihrem Schreibtischstuhl und dreht sich zu mir herum.

»Hi. Hast du zufällig eine Taschenlampe, die ich mir leihen kann?«

Auf ihren Lippen erscheint ein schmales Lächeln. »Wie es der Zufall will, ja.«

Sie kramt in ihrer Schreibtischschublade herum und reicht mir kurz darauf eine kleine schwarze Lampe sowie ein Päckchen Batterien.

»Danke, du bist ein Schatz.«

»Du wirst das heute Abend rocken, da bin ich mir sicher.«

Meine Kehle wird eng. »Dann wird es nicht so schlimm wie … beim letzten Mal?«

»Mach dir keine Sorgen«, antwortet sie nur, und ich verlasse ihr Zimmer.

Simona wollte mich beruhigen, stattdessen bin ich noch verunsicherter. Ich habe das Gefühl, heute Abend wird sich alles verändern. Auf einmal geht mir das alles zu schnell. Was wird nach dem Wettbewerb aus Gabriel und mir? Noch immer kann ich ihn an jedem Zentimeter meines Körpers spüren, als hätte er einen Teil von sich in mir zurückgelassen.

Schnell schüttle ich die Gedanken ab und mache mich fertig. Ich ziehe mir praktische Leggings und einen dunklen Hoodie an, binde mir die Haare zu einem hohen Pferdeschwanz und verstaue Taschenlampe sowie Batterien in der Bauchtasche.

Überpünktlich mache ich mich auf den Weg in das Audimax. Ich vergrabe meine Hände in der Tasche, klammere mich an der Lampe fest und frage mich, ob ich besser eine Jacke hätte mitnehmen sollen. Findet die Aufgabe drinnen oder draußen statt? Der Brief hat keinerlei Hinweise darauf gegeben.

Das Audimax ist noch leer. Hinter dem Eingang steht noch immer die Bar vom Ball, auf der nun ein Büfett mit Sandwiches und Getränken aufgebaut ist. Beim Abendessen habe ich kaum einen Bissen hinunterbekommen. Doch jetzt, da ich die belegten Brote sehe, knurrt mein Magen. Ich nehme mir eins und schenke mir einen Kaffee ein.

Auf dem Weg in Richtung Bühne fallen mir die drei einzelnen Stühle auf, die davorstehen. In dem großen, ansonsten leeren Audimax wirken sie verloren. Ich setze mich auf den Linken und beiße in das Sandwich. Sofort breitet sich ein intensiver Schinkengeschmack in meinem Mund aus, und mir tropft beinahe Mayonnaise auf die Leggings. Gerade so kann ich sie mit meinen Fingern auffangen. Ich rümpfe die Nase. Wer schmiert eine halbe Tube Soße auf ein Brot?

»Hi, Elora.«

Ich blicke auf, den Mund voll Sandwich. Gabriel steht vor mir und starrt mich an. Vielleicht auch die Soße an meinem Kinn. Ich erwarte, dass er sich zu mir beugt, mich küsst oder die Soße wegwischt. Ich warte auf ein Lächeln, auf eine bedeutsame Regung in seinen Augen. Aber da ist nur Kälte.

Was hat das zu bedeuten? Nur, weil wir jetzt im Finale sind, zeigt er mir wieder die kalte Schulter und verhält sich, als wäre nie etwas zwischen uns geschehen? In meiner Brust sticht es schmerzhaft.

»Viel Glück heute Abend«, sagt er kühl und lässt sich auf den mittleren Stuhl fallen.

»Wünsche ich dir auch.«

Am Rand der Bühne geht die Tür auf, und der Vorsitzende tritt ein. Wie immer trägt er seine Wolfsmaske. Als er uns entdeckt, stockt er kurz. »Elora und Gabriel! Ihr seid überpünktlich. Sehr gut, dann müssen wir nur noch auf … Ah, da kommt er auch schon!«

Gleichzeitig drehen Gabriel und ich uns zum Eingang um. Der dritte Kandidat huscht herein. Seinen Kopf hält er gesenkt, und seine Schritte wirken zögerlich, fast schon widerwillig. Als wäre er auf dem Weg zu einer Beerdigung, schießt es mir durch den Kopf. Er trägt eine graue Jogginghose und die hellbraunen Haare in einem Manbun.

»Hallo, Samuel. Setz dich doch bitte, dann können wir anfangen.«

Hastig lässt Samuel sich auf den freien Stuhl sinken und schiebt die zitternden Hände unter seine Oberschenkel. Was ist los mit ihm? Er scheint überhaupt nicht hier sein zu wollen. Oder ist er einfach nur nervös?

»Willkommen zum Finale des Wettbewerbs«, begrüßt uns der Vorsitzende. »Ihr drei habt es geschafft, alle bisherigen Aufgaben zu lösen und euch mit eurem Ehrgeiz gegen die anderen Teilnehmenden durchzusetzen. Das Ziel liegt in greifbarer Nähe, aber eine letzte Hürde gibt es noch zu meistern. Eine finale Aufgabe wird entscheiden, wer von euch den begehrten Platz in der *Fortuna*-Verbindung erhalten wird.«

Nur noch wenige Stunden trennen mich von meinem Traum. Danach werde ich – wenn alles gut läuft – nicht mehr auf Ludovicos Kosten studieren müssen, und ein Praktikumsplatz in der Klinik Hirslanden ist mir sicher. Mein Herz schlägt schneller, ich habe mein Ziel klar vor Augen. Ich bin so weit gekommen, da werde ich die letzte Hürde auch noch überwinden können. Ein letztes Mal die Zähne zusammenbeißen, Gabriel ausblenden und mich ganz auf mich selbst fokussieren. Ich lächle. Zum ersten Mal bin ich wirklich davon überzeugt, es schaffen zu können. Mein Körper kribbelt, als würde Champagner durch meine Adern fließen.

»Hat einer von euch ein Handy dabei? Dann bitte ich euch, es mir jetzt zu überreichen«, fordert der Vorsitzende. Samuel erhebt sich von seinem Platz und händigt sein Telefon aus. Gabriel hat offenbar wie ich bereits vermutet, dass Handys heute Abend verboten sind, und es in seinem Zimmer gelassen, denn er rührt sich nicht vom Fleck.

Der Vorsitzende öffnet seine schwarze Lederjacke und zieht drei weitere Umschläge aus der Innentasche hervor. »Es gibt nur einen Platz in der Verbindung. Der Erste von euch, der die Aufgabe löst, wird ihn erhalten.«

Er steigt von der Bühne und reicht Samuel einen der Umschläge. Dann Gabriel und schließlich mir. Als ich ihn entgegennehme, zittern meine Finger.

»Ich wünsche euch allen viel Erfolg und freue mich darauf, einen von euch bald als Mitglied in die Verbindung aufnehmen zu dürfen.«

Der Vorsitzende verlässt das Audimax. Samuel springt vom Stuhl auf und stürmt ihm hinterher. Irritiert schaue ich ihm nach. Warum hat er es so eilig? Den Brief hat er noch nicht mal geöffnet.

Stille senkt sich über den Saal, und ich verharre unschlüssig auf meinem Stuhl. Soll ich wie Samuel den Raum verlassen? Oder den Brief in Gabriels Beisein öffnen? Er scheint ebenfalls nicht so recht zu wissen, was er tun soll, denn er hockt auf seinem Stuhl und starrt regungslos auf den Umschlag in seinen Händen.

Schließlich gebe ich mir einen Ruck und reiße meinen auf. Gabriel und ich haben viele der Aufgaben zusammen gelöst, warum dann nicht auch den letzten Hinweis gemeinsam öffnen?

Im Umschlag steckt ein Blatt Papier, auf dem verschiedene Punkte, Dreiecke und Striche zu sehen sind. Große und kleine, manche Punkte sind farbig gefüllt, einige nur umrandet.

Was soll das sein? Vielleicht ein Morsecode, der eine versteckte Botschaft übermittelt? Die Zeichen kommen mir irgendwie bekannt vor. Dann fällt mir ein, warum. Die Striche und Punkte … Sie erinnern mich an die Karte, die zum Entsorgungszentrum geführt hat.

Ich schiebe das Blatt Papier zurück in den Umschlag und erhebe mich von meinem Stuhl. Kurz halte ich neben Gabriel inne und überlege, ob ich noch etwas zu ihm sagen soll. Aber alles, worauf es ankommt, haben wir vorhin schon zueinander gesagt. Auch wenn es sich nicht richtig anfühlt, ihn allein zurückzulassen, wir sind kein Team. Bei dieser letzten Aufgabe sind wir Konkurrenten. Mehr als jemals zuvor.

Ich finde mich schnell auf der Karte zurecht. Die Punkte stellen die einzelnen Gebäude dar, die Striche Brücken und Stege, und die Dreiecke kennzeichnen die Berge. Mit dem Zeigefinger streiche ich über den größten ausgefüllten Kreis – das Ziel. Es liegt irgendwo hinter der Kapelle in den Felsen.

Ich atme tief durch und wage mich an den Aufstieg. Mit jeder Sekunde wird es dunkler, aber ich lasse die Taschenlampe ausgeschaltet. Ich werde sie nur im absoluten Notfall nutzen, um Gabriel und Samuel nicht auf mich aufmerksam zu machen. In der Nacht gleicht weißes Licht einem Leuchtfeuer.

Die Kapelle liegt still und verlassen da. Mittlerweile ist es so dunkel, dass ich kaum noch meine Hand vor Augen sehe. Daher dauert es auch einen Moment, bis ich den Pfad hinter dem Gebäude entdecke, der den Felsen hinabführt.

Als ich an der Stelle vorbeikomme, von der wir in den See springen mussten, versuchen die Erinnerungen mich in einen Strudel aus Angst zu zerren. Doch ich dränge sie hastig zurück. Gabriel befindet sich sicher dicht hinter mir. Aber wo ist Samuel? Aufmerksam lausche ich auf Schritte, doch außer meinen eigenen kann ich keine hören.

Der Pfad mündet in einen dichten Wald, in dem mich nichts außer Dunkelheit erwartet. Blätter rascheln, und irgendwo links von mir knackt etwas. Die Bäume wirken alles andere als einladend auf mich. Bei Nacht im Wald herumzuirren, geht in den meisten Geschichten nicht gut aus. Was, wenn ich mich verlaufe? Würde *Fortuna* irgendwann einen Suchtrupp aussenden, um mich zu retten? Oder würde sie mich einfach als Verlust abstempeln? Hastig schüttle ich den Kopf. Seit Gabriel mir von Annabelle erzählt hat, sehe ich Gespenster. Simona würde niemals zulassen, dass mir beim Wettbewerb etwas geschieht, dessen bin ich mir sicher.

Fröstelnd bleibe ich stehen und schiebe mir die Ärmel über die Hände. Ich hätte wirklich besser eine Jacke mitnehmen sollen. Aber da muss ich jetzt durch. Tief atme ich durch, dann setze ich mich wieder in Bewegung. Nach ein paar Schritten verlasse ich den Pfad und gehe hinter einem Baum in die Hocke. Dort schlüpfe ich mit dem Kopf in das Innere meines Pullovers und schalte darunter die Taschenlampe ein. Hoffentlich schluckt der dunkle Stoff das grelle Licht.

Ich versuche, mithilfe der Karte eine ungefähre Entfernung zu bestimmen. Ab und an werde ich die Richtung prüfen müssen, doch ich schätze den Zielpunkt drei Kilometer von meinem jetzigen Standpunkt entfernt, sodass ich erst einmal eine Weile laufen kann.

Ich schalte die Lampe aus, verstaue sie in der Tasche und warte ein paar Minuten, bis meine Augen sich wieder an die Dunkelheit gewöhnt haben. Dann erhebe ich mich und laufe weiter.

Blätter rascheln unter meinen Schuhen, ab und an trete ich auf Äste, die knackend brechen und mich zusammenzucken lassen. Wahrscheinlich würde sogar ein Elefant leiser durch diesen Wald stapfen als ich. Aber je mehr Mühe ich mir gebe, behutsamer aufzutreten, desto lauter scheine ich zu werden. Also beschließe ich, mich stattdessen lieber auf die Umgebung und die richtige Route zu konzentrieren.

Nach einer Weile steigt der Pfad wieder an. Da ich mich in bergigem Gelände befinde, wundere ich mich nicht weiter darüber, bis ich vor mir plötzlich ein Rauschen höre. Mit jedem Schritt, den ich weitergehe, wird es lauter. Die Umrisse der Bäume werden schmaler und öffnen sich schließlich zu einer Lichtung.

Ich traue meinen Augen kaum und trete näher, unsicher, ob die Dunkelheit mir einen Streich spielt. Aber nein, ich stehe direkt vor einem Wasserfall. Einem ziemlich breiten Wasserfall, der eine Unmenge an Wasser über scharfkantige Felsen spuckt. Definitiv unüberwindbar an dieser Stelle, wenn ich nicht Gefahr laufen möchte, mir das Genick zu brechen.

Aus der Dunkelheit schießt eine Hand hervor und packt mich am Handgelenk. Bevor ich aufschreien kann, legt sich eine zweite Hand auf meinen Mund, und Gabriels vertraute Stimme flüstert mir ins Ohr: »Pst, ich bin's!«

»Gabriel?« Wie kann es sein, dass er sich vor mir befindet? Hat er mich unbemerkt überholt, während ich die Karte gelesen habe?

Mit der freien Hand deutet er nach links. »In dieser Richtung liegt eine Brücke, über die du auf die andere Seite gelangst. Beeil dich, Samuel ist direkt hinter dir.«

»Was ist mit dir?«

»Ich führe ihn in die Irre und locke ihn nach rechts in die Sackgasse. Dann ist Samuel raus aus dem Wettbewerb, und ich folge dir. So oft, wie du mir geholfen hast, bin ich dir das schuldig. Außerdem überhole ich dich sowieso wieder. Weil ich im Gegensatz zu dir nicht wie ein Dinosaurier durch den Wald trample«, flüstert Gabriel.

»Ich dachte, wir helfen einander nicht mehr?«

Seine Finger streichen sanft über mein Handgelenk. »Ich sorge nur dafür, dass wir quitt sind.« Sein Gesicht schwebt so nah an meinem Ohr, ich kann seinen warmen Atem an meinem Hals spüren. »Geh jetzt. Mach es mir zur Herausforderung, dich zu besiegen. So wie du es immer getan hast.«

Ich kann nicht anders, als zu lächeln. In meinem Bauch breitet sich ein warmes Gefühl aus. Das ist der Gabriel, den ich kenne. Ich winde mich aus seinem Griff und streiche ihm über die Wange, bevor ich ihm einen flüchtigen Kuss gebe. Es ist nur der Hauch einer Berührung, ein Versprechen auf mehr, wenn das hier endlich vorbei ist.

»Versuch es doch«, raune ich ihm zu, bevor ich hastig davonlaufe.

Einige Minuten lang höre ich nur das unablässige Rauschen des Wasserfalls. Dann verwandelt er sich in einen Bach mit schneller Strömung. Er windet sich zwischen den dichten Baumstämmen entlang, gesäumt von einem moosbewachsenen Streifen Ufer, das unter meinen Schritten federt. Ich kann nicht erkennen, wie tief das Wasser ist. Zu tief, um hindurchzuwaten und meinen Vorsprung auszubauen? Wenn ich schnell genug laufe, werde ich gewinnen. Egal, wie sicher er sich seines Sieges ist. Die Brücke kann jetzt nicht mehr weit sein, denn der Bach wird zunehmend ruhiger und schmaler.

Bis er in einem Tümpel endet und verschwindet.

Moment.

Ich bleibe stehen und sehe mich um. Aber da sind nur Bäume, Dunkelheit und der Tümpel. Keine Brücke. Es gibt nicht mal mehr einen Grund für eine Brücke, jetzt, da der Bach fort ist.

Habe ich mich verhört? Meinte er nur eine Möglichkeit, das Wasser zu umgehen? Oder bin ich an der Brücke vorbeigelaufen? Ich sollte meine Karte checken. Doch ich habe Sorge, dass Gabriels Plan nicht aufgegangen ist und er und Samuel zu dicht hinter mir sind. Dann würde ich ihnen mit dem Licht meinen Standort verraten und hätte meinen Vorteil verspielt.

Deshalb gehe ich weiter, nur noch ein paar Meter, bis ich den Tümpel hinter mir gelassen habe, an dem die beiden sicher nicht vorbeilaufen werden. Dort kann ich es wagen, unter meinem Pullover das Licht einzuschalten, um mich neu zu orientieren.

Ich laufe weiter und weiter, irre durch die Dunkelheit, wieder darauf bedacht, möglichst leise zu sein. Nur noch ein paar Schritte, nur noch …

Ich bin viel zu abgelenkt, um zu bemerken, dass der Wind plötzlich rauer um meine Ohren peitscht. Oder dass ich wieder ein Rauschen vernehme, das nicht vom Wasserfall stammen kann, der mittlerweile viel zu weit weg ist. Ich konzentriere mich ganz auf meine Füße und bemerke die Felskante nicht, auf die ich zusteuere.

Erst, als es zu spät ist, wird mir klar, dass es ein Fehler war, einfach blindlings auf Gabriel zu hören. Die Sackgasse hat nie rechts gelegen. Sondern genau in der Richtung, in die er mich geschickt hat.

Ich trete ins Leere, falle und schreie auf. Hinab und immer weiter hinab. Wie bei dem Klippensprung. Nur diesmal gibt es niemanden, der unten mit warmen Decken und Tee auf mich wartet. Niemanden, der die Stelle mit Bedacht ausgewählt hat und mir versichern kann, dass der Felsen nicht zu hoch, das Wasser tief genug und frei von lebensbedrohlichen Steinen und Ästen ist.

Unaufhaltsam stürze ich dem Aufprall entgegen. Aber in meinem Kopf ist nur Platz für einen einzigen Gedanken.

Gabriel hat mich hintergangen.

Kapitel 34

Gabriel

Was habe ich getan?

Elora hat mir ohne zu zögern geglaubt. Es war geradezu lächerlich einfach, sie davon zu überzeugen, in die entgegengesetzte Richtung zu laufen. Vom Ziel und von der Brücke, die sie über den Fluss bringt, weg. Sie hat mir vertraut. Bedingungslos.

Und ich habe sie verraten.

Meine Brust fühlt sich an wie mit Säure gefüllt. Das wird Elora mir niemals verzeihen.

Lautlos schleiche ich durch den Wald, in dem ich schon so oft mit Lucia joggen war, dass ich jede Wegmarkierung auch im Dunkeln erkenne. Ihre liebste Laufroute führt an einem markanten Hochstand vorbei, der das Ziel dieser Aufgabe ist. Ich habe hier einen klaren Vorteil gegenüber Elora, die vermutlich vorher noch nie in diesem Wald war. Sonst hätte sie den falschen Tipp sofort durchschaut.

Ob sie meinen Verrat mittlerweile begriffen hat? Vielleicht ist sie schon auf dem Weg zurück, um mir die Hölle heißzumachen. Gott, das wird sie definitiv tun. Sie wird mir die Leviten lesen und danach nie wieder ein Wort mit mir reden. Zurecht.

Früher oder später hätte sie dich sowieso verlassen.

Aber dieser Kuss, den sie mir gegeben hat, lässt mich daran zweifeln. Ich habe ihr gesagt, dass ich gewinnen werde, und sie hat mich trotzdem geküsst. Als würde ihr das längst nichts mehr ausmachen. Am liebsten hätte ich meine Lüge sofort zurückgenommen, sie an mich gezogen und den Wettbewerb für immer vergessen. Aber ich konnte einfach nicht. Ich habe nur diese eine Chance, und Annabelle steht für mich an erster Stelle. Ich *muss* gewinnen.

Daher laufe ich weiter. Es kann nicht mehr lange dauern, bis ich abbiegen muss und das Ziel in greifbare Nähe rückt. Elora kommt schon klar. Sie ist schlau und wird bald merken, dass sie die falsche Route eingeschlagen hat. Ich vermute, sie wird den Umweg über den Tümpel nehmen, an dem ich zu Beginn der Uni mit Annabelle zelten war. Sie wollte unbedingt den Sonnenaufgang von den Bergen aus sehen. Annabelle liebte solchen Quatsch, und ich weiß schon gar nicht mehr, womit sie mich damals bestochen hat, damit ich mein bequemes Bett für eine Nacht verschmähe. Aber ich kann mich noch gut daran erinnern, dass wir den Sonnenaufgang nie gesehen haben. Abends, während wir am Lagerfeuer saßen, zog wie aus dem Nichts ein heftiger Sturm auf, der die Heringe aus dem Boden riss und das Zelt über die Steilklippe in den Walensee wehte. Wir haben es nie wiedergesehen, weil die Felsen dort zu hoch und nur vom Wasser aus erreichbar sind. Mich hat damals gefreut, wie die Situation sich entwickelt hatte. Endlich konnte ich zurück in mein Bett, und Annabelle wollte danach nie wieder mit mir zelten gehen. Sie behauptete, ich sei ein schlechtes Omen. Aber jetzt wird mir klar, dass der Walensee schon damals zerstörerisch war.

Plötzlich wird mir übel, und ich presse mir eine Hand auf den Bauch. Ich hätte vorhin dieses verdammte Sandwich nicht essen sollen! Bestimmt war die Salami schlecht.

Fuck. Ich bleibe stehen. So weit sollte es gar nicht bis zur Abzweigung sein. Wie lange bin ich geradeaus gelaufen? Mein Unwohlsein rückt in den Hintergrund, als ich mich umsehe und feststelle, dass ich keine Ahnung habe, wo ich eigentlich bin. Ich laufe ein paar Schritte zurück, halte Ausschau nach den Wegmarken, aber jeder Busch und Baum sieht gleich aus.

Fluchend schlage ich neben mir gegen einen Stamm. Es ist zwecklos, es zu leugnen, ich habe mich verlaufen. Gerade jetzt, wo es darauf ankommt, habe ich mich von meinen Grübeleien ablenken lassen.

Mir bleibt nichts anderes übrig, als in die Richtung zurückzulaufen, aus der ich gekommen bin, und zu hoffen, dass Samuel mich nicht längst überholt hat. Denn auch in dieser Hinsicht habe ich Elora angelogen. Ich habe keinen blassen Schimmer, wo der Kerl steckt.

Wut brodelt in mir. Ich habe alles riskiert, ich habe sogar *Elora* riskiert, und ausgerechnet dieser Fehler könnte mich den Sieg kosten. Ich schwöre, wenn Samuel gewinnt, dann …

Da! Die Abzweigung!

Ich beschleunige meine Schritte. Jetzt ist es nicht mehr weit bis zum Hochstand. Ich hoffe, Annabelle ist irgendwo da oben zwischen den Sternen und sieht auf mich herunter. Ich hoffe, sie ist stolz auf mich. Ich hoffe, sie verzeiht mir, dass ich nicht auf sie achtgegeben habe und nicht für sie da war, als es darauf ankam.

Ich bin es jetzt, forme ich mit den Lippen in Richtung Nachthimmel. *Ich bin jetzt für dich da und mache es wieder gut. Versprochen.*

Doch anstatt das Gesicht meiner Schwester vor mir zu sehen, erinnert mich das Funkeln der Abermillionen Sterne an jemand anderen.

Elora.

Unwillkürlich laufe ich schneller, weil ich plötzlich das Gefühl habe, mich jeden Augenblick übergeben zu müssen.

Der Hochstand taucht vor mir auf, und meine Knie fühlen sich weich an, während ich die Sprossen hinaufsteige. Habe ich es geschafft? Bin ich der Erste? Der Sieger?

Die Plattform ist dunkel. Eine Stimme weht zu mir herüber, und ich zucke zusammen. »Herzlichen Glückwunsch, Gabriel. Du hast das Auswahlverfahren gewonnen.«

Meine Knie geben nach, ich sacke in mich zusammen. Ich habe es geschafft. Ich habe es tatsächlich geschafft! Vor Erleichterung treten mir Tränen in die Augen, die ich hastig fortblinzle.

Wie auf Kommando werden zahlreiche Laternen entzündet, deren warmes Licht die Plattform erhellt. Fünf *Fortuna*-Mitglieder stehen darauf, alle in dicke Jacken gehüllt. Ich erkenne Simona und den Vorsitzenden, der nun neben mich tritt. »Samuel hat sich entschieden, vom Wettbewerb zurückzutreten und deshalb nicht an der Aufgabe teilgenommen. Daher warten wir nur noch auf Elora, bevor wir zurückgehen.«

»Samuel ist zurückgetreten?«, frage ich fassungslos.

»Ja.« Simona wirkt traurig. »Hast du Elora gesehen?«

»Vor einer halben Stunde sind wir uns im Wald begegnet. Ich … Sie läuft in die falsche Richtung.«

»Was? Hat sie die Karte nicht verstanden?«

»Doch, aber …« Unsicher schaue ich mich um. Soll ich die Wahrheit sagen? Sie beweist nur, dass mir für den Sieg jedes Mittel recht war. Genau darum geht es doch bei *Fortuna*. »Ich habe sie auf eine falsche Fährte gelockt. Es wird wahrscheinlich noch eine Weile dauern, bis sie herfindet.«

Simona wird aschfahl. »Du hast … was?«

Ich sehe sie an, und die Enttäuschung in ihren Augen fährt mir direkt in alle Glieder. Mein schlechtes Gewissen meldet sich überdeutlich zurück. Ich habe Elora reingelegt, sie angelogen. Die Frau, für die ich tiefe Gefühle hege, wie mir jetzt erst richtig bewusst wird. Sie haben sich leise angebahnt und mich dann mit voller Wucht getroffen. Aber nun ist es zu spät. Ich habe alles kaputt gemacht.

Zwischen all dem Schmerz kehrt das Kneifen in meinem Magen zurück. Ich versuche, es zu ignorieren, es auszublenden.

Wir warten und warten. Aber Elora kommt nicht. Nicht nach einer halben Stunde, nicht nach einer ganzen Stunde. Die Mitglieder werden unruhig, die Nacht immer kälter. Wo bleibt sie nur? So lange dauert es nicht, bis zum Hochstand zu laufen. Selbst mit dem Umweg um den Tümpel herum. Ist sie einfach zurückgelaufen? Oder hat sie sich verirrt?

Wieder denke ich an den Tümpel und an das, was dort mit Annabelles Zelt geschehen ist.

Das Kneifen in meinem Magen wird so stark, dass ich würgen muss.

»Gabriel?«, fragt mich Simona besorgt. »Ist alles in Ordnung?«

Es ist genau wie damals. Wie bei Annabelle. Ich habe gewartet, dass sie zurückkommt. Aber sie kam nicht. Weil sie bereits tot war.

Ich sehe genau vor mir, wie das Zelt über die Klippe gerissen wird, hinein in den Walensee, hinein in das … *Wasser*. Auf meiner Zunge schmecke ich Galle, weitere Bilder aus der Vergangenheit stürmen auf mich ein. Derselbe See, eine andere Nacht. Meine Schwester, die verschwunden ist und mich mit der Gewissheit zurückgelassen hat, dass etwas Schreckliches passiert ist. Die Stunden später aus dem Wasser geborgen wurde. Tot.

Meine Schuld. Annabelles Tod ist meine Schuld. Und es ist meine Schuld, dass Elora im Dunkeln in Richtung Klippe gegangen ist.

Die furchtbare Gewissheit, dass etwas Schlimmes passiert ist, hat mich schon einmal nicht getäuscht, und jetzt spüre ich sie nach so vielen Jahren erneut.

Ich keuche auf. »Elora …«

Dann stürze ich die wenigen Sprossen des Hochstands hinunter und übergebe mich in den finsteren Wald.

Kapitel 35

Zwei Jahre zuvor

Gabriel

Mit jeder verstreichenden Stunde wandert das Licht des Mondes ein Stück weiter über den Zimmerboden. Ich bin unruhig, kann nicht schlafen und wälze mich hin und her. Da ist ein dumpfes Pochen in mir, das mich quält. Das mir Übelkeit beschert und mich drängt zu laufen.

Nur wohin?

Ich setze mich im Bett auf. Mein Herzschlag beschleunigt sich, meine Hände beginnen zu zittern. Ich fühle mich wie unter Strom gesetzt und springe auf, weil ich etwas tun muss. Irgendetwas. Ich ziehe mich hastig an und verlasse mein Zimmer.

Plötzlich kann ich nur noch daran denken, wie anders Annabelle die letzten Wochen war. Wie nervös und fahrig, wie sie sich ständig umgesehen hat. Wie sie mir nichts mehr anvertraut hat, weil sie sich unbedingt an die Regeln der Verbindung halten wollte. Schließlich sehe ich vor meinem inneren Auge, wie sie vorhin vor meiner Zimmertür stand.

»Ich glaube, ich fliege heute Abend aus dem Wettbewerb«, hat sie mit hängenden Schultern gesagt und nervös mit ihren Fingern gespielt. »Ich bin nicht gut genug für *Fortuna*.«

»Quatsch. Wenn, dann sind sie nicht gut genug für dich«, habe ich versucht, sie zu trösten. »Warte erst einmal ab, was passiert. Steht heute Abend eine weitere Aufgabe an?«

Ich habe gehofft, dass sie meine neugierige Frage endlich beantworten würde. Bisher hat sie immer abgeblockt, wenn es um Details ging, sodass ich nur vermuten kann, um was für Aufgaben es sich beim Wettbewerb handelt. Aber so zerstreut, wie Annabelle in letzter Zeit ist, können sie nichts Gutes beinhalten.

»Du hast keine Ahnung! *Fortuna* bedeutet mir alles. Und ich … ich will unbedingt sein wie sie. Ein Teil von ihnen werden. Verstehst du das denn nicht?«

Nein, das verstehe ich nicht. Die Mitglieder werden von allen nur die *Dark Elite* genannt. Und keiner weiß so recht, warum oder wer damit angefangen hat. Vielleicht haben die Mitglieder selbst diese Bezeichnung in die Welt gesetzt? Weil sie glauben, dadurch unnahbar und cool zu erscheinen? Ich gebe es nur ungern zu, aber es hat funktioniert.

»Hör mir mal zu, Annabelle. Du schaffst das. Denkst du, du wärst mit dieser Einstellung Schulsprecherin geworden? Du hast diesen Posten jahrelang verteidigt. Weil du die Interessen deiner Mitschüler ausnahmslos durchgesetzt hast und zudem die legendärsten Events organisiert hast. Außerdem hast du schon so viele Triathlons durchgezogen, dass ich sie gar nicht mehr zählen kann. Hast du währenddessen jemals gedacht abzubrechen? Bestimmt, aber du hast es durchgezogen. Weil du der mutigste und kämpferischste Mensch bist, den ich kenne. Weil du dir nichts sagen oder gefallen lässt und ein totaler Dickkopf bist. Was manchmal echt anstrengend ist, so viel kann ich dir versprechen. Aber worauf ich hinauswill, ist, ich weiß, dass du das kannst. Dass du das Zeug dazu hast zu gewinnen. Also geh da raus, und zeig es ihnen.« Passend zu meiner Motivationsrede habe ich mit der Faust in die Luft geboxt. Aber statt zu lächeln, hat Annabelle nur den Kopf geschüttelt.

»Das ist alles überhaupt nicht mit der Situation zu vergleichen. Ich bin so nervös. Ich will unbedingt gewinnen. Zum ersten Mal«, sie hat kurz gestockt, bevor sie weitergesprochen hat. »Zum ersten Mal fühle ich mich, als würde ich so angenommen werden, wie ich bin. Die Verbindung versucht nicht, mich zu ändern oder mich in eine Rolle zu zwängen.« *So, wie Mama,* hat stumm in ihren Worten mitgeschwungen. »Ich kann sein, wer ich bin. Mit all meinen Seiten und Facetten.«

»Bei mir kannst du das doch auch sein!«

»Das ist nicht dasselbe. Du bist mein Bruder, du musst das sagen.«

»Selbst wenn wir nicht verwandt wären, würde ich es genauso sehen. Du bist eine großartige Person.«

»Danke, Würmchen«, hat sie gesagt. So nennt sie mich, seit wir klein sind. Als Kind hat es mich geärgert, weil sie damit auf die sieben Minuten anspielt, die sie älter ist. Heute bedeutet der Spitzname für mich Zuhause, Annabelle ist mein Zuhause. Sie hat traurig gelächelt und mir einen Kuss auf die Wange gedrückt. »Ich muss jetzt los.«

»Viel Spaß«, habe ich ihr gewünscht, und als sie hinausgegangen ist, mit misstrauisch erhobenen Brauen ihr knappes Partykleid betrachtet.

Die funkelnden Pailletten haben sich in mein Gedächtnis eingebrannt. In diesem Moment kann ich an nichts anderes mehr denken.

Vor Ash Hall wende ich mich in Richtung Bar. Sie ist der wahrscheinlichste Ort für eine Party auf diesem Campus. Kurz überlege ich, umzudrehen und vorher in Ivy Hall vorbeizuschauen, aber meine Intuition sagt mir, Annabelle ist nicht auf ihrem Zimmer.

Sie sagt mir, dass ich mich beeilen muss. Eine eiskalte Hand schlingt sich um mein Herz und drückt fest zu. Am liebsten würde ich mich zusammenkrümmen, aber ich laufe eilig weiter. Bis ich vor der Bar stehe. Sie ist dunkel, die Tür verschlossen. Genauso wie das *Seaside* nebenan. Die Unruhe in meinem Inneren wird stärker. Wohin dann? Wo könnte sonst eine Party stattfinden?

Langsam drehe ich mich um meine eigene Achse. Die Nacht ist rau und kühl. Mein Blick fällt auf den See, der im Mondlicht glitzert. Automatisch verziehen sich meine Lippen zu einem Lächeln, denn ich muss an die Regatta denken, die ich vergangenes Wochenende gewonnen habe und …

Moment, sind das Stimmen? Über den Wind und die Wellen hinweg höre ich laute Rufe. Das ungute Gefühl holt mich mit aller Macht ein, als mehrere Polizisten hinter dem Hauptgebäude um die Ecke biegen. Gefolgt von einem Rettungswagen. Die Türen öffnen sich, zwei uniformierte Kräfte springen heraus.

»Vermisste auf Bootsparty«, höre ich einen der Polizisten rufen. »Rettungskräfte sind bereits auf dem Wasser unterwegs. Wir schwärmen aus und suchen den gesamten Uferbereich ab.«

Mein Herz macht einen Satz, bevor es umso schneller weiterschlägt. Wie ferngesteuert setzen meine Beine sich in Bewegung, und ich stolpere zum Seeufer hinunter. Ich horche in mich hinein, suche nach dem Band, das Annabelle und mich verbindet. Doch ich kann es nicht finden. Da ist nichts als Stille in mir.

Die Vermisste ist nicht Annabelle, bete ich mir wie ein Mantra vor. *Ihr geht es gut. Ganz sicher.*

Doch das ungute Gefühl lässt sich nicht abschütteln. Ganz im Gegenteil, mit jeder Minute wird es stärker. Adrenalin rauscht durch meine Adern, mein Sichtfeld färbt sich schwarz. Ich blinzle hastig, muss mich zusammenreißen. Wasser umspült meine Schuhe, meine Füße sind bereits nass, aber ich nehme es kaum wahr. Das Mondlicht erhellt nur spärlich den Uferbereich, doch meine Augen haben sich an die Dunkelheit gewöhnt. Ich bekomme kaum noch Luft, dennoch laufe ich weiter, immer weiter. Die Wellen sind rau vom Wind, peitschen meine Knöchel hinauf. Wild, zerstörerisch, verschlingend. Nie zuvor habe ich das Wasser so wahrgenommen, für mich stand es stets für Freiheit und Glück, doch jetzt dröhnen die Worte durch meinen Kopf wie in einer Endlosschleife.

Plötzlich entdecke ich vor mir einen dunklen Schatten. Ich stürze daneben zu Boden. Meine Knie schlagen an den Kiessteinen auf, aber es ist mir egal. Ich habe nur Augen für das blonde Haar und die funkelnden Pailletten.

Nein, nein, nein.

Tränen rinnen mir über die Wangen, und ich drehe meine Schwester auf den Rücken. Der Schock trifft mich mit voller Wucht. Ihr Körper wirkt aufgedunsen, ihre Lippen sind blau. Unnatürlich blau. Wie ein schlimmer Bluterguss. Meine Finger tasten nach ihrem Puls, fahren über ihre kalte Haut, aber … da ist nichts.

»Annabelle!«, schreie ich panisch und lege meine Hände auf ihre Brust. Versuche, mich daran zu erinnern, was ich über Reanimation weiß. Verdammt, mein Erste-Hilfe-Kurs vom Führerschein ist schon viel zu lange her, ich … Nein! Ich schaffe das, ich muss das schaffen.

»Wach auf«, schreie ich, während ich darum kämpfe, ihr Herz wieder zum Schlagen zu bringen. »Bitte wach auf. Lass mich nicht allein.«

Aber sie rührt sich nicht. Sie liegt einfach nur da. Die Augen geschlossen, als würde sie friedlich schlafen.

Doch das tut sie nicht. In diesem Augenblick weiß ich es mit absoluter Gewissheit. Das Band in meiner Brust, es ist fort. Genau wie meine Schwester.

Ein Schrei zerreißt meine Brust und durchschneidet die Nacht. Ich schreie und schreie, um die Rettungskräfte auf mich aufmerksam zu machen. Ich kann nicht akzeptieren, dass es zu spät ist. Dass niemand mehr meine Schwester retten kann. Dass die *Dark Elite* die Letzten waren, die sie gesehen haben. Was ist passiert?

Rettungskräfte eilen herbei, zerren mir meine Schwester aus den Händen. Dabei reißt das silberne Armkettchen an ihrem Handgelenk. Das, auf dem ihr Name eingraviert ist und das sie nie abgelegt hat. Ich hebe es aus dem Sand auf, schließe fest meine Faust darum.

Als würde ein Schalter in meinem Inneren umgelegt werden, setzt plötzlich alles in mir aus. Ich fühle mich wie in Watte gehüllt. In meinem Kopf ist Leere. Ich starre auf den

See hinaus. Auf diesen einen Lichtpunkt, der immer näher kommt. Eine Reling, auf der sich mehrere dunkle Schemen abzeichnen. Sie scheinen herüberzuschauen. Als würden sie prüfen wollen, ob es funktioniert hat. Ob sie wirklich …

»Sie ist tot«, sagt einer der Rettungskräfte leise.

Im selben Moment rollt eine Welle auf mich zu, und ich weiche zurück. Wasser, Monster, Todbringer. Ich stolpere panisch zurück, bleibe an einem Stein hängen, schlage der Länge nach hin.

Und bleibe liegen. In mir ist alles taub. Ich bin taub. Leer. Verloren. Ich starre in den Nachthimmel hinauf. Zu den Sternen, die mir immer Trost gespendet haben. Aber heute nicht. Heute wünsche ich mir, ich wäre ebenfalls dort oben.

Bei ihr.

Kapitel 36

Gegenwart

Gabriel

Der Geruch nach Desinfektionsmittel dringt mir in die Nase. Kommt er aus meinem Inneren? Hat jemand mein Herz damit getränkt? Es brennt seit Stunden und will gar nicht mehr aufhören.

Was habe ich nur getan? Das grelle Licht der Deckenbeleuchtung treibt mir Tränen in die Augen. Ich vergrabe mein Gesicht in den Händen und sinke auf dem unbequemen Plastikstuhl des Wartebereichs zusammen. Es ist meine Schuld, dass Elora ein paar Meter weiter im OP-Saal um ihr Leben kämpft. Wenn ich könnte, würde ich meine Entscheidung rückgängig machen. Wenn ich könnte, würde ich mit ihr tauschen.

Ich hätte sie beschützen müssen. Nach dem, was Annabelle passiert ist, hätte ich noch vorsichtiger sein müssen. Stattdessen habe ich bewiesen, dass ich das Monster bin. Nicht die Verbindung. Kein Sieg, keine Rache, keine Mitgliedschaft ist es wert, dafür ein Leben zu riskieren.

Und doch habe ich es getan. Tränen laufen mir über die Wangen und versickern zwischen meinen Fingern.

Schritte erklingen, dann setzt sich jemand neben mich. »Ich habe einen Arzt gefunden, der mir Auskunft über Eloras Zustand geben konnte«, sagt Simona.

Ich hebe den Blick, wische mir die Tränen von den Wangen. »Was hat er gesagt? Wie geht es ihr?«

»Sie hat die OP gut überstanden und wird jetzt auf ihr Zimmer gebracht.«

Ich atme erleichtert auf. Das Gefühl dauert nur eine Sekunde an, bis das helle Glühen von dunklem Eis überzogen wird. Eine Faust schlingt sich um meine Brust, quetscht sie zusammen, und ich keuche auf.

»Jetzt wird alles gut, Gabriel.«

»Nein, nichts ist gut!« Vielleicht wird es nie wieder gut werden. Seit Stunden werde ich den Anblick von Eloras Körper, der am Ufer unterhalb der Klippe liegt, nicht los. Ihr Körper ist unnatürlich verdreht, die Haare sind von einer Wunde am Kopf blutig verklebt. Blass und … leblos. Wie Annabelle.

Simona greift nach meiner Hand. Alles in mir verkrampft und wehrt sich gegen die Berührung, aber ich habe keine Kraft, ihr meine Finger zu entziehen.

»Weißt du, was der Arzt zu mir gesagt hat? Dass Elora Glück hatte, so schnell gefunden worden zu sein. Ein paar Stunden später, und sie wäre an den Folgen der Kopfverletzung gestorben.« Ich zucke kaum merklich zusammen, aber Simona scheint es nicht zu bemerken. »Der Uferbereich des Walensees ist riesig. Hättest du nicht genau gewusst, wo sie ist, hätten die Ärzte ihr nicht mehr helfen können. Dank dir konnte sie gerettet werden.«

»Nein. Dank mir lag sie überhaupt dort unten.«

»Gabriel …«

»Machen wir uns nichts vor«, unterbreche ich Simona und schaue sie mit tränenverschleierten Augen an. Ihre blauen Haare leuchten in der sterilweißen Umgebung. »Es ist meine Schuld. Ich habe ihr das angetan.«

»Du hast sie nicht geschubst. Es war ein Unfall!«

Ein Unfall. Das Wort kreist durch meinen Kopf wie eine Kugel in einer Schale. Hin und her, ständig eckt sie an, sie kann dem Gefäß nicht entkommen. Ich weiß nicht einmal, warum, aber dieses Wort macht etwas mit mir. Es hallt nach, bis es überall ist.

Ja, Eloras Sturz von der Klippe war ein Unfall. Aber hätte ich sie nicht absichtlich in die falsche Richtung gelotst, wäre sie überhaupt nicht so nah an den Abgrund gekommen.

Simona seufzt. Ein langer endgültiger Laut. »Es gibt da etwas, über das ich mit dir reden muss.«

Sie klingt ernst, und ich werde nervös. »Worüber?«

»Es tut mir leid, dir das mitteilen zu müssen, glaub mir. Aber *Fortuna* hat beschlossen, dich vom Auswahlverfahren auszuschließen. Morelli macht uns Druck, wir können dich nicht gewinnen lassen und riskieren, dass er den Wettbewerb in Zukunft verbietet. Tricks sind zwar erlaubt, aber Elora wurde ernsthaft verletzt. Morelli will nicht, dass wir solch ein Verhalten belohnen und es zukünftigen Kandidaten imponiert. Du wirst dazu noch ein offizielles Schreiben vom Vorsitzenden erhalten. Aber ich soll es dir bereits jetzt mitteilen.«

Ich starre sie an und glaube, mich verhört zu haben. Ich werde *ausgeschlossen*? Die Erkenntnis sickert nur langsam in mein Bewusstsein. Es war alles umsonst, ich habe nicht gewonnen.

Ich schüttle den Kopf. »Aber wer wird dann das neue Mitglied? Samuel ist ausgestiegen, niemand außer mir hat das Ziel erreicht.«

Dann verstehe ich. Ich sehe die Antwort in Simonas Gesicht. An der Art, wie sie sich auf die Lippe beißt. Und an der Unruhe in ihren Augen. »Elora wurde zur Siegerin gekürt.«

Kurz fühlt sich mein Inneres taub an, dann färbt sich mein Sichtfeld rot. Ich springe auf. »Was? Das ist nicht dein Ernst, oder? Du verarschst mich doch!«

»Bitte, Gabriel, beruhige dich, du …«

»War überhaupt irgendetwas an diesem Wettbewerb echt? Oder stand von vornherein fest, dass Elora gewinnt? Egal, was passiert? Habt ihr die ganze Zeit nur so getan, als ob es um das Erfüllen eurer bescheuerten Aufgaben geht?« Meine Fragen hallen durch den leeren Wartebereich. Eine Krankenschwester hinter dem Anmeldetresen dreht sich zu uns um, aber ich ignoriere ihren anklagenden Blick. Ich verstehe nicht, wie ich die vergangenen Monate derart blind sein konnte.

»Ihr seid echt das Letzte«, spucke ich Simona ins Gesicht. Es ist mir gleichgültig, dass sie nichts dafürkann. Dass sie nur die Überbringerin der schlechten Nachricht ist. Ich atme schwer, und mein ganzer Körper steht unter Spannung. Am liebsten würde ich auf der Stelle kehrtmachen. Aber Elora ist hier, und ich werde das Krankenhaus erst verlassen, nachdem sie aufgewacht ist. Ich muss mich versichern, dass es ihr wirklich gut geht. Dass sie atmet und lebt und immer noch mein Norden ist.

»Es tut mir leid«, murmelt Simona.

Ihre Entschuldigung prallt an mir ab. Aber bevor ich ihr weitere Vorwürfe an den Kopf werfen kann, schaltet sich meine Vernunft ein. Ich erhebe mich, will nur raus aus dieser Situation und mich irgendwie beruhigen. »Ich bin in der Kantine und hole mir einen Kaffee«, sage ich kühl und drehe mich um.

»Warte!«, ruft Simona mir nach, doch ich ignoriere sie und stapfe davon. Ich fühle mich taub, mein Körper funktioniert wie von allein. Schritt für Schritt, Atemzug für Atemzug.

Nichts war real. Nicht eine Sekunde lang. Statt Annabelle zu sühnen, habe ich alles nur noch schlimmer gemacht. Ich werde nie zu *Fortuna* gehören. Es ist vorbei.

Aber was macht das schon, solange Elora wieder gesund wird? Wird sie mir meinen Fehler verzeihen können? Oder wird sie mich hassen, sobald sie erwacht?

Der Gedanke, Elora zu verlieren, ist unerträglich, weitaus schlimmer als die Erkenntnis, dass ich die Wahrheit um Annabelles Tod wohl nie ans Licht bringen werde. Die Gewissheit, dass ich rein gar nichts dagegen machen kann, tränkt mein Herz mit einem weiteren Schwall Desinfektionsmittel.

Kapitel 37

Elora

Vollkommene Dunkelheit. Ich kann nichts sehen, mich nicht rühren. Alles, wozu ich imstande bin, ist zu fühlen. Schmerz und Kälte und Dunkelheit. Das ist alles, was meinen Verstand ausmacht. Ich habe keine Vergangenheit, keine Gegenwart, keine Zukunft. Aber ich existiere. Irgendwie.

Ich will schreien und um mich schlagen. Nach etwas tasten, um mich festzuhalten, mich erinnern, wer ich bin. Aber es ist, als besäße ich keinen Körper mehr, der noch meinem Befehl gehorchen könnte. Also treibe ich vor mich hin, immer weiter hinein in ein bodenloses Nichts.

Ein durchdringendes Piepen weckt mich auf. Es schrillt mir in den Ohren wie eine Sirene. Ich winde mich, um dem Geräusch zu entkommen, doch ich kann mich kaum bewegen. Meine Kehle kratzt, und ich huste, dann mischen sich plötzlich Stimmen zwischen das Piepen. Erst leise, dann immer lauter.

Ich versuche, meine Augenlider zu heben. Sie sind so schwer wie Beton, aber es gelingt mir.

Simonas türkisblaue Haare leuchten mir entgegen. »Elora«, haucht sie erleichtert und kommt auf mich zu, sodass ich die Person hinter ihr erkennen kann.

Gabriel.

Mein Herz zieht sich zusammen, pocht mit meinen Schläfen um die Wette. Was ist passiert? Da ist eine Mauer in meinem Kopf, die ich nicht überwinden kann. Wovor will sie mich schützen?

Simona tätschelt meine Hand. »Alles ist gut«, sagt sie beruhigend. Aber tief in meinem Inneren ahne ich, dass sie lügt. »Ich hole einen Arzt. Du hast einen schweren Sturz hinter dir und musstest operiert werden.«

Operiert? Mein Blick huscht durch das Zimmer. Grelles Licht, Gipsplatten an der Decke, ein Herzmonitor, der wohl für das unerträgliche Piepen verantwortlich ist, sowie ein metallener Ständer mit Infusionsbeutel neben mir. Ich habe monatelang mit meinem krebskranken Vater in einem ähnlichen Zimmer verbracht.

»Bis gleich.« Simona entzieht mir ihre Hand. Ich will sie bitten zu bleiben, bekomme aber nur ein Krächzen über die Lippen. Sie verlässt den Raum, und Gabriel tritt näher an mein Bett heran.

Er sieht mich an, und da ist so viel Reue und Schmerz in seinen Augen, dass die Mauer in meinem Kopf zerbricht. Erst, nachdem sie vollkommen eingestürzt ist und unzählige Bilder auf mich einprasseln, wird mir klar, dass sie ein Staudamm war. Zunächst sehe ich nur einzelne Bilder, verschwommene Umrisse, doch schon bald werden sie klarer, schärfer, detaillierter. Der Wald, die Klippe, Gabriels Lächeln in der Dunkelheit. Ich schnappe nach Luft, und Tränen treten mir in die Augen.

Er war es. Er hat mich hintergangen und mein Leben riskiert, um zu gewinnen.

»Warum?« Meine Stimme bricht. »Warum hast du das getan?«

Gabriel schluckt mehrmals. »Es tut mir so leid, Elora. Du musst mir glauben, es war nie meine Absicht, dich zu verletzen. Ich wollte nur, dass du einen Umweg gehen musst.«

»Lügner!«, fauche ich. War überhaupt etwas von dem, was er zu mir gesagt hat, echt?

»Das ist die Wahrheit! Ich habe dich zum Tümpel geschickt, damit du dort den Fluss überqueren kannst. Ein Umweg, um mir Zeit zu verschaffen, mehr nicht. Ich dachte nicht, dass du weiterlaufen würdest.«

»Doch, das hast du gedacht. Sonst hättest du mich nicht nach einer Brücke suchen lassen.«

»Die habe ich nur erwähnt, weil sie auf der Karte eingezeichnet war und ich hoffte, du würdest mir so eher glauben.«

»Ich habe dir vertraut.« Tränen lösen sich aus meinen Augenwinkeln und laufen über meine Wangen. Es tut so verdammt weh. Er ist der Mann, dem ich mein Herz geöffnet habe. Und er ist der Mann, der für seine Zwecke mein Leben aufs Spiel gesetzt hat.

»Es tut mir leid«, wiederholt Gabriel. »Ich schwöre dir, ich wollte nie, dass du verletzt wirst.«

»Ach nein? Du wusstest, ich kenne das Gelände kaum. Du wusstest, da ist eine Klippe. Es war dunkel, du hast mich auf die Suche nach etwas geschickt, das nicht dort war. Du bist nicht dumm, Gabriel, du hättest damit rechnen können, dass ich *verletzt werde*. Und du hast es in Kauf genommen.«

»Du bedeutest mir alles. Du bist mein Norden. Glaub mir das, bitte.«

»Das stimmt nicht. Es war dir wichtiger zu gewinnen. Annabelle steht an erster Stelle, das hast du mir selbst gesagt. Ich hätte nur nicht gedacht, dass du sie sogar über mein Leben stellen würdest.«

»Bitte, Elora«, fleht Gabriel. »Bitte glaub mir.«

Ich bin so wütend, dass ich nicht mehr klar denken kann. »Du bist schuld!«, schreie ich, weil ich weiß, es wird ihn verletzen. Doch als ich sehe, wie er zusammenzuckt, ist das nicht im Entferntesten so befriedigend, wie ich es mir ausgemalt habe. Dennoch rede ich weiter. »Mein Sturz von der Klippe war deine Schuld. Ich hätte mich nie auf dich einlassen dürfen.«

Seine Hände ballen sich zu Fäusten, aber er erwidert nichts. Er lässt einfach nur den Kopf hängen.

Ich weiß mir nicht anders zu helfen, als die Stille und den Schmerz in meinem Inneren mit weiteren Worten zu füllen. »Es hätte mir von vornherein klar sein müssen, dass du es nicht ernst meinst, oder? Ich war naiv. Habe gehofft, da ist wirklich etwas zwischen uns. Am Ende hattest du mich genau da, wo du mich haben wolltest, und hast mich auf der Zielgeraden aus dem Spiel gekickt. Und wofür das alles? Um eine Tote zu rächen!«

Jetzt ruckt sein Kopf hoch. »Das ist Bullshit! Zieh Annabelle da nicht mit rein.«

»Das hast du längst selbst getan. Du hältst so verbissen an der Vergangenheit fest! Das ist erbärmlich, weißt du das?«

»Das meinst du nicht ernst.«

Ich ignoriere ihn. Tränen laufen über meine Wangen und tropfen mein Kinn hinab. »Und dann wagst du es auch noch, mich deinen Norden zu nennen. War überhaupt irgendetwas zwischen uns echt?«

Es ist gruselig, wie er sich plötzlich verändert. Der Schmerz und das Verletzliche verschwinden, die Maske aus Gleichgültigkeit ist zurück an ihrem Platz. Ausdruckslos, kalt und arrogant.

»Von meiner Seite aus war alles echt. Aber was ist mit dir, Elora?« Er lacht humorlos auf. »Wegen dir hätte ich die Suche nach der Wahrheit beinahe aufgegeben. Ich, dein größter Konkurrent, habe überlegt, den Wettbewerb zu verlassen. War das von Anfang an dein Plan? Mich um den Finger zu wickeln, bis du bekommen hast, was du willst?«

»Bis ich bekommen habe, was ich will?«, wiederhole ich fassungslos und reiße an meinem Krankenhaushemd. »Falls es dir entgangen sein sollte, ich habe nichts!«

»Du hast alles«, erwidert er kühl. »Du bist die Siegerin des Wettbewerbs.«

Mein Atem stockt. »Was?« Das ist nicht möglich.

Seine Miene bleibt ausdruckslos. »Glückwunsch, Elora, du hast es geschafft. Deine Bemühungen waren nicht umsonst.«

Er dreht sich um und läuft zur Tür. Je weiter er sich entfernt, desto schlimmer wird das Brennen in meinem Inneren. Alles in mir schreit, ich will nicht, dass er geht. Nicht, nachdem noch so viel ungesagt geblieben ist. Und gleichzeitig zu viel gesagt wurde.

»Nein«, schreie ich ihm nach. »Gabriel! Warte!«

Er geht, und ich krümme mich zusammen. Nur am Rande nehme ich Simona wahr, die mit dem Arzt zurückkommt. Ich lasse die Untersuchung über mich ergehen und spüre dabei nichts. Als hätte mein Körper abgeschaltet, sobald Gabriel gegangen ist. Weil sein Verlust viel zu schmerzhaft ist.

Irgendwann verschwindet der Arzt. Simona versucht, mit mir zu reden, doch ich starre nur stumm an die Decke, schließe die Augen, höre, wie eine Krankenschwester meine Freundin wegschickt. Stille senkt sich über das Zimmer. Der Herzmonitor wurde längst abgeschaltet. Gut so, denn ich bin mir nicht sicher, ob mein Herz überhaupt noch schlägt. Es ist so still und fühlt sich an wie eingefroren.

Unzählige Gedanken rasen durch meinen Kopf.

Ich bin die Siegerin des Wettbewerbs. Gabriel hat mich hintergangen. Ich bedeute ihm etwas. Er wollte nicht, dass ich verletzt werde. Annabelle ist ihm wichtiger als ich. Er hat absichtlich mein Leben riskiert.

Was davon entspricht der Wahrheit?

Meine Kopfwunde heilt, aber der Schmerz in meiner Brust verschwindet nicht. Er ist mein steter Begleiter, der nur in den seltenen Momenten verblasst, in denen es mir gelingt zu schlafen. Manchmal begleitet er mich selbst bis in meine Träume.

»Du musst etwas essen«, sagt meine Mutter, die neben mir am Krankenhausbett sitzt. Sie deutet auf das Tablett auf dem Nachtschrank, das ich nicht angerührt habe. »Wenigstens den Joghurt?«

Seit Tagen habe ich kaum Appetit. Ob es an den Folgen meiner Verletzung liegt oder an dem Streit mit Gabriel, weiß ich nicht. Wenn ich raten müsste, würde ich auf Letzteres tippen. Denn das Eis ist immer noch da. Ich vermute, es betäubt nicht nur mein Herz, sondern auch meinen Magen.

Meine Mutter schaut mich mit ihrem treuesten Hundeblick an. »Bitte, Elora.«

Seufzend knicke ich ein. »Na gut. Gib mir den Joghurt.«

Als ich mir den ersten Löffel in den Mund schiebe, geht die Zimmertür auf, und Ludovico kommt herein. Sein grauer Nadelstreifenanzug wirkt im Krankenhaus fehl am Platz. Aber jetzt, da ich darüber nachdenke, kann ich mich nicht daran erinnern, ihn jemals in Freizeitkleidung gesehen zu haben. In den Händen hält mein Stiefvater zwei Kaffeebecher. Einen davon reicht er meiner Mutter.

»Und wo ist meiner?«, scherze ich. Der Joghurt hat einen pelzigen Geschmack auf meiner Zunge hinterlassen.

Ludovico wirkt ungewohnt schuldbewusst. »Nimm meinen«, sagt er und hält mir seinen Becher hin.

»Nein, schon gut, das war ein Witz.«

Meine Mutter und Ludovico wechseln einen Blick, bevor sie sich erhebt. »Ich werde mir die Beine vertreten und dir auf dem Rückweg einen Kaffee besorgen. Kann ich dir sonst noch etwas aus der Kantine mitbringen?« Sie schaut auf das kaum angerührte Tablett. »Hast du auf irgendetwas Lust?«

»Vielleicht Kuchen? Irgendwas mit viel Schokolade.« Ich habe auf nichts Appetit, aber mir ist bewusst, dass meine Mutter sich Sorgen macht. Sofort leuchten ihre Augen vor Freude auf. »Den werde ich schon irgendwo auftreiben.«

Sobald sie fort ist, setzt Ludovico sich auf ihren Platz. Es ist merkwürdig, mit ihm allein zu sein. Wir hatten uns nie viel zu sagen.

»Ich muss mich bei dir entschuldigen«, sagt er zu meiner Überraschung.

Ich stelle den Joghurt beiseite und hieve mich in eine aufrechte Position. »Wofür?«

»Es tut mir leid, dass ich dich überredet habe, auf Corvina Castle zu studieren. Was passiert ist, hat mich zutiefst bestürzt.«

»Du hast es nur gut gemeint und wolltest mir eine erstklassige Bildung ermöglichen.«

»Das war nur einer meiner Gründe. Vielmehr wollte ich Lucia eine Vertraute an die Seite stellen und so wieder Kontakt zu ihr bekommen. Deswegen habe ich dich auch für das Mentorenprogramm angemeldet und Lucias bestem Freund zuteilen lassen. Das war egoistisch von mir.« Er schüttelt seufzend den Kopf. »Ich hätte niemals gedacht, dass du dich bei *Fortuna* bewerben würdest. Ich habe angenommen, eine derart elitäre Vereinigung würdest du um jeden Preis meiden wollen.«

»Du hast mir nie etwas über *Fortuna* erzählt.«

»Nein, ich dachte, es wäre nicht relevant. Ich kann *Fortuna* nichts abgewinnen. Seit sie versucht haben, Lucia als Mitglied anzuwerben, stehe ich ihnen ziemlich skeptisch gegenüber.« Traurig knetet er seine Hände. »Da habe ich das letzte Mal etwas von Lucia gehört. Sie hat mir von den aufdringlichen Anwerbungsversuchen erzählt. Darüber, dass eine Mitgliedschaft nicht infrage kommt, waren wir ausnahmsweise mal einer Meinung.« Er lacht kurz auf.

Aber mir ist nicht nach Lachen zumute. »Sie haben mich als neues Mitglied auserkoren. Obwohl ich den Wettbewerb nicht gewonnen habe.«

»Ja, das wundert mich nicht, nach allem, was Lucia mir über *Fortuna* erzählt hat.«

Ich seufze. Die Verbindung hat mich gewinnen lassen. Sie wollten mich von Anfang an von sich überzeugen. Nicht, weil ich ein passendes Mitglied wäre, sondern wegen Ludovicos Imperium, das ist mir jetzt klar. Hätte ich gewusst, worum es geht, hätte ich mich nie beworben. Denn zu was macht mich das? Nicht zu einem Menschen, sondern lediglich zu einer Erbin. Ich bin immer noch eine Schachfigur, obwohl die Partie längst beendet ist.

»Es war eine Fehlentscheidung, am Wettbewerb teilzunehmen«, gebe ich leise zu.

»Warum hast du überhaupt teilgenommen?«

Ich spiele nervös mit dem Zipfel meiner Bettdecke. »Wegen der vielen Vorteile und des Verbindungsnetzwerks. Aber jetzt, da ich weiß, wie manipulativ sie im Wettbewerb vorgegangen sind, möchte ich mein Studium lieber ohne die Verpflichtungen abschließen.«

»Wenn du dir sicher bist, könntest du noch heute ein Schreiben aufsetzen und der Verbindung deine Entscheidung mitteilen«, schlägt Ludovico vor.

»Ja, das werde ich machen.«

Ludovico nippt an seinem Kaffee. »Da ist noch etwas anderes, worüber ich mit dir reden möchte, und ich bitte dich, mir ehrlich zu antworten.«

»Ja, natürlich.«

»Möchtest du an eine andere Universität wechseln?«

»Was ist mit deiner Bedingung?«

Er winkt mit einem traurigen Lächeln ab. »Vergiss die Bedingung. Ich hätte sie niemals stellen dürfen.«

Ich denke kurz darüber nach. An einer staatlichen Universität zu studieren, war immer mein größter Wunsch. Noch vor zwei Monaten hätte ich sofort zugestimmt. Aber jetzt fühlt sich der Gedanke, Corvina Castle zu verlassen, falsch an. Mein Herz drängt mich zurück an den See, die Berge und zu meiner Mitbewohnerin, die ich trotz ihrer Verbindung zu *Fortuna* lieb gewonnen habe. Ich habe das Gefühl, gerade erst richtig auf Corvina Castle angekommen zu sein, und verspüre kein Bedürfnis, die Idylle, das ausgezeichnete

Lehrpersonal und die riesige Bibliothek hinter mir zu lassen, um woanders neu anzufangen. Außerdem wird mir der Abschluss an der Eliteuniversität viele Türen öffnen, auch ohne *Fortuna*.

»Nein, ich möchte bleiben.«

Ludovico wirkt überrascht, und ich kann es ihm nicht verübeln. Die Frau, die er im Sommer verabschiedet hat, war voreingenommen und argwöhnisch. Aber ich habe mich verändert.

»Okay«, mein Stiefvater nickt. »Falls du deine Meinung ändern solltest, sag es mir bitte. Es tut mir leid, dir bisher nicht das Gefühl gegeben zu haben, dass ich immer ein offenes Ohr für dich haben werde. Du gehörst jetzt zu meiner Familie, Elora.«

Familie. Ein Wort, das sich lange vertraut und dann vollkommen fremd angefühlt hat. Aber jetzt … Ich denke, ich könnte mich daran gewöhnen. Irgendwann. »Danke, Ludovico.«

Er lächelt, bevor er sich erhebt. »Ich schaue, wo deine Mutter mit dem Kuchen bleibt. Schreibst du der Verbindung?«

Ich nicke, und er verlässt das Zimmer.

Sobald die Tür hinter ihm ins Schloss fällt, wird mir bewusst, dass ich jetzt wirklich und wahrhaftig ein Teil seiner Familie bin. Und nicht nur das. Es ist in Ordnung, mir von ihm helfen zu lassen. Ich darf seine Unterstützung annehmen, muss sein Geld nicht rigoros ablehnen. Das macht mich nicht automatisch schwach oder abhängig. Vielmehr bedeutet es, dass ich nicht länger allein kämpfen muss.

Seufzend ziehe ich meinen Laptop heran und öffne ein neues Textdokument. *Fortuna* hat keine Mailadresse. Zumindest ist mir keine bekannt. Daher werde ich ganz klassisch einen Brief schreiben und Simona bitten, ihn dem Vorsitzenden zu überreichen.

Ich hole tief Luft. Dann beginne ich damit, meine Fehlentscheidung zu korrigieren.

Kapitel 38

Gabriel

Ich fühle mich, als würde jemand in meiner Brust hocken und mir erbarmungslos das Herz zerquetschen. Immer weiter und weiter presst er es zusammen, obwohl kaum mehr etwas davon übrig sein kann. Egal, was ich mache, ich kann dem Griff nicht entfliehen. Sogar im Schlaf gönnt er mir keine Ruhe.

Der Schmerz ist mir nicht unbekannt. Zum ersten Mal habe ich ihn vor zwei Jahren gespürt, nachdem ich Annabelles Leiche aus dem Wasser gezogen habe. Vor ein paar Tagen hat sich alles wiederholt. Wegen mir wäre Elora beinahe gestorben. Ist das mein Fluch? Jeden, der mir etwas bedeutet, in Gefahr zu bringen?

Ich habe keine Ahnung, wie lange ich regungslos auf meinem Bett gehockt habe. Wie viele Stunden ich nichts anderes getan habe, als gegen den Schmerz anzuatmen. Versucht habe, ihn zu ertragen. Gehofft habe, dass er besser wird, auch wenn ich weiß, er wird niemals ganz verschwinden. Irgendwann fällt mein Blick auf das Cello.

Ich habe schon lange nicht mehr gespielt. Der Wettbewerb hat meine gesamte Zeit in Anspruch genommen. Was Elora mir an den Kopf geworfen hat, stimmt. Er hat meinen Verstand vernebelt. Erst jetzt, da ich verloren habe und meine Chance vertan ist, erkenne ich das ganze Ausmaß der Konsequenzen meiner Handlungen.

Ein Schluchzer zerreißt meine Kehle. Wie konnte ich Elora das antun? Ich habe sie in Gefahr gebracht, ihr Leben für den Sieg riskiert. Im Wald erschien mir der Preis des Verrats noch nicht so hoch, ich habe wirklich geglaubt, Elora zu hintergehen wäre notwendig, um die Wahrheit über Annabelle zu erfahren. Ein notwendiges Übel. Jetzt wird mir schlecht, wenn ich nur daran denke. Ich weiß, diese Entscheidung werde ich auf ewig bereuen. Selbst wenn ich gewonnen hätte, wäre der Preis zu hoch gewesen. Nichts entschuldigt es, ein Leben zu riskieren. Vor allem nicht das Leben jenes Menschen, den man liebt.

Denn das tue ich. Ich liebe Elora. Im Grunde war das bereits vor dieser schrecklichen Nacht klar. Aber jetzt, da sie aufgewacht ist und nichts mehr von mir wissen will, jetzt, da ich weiß, ich habe sie endgültig verloren, ist das Gefühl allumfassend.

Tränen laufen über meine Wangen, und ich kann nichts gegen sie ausrichten. Das ist okay. Hier, in meinem Zimmer, kann ich schwach sein. Hier darf ich sie zulassen. Sie tropfen von meinem Kinn und versickern in meinem T-Shirt. Hinter meinen Augen scheint sich ein ganzes Meer aus Tränen zu befinden, denn es kommen immer mehr. Mein Körper wird von Schluchzern geschüttelt, bis ich vollkommen kraftlos bin und einfach nur daliege. Auf der Bettdecke mit Sternen und Planeten, die mir Annabelle mal geschenkt hat, den Blick auf das Cello gerichtet.

Nur zu gut kann ich mich noch daran erinnern, wie ich vor Elora gespielt habe. Wie berührt sie von der Musik war.

Von dem Instrument scheint ein Sog auszugehen. Mein Cello hat mir immer Kraft geschenkt. Es hat mich vor zwei Jahren durch den Verlust meiner Schwester gebracht. Es besitzt die Macht, meine Gedanken zu entwirren und zum Schweigen zu bringen. Vielleicht kann es mir auch jetzt helfen.

Ächzend schwinge ich mich aus dem Bett. Jeder Millimeter meines Körpers schmerzt. Wie in Trance befreie ich das Instrument aus dem Kasten. Ich lege den Bogen an, atme tief durch und beginne zu spielen. Versuche, mich wie sonst in der Musik zu verlieren, bis alles andere in den Hintergrund rückt.

Doch diesmal funktioniert es nicht. Mein Kopf lässt sich nicht ausschalten. Ich sehe Elora vor mir, die auf meinem Bett sitzt, fasziniert jede meiner Bewegungen beobachtet und Tränen in den Augen hat, die sie sich hastig wegwischt. Sie wird nie wieder bei mir sitzen und mir beim Spielen zuhören. Ich werde nie wieder ihre Lippen auf meinen spüren. Sie nie wieder so losgelöst und herzlich lachen hören, dass sich alles in meinem Inneren vor Glück verkrampft.

Der Bogen huscht ruckartiger über die Saiten, gibt laute, beinahe gequält klingende Töne von sich.

Sie hat mir vertraut.

Ich habe sie hintergangen.

Der Bogen rutscht mir aus der Hand und fällt klappernd zu Boden. Ich mache mir nicht die Mühe, ihn aufzuheben, umklammere nur den Hals des Cellos fester. Doch ich finde keinen Trost darin, keinen Halt, keine Linderung für diesen stechenden Schmerz, der mir die Brust zerreißt. Tränen tropfen auf den Teppich, während ich den Schrei in meiner Kehle in mein Inneres zurückdränge.

Warum tut es so verdammt weh? Elora lebt, sie hat es geschafft und dennoch … habe ich sie verloren.

Nach einer gefühlten Ewigkeit geht die Tür auf. Ich habe nicht einmal ein Klopfen gehört. Womöglich gab es gar keins. Wie durch einen Nebel nehme ich Lucia wahr, die unaufgefordert mein Zimmer betritt und neben mir stehen bleibt, die Arme vor der Brust verschränkt.

»Steh auf!«, fordert sie.

Ich schüttle den Kopf.

Lucia seufzt, aber es klingt nicht wie sonst genervt. Eher besorgt. Ich muss wirklich schlimm aussehen, wenn ich diese Reaktion bei ihr hervorrufe. Sie streckt ihre Hände nach mir aus und zupft sanft den Cellohals aus meiner Umklammerung. Ich lasse sie gewähren, einfach, weil ich keine Kraft mehr habe, mich daran festzuhalten. Ich will nur, dass es aufhört, so schrecklich wehzutun.

Behutsam hievt Lucia mich vom Stuhl und führt mich zum Bett. Zu dem Meer aus Sternen, die mir stets Trost gespendet haben und mich jetzt nur noch an Elora erinnern. Wieder sticht es in meiner Brust, und ich falle wie ein nasser Sack auf die Matratze. Nur am Rande nehme ich wahr, wie Lucia mich zudeckt.

»Schlaf ein bisschen«, sagt sie leise. »Ich werde später noch einmal nach dir sehen.«

Ich schließe die Augen und bin zu erschöpft, um, wie sonst immer, die leblosen Körper der beiden Frauen, die mir am meisten bedeuten, vor mir zu sehen. Stattdessen schlafe ich sofort ein.

Jemand rüttelt an meiner Schulter. Es kommt mir vor, als wären erst wenige Minuten vergangen, seit ich die Augen geschlossen habe. Dennoch fühle ich mich so erholt wie lange nicht mehr und setze mich auf.

Lucia sitzt neben mir auf der Bettkante und hält mir einen Teller mit belegten Broten entgegen. »Wie geht es dir?«

Obwohl ich keinen Hunger habe, nehme ich ihr den Teller ab. »Besser«, sage ich ehrlich. Offenbar habe ich den Zusammenbruch gebraucht, um endlich ein paar Stunden ohne Albträume durchzuschlafen.

Lucia räuspert sich. Sie wirkt unsicher, fast schon ängstlich. »Ich muss mich bei dir entschuldigen«, sagt sie leise. »Ich glaube, ich habe großen Mist gebaut.«

»Was meinst du damit?«

»Was ich zu dir gesagt habe, am Morgen nach dem Ball …« Sie schüttelt traurig den Kopf. »Ich schäme mich dafür. Hätte ich Elora nicht so schlechtgeredet, wäre sie jetzt vielleicht nicht …«

»Dich trifft keine Schuld«, unterbreche ich sie. »Es war allein meine Entscheidung, Elora in Richtung Klippe zu schicken.«

»Aber doch nur, weil ich dir eingeredet habe, sie würde es mit dir nicht ernst meinen und nur ihre eigenen Interessen durchsetzen wollen! Ich war …« Lucia vergräbt das Gesicht in ihren Händen. »Ich war eifersüchtig auf sie.«

Ich schüttle verständnislos den Kopf. »Eifersüchtig? Warum?«

»Seit das mit Elora und dir angefangen hat, hattest du kaum noch Zeit für mich. Du hast sogar unsere Verabredungen vergessen. Ich habe mich ersetzt gefühlt und unglaublich allein. Du bist mein bester Freund und … na ja, auch mein einziger Freund. Ich wollte einfach nicht, dass sich daran etwas ändert. Ich wollte dich nicht verlieren.«

»Das ist jetzt nicht dein Ernst.« Sie erzählt mir Lügen und nutzt mein Vertrauen aus, weil sie sich *ersetzt* gefühlt hat? »Und du bist nicht auf die Idee gekommen, mit mir darüber zu sprechen? Bevor du mir Bullshit über Elora einredest?«

Sie lässt die Schultern sinken. »Es tut mir leid.«

»Wir sind seit zwei Jahren beste Freunde. Du verlierst mich doch nicht, weil ich mich verliebe!«

»Das ist mir jetzt auch klar.«

»Ich bin echt sauer auf dich. Das war eine richtige Scheißaktion.«

»Ich weiß«, sagt sie zerknirscht. »Glaub mir, wenn ich könnte, würde ich es sofort rückgängig machen.«

Ihre Reue bringt mich auf eine Idee. »Was, wenn du es wiedergutmachen könntest?«

Sie hebt sofort den Kopf. »Wie denn?«

»Elora ist dir ähnlicher, als du denkst. Vielleicht solltest du deiner Stiefschwester endlich eine Chance geben und sie kennenlernen«, schlage ich vor. Es geht mir nicht mehr aus dem Kopf, wie verloren Elora im Krankenhausbett gewirkt hat. Die Nachricht, dass sie die Siegerin des Wettbewerbs ist, hat sie ehrlich schockiert. Ihre engste und einzige Vertraute ist Simona, die gleichzeitig ein *Fortuna*-Mitglied ist. »Ich glaube, gerade jetzt könnte sie dich brauchen. Du bist jemand, der dem ganzen *Fortuna*-Chaos neutral gegenübersteht.«

Sie lacht. »Neutral? Ich?«

»Ja. Du willst nichts damit zu tun haben und gehst ihnen aus dem Weg. Ich denke, es ist an der Zeit, mit deiner Stiefschwester ehrlich über deine Erfahrungen zu sprechen.«

Eine Weile schweigt sie, bevor sie schließlich nickt. »Ich werde sie besuchen gehen. Auch wenn ich Angst habe, dass sie mich wieder wegschickt.«

»Die Lucia, die ich kenne, lässt sich nicht einfach so wegschicken«, muntere ich sie auf und entlocke ihr damit ein kleines Lächeln.

»Du meinst es ernst mit ihr, oder?«

»Ja«, antworte ich ehrlich, und meine Brust zieht sich schmerzhaft zusammen. »Aber das ist jetzt egal. Sie wird mir nicht verzeihen.«

»Seit wann gibst du kampflos auf? Der Gabriel, den ich kenne, gibt alles für die Menschen, die ihm etwas bedeuten.«

Sie hat recht, das weiß ich, aber … Elora hat auch recht. Ich hänge an der Vergangenheit fest und schaffe es nicht, sie loszulassen. Nicht, bevor ich die Wahrheit über Annabelles Todesnacht herausgefunden habe.

Ich denke, es ist an der Zeit, dass ich aufhöre, unauffällig zu agieren. Was habe ich noch zu verlieren? Die Verbindung kann mir nichts mehr anhaben. Sollen sie ruhig das Video veröffentlichen, das sie im Archiv gemacht haben. Es ist mir egal. Aber ich habe es satt, nicht zu wissen, was damals passiert ist.

Es ist an der Zeit, eine gewisse Person zu treffen. Und Antworten zu verlangen.

Kapitel 39

Elora

»Das darf doch wohl nicht wahr sein!« Frustriert werfe ich den Brief auf den Boden.

»Darf ich ihn lesen?«, fragt Simona, und ich nicke. Als sie die Zeilen überfliegt, runzelt sie die Stirn. »Deswegen hast du dem Vorsitzenden geschrieben! Du hast mich ernsthaft deinen Rücktritt überreichen lassen?«

»Ich wusste nicht, wie ich ihn sonst erreichen soll. Schließlich konnte ich nicht einfach in seinem Büro anrufen oder ihm eine Mail schreiben.«

»Ist okay, ich bin dir nicht böse. Ich dachte nur, du würdest über so was vorher mit mir reden.«

Ich zucke nur die Achseln. »Es hat ja ohnehin nicht funktioniert. Ein Austritt aus der Verbindung ist nicht mehr möglich.«

»Weil du schriftlich deine Zustimmung erteilt und dich auf Lebzeiten verpflichtet hast«, liest Simona aus dem Brief vor.

Meine Brust zieht sich zusammen, so enttäuscht und wütend bin ich. Ich kann mich genau erinnern, wann ich diese Zustimmung gegeben habe. »Uns ein so wichtiges Dokument unterschreiben zu lassen, nachdem wir von einer Klippe springen mussten, ist richtig scheiße!« In jenem Moment am Ufer war ich gedanklich nicht bei mir. Ich hatte Angst, und mir war schrecklich kalt. Zudem wurde mir gerade verkündet, dass ich im Finale stehe. Ich kann mir nicht einmal einen Vorwurf machen, in diesem Augenblick unterschrieben zu haben, ohne nachzuhaken.

Simona legt den Brief zurück. »Was willst du jetzt von mir hören?«

»Es war manipulativ. Man kann es fast schon Psychospielchen nennen.«

»Du hast dich freiwillig entschieden, am Wettbewerb teilzunehmen. Wegen all der Vorteile, die dir die Verbindung bieten kann. Und, ja, vielleicht war es nicht ganz fair, euch das Dokument in einer emotionalen Ausnahmesituation unterschreiben zu lassen. Dennoch möchte ich dich bitten, deine Meinung nicht nur von dieser Situation abhängig zu machen. Komm erst mal bei uns an. Leb dich ein. Schau dir an, was für eine Gemeinschaft wir sind. Dass ich glücklich bei *Fortuna* bin, war keine Lüge oder ein Mittel zum Zweck, um dich zu überzeugen.«

Ich seufze. Denn gerade will ich das nicht hören. Gerade will ich nur weinen und diesen verdammten Brief gegen die Wand pfeffern. Es gab so viele Anzeichen dafür, dass der Wettbewerb aus dem Ruder läuft. Erst der Einbruch, dann die Verhaftung und schließlich der Klippensprung. Aber ich habe sie alle ignoriert und bin immer weiter gegangen, und jetzt bin ich an einem Punkt, an dem es kein Zurück mehr gibt.

»Ich habe nicht einmal den Wettbewerb gewonnen. Was ist mit den anderen beiden Kandidaten?« Ich vermeide es, Gabriels Namen auszusprechen. Es tut zu sehr weh.

»Samuel ist direkt nach der Briefübergabe im Audimax ausgestiegen. Er hat sich am Abend des Winterballs mit Jasper angelegt. Es ging wohl um den Klippensprung. Ich habe es gar nicht mitbekommen, bis der Vorsitzende uns beim Finale von seinem Austritt erzählt hat. Der Streit ist anscheinend richtig hässlich geworden, samt Prügelei und so. Na ja, … jedenfalls ist Samuel raus. Und Gabriel hat die Aufgabe zwar als Erster gelöst, aber er wurde aufgrund seines Verhaltens und auf Wunsch von Morelli vom Wettbewerb ausgeschlossen. Dementsprechend bist du als einzige Kandidatin übrig und automatisch die Siegerin.«

Ich werde Saras Platz einnehmen, nur ein paar Monate nachdem sie in meinen Armen gestorben ist. Was für eine Ironie! Ich kralle die Finger in meine Bettdecke. Gabriel hat gewonnen, und dann wurde ihm der Sieg aberkannt. Kein Wunder, dass er dachte, ich hätte ihm nur etwas vorgemacht. Ich hätte dasselbe über ihn gedacht, wenn es andersrum gewesen wäre.

»Verrate mir nur eins«, sage ich kühl und erkenne meine Stimme selbst kaum wieder. »Wenn Gabriel mich nicht auf eine falsche Fährte gelockt und trotzdem als Erster ins Ziel gekommen wäre … Hätte *Fortuna* dann eine andere Begründung gefunden, ihn des Wettbewerbs zu verweisen?«

Simona atmet scharf ein. »Natürlich nicht! Ich verstehe, dass gerade alles ein bisschen viel für dich ist und du den Umständen entsprechend schlecht über uns denkst. Aber ich hoffe, du änderst deine Meinung, wenn du *Fortuna* erst einmal kennengelernt hast.« Sie erhebt sich vom Stuhl und deutet auf den Brief. »Das unterschriebene Dokument ist wasserdicht. *Fortuna* ist Geben und Nehmen. Sie setzen sich für dich ein, fördern deine Karriere, sorgen für dich, aber nichts ist umsonst, Elora. Im Gegenzug stimmst du zu, all das irgendwann zurückzugeben. Nur so funktioniert eine Verbindung.«

An der Tür erklingt plötzlich ein lautes Lachen. »Das ist nur eine schönere Umschreibung für *Korruption*«, flötet Lucia und tritt ein.

Simona verdreht die Augen. »Ich muss jetzt los. Heute Abend bin ich auf eine Gala eingeladen. Aber ich komme dich bald wieder besuchen.«

»Bis dann«, entgegne ich und winke ihr nach.

Sobald ich mit Lucia allein bin, werde ich nervös. »Was machst du hier?«

»Ich besuche dich.«

Ich lache kühl. »Warum? Aus Pflichtbewusstsein? Nur, weil ich jetzt im Krankenhaus liege, musst du nicht so tun, als würde ich dir irgendetwas bedeuten.«

Lucia zuckt zusammen. »Ich schätze, das habe ich verdient, so biestig, wie ich mich dir gegenüber verhalten habe.« Sie kommt näher und lässt sich nach kurzem Zögern auf den Stuhl sinken. »Aber ich möchte es wiedergutmachen.«

Ich verdrehe die Augen. *Na klar.*

Lucia streicht sich eine blonde Haarsträhne aus der Stirn und knetet die Finger. Ist sie nervös? Vielleicht meint sie es doch ernst? Ich kann sie nicht einschätzen.

Ihr Blick fällt auf den Briefbogen. »Du willst aus *Fortuna* austreten?«

»Ich habe es versucht. Aber erfolglos.«

»Ich könnte mich umhören. Ein bisschen recherchieren. Natürlich nur, wenn du möchtest.«

Ich hebe die Brauen. »Ausgerechnet du willst mir helfen?«

»Ich verstehe dein Misstrauen. Aber ich möchte es wirklich wiedergutmachen.« Zerknirscht weicht sie meinem Blick aus. »Außerdem muss ich dir etwas beichten.«

Mein Herzschlag beschleunigt sich, und ich ahne, dass mir nicht gefallen wird, was sie zu sagen hat.

»In gewissem Maße bin ich für deinen Unfall mitverantwortlich. Ich habe Gabriel eingeredet, dass du ihn nur ausnutzen würdest. Deswegen hat er sich beim Finale dazu entschlossen, dich auf eine falsche Fährte zu locken.«

»Nein«, sage ich aufgebracht, denn ich will diese Ausreden nicht hören. »Nimm ihn jetzt bloß nicht in Schutz!«

»Es ist die Wahrheit. Ich war eifersüchtig auf dich und habe dich deswegen bei ihm schlechtgeredet. Ich habe Annabelle und seine Sorgen benutzt, um ihn dazu zu bringen, dich fallen zu lassen. Warum sollte ich mir das ausdenken? Du warst mir von Anfang an ein Dorn im Auge.«

Ich zucke zusammen und muss zugeben, das klingt plausibel. »Warum bist du dann jetzt hier?«

»Weil mein Verhalten nicht in Ordnung war und weil ich kein Recht hatte, dich und Gabriel zu sabotieren. Ich will, dass er glücklich ist.«

»Dann geht es dir nur um ihn?«

»Er ist mir wirklich wichtig. Aber … Ich bin auch hier, um dich kennenzulernen. Falls du das überhaupt noch willst.«

»Ich …«, beginne ich, breche dann aber ab. Gerade ist mir alles ein bisschen zu viel, ich kann keinen klaren Gedanken fassen. Erst die Niederlage mit *Fortuna*, jetzt Lucias Annäherungsversuch. Ich habe keine Ahnung, wie ich darüber denken soll.

»Du musst dich nicht sofort entscheiden«, sagt Lucia schnell. »Aber ich möchte dir gerne zeigen, dass ich es ernst meine. Deswegen lass mich dir bitte mit *Fortuna* helfen.«

Seufzend sinke ich zurück in mein Kissen. »Na gut, du kannst dich noch mal umhören.« Ich glaube nicht daran, dass sie eine Lösung finden wird. Wenn Simona sagt, der Vertrag ist wasserdicht, dann ist er es.

»Mache ich! Und du konzentrierst dich darauf, gesund zu werden.«

»Ich gebe mein Bestes.«

Sie zögert und beißt sich auf die Unterlippe. »Wenn du entlassen bist, meinst du, wir können dann noch mal reden? Vielleicht können wir von vorne anfangen. Ganz ohne meinen Vater oder Vorurteile.«

Ich atme tief durch. Lucia scheint es ernst zu meinen. Habe ich mir nicht genau das gewünscht, als ich nach Corvina Castle kam? Meine Stiefschwester kennenzulernen? Seitdem ist viel geschehen, aber ich bin bereit, die Vergangenheit hinter mir zu lassen und ihr eine zweite Chance zu geben. »Ja, ich denke, das bekommen wir hin.«

Sie lächelt. »Danke.« Dann fällt ihr Blick zurück auf den Brief, und sie strafft die Schultern. »Ruh dich aus. Wir werden eine Lösung finden.«

Ich stutze. »Wir?«

»Ja, Gabriel und ich.«

Lucia erhebt sich vom Stuhl und legt etwas neben mich auf den Nachttisch. Einen kleinen, runden Gegenstand aus Metall. Ich erkenne sofort, dass es ein Kompass ist, und meine

Kehle schnürt sich zusammen. Meine Stimme zittert, als ich frage: »Was ist das?«

»Den soll ich dir geben. Von Gabriel.«

Mein Norden. Tränen treten mir in die Augen. »Ich will ihn nicht. Nimm ihn bitte weg.«

»Er bereut, was er getan hat.«

»Das macht es nicht rückgängig. Mein Sturz war ein Unfall, ja. Aber dass er mein Vertrauen missbraucht hat …« Mit tränenüberströmten Wangen schaue ich zu ihr auf. »Wie soll ich ihm das verzeihen, Lucia?«

Sie schluckt und betrachtet den Kompass. Entschlossen öffnet sie die oberste Nachttischschublade und lässt ihn darin verschwinden. »Es ist deine Entscheidung«, sagt sie und verabschiedet sich.

Ich liege im Bett, starre an die Decke und spüre die unsichtbare Anziehung, die der Kompass auf mich ausübt. Ich kann ihn vielleicht nicht sehen, aber ich weiß, egal, was passiert ist, und egal, was noch geschehen wird, der Kompass wird immer nach Norden zeigen.

Kapitel 40

Gabriel

Die Tür des Verbindungshauses besitzt einen altmodischen Türklopfer aus Messing. Trotzdem benutze ich meine Faust. Wieder und wieder hämmere ich oberhalb des Wolfsschädels gegen das dunkle Holz und bin fest entschlossen, mich nicht abwimmeln zu lassen.

Im nächsten Augenblick wird die Tür aufgerissen, und Simona steht vor mir. »Gabriel?«, fragt sie überrascht.

»Ich muss den Vorsitzenden sprechen«, fordere ich.

»Das geht nicht.«

»Natürlich geht das.«

»Nein, du weißt, seine Identität ist geheim.«

»Das ist lächerlich. Aber meinetwegen soll er wieder seine scheiß Maske aufsetzen.«

Simona fasst sich an die Schläfen, als hätte sie Kopfschmerzen. »Ich kann dich nicht zu ihm lassen. Außenstehende dürfen nur ins Verbindungshaus, wenn ein Mitglied für sie bürgt. Und ganz ehrlich, Gabriel, nimm es mir nicht übel, aber gerade wirkst du unberechenbar.«

»Dann schick ihn raus.«

Sie sieht mich lange an, bevor sie seufzt. »Na gut, ich frage ihn. Warte hier, ja?«

Mein Blick fällt auf die ausladende Weide am Seeufer. »Ich warte an der Weide auf ihn.«

Simona sieht aus, als würde sie protestieren wollen, aber dann nickt sie nur und schließt die Tür hinter sich.

Ich laufe zur Weide, lasse mich ins feuchte Gras sinken und lehne mich mit dem Rücken gegen den knorrigen Stamm. Gedankenverloren starre ich auf den See hinaus, der in seichten Wellen auf das Ufer rollt. Eine Ente schwimmt vorüber, taucht ihren Kopf ins Wasser und fliegt davon. Der Augenblick ist idyllisch, obwohl er mich schmerzhaft an Annabelle erinnert. Sie ist in der Weide. Im See. In meinem Herzen. Vor allem dort, in jeder einzelnen Sekunde.

Aber ich denke, das ist okay. Ich habe den Schmerz viel zu lange unter der Kälte und Taubheit in meinem Inneren verborgen. In den letzten Wochen wieder Wärme zu spüren und Gefühle … vielleicht mache ich mich dadurch angreifbar und verletzlich, aber alles ist besser als diese ewige Dunkelheit in mir. Das habe ich nur dank Elora erfahren.

Elora. Ihr Name fährt mir wie ein Messerstich ins Herz, und ich schnappe nach Luft.

Hinter mir erklingen Schritte. »Du willst mich sprechen?«

Ich drehe mich um und stutze. Der Vorsitzende hat tatsächlich die verdammte Maske auf. Ich würde ihm gerne sagen, wie albern ich das finde, aber ich verkneife es mir. Wichtiger ist, dass ich jetzt Antworten bekomme.

Ich rapple mich aus dem Gras auf. »Ja, das will ich.«

»Eigentlich habe ich viel zu tun, aber ich mache eine Ausnahme. Gehen wir ein Stück?«

Ich atme tief durch, und wir setzen uns in Bewegung. Ich habe viele Nächte darüber nachgegrübelt, was ich ihm sagen werde, sobald sich mir die Gelegenheit bietet. Wie bringe ich ihn dazu, mir die Wahrheit zu verraten? Ich bin zu dem Entschluss gekommen, dass ich die beste Aussicht auf Erfolg habe, wenn ich alle Karten offen auf den Tisch lege.

»Ich hatte eine Zwillingsschwester. Ihr Name war Annabelle Zürcher«, beginne ich stockend. Die Erinnerungen schmerzen, doch heute tauche ich tief in sie ein, statt sie von mir zu stoßen. »Ihr Traum war es immer, auf Corvina Castle zu studieren. Sie wollte unbedingt der Verbindung beitreten, vor zwei Jahren hat sie am Auswahlverfahren teilgenommen. Erinnerst du dich an sie?«

Zu meiner Überraschung nickt er: »Ja. Ich war damals noch nicht Vorsitzender, aber ein Mitglied.«

Mein Herzschlag beschleunigt sich. Bekomme ich nun endlich die Antworten, auf die ich seit Jahren warte? »Dann erinnerst du dich auch, was mit ihr passiert ist?«

»Ja, natürlich. Aber ich verstehe nicht ganz, warum du mich das fragst. Oder warum du meine Mitglieder an Halloween nach ihr gefragt hast. Sie haben sich einen Spaß daraus gemacht, dich auflaufen zu lassen. Weißt du denn nicht, was damals passiert ist?«

»Ich will die Wahrheit über jenen Abend hören«, verlange ich.

Der Vorsitzende wendet den Blick ab und sieht aufs Wasser hinaus. Ich erkenne den Ansatz eines Barts unter der Maske. Könnte es Nico sein? Mein Bierponggegner? Ich bin mir nicht sicher, weil ich mich nicht an Nicos Stimme erinnern und auch sonst keine markanten Details ausmachen kann, die mir Aufschluss über seine Identität geben würden.

»Wir haben eine Bootsparty veranstaltet. Im Wettbewerb bauen wir neben den Aufgaben gerne gesellige Abende ein, um die Bewerber auf eine mögliche Mitgliedschaft einzustimmen. Jene Nacht war das Pendant zu eurer Halloweenfeier. Wir haben ein großes Boot gemietet und sind hinaus auf den Walensee gefahren. Es ist viel Alkohol geflossen, und es wurde ausgelassen gefeiert und getanzt. Irgendwann ist eine Anwärterin zu uns gekommen und hat gesagt, sie könne ihre Freundin nicht mehr finden. Sie habe bereits überall nach ihr gesucht, aber sie sei verschwunden. Wir haben sofort die Musik ausgestellt und nach ihr gesucht. Erfolglos, sie war nicht auf dem Boot. Als wir die Wasserwacht verständigten, war sie bereits am Ufer gefunden worden.«

»Von mir«, werfe ich mit erstickter Stimme ein. »Ich habe sie gefunden.«

»Das tut mir sehr leid. Es muss schrecklich für dich gewesen sein.«

Tränen verschleiern mir die Sicht. Ich balle die Hände zu Fäusten, Wut überrollt mich, die sich seit zwei Jahren in mir angestaut hat. »Wart ihr sie leid? Wusste sie irgendetwas, weswegen ihr sie loswerden musstet? Oder war sie eine zu große Konkurrenz, und ein Kandidat hat die Gelegenheit genutzt, sie ins Wasser zu stoßen?«

Der Vorsitzende bleibt ruhig. »Sie hat an dem Abend viel getrunken, das haben mehrere Mitglieder bestätigt. Sie ist an Deck getorkelt, gestolpert und über die Reling gestürzt. Es war ein Unfall. Wenn jemand bei ihr gewesen wäre und gesehen hätte, wie sie ins Wasser fiel, hätten wir sie retten können. Aber sie war allein, ihr Verschwinden ist zu spät aufgefallen.«

»Schwachsinn!«, schreie ich. Sie sind schuld. Da bin ich mir sicher. Ich war es zumindest immer. Er lügt. Oder? »Woher willst du das so genau wissen?«

»Es gibt Videoaufnahmen.«

»Wie bitte?«

»Wir haben gelernt, uns abzusichern. Bei den Aufgaben und auch bei den Partys, die wir veranstalten.«

»Es gibt Videoaufnahmen«, wiederhole ich bestürzt. Mein Sichtfeld verschwimmt, meine Beine geben unter mir nach. Kein Mord, keine Absicht, keine Schuld. Es war alles umsonst. Annabelles Tod war ein Unfall. Ein verdammter Unfall. Ich schluchze auf, fühle viel zu viel auf einmal. Ich bin gefangen in einem Strudel aus Bildern. Bilder, die ich jahrelang verdrängt habe. Ich sehe Annabelle wieder vor mir, ihren leblosen Körper und wie ich sie aus dem Wasser ziehe. Sehe die Rettungskräfte, höre, wie sie drei Promille in ihrem Blut feststellen. Ich wollte es nicht hören, wollte die Wahrheit nicht akzeptieren.

Ich konnte Annabelle nicht beschützen, denn ihr Tod war ein Unfall. Die passieren, egal, wie ungerecht sie sind, egal, wie jung man ist. Niemand konnte sie retten. *Fortuna* trifft genauso wenig Schuld wie mich.

Ich spüre eine Hand auf meiner Schulter. »Es tut mir leid, was damals passiert ist.«

»Ich … ich würde gerne allein sein«, schluchze ich. Es ist mir gleichgültig, wie schwach ich mich dem Vorsitzenden gegenüber zeige. Mir fehlt schlichtweg die Kraft, mich zusammenzureißen.

»Natürlich. Aber ich möchte dir noch eine Sache erzählen, bevor ich gehe. Es macht nichts ungeschehen, das ist mir bewusst, doch vielleicht hilft es dir irgendwie«, sagt er.

»Dass Annabelle allein an Deck war, hätte nicht passieren dürfen. Der damalige Vorsitzende hatte die Aufsichtspflicht und hätte Vorsichtsmaßnahmen treffen müssen. Nach Annabelles Unfall hat er seinen Posten verloren und musste die Verbindung verlassen. Er studiert auch nicht mehr auf Corvina Castle.«

Es fühlt sich nicht gerechter an, davon zu wissen. Denn dass Annabelle tot ist, ist und bleibt ungerecht. Nichts kann diese Tatsache beschönigen.

»Es wundert mich, dass du nichts von den Videoaufnahmen wusstest. Die Polizei hat den Abend doch dokumentiert«, fügt der Vorsitzende hinzu. »Möchtest du sie sehen?«

Um noch mehr Bilder in meinem Kopf zu speichern, die mich nachts wachhalten? Ich habe die Erinnerungen viel zu lange verdrängt und versucht, einen Schuldigen zu finden, um nicht akzeptieren zu müssen, dass es keinen gibt. Ich kenne die Polizeiakte nicht, weil ich mich damals geweigert habe, sie anzusehen. Weil ich glauben wollte, dass sie nichts weiter als eine Lüge der Verbindung ist. Aber jetzt? Ich brauche keine weiteren Eindrücke jener Nacht, deswegen antworte ich: »Nein.«

»Wenn du je deine Meinung ändern solltest, findest du die Aufnahmen in der Polizeiakte deiner Schwester. Falls es Probleme gibt, kannst du dich melden. Ich kenne den Züricher Polizeichef gut.«

»Okay«, sage ich erstickt, denn es kommt mir falsch vor, mich bei ihm zu bedanken.

»Bis dann, Gabriel.« Die Schritte des Vorsitzenden verklingen hinter mir, und ich bin allein.

Ich sacke neben dem See zu Boden. Genau wie an jenem Abend. Ich gebe mich ganz meiner Trauer hin, weine um das, was ich verloren habe, und lasse den Hass los, den ich jahrelang auf *Fortuna* gehegt habe. Er hat mich zu einer Person geformt, die nicht ich selbst war. Und er hat mich zu Taten verleitet, bei denen ich mich nicht mehr wiedererkannt habe.

Der Schmerz zerreißt mich fast, und ich glaube, ihn nicht länger aushalten zu können. Ich will nur, dass es vorbei ist. Kaum huscht der Gedanke durch meinen Kopf, spüre ich auf einmal ein Zupfen in meiner Brust. Mein Zwillingsband vibriert, und ich weiß, es ist Annabelle, die mir Trost spendet.

Sie wird immer ein Teil von mir bleiben. Anstatt mich auf das zu fokussieren, was verloren ist, schaue ich nun auf die gemeinsame Zeit, die wir hatten. Dafür könnte ich mich nicht glücklicher schätzen und dankbarer sein.

Kapitel 41

Gabriel

»Wird das jetzt zur Gewohnheit?«, fragt der Vorsitzende eine Woche später.

Vor ein paar Tagen hat Lucia Elora im Krankenhaus besucht und mir erzählt, dass sie aus der Verbindung austreten will. Der Vorwurf, sie hätte mich nur benutzt, war falsch, das erkenne ich jetzt. Aber das macht trotzdem nicht ungeschehen, was ich zu ihr gesagt habe. Und erst recht nicht, was ich ihr angetan habe.

Aber ich möchte mein Verhalten wiedergutmachen und sie zurückgewinnen. Deswegen habe ich beschlossen, den Vorsitzenden erneut aufzusuchen.

»Nein, keine Sorge«, antworte ich. »Ich hoffe, heute sprechen wir uns das letzte Mal. Ich denke, das ist in unser beider Sinne, oder?«

»Absolut.«

»Ich möchte mit dir über Elora reden.«

Er seufzt. »Geht es um das Schreiben, das sie mir hat zukommen lassen?«

»Ja. Die Verpflichtung auf Lebzeiten ist wasserdicht, das haben wir von einem Anwalt prüfen lassen. Gibt es eine andere Möglichkeit für Elora, aus der Verbindung auszutreten?«

»Nein.«

Ich lasse mich nicht davon beirren. »Was ist mit Geld? Ludovico Salvari ist ein reicher Mann.«

Er wendet mir die Maske zu. »Sie kann sich nicht freikaufen. Sie ist jetzt ein Teil der Verbindung.«

»Wie viel müssten wir bieten, damit ihr zusagt?«

»Es ist nicht möglich! Hier geht es nicht um Geld. Hier geht es um Gemeinschaft, Talent und Karriere.«

»Dann braucht *Fortuna* kein Geld? Für die Baustelle zum Beispiel?«

»Uns stehen ausreichend finanzielle Mittel zur Verfügung. Wie du sicher weißt, sind die Mitglieder, welche die Verbindung über die Jahre hinweg aufgebaut und deren Karrieren sie gefördert hat, überaus großzügig.«

Ich unterdrücke ein Seufzen. Verdammt. Lucia und ich haben darauf gesetzt, dass sich *Fortuna* auf einen Deal einlassen würde.

»Und wenn jemand anders ihren Platz einnehmen würde?«

Er lacht. »Wer? Du?«

»Ich bin schließlich der offizielle Sieger.«

»Wir konnten dich nicht gewinnen lassen. Das Risiko, einer der Kandidaten im nächsten Auswahlverfahren könnte sich ein Beispiel an dir nehmen, ist zu groß. Wie weit würden sie gehen? Nein, es muss Grenzen geben. Morelli hat ausdrücklich darum gebeten, und meine Mitglieder haben darüber abgestimmt. Es ist meine Pflicht, ihre Interessen durchzusetzen. Außerdem trage ich die Verantwortung. Nicht nur für die Mitglieder, sondern auch für die Kandidaten. Ich nehme meine Aufgaben sehr ernst. Erst recht, seit der letzte Vorsitzende das Ansehen der Verbindung mit seiner Fahrlässigkeit beschädigt hat.«

Ich knirsche mit den Zähnen. Mir fällt nur noch eine weitere Möglichkeit ein. Kurz fühle ich mich mies, weil ich sie nicht mit Lucia abgesprochen habe. Dennoch bin ich gespannt, wie der Vorsitzende darauf reagieren wird. »Was ist mit Lucia, könnte sie Eloras Platz einnehmen?«

»Was soll das hier eigentlich werden?«, fragt der Vorsitzende genervt. »Elora ist unser neues Mitglied, nicht du und auch nicht Lucia. Akzeptiere es, denn ich habe wirklich Sinnvolleres zu tun, als mit dir darüber zu diskutieren.«

Erleichterung durchströmt mich, weil Lucia niemals der Verbindung beitreten würde. Gleichzeitig wird sie gedämpft, weil es für Elora offenbar keinen Ausweg gibt. Sie muss bei *Fortuna* bleiben.

»Ich danke dir für deine Zeit«, sage ich höflich, um mich mit ihm gutzustellen. Ich habe nicht vor, mich jemals wieder mit ihm zu unterhalten, aber man weiß nie, ob sich unsere Wege nicht doch noch einmal kreuzen.

»Ich hätte dir gerne weitergeholfen, aber ich denke, es ist besser, wenn du die Verbindung abhakst. Du hast dich im Wettbewerb wacker geschlagen, bis …«

»Bis ich eine falsche Entscheidung getroffen habe«, ergänze ich und nicke. Denn es tut längst nicht mehr weh, den Sieg aberkannt bekommen zu haben. Ich wollte ohnehin nur in die Verbindung, um mich zu rächen. Aber es gibt nichts, das ich rächen könnte.

Das gab es nie.

»Ich habe noch eine letzte Frage«, sage ich. »Dann lasse ich dich in Ruhe.«

Er hebt skeptisch die Brauen. »Die wäre?«

»Die Aufgaben … wer hat sie geplant?«

»Meine Mitglieder haben sich die Aufgaben ausgedacht. Manche in einer größeren Gruppe, einige stammen von Einzelpersonen. Jede Woche wurden die Ideen im Beisein aller Mitglieder vorgestellt, und ich als Vorsitzender habe entschieden, welche wir umsetzen können und welche nicht. Dann wurde abgestimmt.«

»Also war es Absicht? Dass ich genau das Gerücht aus dem Archiv stehlen sollte, das auf Annabelle anspielt?«

»Es war alles ein Spiel, Gabriel. Ich dachte, du wüsstest, wie deine Schwester ums Leben kam. Das Gerücht sollte dich nur verunsichern, dich testen.«

Ich schüttle fassungslos den Kopf. »In der Woche ihres Todestages? Sehr witzig, wirklich. Tolles Spiel.«

Kurz herrscht Schweigen, und ich glaube schon, er wird gar nichts mehr dazu sagen, aber er räuspert sich. »Ich muss mich bei dir entschuldigen. So weit haben wir nicht gedacht. Ich erkenne nun, dass ich mich falsch verhalten und sensibler hätte sein müssen. Was ein Scherz, ein Spiel sein sollte … Ich werde aus meinen Fehlern lernen und im nächsten Auswahlverfahren die Aufgaben bedachter wählen.«

Als wir uns voneinander verabschieden, fällt ein Teil der Last von meinen Schultern ab. Ich kann die Verbindung endlich abhaken. Sie Vergangenheit sein lassen. Nur ist da noch der wesentlich schwerere Teil der Last, der mich mit aller Macht nach unten zu ziehen versucht. Die Gewissheit, dass für Elora das Gegenteil der Fall ist.

Die Verbindung ist ihre Zukunft.

»Alles okay bei dir?«, fragt Aidan, der auf dem Sofa im Wohnbereich lungert, kurz nachdem ich hereinkomme. Um ihn herum verteilt liegen Pappschachteln vom Lieferservice des *Seaside*.

»Klar.«

»Ehrlich? Du siehst nicht so aus.«

Ich setze gerade an, ihm zu sagen, dass er nicht nerven soll, halte aber inne. Aufmerksam sieht er mich an, als würde es ihn wirklich interessieren, wie es mir geht. Als wäre es nicht nur eine Floskel aus Höflichkeit gewesen.

»Ehrlich gesagt, ist gerade ziemlich viel los bei mir«, gebe ich zu.

»Du kannst dich gerne zu mir setzen, wenn du möchtest. Wir müssen auch nicht reden, wenn du keine Lust hast. Wir können uns einfach was ansehen. Und schnapp dir gerne was zu essen, ich habe mal wieder zu viel bestellt.«

»Ich kann nicht. Lucia wartet in meinem Zimmer auf mich.«

Aidan wirkt nicht einmal enttäuscht. Und das zehrt an mir, es stört mich. Denn dieser Gabriel, der ihn ständig zurückweist, ohne überhaupt zu versuchen, nett zu sein, der will ich nicht mehr sein. Der *bin* ich nicht mehr.

»Was ist denn mit morgen?«, frage ich daher. »Wir könnten uns Sushi liefern lassen. Da hätte ich mal wieder richtig Bock drauf.«

Er lächelt und setzt sich aufrechter hin. »Klar, gerne. Sushi klingt super.«

»Cool, ich freue mich.«

Zufrieden mit mir selbst, laufe ich an ihm vorbei. Hinter meiner Zimmertür holt mich die Realität auf einen Schlag wieder ein. Lucia springt aufgeregt von meinem Bett auf und dreht sich voller Erwartung zu mir um. Meine Laune bekommt einen Dämpfer. Weil ich ihr nicht die Antwort überbringen kann, die ich ihr gerne geben würde. Weil ich absolut *nichts* erreicht habe.

»Wie ist es gelaufen?«, fragt sie. »Lass mich raten. Nicht gut?«

Ich schüttle erschöpft den Kopf und lasse mich auf meinen Schreibtischstuhl sinken. »Nein, die Sache ist aussichtslos.«

Ich berichte ihr ausführlich, wie das Gespräch mit dem Vorsitzenden gelaufen ist.

»Wir haben alles versucht«, seufzt Lucia und hebt eine Hand, um an ihren Fingern abzuzählen. »Der Anwalt meines Vaters hat das unterschriebene Dokument geprüft. Wir haben der Verbindung ein Angebot gemacht, Elora freizukaufen. Du warst sogar beim Vorsitzenden und hast dich als Ersatz angeboten.«

Und dich, füge ich in Gedanken hinzu, behalte es aber lieber für mich. Es hat ohnehin nicht funktioniert und würde sie nur aufregen. »Elora muss in der Verbindung bleiben«, sage ich stattdessen.

»Ja.« Lucia vergräbt das Gesicht in den Händen. »Ich fühle mich, als hätte ich versagt. Ich habe es ihr doch versprochen! Ich war mir so sicher, dass wir einen Ausweg finden würden.«

Ich versuche, nicht daran zu denken, wie enttäuscht Elora sein wird. Oder dass wir seit unserem Streit keinen Kontakt mehr miteinander haben. Hat sie verstanden, was ich ihr mit dem Kompass sagen wollte?

»Es ist nicht deine Schuld«, versuche ich meine beste Freundin aufzumuntern. »Du hast alles probiert. Das ist es, was zählt.«

»Du hast dich viel mehr ins Zeug gelegt als ich. Den Vorsitzenden aufzusuchen, sogar zweimal … Ich habe echt Respekt vor dir, denn ich weiß, es muss dich einiges an Kraft und Mut gekostet haben. Vor allem nach dem, was mit Annabelle geschehen ist.«

»Die Verbindung ist nicht schuldig.«

»Dennoch war es ihre Party«, hält Lucia dagegen.

»Es hätte bei jeder Party geschehen können.« Immer wieder frage ich mich, warum Annabelle an diesem Abend so viel getrunken hat. Ob sie mit ein paar Getränken weniger jetzt noch leben würde. Aber ich weiß, die Antwort darauf werde ich nie erfahren. Vielleicht wollte sie etwas verdrängen, oder sie hatte einfach nur Spaß und es dabei übertrieben.

»Wie auch immer.« Ich seufze. »Das war's dann wohl mit meiner Chance, Elora zurückzugewinnen.«

Auf einmal lächelt Lucia, was mir mehr als unpassend vorkommt. »Du solltest sie besuchen gehen.«

Allein der Gedanke sorgt dafür, dass sich meine Brust zusammenzieht. »Sie will mich nicht sehen.«

»Erinnerst du dich, dass ich vor ein paar Tagen dasselbe zu dir gesagt habe? Du hast mich ermutigt, zu ihr zu gehen. Und jetzt ermutige ich dich, Gabriel.«

»Sie wird mich hochkant aus dem Zimmer werfen.«

»Übertreib nicht. Das wird sie nicht.«

»Warum bist du dir da so sicher?« Misstrauisch sehe ich sie an. Was hat sie angestellt?

»Vertraust du mir?«

Dieselbe Frage, die sie mir auch nach dem Ball gestellt hat. Ein Schatten huscht über ihre Augen, und ich weiß, sie denkt ebenfalls daran. Damals hat sie mein Vertrauen ausgenutzt.

Aber ich kenne sie gut genug, um zu wissen, dass sie ihre Entscheidungen genauso ehrlich bereut wie ich meine.

»Ja«, antworte ich und muss nicht laut aussprechen, dass ich ihr verzeihe. Ich erkenne an dem Leuchten in ihren Augen, sie versteht mich auch so.

Lucias Lächeln wird breiter. »Dann geh, Gabriel. Geh zu der Frau, die du liebst.«

Ich atme tief durch und mache mich auf den Weg.

Kapitel 42

Elora

Ich liege in meinem Bett und arbeite die verpassten Vorlesungen nach. Eine Kommilitonin hat mir netterweise ihre Notizen zur Verfügung gestellt. Dennoch mache ich mir Sorgen, ob ich den versäumten Stoff aufholen kann. Ich werde mit der Studienberatung sprechen müssen, sobald ich zurück auf Corvina Castle bin.

An meiner Zimmertür klopft es. Überrascht schaue ich von den Notizen auf. Ich erwarte heute keinen Besuch. Eine Krankenschwester kann es auch nicht sein, sie würde nach dem Anklopfen nicht draußen warten, sondern eintreten.

»Herein!«, rufe ich.

Die Tür öffnet sich, und ich schnappe nach Luft. »Gabriel?«

Ich habe nicht damit gerechnet, ihn überhaupt noch einmal wiederzusehen, nachdem ich ihm all diese Vorwürfe an den Kopf geworfen habe. Natürlich war mir klar, dass ich ihm auf Corvina Castle früher oder später über den Weg laufen würde. Ich habe mir diese flüchtigen Begegnungen unzählige Male ausgemalt. Mir vorgestellt, was ich zu ihm sagen würde. Und wie es wäre, wenn wir einander verzeihen und neu anfangen könnten. Tagträumereien. Dafür hatte ich hier im Krankenhaus Unmengen an Zeit.

Zögernd tritt Gabriel ein und bleibt mit etwas Abstand neben meinem Bett stehen. »Hi, Elora.«

»Was machst du hier?«

Unsicher fährt er sich mit der Hand durch die Haare. »Soll ich wieder gehen?«

»Kommt darauf an, warum du hier bist.«

»Ich muss dir etwas sagen.«

Mein Herzschlag beschleunigt sich. »Okay? Und was?«

»Es tut mir leid, aber es gibt keinen Ausweg aus *Fortuna*.«

Es gibt keinen Ausweg. Die Worte hallen in meinem Kopf wider wie in einer Endlosschleife. Ich schließe die Augen und atme tief durch. Obwohl ich mir keine großen Hoffnungen gemacht habe, dass Lucia und er eine Lösung finden würden, ist es dennoch enttäuschend.

»Alles okay?«

»Ja, geht schon«, antworte ich. »Das habe ich bereits vermutet.«

»Wir haben alles versucht.«

Ich lächle traurig und hebe den Blick. »Wir?«

Unruhig tritt er auf der Stelle. Seine Haare stehen wild ab, das Hemd sitzt eng an seinen Schultern, die Hände hat er in die Jeanstaschen geschoben. Ob er weiß, wie attraktiv er ist? »Ja, Lucia und ich.«

»Du brauchst nicht zu lügen. Lucia hat mich angerufen und mir erzählt, wie sehr du dich für mich eingesetzt hast.«

Überrascht sieht er mich an, dann wird er wieder ernst. »Ich hatte keinen Erfolg.«

»Aber du hast es versucht, das ist alles, was zählt.«

Ich nehme all meinen Mut zusammen und springe über meinen Schatten. Vieles ist falsch gelaufen, und ich bin noch immer enttäuscht, weil er mich hintergangen hat. Dennoch konnte ich Gabriel in den vergangenen Tagen nicht vergessen. Egal, wie sehr ich es versucht habe, es ist unmöglich. Jede Faser meines Körpers drängt mich zu diesem Mann.

»Gehst du mit mir spazieren?«, frage ich.

»Jetzt?«

Ich nicke und schlage die Decke zurück, um aus dem Bett zu klettern. Gabriel ist sofort bei mir und greift wie selbstverständlich nach meiner Hand und meiner Hüfte, um mich zu stützen. Ein kribbelndes Lauffeuer rauscht durch meinen Körper, und mir wird schlagartig warm.

Mir entfährt ein leiser Laut, und Gabriel macht sofort Anstalten, mich wieder loszulassen. Doch ich halte ihn entschlossen fest. »Nein, schon okay.«

Er hilft mir in Schuhe und Jacke, weil ich nach der OP und dem vielen Liegen noch immer wackelig auf den Beinen bin. Dann machen wir uns auf den Weg in den verschneiten Park, der an das Krankenhaus grenzt. Ich vergrabe meine Hände in den Manteltaschen und atme die kühle Luft tief ein. Langsam spazieren wir nebeneinanderher, bis Gabriel das Schweigen bricht.

»Du und Lucia, ihr telefoniert jetzt also miteinander?«

Ich lächle. »Manchmal.«

»Das freut mich sehr.«

»Mich auch. Ich weiß nicht, wohin das mit ihr und mir führt. Aber ich bin froh, endlich einen Zugang zu ihr gefunden zu haben.«

»Was ist mit *Fortuna*? Wie denkst du darüber?«

Ich zucke die Achseln. »Keine Ahnung, ob die Pflichten, Rituale und Partys das Richtige für mich sind. Aber da ich nicht mehr austreten kann, sollte ich besser erst einmal aufgeschlossen gegenüber der neuen Situation sein. Simona ist glücklich dort. Vielleicht kann ich es auch werden.«

»Ich hoffe es für dich. Und ich bin überzeugt, dass Simona dir helfen wird, dich einzuleben.«

Verblüfft schaue ich zu ihm auf. »Wo ist der Gabriel hin, der *Fortuna* zutiefst verabscheut?«

Er bleibt stehen, und ich fürchte, genau das Falsche gesagt zu haben. Verunsichert beiße ich mir auf die Unterlippe. Sicher war es zu früh für einen Scherz über die Verbindung.

»Du hattest recht«, beginnt Gabriel und bringt mich damit noch mehr aus dem Konzept. »Ich habe mich so verbissen an der Vergangenheit festgeklammert, dass ich blind geworden bin. Ich habe mich geirrt. Die Nacht, in der Annabelle ertrunken ist … es war ein Unfall. Ein tragischer Unfall, den niemand hätte verhindern können und an dem niemand Schuld hatte.« Er atmet keuchend auf und scheint mit sich zu ringen. Am liebsten würde ich ihn in den Arm nehmen, aber … ich kann nicht.

»Es war ein Unfall?«, frage ich leise.

»Ja. Alles, wofür ich gekämpft habe …« Er schüttelt den Kopf. »Ich wollte es nicht wahrhaben. Ich konnte nicht akzeptieren, dass es rein gar keinen Grund für ihren Tod und keinen Schuldigen geben sollte, sondern alles nur ein dummer Zufall war, der auch jeden anderen hätte treffen können.«

Meine Kehle schnürt sich zusammen, und ich habe keine Ahnung, was ich erwidern soll.

»Es tut mir so leid, dass ich dich hintergangen habe«, sagt Gabriel. »Ich habe dein Vertrauen missbraucht und nicht über mögliche Konsequenzen nachgedacht. Könnte ich es rückgängig machen, ich würde es tun. Mehr noch, ich würde diesen verdammten Wettbewerb verlassen und dir sagen, wie viel du mir bedeutest.«

Tränen treten in meine Augen. »Was du getan hast, hat mich verletzt. Nicht nur körperlich.«

»Ich weiß.«

»Es wird dauern, bis ich dir wieder vertrauen kann.«

Sein Kopf ruckt zu mir herum. »Was meinst du damit?«

»Ich möchte dir wieder vertrauen können«, gebe ich zu. »Irgendwann.«

»Wirklich? Obwohl du wegen mir im Krankenhaus liegst?«

»Es ist nicht deine Schuld, und es tut mir leid, dass ich das nach meiner OP behauptet habe. Ich war einfach so wütend und verletzt. Aber es stimmt nicht. Ich war in jener Nacht unachtsam, der Sturz war meine eigene Schuld.«

»Aber ohne mich …«

»Ohne dich wäre ich vielleicht gegen einen Baum gelaufen. Oder über eine Wurzel gestolpert und mit dem Kopf auf einem Stein aufgeschlagen. Wärst du dann auch schuld gewesen? Oder *Fortuna*? Nein, Gabriel.«

Er runzelt die Stirn und scheint über meine Worte nachzudenken. Mit seinem Fuß wirbelt er eine Ladung Schnee auf, der in der schwachen Sonne wie Diamanten glitzert.

»Ich würde alles dafür geben, dein Vertrauen zurückzubekommen«, sagt er schließlich. »Ich wünsche mir wirklich, dass wir eine Chance haben. Du und ich.«

Ich bleibe stehen und schaue in seine blauen Augen, für die ich von Anfang an eine Schwäche hatte. Mein Bauch kribbelt vor Nervosität, denn diese Chance wünsche ich mir ebenfalls. Es scheint, als hätte Gabriel *Fortuna* hinter sich gelassen. In seinen Gesichtszügen erkenne ich eine Zuversicht, die nun auch mich erfasst. Ich glaube fest daran, dass wir es ohne den Wettbewerbsdruck schaffen können.

»Ich habe in letzter Zeit oft darüber nachgedacht, warum du es getan hast. Das Schlimmste ist, ich kann dich verstehen.« Seine Trauer und sein Schmerz wogen schwerer als seine Vernunft. Durch den Verlust meines Vaters kann ich nachvollziehen, wie es ist, wenn einem der wichtigste Mensch im Leben genommen wird. Annabelles Tod hat Gabriel gebrochen. »Deswegen möchte ich dich um etwas bitten, bevor wir es noch einmal miteinander probieren.«

»Alles, was du willst. Du hast es geschafft, mich aus diesem Loch rauszuholen, in das ich nach Annabelles Tod gestürzt bin.«

»Genau das ist der Punkt«, sage ich vorsichtig. »Ich schaffe es vielleicht, dich glücklich zu machen und dafür zu sorgen, dass es dir zeitweise besser geht. Du weißt gar nicht, wie geehrt ich mich deswegen fühle und was es mir bedeutet. Aber dein Verlust steckt tief in dir drin.« Ich lege ihm sanft eine Hand auf die Brust. Genau oberhalb seines Herzens. »Du brauchst Hilfe, die ich dir nicht geben kann. Professionelle Hilfe. Würdest du die psychologische Beratungsstelle der Universität aufsuchen, um an deiner Trauer zu arbeiten?«

Er starrt mich an, und ich beiße mir auf die Unterlippe, aus Angst, das Falsche gesagt zu haben. Ich weiß, eine Therapie muss aus eigenem Entschluss angetreten werden. Es bringt nichts, wenn Gabriel sich innerlich dagegen wehrt. Ich kann die Arbeit an seiner Trauer nicht als Bedingung für unsere Zukunft aufstellen, sie ihm nur ans Herz legen.

Durch den Verlust meines Vaters weiß ich, wie schwierig der Umgang mit Trauer sein kann. Aber sein Tod war nicht im Entferntesten so traumatisch wie der von Annabelle. Ich konnte mich verabschieden und Papas letzte Tage mit ihm gemeinsam verbringen. Gabriel wurde seine Zwillingsschwester gewaltsam und aus heiterem Himmel entrissen. Noch dazu hat er gerade erst akzeptiert, dass ihr Tod ein tragischer Unfall war, keine Verschwörung, kein Mord.

»Könntest du dir das vorstellen?«, frage ich nervös.

»Ich habe wirklich mit allem gerechnet, aber damit nicht«, gibt er zu. »Doch ich denke, es wäre vernünftig, die Beratungsstelle aufzusuchen. Am besten noch vor Weihnachten. Mir psychologische Hilfe zu suchen, ist längst überfällig.«

Erleichtert atme ich aus. »Gut. Ich kann dich auch begleiten, wenn du möchtest.«

»Ich denke darüber nach, danke.« Er schüttelt den Kopf und fügt hinzu: »Ich habe immer geglaubt, allein mit allem fertigwerden zu müssen. Aber das hat es nur noch schlimmer gemacht.«

»Du bist nicht allein. Du hast Lucia. Und mich.«

Ich lächle, und er erwidert es. Im nächsten Moment bewegen wir uns gleichzeitig. Er schlingt seine Arme um mich und zieht mich an seine Brust, die sich so vertraut anfühlt. Ich lehne meine Stirn an sein Schlüsselbein und atme den Duft nach Harz und Schnee ein, der an ihm haftet.

»Es tut mir so leid«, murmelt er in mein Haar.

Ich schließe die Augen. »Ich verzeihe dir.«

Seine Umarmung wird fester, und ich spüre ihn beben. Vor Glück? Ich hebe den Kopf, um mich zu vergewissern, und registriere erleichtert, dass er noch immer lächelt. Dann beugt er sich langsam zu mir herunter. Er gibt mir die Gelegenheit, zurückzuweichen, aber das ist das Letzte, was ich will. Seine Lippen berühren meine. Erst sanft, dann drängender. Die gebrochenen Teile meines Herzens hüpfen auf und ab und setzen sich wieder zusammen. Ich weiß, wir haben endlich eine echte Chance. Wir sind keine Konkurrenten mehr. Sondern nur noch *wir*.

Ich verliere jegliches Zeitgefühl. Als wir uns wieder voneinander lösen, atmen wir beide schwer. Meine Lippen kribbeln mit meinem Bauch um die Wette. Gabriels Mund ist geschwollen und sein Blick verhangen. Ich glaube, er hat noch nie schöner ausgesehen als jetzt.

»Kann ich dich auch um etwas bitten?«, fragt er.

»Natürlich! Um was denn?«

»Seit Annabelles Beerdigung war ich noch kein einziges Mal an ihrem Grab. Ich konnte nicht. Doch jetzt denke ich, ich bin bereit dafür. Aber allein, das … ich …« Er atmet tief durch, um sich zu sammeln. »Würdest du mich begleiten?«

Ich hebe die Hand und streiche sanft über seine Wange. Als würde das Glück in meiner Brust die Bewegung nachahmen, streichelt es mein Herz. Ich muss nicht einmal über meine Antwort nachdenken.

»Jederzeit.«

Kapitel 43

Gabriel

Meine Finger zittern, und ich greife nach Eloras Hand. Ich brauche ihren Halt, die Gewissheit, dass sie bei mir ist. Ohne sie würde ich das hier niemals schaffen.

Vorhin wurde sie aus dem Krankenhaus entlassen, und bevor wir nach Corvina Castle zurückfahren, haben wir in meiner Heimatstadt haltgemacht. Sobald wir durch das Tor des Küsnachter Friedhofs treten, fällt mir das Atmen schwerer.

»Wie fühlst du dich?«, fragt Elora besorgt.

»Ich glaube, ich habe ein bisschen Angst.«

»Das ist okay, aber ich bin bei dir.« Sie drückt meine Finger. »Und ich werde nicht von deiner Seite weichen.«

Nervös lächle ich sie an, weil sich mein Hals plötzlich so trocken anfühlt, dass ich mir sicher bin, kein Wort über die Lippen zu bringen.

Zu unseren Füßen reihen sich Gräber aneinander, auf den Steinen liegt Schnee. Es herrscht eine triste graue Atmosphäre, die ab und an von bunten Blumen oder Adventskränzen unterbrochen wird. Ich betrachte die orangefarbene Dahlie in meiner Hand, die ich im Blumenladen besorgt habe. Unwillkürlich denke ich an den Tag von Annabelles Beerdigung zurück. Aber eine andere Blume zu kaufen, kam nicht infrage.

»Da vorne.« Meine Stimme bricht. »Da vorne ist es.«

Eloras Griff wird fester, stumm versichert sie mir, dass sie bei mir ist. Sie gibt mir die Kraft, weiterzulaufen, obwohl alles in mir darauf drängt, umzudrehen und vom Friedhof zu stürmen. Weiter zu vergessen und zu leugnen, weil es so leichter zu ertragen ist.

Wir erreichen das Grab, und meine Knie werden weich. Es ist surreal, Annabelles Namen auf dem Stein zu lesen. Ich starre darauf, bis die Buchstaben verschwimmen. Was würde ich dafür geben, sie noch ein letztes Mal umarmen zu können.

Meine Brust zieht sich zusammen, und ich presse eine Hand auf die schmerzende Stelle. Ich keuche auf, und die Dahlie fällt in den Schnee.

Elora zieht mich in ihre Arme, und ich schmiege mich an ihre Brust. Die ersten Tränen lösen sich aus meinen Augenwinkeln und tropfen auf ihre Schulter. Aber es ist okay zu weinen. Dafür bin ich hier.

Endlich fühle ich mich bereit, die Vergangenheit hinter mir zu lassen und an mir zu arbeiten. Nicht nur für Elora oder damit unsere Beziehung eine Zukunft hat, sondern vor allem für mich selbst. In den Tiefen meines Herzens, da, wo das lose Ende des Zwillingsbands hängt, spüre ich, dass Annabelle sich genau das für mich wünschen würde.

»Ich vermisse dich«, forme ich mit den Lippen in Richtung Grabstein. Dann denke ich an den Tag zurück, an dem ich Annabelle ein Versprechen gegeben habe, und ich beschließe, ihr heute noch einmal ein Versprechen zu geben.

Ich werde für uns beide leben, Annabelle.

Obwohl ich weine, obwohl mein Herz zerreißt, heben sich meine Mundwinkel. Weil ich spüre, dass Annabelle gerade ebenfalls lächelt.

Zwei Stunden später lenkt Elora meinen BMW auf den Parkplatz von Corvina Castle. Ich wollte sie eigentlich nicht ans Steuer lassen. Dieses Auto ist mein größter Stolz, den ich nicht mal Annabelle anvertraut habe. Aber die vielen Tränen an ihrem Grab haben mich ausgelaugt und so aufgewühlt, dass es nur vernünftig war, Elora fahren zu lassen.

»Freust du dich, wieder hier zu sein?«, frage ich sie und helfe ihr, ihren Koffer auszuladen.

Obwohl sie genesen ist, ist sie manchmal noch schwach und wackelig auf den Beinen. Ich will nicht, dass sie den schweren Koffer allein hebt. Auch wenn ich ahne, wie viel Überwindung es sie kosten muss, sich von mir helfen zu lassen. Zum Dank drücke ich ihr einen flüchtigen Kuss auf die Stirn.

Es fühlt sich auf eine gute Weise seltsam an, sie einfach so küssen zu können. Dass es okay ist, Elora zu lieben. Dass ich nicht länger bange, das fragile Band zwischen uns könnte zerreißen. Der Wettbewerb ist vorbei. Die Verbindung wird ein Teil ihres und damit auch meines Lebens bleiben, aber ich werde Elora in allem unterstützen, was kommt. Und nachdem ich den Vorsitzenden kennengelernt und im Krankenhaus viel Zeit mit Simona verbracht habe, fällt es mir nicht mehr ganz so schwer, mir Elora bei *Fortuna* vorzustellen. Sie ist taff, sie ist stark, sie ist mutig. Ich bin überzeugt, sie wird in der Verbindung zurechtkommen. Selbst wenn ich mich insgeheim sorge, ob sie sich dort auch wohlfühlen wird.

Elora will mir den Koffer abnehmen, aber ich schiebe ihre Hand weg. »O nein, den nehme ich.«

»Du kannst ihn im Wohnheim wieder tragen. Lass ihn mich bis dorthin ziehen.«

»Damit du den gesamten Abend erschöpft im Bett liegst? Ganz sicher nicht, ich habe heute noch einiges mit dir vor«, raune ich in ihr Haar und spüre, wie sie erschauert.

»Hey, mir geht es wieder gut. Ich schaffe das schon.«

Wir sind so in unsere Diskussion über den Koffer vertieft, dass wir nicht bemerken, wie sich uns jemand mit schnellen Schritten nähert. Ich stecke zu sehr in meiner rosaroten Blase fest, um die Panik zu registrieren, die plötzlich in der Luft liegt. Bis Elora erstarrt. Ihre Augen weiten sich und sind auf etwas hinter mir gerichtet. Ich verstumme mitten im Satz, drehe mich um und lasse den Koffer fallen.

Lucia kommt angerannt, das Gesicht tränenüberströmt, die Haare wirr, die Wangen blass. Mein Herz setzt einen Schlag aus.

Ich eile ihr entgegen, und Elora folgt mir. Kurz bevor wir sie erreichen, stolpert Lucia. Oder sie bricht zusammen. Ich bin mir nicht sicher. In einem Moment steht sie noch vor uns, im nächsten geben ihre Füße nach, und sie kniet am Boden.

»Lucia!«, schreit Elora panisch und lässt sich neben sie fallen. »Was ist los? Was ist mit dir?«

Ganz langsam streckt Lucia eine Hand aus, die Augen vor Schock geweitet. Erst da bemerke ich, dass sie etwas hält. Einen schmalen, mit rotem Stoff bezogenen Gegenstand.

»Ist das ein Buch?«, frage ich.

»Ein Tagebuch«, keucht Lucia.

Sie dreht es um, sodass wir die Oberseite erkennen können. Und die vier Buchstaben, die in weißen Lettern auf dem Einband prangen.

SARA

Ich zucke zusammen, Elora weicht zurück. Mein Puls rast, und meine Gedanken drehen sich im Kreis. Lucias Tränen, ihre Panik und die Gewissheit, dass hier etwas ganz gewaltig schiefläuft. All das formt sich in meinem Inneren zu einem schmerzhaften Knoten, der mir in die Eingeweide drückt, bis ich keine Luft mehr bekomme.

»Das ist Saras Tagebuch. Ich habe es gefunden. Ich wollte nicht …« Lucia schluchzt auf. »Ich war neugierig und wollte nur kurz einen Blick hineinwerfen. Aber dann habe ich mich festgelesen und ihn entdeckt.«

»Was entdeckt?«, fragt Elora tonlos.

»Den Hinweis.«

Lucia bebt am ganzen Körper, erschüttert sieht sie zu uns auf. Dann holt sie tief Luft. »Ich glaube nicht, dass Saras Tod ein Unfall war. Ich glaube, sie sollte aus einem ganz bestimmten Grund sterben.«

Elora schlägt sich eine Hand vor den Mund und wirbelt zu mir herum. Als unsere Blicke sich treffen, überkommt mich die Gewissheit, dass sie in diesem Moment dasselbe denkt wie ich.

Das Spiel ist noch nicht vorbei. Es hat gerade erst begonnen.

Danksagung

Eloras und Gabriels Geschichte begleitet mich nun schon seit knapp zwei Jahren. Von Anfang an hat sich alles an der Idee absolut richtig angefühlt. Gabriel war zuerst da, mit seiner kühlen Fassade und dem Schmerz, mit dem er insgeheim kämpft. Ungefähr zur selben Zeit habe ich das Zitat von Selma Lagerlöf entdeckt, das ihr am Anfang des Buches findet. Es schien wie für Gabriel gemacht. Allen, denen es wie ihm geht, die sich manchmal erschöpft, voller Dunkelheit oder Angst fühlen: Haltet durch! Egal, wie schwer es gerade auch sein mag, es lohnt sich immer weiterzumachen. Oder wie Annabelle jetzt sagen würde: *Bleib und kämpfe!*

Mein größter Dank gilt meiner Agentin Anne-Katrin. Von Anfang an hast du an mich und meine Geschichten geglaubt und unermüdlich mit mir daran gearbeitet. Ich bin dir unglaublich dankbar für alles, was du möglich gemacht hast.

Von ganzem Herzen danke ich dem großartigen Team von Heyne. Ihr gebt meinen Geschichten das beste Zuhause, das ich mir nur vorstellen kann. Danke, dass ihr mich so herzlich bei euch aufgenommen habt und euch mit so viel Mühe und Begeisterung hinter die Veröffentlichung dieser Reihe klemmt. Vor allem dir, Frederike, danke ich dafür, dass du sofort Feuer und Flamme warst und mir stets mit Rat zur Seite stehst.

Danke an meine Lektorin Nina Bellem. Du hast mit deinen aufmerksamen und geduldigen Anmerkungen geholfen, der Geschichte den letzten Schliff zu verpassen.

Ich danke meinem Mann Maurice. Du hast nie aufgehört, an mich zu glauben, selbst wenn ich gezweifelt habe. Danke für deine unermüdliche Motivation und deine Geduld, wenn ich mal wieder im Plot hänge und jemanden brauche, der nicht nur meinen ewigen Ausführungen lauscht, sondern mir durch (verrückte) Lösungsideen den einen oder anderen Geistesblitz bringt.

Julia, dir danke ich dafür, dass du mir im Dezember 2021 voller Überzeugung zwei Ereignisse für das neue Jahr vorhergesagt hast – und sie dann genau so eingetroffen sind. Zum Glück, denn sonst würde ich diese Danksagung jetzt überhaupt nicht schreiben.

Danke Jenny, für produktives Co-Working und dein immer offenes Ohr.

Ich danke meiner Familie – meinen Fans vom ersten Tag an.

Das Beste kommt zum Schluss, richtig?

Von Herzen danke ich meinen Leser*innen. Danke, dass ihr meine Geschichten lest und liebt. Wie fleißig ihr sie auf Bookstagram und BookTok empfehlt, bedeutet mir die Welt.

Ich hoffe, ihr verzeiht mir den Cliffhänger, und wir lesen uns in Band 2 wieder!

(Achtung Spoiler)
Dieses Buch enthält potenziell triggernde Inhalte zu folgenden Themen: Autounfall mit Todesfolge, Todesfall in der Familie, Depression und Panikattacken, Krebserkrankung (Erwähnung).